黃震南 著

取書包、上學校。

臺灣傳統啟蒙教材

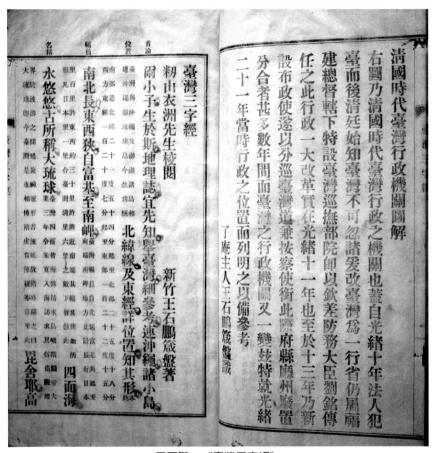

王石鵬：《臺灣三字經》

有沒有人光靠年輕時，初試啼聲寫的一本書，就足以成為代表作，甚至傳世？有的，就是王石鵬的《臺灣三字經》。當他還是臺北師範學校的學生時，就決心著手撰寫一本「臺灣學」的兒童教材，於是趁著服喪期間，爬梳學者資料，仿三字經體裁編成《臺灣三字經》，成為百年來最重要的臺灣自編傳統童蒙教材，1900年編寫，其時他只有二十四歲，1904年初版。

張淑子：《男女適用和漢寫信不求人》

現代許多學者研究早期的私塾教育，經常忽略了「尺牘」教材這一部份。所謂「尺牘」就是「書信」。其實早期在私塾，除了背誦經典教材，還得研讀尺牘書信，甚至也要達到能默念的程度。尺牘教材雖然重要，但大多是互相傳抄，少有新編，更少有知名文人著手編輯尺牘教材。張淑子是唯一的例外，他在日治時代曾經擔任教師、報社編輯，甚至曾參與文壇論戰；而他也相當注重教育與漢文的傳承，一生編輯過三四種啟蒙教材，晚年回到台中故鄉開設書房教授漢學。

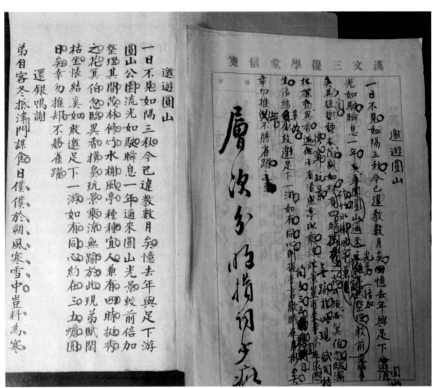

佚名：《鶯雛學嚩集》

過去沒有攝影機，無法將上課情況錄影下來，我們要如何得知師生之間的互動呢？我們可以從習作上的字跡，體會當時的教學情境。這一批舊文獻，分別是一冊手抄本《鶯雛學嚩集》與七張信箋。對照之下，原來手抄本以毛筆工整抄錄之尺牘，乃謄寫信箋上所書之習作。信箋上印有「漢文三復學堂信箋」，所書尺牘，皆經過塾師批改評註。這批文獻所載之尺牘，文句比一般尺牘教材更深奧，引用典故也較多，反映出教材自修和塾師指導在程度上仍有差異。塾師修改後的文句，與學生原句相比，高下立判。

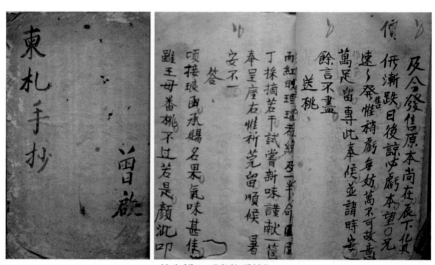

曾文新：《柬札手抄》

有一年夏天，我在挑書的過程中，偶然發現了這本小冊，封面淘氣地用了各種色彩寫下書名「柬札手抄　曾啓銘」。後來一查，這個淘氣的曾啓銘，就是戰後在傳統詩界成為一方領袖的曾文新。曾文新編輯的《臺灣新生報》〈新生詩苑〉專欄，除了刊載詩作，也刊登詩人動態，是戰後傳統文人聯絡最重要的平台。有誰看過著名詩人小時候練習寫信的習作嗎？就是這本《柬札手抄》。

簡永田：《練習對帖》

在私塾教育中，主要的教學方法是塾師的「教學」和學生的「背誦」，除此之外就是學生的「習寫」與塾師的「批閱」了。從這本《練習對帖》抄本，我們得以看出一些端倪：塾師先以紅筆寫出上聯，學生再以黑筆對出下聯，塾師再以紅筆批改。如此一來一往，對句的長度與難度增加，可以看出學生的進步。抄本最後是學生個人的詩鈔，證明在傳統語文教育中，先學對仗，再學寫詩。

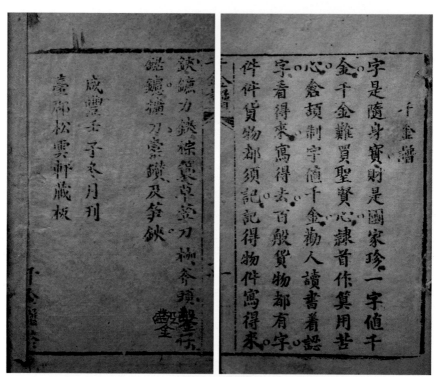

佚名：《千金譜》

臺灣早期在民間讀過幾本書的人，大抵是從「三百千」入門，也就是《三字經》、《百家姓》、《千字文》。然而有一本書，在臺灣民間的重要性，甚至不遜於「三百千」之下，就是《千金譜》。《千金譜》自清代以來，一直是臺灣民間最實用的識字基礎教材，無數台灣人在朗誦「字是隨身寶，財是國家珍」的過程中，習得基本的記帳、經商知識，成為日後養家活口的本領。圖中這本咸豐壬子年（1852）臺南松雲軒出版的《千金譜》，是迄今出土最早的版本。

人情多變　莫去尋他　漸除病加　不倚奢華　莊嚴官衙　漸至同化　勝境仙家　日進繁華　賞罰分明　蛤蚌老鼠　鹹醃魚脯　好歪貪徒　貧富榮枯　混飾糊塗　開場聚賭　心內多乖　天生聰明　心毒如蛇　人心各異　憂愁思慮

人無本心　遵規守矩　花街柳巷　銀錢惡智　本島人格　共謀公益　各業進步　英人稱讚　孤懸一島　持強欺驅　蛀龍現爪　螻蟻草蚯　鹹淡五味　驕傲怠慢　高低深淺　官府嚴禁　紙牌色子　瘢禿啞矮　凝愚呆蠢　仁慈良善　哭泣淚悲

過橋丟板　勤儉成家　迷人烟花　法不容他　男女不花　日思無邪　銀行會社　電力汽車　名日高砒　風景最佳　決不容情　蜈蚣吐珠　朽爛香臭　諸媚之流　灘媚窟湖　審實窟湖　賭博贏輸　鰇寡孤獨　命中註定　忠厚與家　驚惶恐懼

滿口仁義　追想古代　青年子弟　阿片舊害　耕種朴實　教育日興　市區改正　帝國領臺　四圍海繞　臺灣土地　蜆蜾禁㛁　蚊蟲狗虱　葵鹵鹹菜　美貌醜陋　盛衰興廢　貴賤清濁　搓攋搯賓　瘋跛瞎啞　智謀精巧　奸刁梟惡　十六等字

李開章：《四言雜字》

研究客家早期教育的學者，絕對不可能放過《四言雜字》。若說《千金譜》雜字在臺灣民間的地位不下《三字經》，那麼《四言雜字》就是臺灣客家人的《千字文》了。只可惜歷來研究選編《四言雜字》的學者，取得的文本其實並非初版，追根究底，都是1922年李開章改寫過的版本。李開章是史上第一位將清代手抄流傳之《四言雜字》印刷為鉛字的人，他也將原版有關械鬥、清朝官制的描述刪去，並把原本「輔導級」的內文改寫為「普及版」流傳至今，影響甚大。

張氏佚名：《四言雜字》

《四言雜字》是臺灣民間極重要的雜字書，可惜李開章在斐成堂出版的版本流傳太廣，到戰後仍持續出版，亦有永安出版社、竹林書局大量印行，造成今人大多不知在這之前還有一個「舊版」存在。清代流傳的舊版《四言雜字》，皆為民間自行手抄，此類抄本大多紙質粗糙、殘破不堪，舊書店也不願陳列販賣，造成藏家必須有耐心長期注意蒐集，才有可能入手一二本。舊版《四言雜字》真實反映出械鬥、搶劫等臺灣清代的社會樣貌，在啟蒙教材中十分罕見。

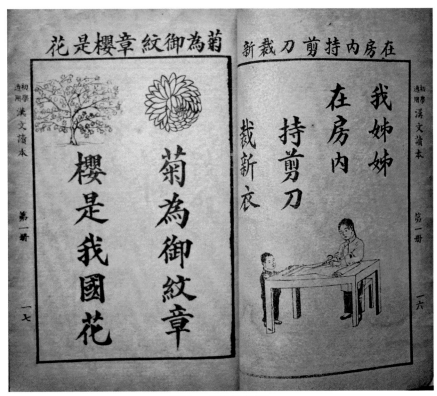

佚名：《漢文讀本》

「人。人有二手，手有節，能屈伸」，這是許多人的爺爺奶奶，小時候共同的記憶。這是什麼呢？是日治到戰後初期最流行的教材《漢文讀本》的課文。這套課本，由淺入深，在閩南村用閩南語讀，在客家庄用客語讀，影響力遍及全臺。然而可能連爺爺奶奶都不知道的是，這套《漢文讀本》，曾在日治時代被改編成「日本版」，倒不是翻譯成日語，而是部份內容更換為日式風格的課文了。例如原版課文為「月季花開，妹妹姐姐，同來看花」，在此版本被更換為「菊為御紋章，櫻是我國花」。

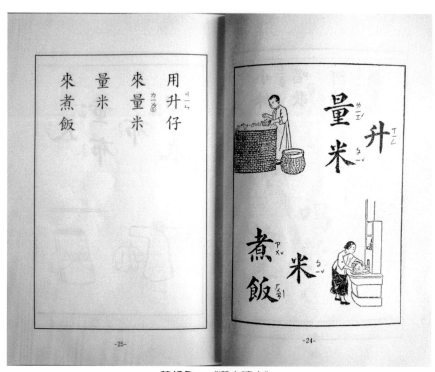

黃哲永：《漢文讀本》

《漢文讀本》是從日治時代一直流行到戰後初期的識字教材，也是舊書店裡客人詢問率極高的老課本。當代的學者看中老教材的特色，索性復古到底，重新影印出版，並附註台文解釋、台語注音，讓古老道地的私塾朗誦聲在現代重現，不但為兒童教育出力，也延續本土語言的香火。圖為1996年黃哲永編印的《和囝作伙看圖識字》。

代　序

　　感謝本書寫作過程中，不斷給我協助或鼓勵我的家人、同學、指導教授許俊雅老師，還有秀威出版社。

　　因為有大家的諸多幫助，讓我得以完成這本「小兒科」。

　　不，「小兒科」不是自貶，亦非自謙。因為這本書講的「小兒科」，指的是給兒童讀的課本──這種書，稱為「啟蒙教材」，也叫「蒙書」。

　　雖然是「小兒科」，但題目一點也不小，甚至可以說，這是人類歷史上第一次有人大規模整理這個項目：「台灣傳統啟蒙教材」。

　　三字經、千字文、論語、中庸，這些中國古人寫的教材，都不在本書討論範圍內。這本書只限定：「臺灣製造」的傳統蒙書。

　　因為忽視幼教、因為忽視歷史、因為忽視語言、因為忽視傳統、因為忽視本土……有眾多的原因，讓這麼好的題材，一直鮮少有人去碰它。縱然有前行學者研究，大多侷限討論於某本書或某種類別，沒有人曾經像本書所做的：一次收集幾十種臺灣人自撰的啟蒙教材，然後將它們分門別類，一本本述說它們的身世；有時又並排在一起，拿起兩三本互相比較、品頭論足。

　　以前鮮有人做的原因是，這些文獻的蒐集，真的太費工夫了。雖然這本書撰寫的時間只花了大半年，然而事前蒐集文獻的時間，長達四十多年。

　　就當我在娘胎裡就會買書吧，我的買書生涯也仍未達四十年。有這種資歷的，是家父黃哲永先生。我難以想像何以會有人從未成年之時，就對傳統啟蒙教材產生如此強烈的興趣：他在高中時代寫的〈介紹幾種「煉乳教材」〉，早在1972年便收集整理各種童蒙教材，展現出其早慧的天份。除了對童蒙教材產生興趣，家父自當時開始便是舊書店的常客，四十多年來收集了豐富的文獻，成為本論文的基礎文本。從我牙牙學語開始，家父便授

予我各種傳統童蒙教材：選讀《唐詩三百首》及《千家詩》，背誦《漢文讀本》、《三字經》、《千字文》、《聲律啟蒙》、《幼學故事瓊林》、《朱子治家格言》，以及閩南語誦讀《增廣昔時賢文》、《千金譜》等。原本擬定要繼續修習《龍文鞭影》、《燕山外史》等較深的教材，可惜當時我已進入國中，學校課業繁重，這才作罷。

在我求學的過程中，有老師積極推廣讀經，有老師推廣臺語，也有老師推廣臺語但反對推廣讀經與教讀書音；在各種不同立場和主張下，家父一向致力以臺灣閩南語推廣、標注傳統啟蒙教材，是我所見過最能有容乃大、包涵廣闊的文化傳承工作。我猜想家父一直想寫這本《臺灣傳統啟蒙教材》，但苦於分身乏術和不擅使用現代化資料庫，終究把這項工作交給我完成。有這樣的家庭背景，選擇《臺灣傳統啟蒙教材》作為主題，彷彿是天生註定的。本文所舉的數十種臺人撰寫之童蒙教材，大半未曾出現於學界論述中，因此我認為，本研究的最大意義便是在於新文獻的出土。例如寫《四言雜字》一節時，在搜尋資料的過程，我發現所有學者論述的《四言雜字》都是日治時代改寫的新版，部份學者雖然推測有舊版的存在，但也不曾目睹。於是所有人在改寫過的《四言雜字》兜圈子，靠僅有的一點線索臆測原作內容，或誤將改寫版本當作初版本論述原作者的心意。令我驚訝的是：這麼難以獲得、至今尚未出土、幾乎可以譽為只存於傳說中的舊版《四言雜字》，家藏竟然不只一本，而有手抄本三冊之多，這時我才為家裡藏書之豐富訝異。本論文舉例的《鶯雛學囀集》、《練習對帖》，忠實呈現臺灣早期私塾師生互動過程，也是相當少見的文獻。

提到臺灣早期文獻，便不能不提起一位專家：臺北百城堂舊書店主人林漢章先生。林漢章與家父從年輕便是莫逆之交，我自小稱呼他為「漢章叔叔」。早在三十年前，民俗學者郭立誠密集推出〈保存本省民俗的千金譜〉、《小四書》、《小兒語》、〈傳統童蒙教材——敘錄〉等關於臺灣流行的啟蒙教材研究、整理時，便得助於林氏之處甚多；在郭立誠臨終前，在病榻上仍提醒林氏還有一箱童蒙教材文獻放在葉言都處，請漢章叔記得去要回來。本論文撰寫期間，我時常到百城堂找阿叔討論，當然也有不少珍貴文獻得自百城堂。在本書剛寫完之時，又從百城堂處購得兩本客語雜字，來不

及列入討論文本，由此可見臺灣傳統童蒙教材實在是無窮無盡的寶藏，等待有心人去發掘。

於是我與家父，不斷的在舊書叢林裡翻找，期望在故舊紙堆中，淘選出臺灣歷史的珍寶。收藏界常說：「一紙、二瓷、三銅器」，紙本文獻榮登第一珍貴，就是因為它最難保存，但上頭承載的文化底蘊最豐富。

因此我們必須趕著在「水火兵蟲」（浸水、火災、戰亂、蟲蛀）毀壞文獻之前，在斷簡殘篇中考證並重刊有用的資料，這是一場與時間較量的競賽，隨著時間的流失，文獻的保存越來越難，資料的取得越來越少。正因如此，這個工作才有價值。

在本書寫作過程中，我也順便玩賞家藏的各種文獻，陶醉其中，樂也融融，絲毫不覺痛苦，反而有徜徉書海而流連忘返之慨。例如尋找黃錫祉資料，由百城堂處得知阿叔曾賣出一本黃錫祉仿《草木春秋》所作的小說，聽得悠然神往；在使用臺灣日日新報檢索資料庫時，無意中得知祖父年輕時的家族秘密，訝然不已；甚至就因為偶然發現各種尺牘定價都是四十錢，曾花一個下午從陳柔縉的文章〈王永慶早年的兩百圓有多大？〉為出發點，考證當時四十錢約略等於今日新臺幣多少錢，又思考為何大多尺牘教材定價皆為四十錢等與論文無關的問題。研究的趣味，從此而來。

最後要致意的是用心寫過這些教材的臺灣先賢。我在空曠的辦公室趕稿，有時陰風陣陣，好似這些知名文人正在背後看我怎麼評論他們。探討雜字教材時，則想觀落陰訪問這些無名作者，以解開他們的身世之謎。藉這個機會，我要向諸位先賢報告：小子才疏學淺，寫得不好，不及前輩文思之萬一。諸位的教材，但求盡量介紹評述，這是晚輩對保存前人心血所盡的一番心力。小子只求日後逛舊書店時，能保佑我買到更多珍本文獻，期待來日再繼續發揚更多前人之大作。

CONTENTS

表目次

圖目次

1 導論

子能食食，教以右手。能言，男唯女俞，男鞶革，女鞶絲。六年，教之數與方名。七年，男女不同席，不共食。八年，出入門戶及即席飲食，必後長者，始教之讓。九年，教之數日。十年，出就外傅，居宿於外，學書計。衣不帛襦袴，禮帥初，朝夕學幼儀，請肄簡諒。十有三年學樂，誦詩，舞勺，成童舞象，學射御。

——《禮記》

啟蒙是教育的基礎，無論古今中外，皆把啟蒙教育視為百年大計的根基。從文獻紀錄來看，漢民族自先秦時代，便開始發展兒童啟蒙教育，大量保存先秦史料的《禮記》記載：

> 子能食食，教以右手。能言，男唯女俞，男鞶革，女鞶絲。六年，教之數與方名。七年，男女不同席，不共食。八年，出入門戶及即席飲食，必後長者，始教之讓。九年，教之數日。十年，出就外傅，居宿於外，學書計。衣不帛襦袴，禮帥初，朝夕學幼儀，請肄簡諒。十有三年學樂，誦詩，舞勺，成童舞象，學射御。[1]

　　可知先秦時代的童蒙教育落實於日常生活，透過蒙以養正的理念，延伸到遵守禮儀、陶冶性情、發展人格、增長智慧等目的。從周秦兩漢的識字蒙書如《史籀篇》、《倉頡篇》、《急就篇》，到南北朝的名作《千字文》，隋唐五代《開蒙要訓》、《太公家教》、《蒙求》，宋元則有《三字經》、《日記故事》、《對類》，乃至明清編寫《小兒語》、《千家詩》、《幼學瓊林》、《龍文鞭影》……據徐梓的《蒙學輯要》附錄，共收錄一千三百種蒙書書目，漢民族對蒙書編輯的熱切，可見一斑。

　　在童蒙教育的發展過程中，啟蒙教材的編著一直是很重要的課題，例如中國學者張志公的《傳統語文教育初探》，認為傳統的語文教育有相當完整的一套步驟和方法，可以分成「以識字為中心的啟蒙階段」、「進行讀寫的基礎訓練」、「進一步的閱讀訓練和作文訓練」三個階段來構成[2]，而蒙書則在這三個階段需求底下分為各種類別。徐梓的《蒙學輯要》，一套四冊，包括《蒙學便讀》、《蒙學歌詩》、《蒙學須知》、《蒙學要義》等，收錄各種蒙學課本、學規、學則、文獻以及附錄蒙書書目。臺灣的蒙書研究，則以林文寶的《歷代啟蒙教材初探》為臺灣第一部有系統的啟蒙教材論著，依

---

[1] 〔漢〕鄭玄注，〔唐〕孔穎達正義，〔清〕阮元校勘：《禮記正義》，《重刊宋本十三經注疏附校勘記》（臺北：藝文印書館，1981年影印文選樓刊〔清〕嘉慶二十年〔1815〕江西南昌府學本），卷28，頁19-20。

[2] 張志公：《傳統語文教育初探》（香港：三聯書店，1999年），頁1。

時代分為漢唐、宋元、明清三階段，列舉重要蒙書作深入討論。雖然蒙書研究在中、臺兩地近二、三十年來，成為研究的顯學，然而不可否認的，數千年來，有諸多的教材在先賢的筆下被創作，卻也有許多教材在時間的長流裡佚失、被遺忘。

自鴉片戰爭之後，列強打開了中國的門戶，也對漢民族的思想產生重大的衝擊。知識份子如張之洞開始提出「中體西用」，梁啟超、王國維等人則倡言西學，然而在自強運動、戊戌變法相繼失敗後，庚子拳亂、袁氏稱帝、軍閥割據等亂象又不斷上演；自清末始，知識份子將國家積弱不振的原因，歸咎於傳統文化過於落伍，於是傳統的風俗、禮教、信仰等舊思想開始受到抨擊，傳統的文言文也因而成為眾矢之的，被新的文學革命給取代。

民初「白話文運動」與清末即推行的「國語（官話）運動」互相影響，在胡適、陳獨秀等領導的「新文化運動」大旗下，一股教育改革的強大力量於焉形成，促成廢止文言文，改採白話文教育。情勢發展至此，這些傳統童蒙教育與蒙書，被視為過去封建的產物，不符合當代的生活，當然更不適合作為兒童啟蒙教材，因此曾經被遺忘了好一段時間，縱有學者提及，竟以「封建」評之。[3]

然而，漢民族啟蒙教育上溯先秦、下至當代，每個年代都對兒童教育非常重視，每一篇童蒙教材都是過往的文人學者竭盡心思，設計出他們以為亟需讓受教育的兒童認識之事物，有時還要配合當時的國家政策將之融入課程，再嘔心瀝血地化為優美的文章編成教材。是故，這些教材反映出每個時代對於兒童教育的觀點，顯露出每個作者心中所縈、所積極宣導的理念，提供吾等後人對於不同時代的教育思想、教育政策有更多的了解，也對於先賢文人的才識品格有更深體認。

因此，童蒙教材成為歷來學者對傳統兒童啟蒙教育研究上，極為重要的素材。本書將以近代發展於臺灣的蒙書作為研究主題，其主要的研究動機可

---

[3] 如張志公的描述：「以灌輸封建思想意識為主要目的的教育，它的方法就無可避免地受到很大的侷限。因此，當我們回顧傳統的蒙學教育的時候，我們所接觸的必然是大堆大堆的糟粕，有些東西，簡直污濁到我們不願意伸手去碰。」不過，這種強烈的言詞也可能是作者在當時政治情勢下，一種自我保護的「表態」。參見張志公：〈序〉，《傳統語文教育初探》，頁2。

分為以下三點說明。

 ## 臺灣傳統啟蒙教材的意義

1.繼承華夏蒙學傳統

　　臺灣在歷史上雖然經歷過各族群領導統治，血統與文化也經過多次融合，然而不可否認的，以臺灣整體而言，還是以漢人的文化為主體。自「臺灣文獻初祖」沈光文來臺後，開館授徒、成立吟社；鄭氏入臺，鄭經以陳永華為諮議參軍後，永曆十九年（1665）起，建孔廟、興學校，其所授、所讀、所寫、所吟者，皆是自中國帶來的漢文字、典籍和文化。清朝乾、嘉之後，書院林立，民間義學、社學遍佈城鄉，逐漸有參加科考或吟哦賦詩的士子；到了清末，臺灣則有李望洋、李逢時、楊克彰、蔡國琳、林啟東、陳省三、徐德欽、許南英、施士洁、丘逢甲、汪春源等詩文名篇傳世較多的文人。這些宗師巨擘，無一不是接受漢民族的傳統蒙學，而養成其風骨、智識與詩文造詣。[4]乃至日治之後著名的新文學作家，諸如：賴和[5]、郭秋生[6]、張深切[7]、張文環[8]、呂赫若[9]、王詩琅[10]、鍾理和[11]、張我軍[12]、楊雲萍[13]、楊守愚[14]、蔡愁洞[15]、楊華[16]……都接受過傳統教育的啟蒙，更遑論許多本身即為

---

[4]　黃哲永：〈清代臺灣傳統文學作家「童蒙教育」的養成教材〉，《中華文化與文學學術研討系列第六次會議－明清時期臺灣傳統文學》（臺中：東海大學，2000年），頁34。
[5]　賴和除了進入公學校就讀外，十四歲時隨黃倬修修習漢文。李懷、桂華：《文學臺灣人》（臺北：遠流出版社，2001年），頁43。
[6]　郭秋生於1911年跟隨張德修學習漢文。同前註，頁71。
[7]　張深切於1910年進入私塾，啟蒙於洪棄生。同前註，頁79。
[8]　張文環從小先接受私塾的漢文教育，直到十三歲才進入公學校。同前註，頁99。
[9]　出生在地主家族的呂赫若，從小便在古典漢學的氛圍中長大。同前註，頁115。
[10]　王詩琅於1915年就讀於清朝秀才王采甫的私塾。同前註，頁127。
[11]　鍾理和在公學校高等科畢業後，才接受私塾漢文教育。同前註，頁131。
[12]　葉石濤：《臺灣文學史綱》（高雄：春暉出版社，2000年再版），頁23。
[13]　同前註，頁43。
[14]　同前註，頁44。
[15]　同前註，頁45。
[16]　楊華曾任教私塾維生。同前註，頁47。

塾師的舊文學作家。

　　直至戰後，自中國大陸來臺的外省文人、學者、官員中，亦有不少自幼啟蒙於傳統漢學者，例如吳稚暉、于右任、蔣夢麟、王雲五、胡適、姚從吾、傅斯年、羅家倫、吳大猷、牟宗三等。[17]因此可以說，影響當今臺灣的前輩文人學者，不論本土外省，大多接受傳統的啟蒙教材薰陶。近年在小學教育中盛行讀經教育，各縣市亦常舉辦小狀元經典會考活動，地方性的讀經班更紛紛成立；這些活動，可以說是臺灣自古從漢文傳統啟蒙教材一脈相承下來的香火。

2.強調臺灣本土特色

　　傳統啟蒙教材雖然發源自中國，然而與其他文藝創作一樣，開枝散葉後總會在新的土地上落地生根。葉石濤在〈臺灣鄉土文學史導論〉一文中說明：

> 當我們回顧臺灣鄉土文學史的時候，我們不得不考慮到它的根源以及特殊的種族、風土、歷史等的多元性因素。毫無疑問，這種多元性因素也給臺灣鄉土文學帶來跟大陸不同的濃烈色彩，樸實的風格、豐富的素材，以及海中島嶼特有的，來自遙遠國土的，像黑潮一樣洶湧地流進來的嶄新異國思潮影響。[18]

　　這段話雖然指的是臺灣的鄉土文學，放在同為臺灣文學一環的傳統啟蒙教材上一樣適用。不過至今為止，在蒙學教材的研究上，尚鮮有學者整理由臺灣人所編撰、在臺灣生根發芽的蒙書研究；研究蒙學的學者，大多著重於朱熹蒙學思想或宋代蒙書分類，或是進行單一種書籍的探討，雖然這些蒙書在臺灣流傳使用甚久，但畢竟不是「臺灣製造」。是以過往論者雖探討蒙書

---

[17] 參見詹玉娟：《清末民初著名學人童蒙語文教育之研究》，臺中：國立臺中教育大學語文教育研究所碩士論文，2005年。
[18] 葉石濤：〈臺灣鄉土文學史導論〉，收入尉天驄主編：《鄉土文學討論集》（臺北：編者出版，1978年），頁71。

在臺的流傳、蒙學在臺的發展，然這些蒙書、蒙學實則全套由中國挪來，難以與中國的蒙學研究清楚劃分界線。

由於臺灣本土創造的蒙書文獻坊間罕見，先行研究之學者更為稀少，久而久之造成「蒙書皆由中國流傳至臺灣」的誤解；若今日再不奮發而起蒐集整理，待這些蒙書文獻果真接連亡佚，吾人則更沒有文獻來證明「臺灣也有自編的蒙書」。

3.留存環境時代樣貌

由於蒙書的編撰，大體上而言，必須兼顧讀者的程度、教育的政策、知識的累積、素材的取捨、環境的限制、文字的典雅、作者的才情……等等，是以啟蒙教材的內文不能淨提無關緊要的事情，表意不可曲折迂迴、曖昧不清。這樣的創作條件下，蒙書內容恰好可以清楚地反映出書寫時代普遍的社會觀、價值觀，以及編著者急切想要傳達給眾人的知識。

雖然臺灣在明清時代，便開始與西方各國接觸，進入近代與現代的交際；然而真正全面感受到「現代」的衝擊，要算是臺灣進入日治時期之後。此時臺灣已經繼承明清時代蒙書的形式與體裁，延續了前代的文化，然而日本人將各項現代化軟硬體建設引進臺灣之後，使得臺灣產生了脫胎換骨的變化。兒玉源太郎總督起用後藤新平擔任民政長官[19]，在後藤新平的推動之下，醫療、衛生、自來水、戶口、貨幣、鐵道、糖廠、發電等設施陸續步上軌道[20]，發展一日千里，人心的思想與地表的景觀都急速在改變。屆此新舊交會、東西交融的時局，當時的文人怎麼繼承傳統蒙書的形式？如何對學童描述這一切？是要傳統、要現代，抑或找出兩者之平衡？本書希望能從蒙書內容做出彙整剖析，從中了解成書之時社會的面貌。

---

[19] 任期為1898年3月至1906年11月。
[20] 李筱峰：《臺灣史100件大事（上）》（臺北：玉山社，2006年），頁115。

本書的切入點

1.分析臺灣傳統蒙書的類型、體裁和流傳狀況

綜觀過往學界的蒙書研究成果，無不將蒙書依主旨或體裁分類討論。如張志公在將蒙書分為識字教育、思想教育、知識教育、詩歌屬對教育、作文訓練[21]；林隆盛則分識字類、常識類、思想類、應用類、漢藏對譯讀本[22]，各家學者分類方法相異。然而事實上由於蒙書常有多重功能，往往無法截然劃分；例如《三字經》，既是最基本的識字教材，內容也涉及道德教養與歷史知識。因此本書回歸到最基本的分類：依體裁整理。選擇依體裁分類的原因有二項：第一，體裁是蒙書最明確的外顯形式，《三字經》這種三字韻文就是「三字經體」，不會被劃分到「千字文體」，盡量避免依主旨分類而有無法截然劃分的模糊地帶。第二，為求深入探討各蒙書的主旨，依主旨分類的方法仍有其必要。然而本書討論的臺灣傳統啟蒙教材，許多文本的相關研究成果並不多，甚至不少蒙書是在本書的發掘下首次出土，因此本書的階段性意義是依其體裁作基本歸類，並從文獻本身探究使用的方法與傳播的過程；至於這些蒙書如何依照主旨分門別類，俟日後相關研究成果累積足夠時，再深入探討。

2.探討臺灣傳統蒙書的文學價值、文化意涵及特色

除了就文獻本身作初步分類與觀察其使用、傳播狀況外，筆者將詳細研讀這些蒙書的文本，分析其內容在文學性和歷史性的價值；不同的教材之間，其共性與殊性為何？放在歷史軸線上觀察其歷時性，是否可以觀察出蒙書底蘊不變的價值或流動的意識？將同一時期的蒙書作橫向聯結，能否看到不同的文人因其學養、經歷的殊異，而讓教育史展現百花齊放的盛景？是否

---

[21] 張志公：〈序〉，《傳統語文教育初探》，頁6。
[22] 林隆盛：〈敦煌所藏的童蒙讀物〉，《國文天地》第6卷第4期（1990年9月），頁30-32。

突顯出臺灣文學的特色？這些都是本書的觀察重點。

3.了解近代臺灣蒙學發展的社會背景

　　蒙書的編輯，與作者的學識、品格、個性，以及當代的教育方針、政治氛圍、社會價值息息相關。換句話說，什麼樣的時代，就有什麼樣的作品；研究那些作品，則可反映那個時代。臺灣近百餘年，思想變革的速度極快，1897年完成的《時勢三字編》與1900年寫就的《臺灣三字經》，僅隔三年，其身分認同已然分歧。就算處於同一個時空下，《精神教育三字經》與《三字集》對於居上位者的態度更是南轅北轍。筆者藉由蒙書內容，嘗試揭示社會的演變與多元。

4.發掘新的文本提供學界參考

　　本書提出獨立為一節專論的臺灣傳統啟蒙教材共四十一種，其中筆者未見前人曾專文論述者約三十種，加上《鴛雛學囀集》、《練習對帖》等數種書房流傳出來的罕見抄本，堪稱是臺灣傳統啟蒙教材的研究領域上，首次有這麼大規模的文本呈現。論研究的品質與專業，筆者尚未入門，不敢居功；然而能夠盡量多介紹臺灣先賢的心血結晶，為日後的研究鋪路，讓各界注意到這一塊學術的處女地，也就不枉筆者尋書的沐雨櫛風、著述的案牘勞形了。

釋名

　　本書題目為「臺灣傳統啟蒙教材」，組成這八字的四個詞彙，恰好將研究範圍做了最清楚的說明。

臺灣

　　本書研究的文本為「創作於臺灣」或者「發源地不詳，但富涵閩南特色，有可能源於臺灣」者。是故，諸如《急就篇》、《二十四孝》、《小

兒語》、《朱子治家格言》、《弟子規》、《昔時賢文》、《唐詩三百首》……等中國蒙學經典並不在本書研究之內。另外，部份蒙書雖然在臺灣流傳甚久，例如《千家詩》、《聲律啟蒙》、《玉堂對類》、《唐詩合解》、《童子問路》、《三字經》、《百家姓》、《千字文》、《指南尺牘》、《七家詩選》……等，此亦為臺灣傳統文人必讀之教材，然而畢竟寫成於中國，並非臺灣文人在地的創作，只能算是臺灣文人編寫教材時必備的「營養」，可備為參考，但也不在本書討論範圍內。

傳統

「傳統」是自古流傳下來的準則，意指「世代相傳的」、「舊有的」，常與「現代」相對。在本書此「傳統」指的是「傳統的文學」，也就是在五四運動提倡「白話文學」以前，漢民族所流行的文學形式。此類文學大多以偶句、韻語、詩歌或文言文寫成，因此以現代白話文寫成的兒童書籍不在本書研究之內。

然而，部份蒙書內容形式文白夾雜，並非通篇以文言寫就；如《千金譜》，有「隸首作算用苦心，倉頡制字值千金」類似對偶且典雅的文言文，也有「閹雞趁鳳飛，雞子綴雞母」的大白話。早年流傳於民間的「雜字」類蒙書形式大多如此，然以其形式大多符合傳統蒙書的類型，配合這些蒙書的教學也是沿用傳統的蒙學教法，因此前人仍將這類雜字蒙書歸入「傳統蒙書」的討論中。

啟蒙

「啟蒙」有指導蒙昧無知者或者初學者的意義，然而在「啟蒙教育」的對象，以今日的用詞來說，當是指學前至國中、小學階段[23]，大多論者亦將「啟蒙教育」限定在七歲至十六歲之內[24]；然而在過往社會中，年過十六、甚至二十才進入私塾的成人學生也相當常見。[25]況且筆者仔細審視臺灣傳統

---

[23] 林文寶：《歷代啟蒙教材初探》（臺北：萬卷樓出版社，1997年），頁187。
[24] 如伊能嘉矩在《臺灣文化志》的調查。
[25] 例如鍾理和在十六歲時自長治公學高等科畢業，進入村私塾學習漢文。

啟蒙教材內容，有部份教材並非為了此年齡範圍內的學童編寫，而是為了特定對象（如軍人、商人）所撰之讀本；為了將這部份教材一起討論，本書所謂的「啟蒙」便不局限於「童蒙」中，而是用廣義的「通過宣傳教育，使社會接受新事物」意義解釋。

教材

現代教育學所謂「教材」包括了所有教學時所使用的資料，包括教科書、講義、參考書、工具書、圖表、標本、模型、實物、視聽教材等[26]；本書研究的文本為臺灣傳統啟蒙教材，此「教材」只限定於啟蒙教本，也就是經由印刷或手抄在書面，而流傳下來的文獻，有時為行文精簡，或省稱為「蒙書」。

綜合前述，本書主要以在臺灣創作的傳統啟蒙教材為觀察重心，並旁及其他傳統蒙書的特色及流傳概況，以供參照。

由於傳統蒙書的撰著、選編，需要深厚的傳統文學底子；戰後蒙書編撰者，若非經傳統文學童蒙教育培訓而成家，所編撰之蒙書的形式用韻，都與傳統文學有極大差別，品質大多良莠不齊。因此本書所研究的蒙書，大多限於清代至日治時期刊行的文獻，部份戰後的重要作品亦予以選入。

然而筆者必須承認：臺灣傳統啟蒙教材的文本，散落在民間者不知凡幾，本書所提出的蒙書，無法代表臺灣傳統啟蒙教材的全貌；筆者所蒐集探討的資料，最晚截至2011年5月為止，這也是本研究的限制之一。待日後有新文獻出土，期望來者能繼續補充。

前人的研究大多著重中國蒙書的傳播過程、中國蒙書在當代讀經教育的影響，以及蒙學在明清時代的轉化、甚至是到日治及戰後的蛻變；對於在臺灣早期文人撰寫的傳統啟蒙教材，大多旁及帶過，並非作為論述的中心，只有王順隆〈從近百年的臺灣閩南語教育探討臺灣的語言社會〉、林明興《臺灣地區《三字經》及「三字經體」發展之研究》及吳蕙芳〈日治時期臺灣的雜字書〉是完全關注於臺灣文人創作傳統蒙書的研究論文。不過王順隆所列

---

[26] 方炳林：《教學原理》（臺北：教育文物出版社，1992年），頁90。

舉的蒙書樣本不足，以致分類過於簡單；而臺灣的「雜字書」與「三字經體」蒙書，畢竟只佔了臺灣傳統啟蒙教材的一部分，難以一窺全豹。因此本書嘗試收集更多種類臺灣文人編撰的傳統啟蒙教材，冀望能以更多的文本類型，重新整理在臺灣文學史上一直不被重視的童蒙教材，拼出臺灣文學的一塊新版圖。

2 臺灣傳統啓蒙教材的時代觀察

　　在上一章，對臺灣蒙書編撰時代的政經發展、出版印刷、教育政策做了歷史回顧。在不同的環境因素之下，臺灣有哪些在地的蒙書產生？有何與時俱進的變化？蒙書要傳授哪些方面的知識給蒙童？本章將針對以上思考，對臺灣啟蒙教材在時間脈絡中的演進加以觀察，釐清臺灣傳統啟蒙教材在臺灣的源流與特殊性。

清代的臺灣傳統啟蒙教材

　　鄭成功於1661年渡海東征，統治臺灣，傳世三代，歷時二十二年。雖然政權甚短，加以兵馬倥傯，然而教育施設仍有足述。1665年，鄭經採納諮議參軍陳永華的建議，籌備興建聖廟、設立學校。教育以學院為最高學府，學院之下，府設府學，州設州學，地方則有社學；各級教育都和科舉制度互相配合。因此明鄭時代的教育制度，雖是草創，卻已略具規模。[1]

　　1683年，鄭克塽降於清朝，於是清朝的典章制度，全部施行於臺灣，教育宗旨和學校制度亦不例外。清朝一代的教育宗旨，以明倫為大綱，實則培育順民為目的。[2]臺灣納入清廷版圖的前半期，島民忙於開墾荒埔，無暇讀書進修；然而在康熙年間亦設立府儒學、縣儒學、書院、社學等。府縣儒學及書院培育的學生，以準備科舉考試為主。當時科考文體為八股文，題目多出自四書內容，或取一句，約十字之內的題目，稱為「小題」；或取一章，達十字以上之題目，稱為「大題」。書寫時，必須遵守八股文的結構：一曰破題，二曰承題，三曰起講，四曰入題，五曰起股，六曰虛股，七曰中股，八曰後股，九曰結束。考生據題敷陳經義，按結構作文，曰「代聖賢立言」。在八股文出題與結構都有嚴格限制的條件下，學子鑽研的教材局限於傳統的四書五經之內，對新教材的需求不大；蒙書的傳播大致底定，此時期在中國編寫的蒙書也多為舊有蒙書的增補、改編與刪訂工作。新教材如《古唐詩合解》[3]、《童子問路》[4]等清人編撰之藝文類書籍，皆在中國大陸編成。這類教材無法在臺編成的原因，不外乎當時臺灣缺乏教育資源，沒有出現開科選士的人才等。因此，打從出發點開始，臺灣傳統啟蒙教材的類型，

1　洪炎秋：〈臺灣教育演進史略〉，《中原文化與臺灣》（臺北：臺北市文獻委員會，1972年），頁446-447。
2　同前註，頁447。
3　《古唐詩合解》為清雍正年間王堯衢所編，為求讓讀者瞭解漢詩之源流本末，熟悉詩歌體裁、格律、聲調，是故註解古詩及唐詩，著為此書。
4　《童子問路》為清人鄭之琮編撰，共分四卷，指導學童作文之法。內文多以四書五經一句作題目，文章開頭並有附註「破題面」、「破題意」等技巧，乃是八股文的形式。

似乎就註定與科舉之路分道揚鑣。

　　直到清代中葉，臺灣開始發展出郊行，與中國各大商港有密切來往，貿易大興，記帳文書人才的需求量增加，相對應的蒙書於焉誕生。據目前已知文獻中，最早在臺灣流傳的閩南語體蒙書為道光、咸豐年間出版的《千金譜》[5]，記載通商經過與大量商貨名物，可謂是反映清朝閩南文化的最佳寫照。

　　《千金譜》在臺印行的最早紀錄為臺郡松雲軒於咸豐壬子年（1852，咸豐二年）的版本，未紀錄作者。據臺北百城堂舊書店主人林漢章表示，在他印象中曾經寓目道光年間的大陸刻本。[6]觀察《千金譜》中提及廣東、蘇州、天津、泉州等港來看，確實反映的是道光年間採辦貨物的重要市場。[7]咸豐十年後清廷與各國簽訂天津、北京條約，開放各國商船進港，洋行、買辦逐漸取代了舊郊行。《千金譜》因成書於道光末、咸豐初，洋行尚未出現，書中屢次提及當時的商業活動，意外地成為郊行在舊時代的最後紀錄。

　　除了《千金譜》之外，清代在臺灣流行的雜字書，較有名氣者尚有《四言雜字》、《訓蒙教兒經》等，都是早期流行於臺灣私塾的教本，曾在1978年收錄於曾永義校閱、馮作民音註的《國語注音白話語譯：四言雜字、七言雜字、訓蒙教兒經》一書。編者如此介紹《四言雜字》：「我們不僅不知道書的起源和較詳細的情形，甚至於連作者也不知道」但從內容推測其寫作背景「難道當時真是『時逢凶年，人走流離』，以至於令人『滿腹憂愁』麼？[8]」然而臺灣自清代以來，大小民變械鬥不斷，仍無從判斷作者在哪一年「時逢凶年，人走流離」時編寫此書。然而從《四言雜字》內容提及「中舉」與各種中國傳統官銜來看，似乎成書於清代，編者也支持這個推測：「那本四言雜字，我們可以從書的內容中，知道作者姓張，知道作者有目

5　　《千金譜》的作者與確切成書年代、地點皆不詳。由於學界亦有人認為此書應成於臺灣，且對臺灣民間影響至深，因此本書將《千金譜》納入討論。

6　　黃哲永：〈臺灣鄉土文化的寶典──千金譜〉，《中國文化月刊》第252期（2001年3月），頁72。

7　　吳坤明校註，呂理組注音：《正字千金譜》（桃園：呂理組出版，2005年），頁5-6。

8　　曾永義校閱，馮作民音註：《國語注音白話語譯：四言雜字、七言雜字、訓蒙教兒經》（臺北：永安出版社，1978年），頁1-2。

的而做那本書，知道那本書作於滿清時代的臺灣。[9]」然而從內文「各業進步，電力汽車，市區改正，莊嚴官衙，共謀公益，銀行會社，教育日興，漸開文化[10]」句來看，似乎又是日治之後的寫照，尤其「會社」一詞更是道地的日語詞彙；因此歷來有部分論者認為《四言雜字》作於日治時期，亦有部分論者認為在清代就存在。筆者因得數本《四言雜字》早期手抄本可供參考，判斷本書成於清代，在日治時期經過李開章編校；在後文第八章將有詳細推論。

該書的第二部分《七言雜字》，全篇幾乎只是名詞的堆集，無法判斷切確年代。

該書的第三部分《訓蒙教兒經》，編者云「我們不知道這本書的作者，但從這本書中所說的社會情形看來，可能是滿清時代的作品。[11]」所以事實上編者也無法肯定成書的時代。

綜觀整個清代兩百餘年，在地的傳統啟蒙教材幾乎只有《四言雜字》、《千金譜》，而且《千金譜》還無法確定其書是否成於臺疆。此時期臺灣蒙書數量何以如此稀少？筆者歸納為以下五點：

一、**教育資源的缺乏**。大略而言，清廷官方並未正視臺灣的教育，政策分合反覆，不但從未在臺設置臺灣省提學道或提督學政等專職主持教育事務的機構，更未派任學政官員。在上位者如此態度，影響教育的軟硬體建設，人民向學的意願以及學習的效率自然不佳，難以出現有心於教育的人才。

二、**就學時間的不足**。臺灣在清廷統治下，大約有一半的時間在開墾田地、振興百業。先民篳路藍縷、摩頂放踵，在瘴地、天災、苛政等重重考驗下勉強只求得溫飽，就學讀書成為奢望。能出席課堂者，多為少數的上流社會子弟；農忙之時，學生缺席人數還要增多。甚至由於家境貧困或繼承家業等因素，輟學者眾，能完成學業者不多。正因忙於生計，能抽出時間就學已然不易，遑論有才學與時間去編寫新教材了。

---

[9]　同前註，頁120。
[10]　同前註，頁13。
[11]　曾永義校閱，馮作民音註：《國語注音白話語譯：四言雜字、七言雜字、訓蒙教兒經》，頁145。

三、**八股取士的侷限**。平民迫於生計，無力就學；富裕之家的子弟，有心走科舉仕進之路者，則進入府、縣儒學或書院就學。然而明清科舉以八股取士，八股文的出題局限於四書之中，論說的架構也有明確規則，前人對四書五經不斷注疏、增補的經典已如汗牛充棟，其他與科考無關的教科書，編輯需求並不迫切。

四、**前代蒙書的飽和**。中國蒙書自先秦起開始發展，至明清時代約有兩千年之久，這段時間長流裡，蒙書類型大致完成於宋元時期，宋元蒙書沿用至明代之後，明人在舊有的基礎上，加以創新，擴充舊教材，編寫創新體；加上明代學者對於教養有更新的觀察與理論，這些新思想激發了蒙書的編纂[12]，因此明代蒙書的編輯，無論在質、在量、在創意上，可謂百花齊放，成果斐然。入清之後，由於蒙書的類型與文體大致底定，整體說來新編童蒙教材的創意和數量，反而不及明代。[13]

五、**印刷術尚未成熟**。由於印書之版料，以梨木、棗木製者為上等，因此「棗梨」成為書版之代稱。臺灣地處熱帶與亞熱帶之間，因氣候限制，少有這種質地堅硬、耐於重覆印刷的木料；加上雕版刻工需要高深的技藝，刻字才能筆劃分明、排版有度，這樣的工匠為臺島所無。官方出版品是以大多在中國大陸出版，或在大陸完成刻版再運回臺灣印書。民間用書如蒙書的出版資金不如官方雄厚，無法一次大量印刷發行，輒以手抄流傳，傳播的速度自然停滯不前，難以推廣。

除了上述因素之外，還有幾種可能性是不能忽略的：由於蒙書是通俗日用書，反而不被官方和文人重視，書店為求降低成本、薄利多銷，紙材與印刷並不講究，是故保存不易或無人有心保存，縱使清代臺灣有在地的蒙書產生，也因此而失傳。又也許內容不精、時代變遷、沒有教學價值等因素，以致無法見存於今日。

也有部份蒙書，是由於無法確認成書於何年而難以放入時代脈絡論述。例如筆者收藏的蒙書中，有一部分則因前人對版本並不重視，未錄作者、年

---

[12] 陳進德：《明清啟蒙教材研究》（臺北：臺北市立師範學院應用語言文學研究所碩士論文，2005年），頁71。
[13] 同前註，頁87。

代，難以確認在清代或是日治時期出版，造成分期的困難。

 ## 日治的臺灣傳統啟蒙教材

　　清末對外開商口岸，臺灣社會為之一變；洋務運動在臺實施，為臺灣的
現代化做了準備；然而臺灣要全面進行翻天覆地的大躍進，仍屬進入日治之
後。這個時期，西洋、日本、中國的思想有時並存、有時扞格，加上人民就
學率提高，新舊學都有為數不少的人才，各種不同類型與意識形態的蒙書，
便在這個時代萌芽發生。

　　日人來臺初期，戰亂仍頻、兵燹四起，連傳統的私塾在這段期間都幾乎
滅絕，蒙書印行傳播的困難可想而知。1897年後，社會大致靖平，書房在此
時不但大幅增加，也刺激了有志之士編輯新教材的意願。就筆者知見之日治
時期臺灣傳統啟蒙教材，以年代為序，列表如下[14]：

表一　日治時期臺灣傳統啟蒙教材年表

撰成或 出版年代	書名	編撰者	類型
1897	《時勢三字編》	洪棄生	三字經體
1900	《臺灣三字經》	王石鵬	三字經體
1906	《臺灣明治分類雜字》	佚名	雜字類
約1915	《新改良三字經》[15]	林人文	三字經體
1921	〈訓蒙集格言〉	黃錫祉	詩歌類
1925	《羅華改造統一書翰文》	劉青雲	尺牘類
1927	《四字雜錄》	吳九河	千字文體
1929	《精神教育三字經》	張淑子	三字經體
1930	《新撰仄韻聲律啓蒙》	林珠浦	韻對類
1930	〈新聲律啓蒙〉[16]	諸家	韻對類

---

[14] 若將臺人選編之啟蒙教材列入，則汗牛充棟，難以計數。為求聚焦在臺人「創
　　作」的傳統啟蒙教材，僅是整理編輯前人作品者不列。
[15] 此書文獻出土於1969年盧嘉興所撰〈任教南縣撰「改良三字經」的林人文〉中，
　　盧氏由善化蘇炳嵩處得手抄本，抄本封面書「大正四年六月置」，為1915年，此
　　書撰作時間顯然早於1915年，但切確成書年代不可考。盧氏在文中稱此書撰於清
　　末，筆者認為有此可能，但沒有直接證據。
[16] 連載於日治時代文藝消遣雜誌《三六九小報》，1930年起至約1935年。

1931	《三字集》	陳德興	三字經體
1935	《新編士農工商手抄利便 來往書信不求人》上下冊	陳百忍	尺牘類
1935	《千家姓》	黃錫祉	千字文體
1937	《和漢寫信不求人》	張淑子	尺牘類
1943	《皇民奉公經》	莊萬生	詩歌類

　　從以上的蒙書撰著年表排序來看，可以約略整理出蒙書與時代的對應關係：

　　日治初期，臺灣人在日軍的鐵蹄之下噤若寒蟬，生怕亂做文章，以文亂法，終致延禍上身。在此時啟蒙教材不做則已，一做必為彰顯民族精神；洪棄生在日軍來臺同年編寫的《時勢三字編》，闡述中國史地演進，提示子弟不可忘記自己的根源；雖然洪氏只用來教授自己的至親子弟，但在鹿港地區仍有一定數量的讀者。[17]

　　稍晚出版的《臺灣三字經》，可以視為日治初期最有代表性的臺灣童蒙經典。《臺灣三字經》為新竹文人王石鵬在1900年二十四歲時，仿宋人王應麟《三字經》三字韻語體裁所編寫的童蒙教材，出版於1904年。其內容對自明中葉以來關於臺灣的文獻進行整理，承載臺灣史地、物產等知識，發揮愛鄉土的情感，在某些人眼中也蘊含「臺灣民族意識」。雖然《臺灣三字經》句句不離鄉土，但由於未曾涉及中國史地，其時日本也正對於臺灣做大規模有系統的戶口、語言、族群、風俗、經濟、物產、土地調查，並將成果陸續出版成冊，恰與《臺灣三字經》內容中對於臺灣歷史、地理、產物、住民、風俗、經濟等內容呈現相互呼應；因此《臺灣三字經》並未犯禁，得以公開販售。在此書出版三十年後，洪鐵濤署名「懺紅」仍在《三六九小報》上感慨：「余少時，曾見新竹王石鵬先生所著之臺灣三字經，仿蒙經之例，音節和諧，少年易於上口，必讀之教本也。十數年來，坊間不見代售，想已絕版久矣！……（中略）……有心人盍不起而重鐫之？」可見此書當時流行的程度，以及時人之高度評價，然而從洪氏「十數年來，坊間不見代售，想已絕

---

[17]　林明興：《臺灣地區《三字經》及「三字經體」發展之研究》，頁93-97。

版久矣！」以及「此書委之無傳，為著作界之痛恨事」[18]等語推測，在日治中期此書之流行畢竟有限。

在初期彰顯民族意識的蒙書之後，臺灣傳統啟蒙教材沉寂了好一段時間，至1930年以前，尺牘類、雜字書、千字文體、文言文體並進，數量不多，難以歸入系統分析。其中值得一提的是1925年劉青雲編寫的《羅華改造統一書翰文》，以教會羅馬字為傳統尺牘標音；同時期也正是臺灣的教會羅馬字結合社會啟蒙運動，如火如荼展開傳播工作的時候。自1922年起，臺灣文化協會便決議將「羅馬字運動」列入推動之事業。最具代表性的例子便是蔡培火在1925年發表的《十項管見》，全文以教會羅馬字書寫，討論宗教觀、人生觀、語言觀、臺灣人觀、女性觀和文明觀。然而教會羅馬字出版的典籍、教材，皆以臺灣閩南語白話寫成，不在本書討論範圍之內。唯有這本《羅華改造統一書翰文》是例外，可以視為1920年代教會羅馬字將推廣工作延伸到傳統教材的文獻。

經過一段時間沉寂之後，到了1930年，臺灣傳統啟蒙教材數量明顯增多，最引人注意的是詩歌、韻對二類蒙書在此時期開始較大量出現，而且也集中在1930年代出版，如林珠浦的《新撰仄韻聲律啟蒙》。此外陳懷澄亦編輯《颺解集》、許金波編《呂蒙正勸世文‧小學千家詩選》，雖非自撰，也是整理古人作品而出版的詩歌教材。1930年《三六九小報》創刊，每期有〈新聲律啟蒙〉專欄，由諸家輪流撰寫，嘻笑怒罵、嘲諷時事，不能算嚴謹文字，亦不入童蒙教材，然而〈新聲律啟蒙〉為臺人仿清人車萬育蒙書《聲律啟蒙》新撰，是以一併列入觀察。

「詩歌」與「韻對」在本書雖依體裁分成二類，然而在教育意義上卻是分不開的。漢文化中自古就習慣以詩歌作為心志的表達藝術，沈光文來臺創辦「東吟社」，也確立了臺灣傳統文學以詩為主流的形式。在傳統詩作上，文人不但要大量背誦前人名詩，還要鑽研韻對蒙書，熟稔詩歌格律中的對句作法，方能隨口成誦、七步成詩。因此詩歌與韻對二類蒙書最終教育意義，

---

[18] 見昭和九年（1934）四月二十九日第336號《三六九小報》。

除了基礎的「多識鳥獸草木之名」外，還要使學子成為傳統文人，繼承漢學正宗。

由於臺灣自1915年噍吧哖事件後，臺人自知無法以武力抗日，改以溫和的型態抗爭，島內氣氛步入安定，日本決定改派文官來臺擔任總督。1919年起，首任文官總督田健治郎來臺，開啟了「文督治臺」時代，在這段期間，屢屢提倡藝文活動，名曰提倡風雅，實則如同內田嘉吉總督出席1924年全島詩人大會時所言：「囊者余宦臺灣，亦曾於本島詩人相唱和，今茲重來，更望列位提倡風雅，並有補本島之統治[19]」，在政治的鼓勵下，詩社發展得到空前的良好契機。

因此，在文督治臺（1919-1936）期間，本島詩社數量增加一百五十七社，約佔日治時期臺島詩社總數二百二十六社的七成，擊鉢競吟之風蓬勃發展。[20]詩歌、韻對類的蒙書，恰好在此時期編輯出版，其來有自。

1930年代以後，臺灣的工商業更加發達，從原本的「農業臺灣」漸漸轉型為工業取向，加上求學、經商等密集與人接觸的機會，公路、鐵道的建設使交遊往來更加便利，人與人之間的關係已然不若過去簡單，加上外來語的傳入、新事物的流行，傳統的尺牘用書已經不敷現代社會使用，是以這段時期，新尺牘用書成為本土大量編輯的蒙書類型。

另一方面，總督府對書房教育一直不放棄干涉、限制、取締，重要原因之一就是書房教育乃是以當地語言（閩南語或客語）教育學童，與總督府推行「國語教育」的重要方針牴觸。是以日本人來臺後雖沒有驟然將書房全面關閉，但也不斷的增設公學校，推行日語教學，與書房教育相抗衡。1922年，為因應「日臺共學」措施，公學校漢文課改為每週二小時的選修課，甚至有些公學校逕自廢除漢文課，並未事先與家長協議。由於此政策的推行，引起臺灣人民的反動，要求恢復漢文教學，從該年開始書房數量反而有小幅增加的趨勢。然而國語運動如同大江之勢，無可阻擋，1937年開始禁止漢文，臺灣語言遂迅速衰退，日語成為臺灣社會表面上最通行的語言，年輕一

---

[19] 臺北市文獻委員會：《臺北市志稿》卷十〈文徵篇・雜錄〉（臺北：臺北市文獻委員會，1979年），頁89。
[20] 王玉輝：《日據時期高雄市詩社和詩人之研究－以旗津吟社為例》，頁28-31。

代的知識分子，皆以日語為本位寫作、講話、思考；依臺灣總督府歷年公布的「臺灣人通曉國語人口比例」觀察，在1944年通曉日語的人口已經超過百分之七十。因此公學校與書房之間數量的消長，也是臺灣語言與日本語的勢力消長，在日治後期，日語由於有強大的政治力量做為後盾，獲得勝利。[21]

因此在這背景之下，蒙書也開始加入了「和漢對照」項目，也就是一頁漢文、一頁日文的對照方式呈現。這種編輯方式最顯著的類型亦是尺牘，分析其原因，我們不妨反觀其他蒙書類型為何少有和漢對譯：

一、三字經體、千字文體貴在每句字數固定，韻律優美；若翻譯成日文，難以保存其優點。

二、詩文、韻對類蒙書主旨在讓學童學會漢詩，既然最終目標是漢詩，甚至連不少日本文人也愛好漢詩，自然也不必多此一舉譯成日文，何況漢文的韻律譯成日文，韻味全失。

三、雜字類蒙書記錄的都是民間底層最俗最通用的器物，對譯成日文等同畫蛇添足，況且許多東西是日本所無，根本無法翻譯。就筆者寓目文獻，只有昭和17年（1942）張春音標音的《圖解日臺千金譜》，全書不但逐字用日本片假名拼音，保存了日治時代千金譜的發音；並且也逐句翻譯為日文，是為唯一和漢對譯的雜字書。

唯有尺牘類是為了經商、交際等實用目的而寫，無論經商或交際對象是不是日本人，這些正式書信、契約常要以法定的國語來書寫，這也就是何以此時期的新編尺牘多有和漢對照的原因。

時代進入皇民化運動後，蒙書也開始配合國策，編輯推行皇民化的內容。1941年，臺灣總督長谷川清與臺灣軍司令本間雅晴共同主持，成立「皇民奉公會」，為涵蓋全臺各級機關推行皇民化運動的機構。影響所及，連宗教也要臺灣人拜日本的「天照大神」，佛教制度則改以日式等。從清代就流行的「鸞堂」，雖然僥倖還能扶乩降筆，編印詩詞歌賦以及論述等鸞書，但在這環境下也不得不變通，於是鸞詩出現提倡皇民化的文字，並以和漢文並

---

[21] 王順隆：〈從近百年的臺灣閩南語教育探討臺灣的語言社會〉，頁124-131。

列編輯，甚者還做成臺灣罕有的和式裝幀，以示「從裡到外都日本化」。莊萬生的《皇民奉公經》就是這種皇民化的鸞書，且移作蒙書者。

最後一項要放入時代論觀察的蒙書是雜字類。由於雜字類蒙書多由器物名稱堆疊而成，只求押韻，不求內容起承轉合與邏輯，編寫門檻較低，是以創作者眾，版本繁多。然而正因為雜字的版本眾多，內容文學價值不高，讀者只將視為「工具」使用，不頂在意作者、年代等出版項，故雜字書大多作者、出版時間、出版地等項皆付之闕如，難以放入確切時代中討論。然就筆者蒐集十數種臺灣本土雜字而論，大部份雜字書以其內文、紙質、版本、印刷或抄寫品質判斷，應多成於日治時代；蓋因雜字書多為劣紙抄印，又為日用類書，經常翻閱，若製本於清代，難以保存百年至今。這十數種雜字書，或新或舊，有年代標識者最早為1852年，晚者也有戰後出版社重印；觀察其內容，除少數提及年代或地名足以考徵成書時間，大部份雜字皆無法由其內容得知時代，顯見雜字書在過往受時代環境影響不大，無論哪一年都可能有新的雜字編成。為何雜字鮮受時代變遷影響？筆者的判斷是：

一、**內容單純**：雜字書體裁大多為名詞的堆疊，力求在精簡的篇幅中，把常見器物做大略介紹。情節與邏輯較薄弱，幾乎沒有說理與宣導的意念；是以編撰者大可不必勉力配合當時的政令、道德、價值觀，因此與時俱進的政策與思潮，在雜字中顯得面容模糊。

二、**民間日用品固定**：雖然現代科技一日千里，然而雜字記錄的民間基本用品，不因科技進步而有全面性變化。百年前的桌、椅、床、几、鍋、碗、瓢、盆等，與今日相比或許材質不同，然而名稱不變。至於各種漁產、菜蔬等，名稱更是固定。因此雜字書記錄的內容、分類，大致相同；反過來說，也難以從內容判斷其編寫確切年代。

三、**民間買賣模式固定**：雖然臺灣自古便與中國各大港聯繫密切，貨物互通有無；對外國開港後，洋行、買辦興起，商業的來往更是不可同日而語。然而這些跨國大貿易與民間一般百姓並無直接關係，民間一般買賣正如《千金譜》明示的：「百般生理多頭路，也有坐店佮開舖，也有赴墟排街路」，不外乎開店或擺攤，買賣記帳單純得多，而這種基本的經商形式也是少有重大變化的。筆者至今在嘉義故鄉的五金行，甚至仍可看到以傳統符

號記帳的方法，與楊策《識丁歌》關於記帳的記錄如出一轍。[22]可見古往今來，民間基本的經商記帳方式，沒有太大改變，是故只求讀者能記帳寫字的雜字，對這部分改變也不多。

在第二次世界大戰結束之後，國民政府來臺，終止了日本在臺的政權，「和漢對譯」的蒙書已非屬必要，倡導皇民化的蒙書更是一夕之間被時代淘汰，這類的蒙書便隨著歷史而逝。

 ## 戰後的臺灣傳統啟蒙教材

雖然本研究範圍界定在清朝與日治之間的臺灣傳統啟蒙教材，然而由於戰後初期萌生的傳統蒙書，皆由清末、日治時代受過傳統文學啟蒙教育之文人所編撰[23]，可視為清末、日治傳統蒙書的餘緒；在晚近編撰傳統蒙書的學者，大多未曾受過傳統啟蒙教育，其著作則不在本研究範圍內，然則筆者若確知該作者曾受傳統文學啟蒙教育者，亦列入觀察對象。

就筆者知見之戰後初期臺灣傳統啟蒙教材，擇要以年代排列製成下表：

表二　戰後臺灣傳統啟蒙教材年表

撰成或出版年代	書名	編撰者	類型
戰後初期	《荻洲墨餘仄韻聲律啓蒙》[24]	林緝熙	韻對類
戰後初期	《新撰對類》	佚名	韻對類
1945	《光復新編臺灣三字經》	廖啓章	三字經體
1945	《新體白話商業書信前編》	郭克仁	尺牘類
1946	《三民主義三字經》	羅剛	三字經體
1946	《鐵道全線行吟集》	吳紉秋	詩歌類
1952	《臺灣白話三字文》	林本元	三字經體

22　這種代替數字的記帳書寫符號，在楊策編寫的《識丁歌》稱為「碼頭」。民間又稱「字碼」、「大碼」。

23　若編撰者為戰後自中國大陸來臺者，則在清末民初受傳統文學啟蒙教育。

24　此書文獻出土於1955年賴惠川為其出版的《荻洲墨餘仄韻聲律啓蒙》一書，賴氏並未交代原稿的年代，只知此書是林緝熙在戰爭末期，疏開（躲空襲）至鹿滿山時所作，推測作於太平洋戰爭爆發後，考察《荻洲墨餘仄韻聲律啓蒙》內文有「原子和平礙」一句，則成書年代應推至戰後。

1953	《三民主義通俗四字經》	王虞輔	千字文體
1965	《兵役法三字歌圖》	秦修好	三字經體
1967	《成語集對》	姜宏效	韻對類
1969	《成文新百家姓》	辜尚賢	千字文體
1971	《國音七字歌》	劉秉南	詩歌類
1972	《國民生活四字經》	吳延環	千字文體
1972	《新三字經》	楊向時	三字經體
1976	《常用字歌訣》	鮑雨林	千字文體
1997	《文化傳承詩集》	陳俊儒	詩歌類
1999	《新三字經及其他》	黃和平	三字經體

　　1945年，國民政府接管臺灣，時勢至此又是一新。臺灣人民滿心期待迎接中國政府來臺，全臺為了能與中國人溝通無礙，掀起了一波學習國語的熱潮。筆者在此引述李西勳〈臺灣光復初期推行國語運動情形〉的生動描述：

　　日本戰敗宣布投降，中央政府所派接收人員還未來臺的這一段時間，城市裡已瀰漫著學習國語的熱潮，街頭巷尾到處掛滿了補習國語的招牌，熱情地詰屈聱牙學說國語，有的聘請專人教國語如留學日本在臺大醫院擔任實習醫師的李舜卿；大同公司董事長林挺生是找執教於成功中學的歐陽可亮教國語；光復之初曾組義勇隊維持秩序的劉明，在日本投降的第二天就去向李友三學國語；有的則在自己家裡開班，聘請老師，約集左鄰右舍的人一起學國語；臺中一中的學生認為不會用中文是恥辱，希望祖國同胞來臺灣時，能有共同的語言，乃拼命地學國語；新竹中學的情況也一樣，立即在校內開辦國語講習班；另外有日據時代從大陸淪陷區的北平聘請來臺訓練特務和通譯教官話的人，也趁機傳習北京語；有的連傳習場所也不固定，甚至在市場或街道巷子的牆上，掛個小黑板就傳習起來，到一個段落就收學費；連正待遣回國的日本人，都偷偷地在家中學華語急就篇，以應付當前需要。[25]

---

[25]　李西勳：〈臺灣光復初期推行國語運動情形〉，《臺灣文獻》第46卷第3期（1995年9月），頁175-176。

當時民眾學國語的盼望如此熱烈，可是先前已經被日本統治了五十年，一時之間要從何找到國語教本？於是：

> 讀本方面，都利用現有出版的書籍，有些是大陸書店出版如上海中華書局印行的《新編初小國語讀本》；世界書局印行《初小國語讀本》；大東書局印行《國語讀本》；也有一些是本省的書局所編印出版，如臺南崇文書局出版的《最新國語教本（基礎篇）》；也有日據時期舊刊的官話讀本，如明治十四年（清光緒二十八年[26]）出版，昭和十三年（民國二十七年）三十六版改訂《官話指南》；或昭和十三年臺灣新民報社所發行的《北京語の基礎》，用來教習國語；有的一時無法取得北京語讀本，就重拾昔時私塾（書房）之教本，用漢音（孔子白）教習。[27]

在眾多國語教本中，流傳最廣的、至今最多人懷念的，恐怕還是《漢文讀本》了。張良澤回憶說：

> 光復後的兩年內，是段沒有課本的空檔時期，老師們便很自然地把流傳於民間數十年的初級漢文讀本拿來當做國語教本，懂北京官話的便以國語教，懂閩南話的便以閩南音念，客屬則以粵語讀。[28]

當時雖有不少以國語白話文編行的課本，然而如前所述，臺灣年輕知識份子識漢字者甚少，書房裡的老學究雖懂漢字，讀文言文卻比讀白話文熟練得多，蓋因文言文沒有地域性的差別，國語白話文則為北京一帶方言，外人難識其義。因此在戰後初期，書房走出總督府的禁令重新站起來時，書房先生又重執教鞭，教習傳統文學，許多傳統啟蒙教材也搶著在這時期編輯發行。

---

[26] 明治十四年應為光緒七年。
[27] 同註25，頁176。
[28] 張良澤：〈臺灣光復初期的小學國語教本－兼談當時臺胞的「國語熱」〉，《中國時報》人間副刊，1977年10月26日。

日本宣布無條件投降時，已是1945年八月十五日，離這一年結束只有四個月餘，卻能在短短時間內產生數種傳統蒙書，編著者的興奮、熱切之情可想而知。然而在匆促之下，只有一本《光復新編臺灣三字經》是原創，黃晢之集註的《中華國民必讀三字經》是拿中國舊有教材來重新集註出版，楊壽徵校閱的《特選國文精華》則是選編古文。而郭克仁《新體白話商業書信前編》事實上是白話文教材。

　　戰後傳統蒙書的編輯百家爭鳴，與前代相比，三字經體與千字文體的比例明顯增多，可以說是回歸傳統蒙書最熱門的兩種體裁。在內容而言，有特別為政令宣導而作的《三民主義三字經》、《三民主義通俗四字經》、《兵役法三字歌圖》等；有推廣臺灣閩南語的《臺灣白話三字文》；有不滿意舊本《百家姓》隨意綴字成句，改以編綴為數句成意的《成文新百家姓》；也有為高等教育師專學生編輯的《國音七字歌》；或為推廣詩文的《鐵道全線行吟集》、《文化傳承詩集》、《勸世詩選》等，可謂要旨五花八門、體裁百花齊放；雖然傳統詩文教育在戰後迅速衰退，但在傳統蒙書的編撰上仍交出了一張可觀的成績單。

　　與日治時期蓬勃的蒙書編輯相比，戰後「尺牘類」的蒙書大幅減少，雖仍有書信教學的書籍，但多以白話文為主，文言文部分僅列為對照，與其稱為蒙書，毋寧說是工具書更為貼切。乃由於國民政府來臺之後，無論是臺灣民眾自發自習的「國語」，或是國民政府後來推行的課本，全以白話文為主。在日治時期斷續進行超過二十年的「新舊文學論戰」在戰後也不復可見，因為國民政府已經統一在童蒙教育以漢字教學白話文了。在此時期的尺牘書籍，往往透露出「白話信」的好處，以及暗示文言信的落伍。例如《新體白話商業書信前編》所言：「白話信稱呼，是很簡單、很親熱，沒有文言信的麻煩，什麼『大人』、『尊前』、『閣下』、『侍右』、『鈞鑒』等等的名色，一齊都用不著，直捷痛快的，某人便是某某先生[29]」，此書第一篇信札範文，就是教人如何寫信推廣白話信，將舊尺牘的流弊明白指了出來：「從前的信，往往有什麼『恭維語』、『客套話』，其實都是拾前人的唾

---

[29]　郭克仁：《新體白話商業書信前編》（臺南：崇文書局，1945年），頁3。

餘。你照樣的抄來，我亦照樣的抄給你，寫了一大開，究竟有什麼用處？那不去抄寫的人，就算一輩子不會寫信了[30]」以及白話信的優點：「就是依著我講的話，把他寫了出來，只要理路清楚……（中略）……你懂了這個，那白話信就不消研究，也自然會寫了[31]」既然「不消研究，也自然會寫」，於是宣告了尺牘類蒙書的退場。

戰後的國民教育，尤其是初等教育，幾乎完全以白話文為主，傳統文學的啟蒙教育在國民學校教材中鮮少出現。戰後初期，雖然說私塾教育又重新熱絡了，但仍然比不上國語補習班的流行。王育德如此描述當時的情形：

> 戰後，日語的壓力解除了。家叔和一般人都興奮的以為從此漢文將可以邁開大步的走，而且狹窄的書房將會擠滿了學生。可惜，事與願違。公用語是北京語，所以與其回書房上漢文，還不如進北京話補習班。實際上，如雨後春筍般成立的北京話補習班，到處都是大客滿。如此盛況正如今天的補習學校一般。教授的不是古典的文言文，而是攙入了大量白話文的一種特殊的文體。這樣的教育，就不是往日的書房所能勝任的了。（譯文）[32]

從這段記錄可以知道，戰後的國民教育，不只是北京語和臺灣閩南語的消長，也是文言文和白話文的競爭。終於，從長官公署時期接管臺灣開始，臺灣持續推行國語教育至今六十餘年，國語教育和白話文教育獲得空前的成功。在這樣的環境之下，傳統啟蒙教材再也沒有書房這個重要的舞臺可以被傳誦，何以仍有不少編撰者致力於編輯傳統蒙書？主要原因如下：

一、**傳統韻文易於背誦**。傳統蒙書的形式，常以三字或四字一句，押韻成文；古典詩則以五言或七言一句，遵守格律。這樣的文體句式整齊，琅琅上口，最適宜背誦。這一點也是大多傳統蒙書編撰者在序文中會提到的：

---

[30] 同前註，頁5-6。
[31] 同前註，頁8-10。
[32] 王順隆：〈從近百年的臺灣閩南語教育探討臺灣的語言社會〉，頁139。引述王育德：〈書房の話〉，《臺灣青年》連載〈臺灣語講座〉第十回。

詩的內涵與價值－詩易讀、易記、可吟。[33]

對仗整齊，便於成誦，可隨意提示讀者背誦。[34]

韻文最便於背誦，故比散文誕生為早。筆者認為這類日用常行之道，最好能順口背出，才可使人印象深刻。因此，全書仍用四字韻語，以便加強推行效果……（中略）……脫稿之後，曾教好多小朋友試讀；因其有韻，都能琅琅上口。[35]

本文採用『詩韻集成』中最常用之韻，供大家朗誦吟詠。[36]

期能因順口合轍引起讀者聽者之興趣。[37]

著作容易傳誦之文，以俾普及大眾。[38]

每讀三字、四讀一句、四句一章，編一個題目兼押韻。意思是味乎一般普及，變成大眾的，使個個都快讀、快記、快理解。[39]

文體仍為三字句，且力求字義淺顯並協韻，俾讀者易讀易記。[40]

把國音教材寫成簡練的韻文，不就合乎教師們的要求了嗎？……（中略）……使研究國語的同好，用這以簡馭繁的七字歌，幫助記憶。[41]

可見「易讀易記」是選擇韻文這種傳統文學形式最大的理由。

二、**政策宣傳之利器**。傳統韻文的形式，可以化繁為簡，將長篇大論或難以記憶的文章，取其精華梗概，提供給讀者了解，因此適用來宣傳政策。例如《三民主義三字經》，目的在於讓臺灣讀者了解國民政府的革命抗戰史，以及大略了解三民主義的精神，因此作者自道：

---

[33] 陳俊儒：《文化傳承詩集》（竹南：自印，1997年），頁3。
[34] 姜宏效：《成語集對》（高雄：慶芳書局，1967年），〈成語集對編輯說明〉。
[35] 吳延環：《四字經》（臺北：國立編譯館，1986年），頁5、頁8。
[36] 鮑雨林：《常用字歌訣》（臺北：三民書局，1976年），頁2。
[37] 王虞輔：《三民主義通俗四字經》（自印，1953年），〈編例〉。
[38] 廖啟章：《光復新編臺灣三字經》（臺南：白玉光發行，1945年），〈序〉。
[39] 林本元：《臺灣白話三字文》（臺北：慈善社圖書部，1952年），頁3。
[40] 黃和平：《新三字經及其他》（臺北：自印，1999年），頁1。
[41] 劉秉南：《國音七字歌》（南投：臺灣省政府教育廳，1971年），頁2、頁4。

因國父三民主義的講演，全書二十餘萬字，不是一般人所能閱讀的，為使三民主義通俗化，讀者能收事半功倍之效，作者因有這本三民主義三字經的撰述。[42]

或者：

在以及簡單之歌詞與圖畫，闡揚兵役法之精義，淺顯通俗，期使家喻戶曉，俾助兵役制度之推行。[43]

焉得如三字經之句法，含有指導民族團結之精神，與夫關於國家之大計佳構乎？[44]

回思祖國巨大犧牲，及革命先烈艱難苦節；顧今前敵猶存，令人痛感建國大業刻不容緩。[45]

目的在使三民主義普及於基層群眾中。[46]

這類教材，由於針對性、主題性較高，雖然隨著政策的推廣而流行一時，倘若該主題或時代背景變遷，則這類主旨的作品往往隨著消失，不再流傳。[47]

三、**提供讀者自學教材**。戰後初期，臺灣人民普遍貧困，為謀家計，輟學就業者眾。部分無力升學者，求學熱誠並不因此稍減，則採取購買教材在家自學的方法，通常是白天工作，利用晚上閒暇時間自學，或者到夜間講課的私塾（暗學仔）進修。當時雖然國民教育已經普及，但民間仍有不少私塾存在，從日治時代走過傳統教育的宿儒「漢文先」，在戰後繼續教授傳統文學，於是提供自學或私塾講習識字的蒙書應需要而生，目的為：

---

[42] 羅剛：《三民主義三字經》（青年軍出版社，1946年），頁2。
[43] 秦修好：《兵役法三字歌圖》（秦仲璋發行，1965年），〈例言〉。
[44] 汪德軒編輯，黃習之集註：《中華國民必讀三字經》（臺北：聯發興業公司，1945年），〈自序〉。
[45] 廖啟章：《光復新編臺灣三字經》，〈序〉。
[46] 王虞輔：《三民主義通俗四字經》，〈編例〉。
[47] 林明興：《臺灣地區《三字經》及「三字經體」發展之研究》，頁158。

最適宜於作為士兵、農、工大眾讀物，公民學校補充教材及一般
應用之國語識字讀本。[48]

讀者可能於極短時間內，背得爛熟，則對中文字彙已夠聽、讀、
講、寫之用。外籍讀者，也是如此。[49]

孩童輩擬作識字初步之書類歌謠誦讀猶善。[50]

　　或者不為一般啟蒙教育而作，是針對進階專科學問而「專供國文師生，
及公教人員進修之用[51]」，以及為師專學生寫的《國音七字歌》，編輯要旨
都揭示了為大眾或特定對象而寫，提供作為自習或補充之教材。

　　四、留存傳統文化。由於白話文快速的流行，傳統文學逐漸地式微，不
少傳統文人對此憂心忡忡，撰作蒙書，希冀將傳統文學的種子從兒童開始扎
根。另一方面，由於近年社會快速的現代化、工業化，在西風吹襲下傳統
的美德、風俗飄搖有如殘燭，文人藉著以「道德教養」為主的傳統蒙書教
學，期盼留存中華傳統文化。這類的編輯動機，在戰後傳統蒙書的序文隨處
可見：

　　　　使兒童一卷在手，便可將內義外禮及國民必備精神，同時學得。[52]
　　　　本書以簡述孔聖仁道作開端，恭錄國父遺訓當結語，藉使讀者略
　　明中華文化體系。[53]

　　　　筆者認為要想紀律重整，必先端正人心。端正人心之方，在使兒
　　童深植內義外禮修養及向上圖強精神。[54]

　　　　撰述以民族精神、國計民生、人生意義、修身要則為重心，至期
　　國人咸能『知古今、明世情、勉修身』而充實生活意識。[55]

48　王虞輔：《三民主義通俗四字經》，〈編例〉。
49　鮑雨林：《常用字歌訣》，頁2。
50　吳紉秋：《鐵道全線行吟集》（高雄：自印，1946年），〈序〉。
51　姜宏效：《成語集對》，〈成語集對編輯說明〉。
52　吳延環：《四字經》，頁4。
53　同前註，頁6。
54　同前註，頁7。
55　黃和平：《新三字經及其他》，頁1。

我這次就是為著紀念固有文化、普及大眾識字的目的，打算按破
筆仔學起。[56]

若不及時藉孔仁、孟義，惠世良方，來拯救治理臺灣之倫理道
德，則我之固有文化將毀於一旦。[57]

本編為保存國粹，濬發詞源，珠聯璧合，熟讀之，可開智慧。[58]

本文立意，基於倫理道德，發揚民族情操。[59]

第恐一部同胞中毒奴化日政，尚有未知漢民族精神之臺灣與祖國
一體之義。[60]

可見以傳統文學作為延續傳統文化、道德的載體，是編撰者繼承了古來
「道德教養類蒙書」傳統而來的。

五、以高超技法著書立說。俗諺云「人死留名，虎死留皮」，文人俯
仰天地，欲在悠悠歲月中留下身後之名，只得「立德、立功、立言」以建立
不朽之功績。傳統啟蒙教材貴在言簡意賅，將最多名山典故濃縮於最少的淺
白韻語中，實則要深厚的國學根柢和駕馭文字的能力，別出機杼，方能寫
成。因此著作傳統童蒙教材，對社會而言，自有社會教化意義；對作者本
身而言，何嘗不是自我挑戰與留名千秋的機會？作者也毫不避諱，直抒撰著
動機：

古來有鴻爪留痕之語，夫鴻微禽也，尚能留痕而去，何以人而不
如鴻乎？然留痕非易事也。溯夫古人之能留痕於世者，萬無一焉！予
何人斯而想欲留痕於世。說雖如此，而欲留痕於世之念，無時或已；
故竊不自揣，必欲此一事以留痕於世。[61]

---

57 陳俊儒：《文化傳承詩集》，頁1。
58 姜宏效：《成語集對》，〈成語集對編輯說明〉。
59 鮑雨林：《常用字歌訣》，頁1。
60 廖啟章：《光復新編臺灣三字經》，〈序〉。
61 醉月樓主：〈介紹幾種「煉乳教材」〉，《醉月樓雜鈔》，頁91。引述辜尚賢
〈成文新百家姓〉。

如果沒有寒窗苦讀的精神，鐵硯磨穿的洗禮，在平、仄、體、韻的限制下，是非常不容易寫出一首完美的好詩句；一些雖有教授、博士頭銜的時代人物也未必能真見其背的……（中略）……問題就出在學者自恃持有高貴的文憑，他歧視在市井的另一個角落中，默默耕耘的人所以全部否決他們的努力成果。[62]

以這樣的不平之鳴，透露出沒有高學歷，只有私塾苦讀訓練出來的傳統文人，藉成書以平反歧視的意志。或者委婉以敘述成書之難暗示作者之才學，例如：

用四年時光，參考一千七百多種古籍，涉獵數十萬則故事，寫成《三十六孝》、《三十六悌》、《三十六忠》、《三十六信》四書，以做補充……（中略）……爰參考先總統蔣公嘉言，今總統蔣經國先生在贛南作專員時所頒新贛南家訓，拙作《三十六孝》、《三十六悌》、《三十六忠》、《三十六信》；古書《弟子規》、《昔時賢文》、朱元晦《童蒙須知》、司馬光《居家雜儀》、呂近溪《小兒語》、朱柏廬《勸言》、《治家格言》……（中略）……擇其精粹合時者，充實於《國民生活四字經》內。[63]

因感冒休息而回溯既往，有感年事益高，身心健康愈下，想作之事，如不及時交卷，將有後悔之憾。痊癒後，即著手蒐集資料。於翌年一月起筆，十個月間，先後清稿達二十二次……（中略）……即竭一己之力，著手第二回撰寫，復經十餘次清稿，始見初具。[64]

這些在傳統文學教育下成長的老文人們，對於自己熟稔於傳統文學，在字裡行間不禁透露出自豪與自幸，「假如我早進幾年學校，可能我連平仄聲

<hr />

[62] 陳俊儒：《文化傳承詩集》，頁3-4。
[63] 吳延環：《四字經》，頁3-4。
[64] 黃和平：《新三字經及其他》，頁1-2。

都分辨不清[65]」，正因作者晚進國民學校，得以多讀了幾年家塾，國學涵養才有萌芽的契機，這句話實則對現代學校的白話文教育作了反諷。現代文學散文大將洪炎秋也說：

> 現在六七十歲的老年人，在他們幼年時代，除了正常的『母乳』（像四書、五經、千家詩、古文觀止、秋水軒尺牘之類）以外，只有『煉乳』（像三字經、百家姓、千字文、龍門鞭影[66]、幼學瓊林之類）可飲，卻沒有『極稀的牛乳』（像國小國語課本之類）可以到口。因為這樣，現在六七十歲的受過教育的老頭子不管是外省來的，或是本地土生的，大都接受過『煉乳教材』教育，由於乳分過濃，餘味常存，所以我們這一輩的一些人，開起口來，總是乳臭未除，十分天真，不失其赤子之心，為新時代的青年所望塵莫及，顯出『煉乳教材』的影響力的久大性，耐人尋味。[67]

由這段話可以看出，雖然洪炎秋幽默地自喻是「乳臭未除」，但總是「為新時代的青年所望塵莫及」，微微透露自傲之情，也顯示出曾經受過傳統啟蒙教育的文人，對傳統的啟蒙教材仍擁有無法割捨的情感。

六、漢詩在漢文學地位不可動搖。漢民族自古對詩歌就有狂熱般的喜愛，不但「可以興，可以觀，可以群，可以怨」，還能「邇之事父，遠之事君；多識於鳥、獸、草、木之名」，甚至說「不學詩，無以言」。這樣的態度持續到現代，仍然沒有改變。雖然政權不斷更迭，但是提倡漢詩的活動並不因為時局改變而有所動搖；在戰後，總計共約有二百萬大陸人士遷居來臺，此中亦不乏許多騷人墨客，他們與臺灣傳統文人雖然語言不通，卻能以詩會友，積極參與臺灣古典詩社的活動，發行詩刊、舉辦全國詩人大會等，尤以全國詩人大會提供全島詩人齊聚一堂，互相切磋的機會，是最佳的互動

---

[65] 姜宏效：《成語集對》，頁2。

[66] 原書作「龍門鞭影」，應為「龍文鞭影」。可能是閩南語中「文」和「門」同音之故而混淆。

[67] 洪炎秋：〈洪棄生的「煉乳教材」〉，《淺人淺言》（臺北：三民書局，1972年），頁14。

平臺，極盛時期每場參與者多達千餘人。這些現象證明了無論人們使用什麼語言、來自何方，漢詩在戰後的臺灣依然有不可動搖的文學地位；因此遲至戰後，仍有不少詩歌、韻對類的蒙書出現，傳承了傳統重視詩歌、韻對文學的薪火。

從清代到戰後，受過傳統文學啟蒙教育的文人，在臺灣配合社會需要與時代脈動，嘔心瀝血寫了若干作品，留傳至今尚有數十種，在時間洪流中亡佚者則不知凡幾。然而筆者把這些傳統蒙書放在時間軸上觀察，猶可依稀看出隨著時代的變遷，蒙書逐步的演進。反過來說，也可以從蒙書的詳細內容，一窺其時代樣貌；多元性的蒙書，掀開了歷史的面紗，為我們展現了多元的歷史風華。

3 臺灣的「三字經體」傳統啓蒙教材

　　臺灣傳統啟蒙教材依其內容形式分類，在本書中分成三字經體、千字文體、韻對類、識字類、尺牘類、詩歌類與文言文類，依此七大類分別依照時代順序進行單本介紹。本章節介紹的是「三字經體」。

　　《三字經》自從宋末元初編成以來，因其三字一句，容易背誦的優越形式，加上內容包括中國傳統的天文、地理、歷史、讀書方法、勸學故事等知識，內涵淵博，成為大部分人的共同兒時記憶，至今仍為兒童朗朗上口的傳統經典。由於三字經的形式與內容，樹立了不可動搖的經典模範，遂成為後人編輯蒙書時模仿的範本。黃美娥論及「三字經體」的演變特色，表示：

> 《三字經》的書寫傳統，不管在內容或形式上，都得到後人極大的認同，並且加以發揚光大，遂更發展成一種既可載新，亦可載舊；又能載中，也能載西的創作載體，例如清末世變之時中國所出現的《時務三字經》、《西學三字經》、《教會三字經》……；臺灣洪棄生創作的《時勢三字經》、王石鵬《臺灣三字經》等。上述蒙書與原來《三字經》書寫傳統的差異，在於內容增

添了若干新學的知識，尤其注意了歷史知識以外的地理學，甚有通篇以此為要者，這對於長期以來強調灌輸歷史知識的《三字經》而言，「空間」取代了「時間」的重要性，成為書中的主體，書寫角度有了調整與改變。[1]

而討論《三字經》在臺地區注釋、修訂與仿作最為深入者，當推林明興的《臺灣地區《三字經》及「三字經體」發展之研究》[2]，論文中廣泛收集臺灣地區對於《三字經》歷來的修訂、仿作與新編，並加以介紹。本章的研究文本與其研究文本大部分重疊，因此本章對於臺灣地區三字經體蒙書的介紹，得自《臺灣地區《三字經》及「三字經體」發展之研究》論文助益者甚多，在此謹致謝忱。

[1]　黃美娥：〈童蒙教育的新頁——王石鵬及其《臺灣三字經》〉，《臺灣教育史研討會論文集》（新竹：新竹市教師會，2001年），頁56。
[2]　林明興：《臺灣地區《三字經》及「三字經體」發展之研究》，嘉義：國立嘉義大學中國文學研究所碩士論文，2008年。

洪棄生《時勢三字編》

作者生平

　　洪棄生（1866-1928），彰化鹿港名儒。原名攀桂，字月樵，學名一枝、青雲。乙未（1895）割臺時，曾加入唐景崧的抗日團體，抗日失敗後，改名繻，字棄生，閉門讀書，採取不合作態度，不講日語、不服日職、不穿日服、不薙辮髮，也不讓二子接受日本教育，成為日治時代最特出的抗日文人。

　　洪棄生參加詩社活動，以詩文抗日，紀錄日軍侵臺暴行。並遊歷中國，著成《八州遊記》、《八州詩草》。平時在自宅設帳講課，推廣漢學，門下有施性澄、蔡子昭、許逸漁、許文葵、葉熊祈、呂嶽等，長子棪材、次子棪楸（炎秋）亦由洪氏親自調教。[1]他不但在臺灣享有盛名，其文名甚至遠播海外[2]，許天奎《鐵峰詩話》也說洪棄生作品「一經剞劂，莫不風行海內外」。[3]著作有《寄鶴齋詩矕》、《寄鶴齋文矕》、《寄鶴齋詩話》、《臺灣戰記》、《瀛海偕亡記》、《中東戰記》、《中西戰記》、《時勢三字編》等，其中與本研究有直接關係的，是《時勢三字編》這本蒙書。

編輯動機

　　洪棄生在日治之後，拒絕日人聘請擔任鹿港區長之職，而在家開設私塾，以維生計。在1895年開始撰寫《時勢三字編》，完成於1897年。洪炎秋推測洪棄生「編這一本書的動機，大約是由於對王應麟的三字經的不滿而來

---

[1]　單文經：〈日據時代鹿港地區的教育活動〉，頁31。
[2]　例如洪炎秋在《閒話閒話》（臺北：三民書局，1973年）第67頁敘述：洪炎秋坐船至中國求學途中，由友人引介與「清末怪傑」辜鴻銘見面，辜鴻銘先前曾與洪棄生結識，今得知洪炎秋乃洪棄生之子，破口大罵：「你這個人簡直莫名其妙！你父親的學問，是十八般武藝，樣樣精通，北京大學那一個教授趕得上他？你不好好在家傳受世業，而到北京去求什麼鬼學問？你讓你父親的那些本領，就此失傳，實在豈有此理！」海外碩儒對洪棄生學問之推崇可見一斑。
[3]　許天奎：《鐵峰山房唱和集》（臺北：龍文出版社，2009年），頁53。

的。據我推測，一來由於王書材料太雜，編排太亂，忽而講性理，忽而舉事物，忽而言史事，忽而談經書，不成系統，全無組織；二來書中意論，多出武斷，缺乏客觀……（中略）……三來書名叫『經』，自比『聖賢書』，未免妄自誇大，過於僭越。因為這樣，所以他自己編了這部『時勢三字編』，來作代替[4]」，然而洪氏撰作此書，應不只單純不滿《三字經》編排雜亂而已；反日意識強烈的洪棄生，適於日軍入臺同年著手編寫中國歷史世系及輿地知識蒙書，顯然有強調延續漢學、毋忘民族文化的意味；龔自珍云：「滅人之國，必先去其史」，洪氏刻意強調史學，誠乃不願成為亡國奴的實際反抗行動。當時新學不斷輸入，震撼著所有知識分子，而洪棄生在此氛圍下，將中國及世界地理作了介紹，反映了傳統文人在新學衝擊下所開啟的世界觀。加上洪氏平素喜愛遊覽各地，由他曾行腳中國，以對照古籍記錄之山水風情之舉來看，顯然對中國史地有特別的愛好，這種熱情也投映在《時勢三字編》豐富的地理知識中。

洪棄生編撰《時勢三字編》後，將這本書使用在自設私塾之教學中。其子洪炎秋回憶：「先父在我出生前，即編有一本『三字經』，以教授生徒。用字較三字經為艱深，書約一二百頁[5]，或許可找得到。分上下二編：上編是中國歷史，記得最初幾句是：『混沌開，曰盤古；皇而帝，有三五。』下編是中國和世界地理。我五歲即讀書，讀的便是這本『三字編』。[6]」並且「在我懂得人事以後，先父已不再公開教學了，除了幾個至親好友的子弟，時常到我家來執經問難以外，就只有我弟兄兩人，每天有固定的日課……（中略）……同時背誦唐詩三百首和他自編的叫做《時勢三字編》的『煉乳教材』。[7]」由此可知此書曾經確實當作私塾之教本。此書在當時除了洪棄生自用，在鹿港地區部分私塾也當作教本。如鹿港海埔里耆老王乞稱，其在

---

[4]　洪炎秋：〈洪棄生的「煉乳教材」〉，《淺人淺言》，頁16。
[5]　《時勢三字編》全文並不長，此處當為「一二十頁」之誤，因為本篇是洪炎秋口述記錄，有可能是無意間口誤。如前述洪炎秋說「先父在我出生前，即編有一本『三字經』」，這「三字經」一名也可能是「三字編」之口誤；亦有可能是印刷時手民誤植。
[6]　黃富三、陳俐甫編輯：《近現代臺灣口述歷史》（臺北：林本源中華文化教育基金會、國立臺灣大學歷史系，1991年），頁4。
[7]　洪炎秋：〈洪棄生的「煉乳教材」〉，《淺人淺言》，頁14。

約1921年公學校畢業時，曾有三位同學至洪棄生弟子葉熊祈私塾處讀漢文，一班三、四十人左右，讀的便是《時勢三字編》[8]，可見此書有一定數量之讀者；到1945年，鹿港信昌社還曾出版過只有正文的《時勢三字編》，「藉以供應當時本省學習漢文熱潮的需求」。[9]

編纂體例

《時勢三字編》的完整體例分為四部分：

一、凡例：在《時勢三字編》的正文之前，洪棄生自撰「凡例」說明書中各種符號之意義，比如「時代凡例」中，帝王號、廟號、姓名右邊用直線畫記，朝代用正方形框住，國邦右邊標以長方形，地名用三角形、部族用橢圓形等。另外在「輿地凡例」中，州名用圓將字圈起，洲名則用圓把詞圈起，朝代、邦國、省份各以正方形、長方形、三角形標記，部族種族標以橢圓，海名則以半圓形圈之。洪棄生此舉大概是考慮到這部《時勢三字編》並未逐句釋文，為了讓自修的讀者清楚分辨年號、國名、地名的分別，以及容易掌握重點，是以用各種符號來輔助閱讀；顯現出洪氏身為第一線教育工作者，對於學生需求的體認，以及蒙書編輯上的創意。

二、正文[10]：分成兩部分，洪炎秋將之取名稱為「國史篇」及「輿地篇」。國史篇講述中國歷史，從盤古開天闢地講到清同治皇帝為止，共一百五十六句，每句三字，計四百六十八字。輿地篇全篇一百七十四句，每句三字，計五百二十二字。從《書經》禹貢篇所述的中國九州講起，再談春秋時代主要各國的分佈，到介紹中國各省、鄰近邦國，進而推及世界四大洲與各洲主要國家。這份原稿的撰作時間，據洪炎秋的推理是「原稿前面用硃筆註明『乙未撰』（光緒二十一年，西曆一八九五年），後面也用硃筆註明『丁酉三月二十五日作』（光緒二十三年，西曆一八九七年）。對於這兩個硃註，我有兩個推測：一個推測是國史篇撰於乙未年，而輿地篇則作於丁酉

---

[8] 單文經：〈日據時代鹿港地區的教育活動〉，頁44。
[9] 郭立誠：《小兒語》，頁112。
[10] 洪炎秋稱為「白文」。

年；另一個推測是全編起草於丁酉年，而完成於乙未年。[11]」

　　三、**附表**：在正文之後，還附有一些圖表，可能供給教師講解時參考之用。洪棄生顯然明白，韻文的形式畢竟只能作為架構知識的骨幹，難以對於千頭萬緒的中國史地知識詳細交代，因此另編了附表，以為正文之補充。表一為〈歷代撮凡〉：把盤古到明朝，按正統朝代的先後排列。表二為〈歷代帝王統系譜〉：一一註明歷朝開國帝王的姓名、國都、在位年數及所傳代數；次及各朝各帝王的來歷、名字、在位年代，是為從盤古直到明懷宗的帝王系譜。上述附表一、二皆搭配「國史篇」而作，表三〈輿地約說〉[12]則搭配「輿地篇」而作，簡述亞、非、歐、美四大洲相對地理位置、亞洲諸國與中國之關係、歐亞之間諸國之介紹等。

　　四、**附圖**：搭配「輿地篇」而作，蓋因地理形勢，用千言萬語描述，還不如一張地圖表示得明白。圖名〈全地圖略〉，分為五幅六圖。第一圖古中國（古九州），第二圖今中國（十八省），第三、四圖共一幅四大洲，第五圖三洲，第六圖美洲。以上諸圖，附見各海，未列江河。

內容簡析

　　《時勢三字編》內文中，分「國史篇」、「輿地篇」兩部是洪炎秋替它取名的，原稿並未標示段落名稱；雖然如此，從原稿的段落空行仍可察覺到洪棄生為之分段的暗示。第一段從首句「混沌開，曰盤古」始，直到「此古今，宜分標」；第二段則由「冀兗青，徐揚荊」起，到「此中國，盡五服」，為專門介紹中國輿地的篇幅；第三段則自「東南海，北沙漠」介紹中國鄰邦，至「此輿地，宜明載」全文終。第一段講中國歷史的世系傳承，第二段講古中國地理，第三段則是近代世界地理。以下則分別對這三段進行簡介：

　　第一段洪炎秋定名為「國史篇」，從「混沌開，曰盤古」始，到「此古今，宜分標」作結，共一百五十六句，四百六十八字。從盤古開天闢地

---

[11]　洪炎秋：〈洪棄生的「煉乳教材」〉，《淺人淺言》，頁15。此處原文顯然有錯，應是起草於乙未，完成於丁酉才合乎邏輯。

[12]　在洪炎秋：〈洪棄生的「煉乳教材」〉，一文中，只提及表一〈歷代撮凡〉、表二〈歷代帝王統系譜〉，未曾提及表三〈輿地約說〉。然而據成文出版社的《洪棄生遺書‧時勢三字經》所影印的洪棄生原稿，確實有表三〈輿地約說〉。

起始，接著講前後三皇五帝，再說夏商周三代，「從『想像的歷史』，談到『真實的歷史』[13]」，層次分明、條理整齊地依照中國的朝代順序敘述下來，講到「至穆宗，號中興。苗捻回，並伏膺」，也就是寫到清穆宗（同治皇帝）為止，並未寫到作者當時所處的光緒時代。最後結算中國歷朝「自秦漢，終明祧。入正統，十八朝」，可見計算中國歷朝時，則只算到明朝，附表〈歷代撮凡〉、〈歷代帝王統系譜〉也是這樣的算法；顯然作者認為，清朝是仍然存在的朝代，要「蓋棺論定」還太早，因此不與其他已經消失的朝代並列。洪氏將二十四史，濃縮成四百六十八字，是可以貫穿整部中國歷史的韻語，極為精粹；背誦之後，對整個中國歷史有了大概的了解，要觸類旁通記憶其他歷史掌故就不難了。

　　第二段則是中國古地理，被收錄在洪炎秋命名為「輿地篇」之前半部，由「冀兗青，徐揚荊」到「此中國，盡五服」，共九十二句，二百七十六字；約佔「輿地篇」百分之五十二，大約恰好一半，或許是作者撰著時刻意的安排，讓中國古地理和近代世界地理篇幅大約相等。此段由《書經》禹貢篇所述的九州講起，然後一一介紹出中國各省，最特別的是，這裡介紹中國地理，並不完全由地理的方位順序如由北至南依次敘述，而常以朝代或種族為主軸，講解相關的地名。舉隅一段：「今四川，屬梁州。雲南貴，荊梁收。今盛京，遼西東。幽營野，北山戎。黑龍江，契丹起。寧古塔，女真始。為東省，滿洲履。今新疆，漢西域。準回地，西北極。今西藏，唐吐蕃。前中後，建為藩。今蒙古，漢匈奴。分內外，永朔圖。」從四川，次雲南、貴州，突然跳到盛京（瀋陽），可見此段並不依照方位順序來講，比起來還比較接近依朝代先後介紹，然而也不盡如此；或許是受到字數、句型、押韻的限制，無法全文從頭到尾完全以一個系統來論述。

　　第三段則介紹中國的鄰邦，再進而分述世界四大洲的地位和各洲主要國家的分佈，收錄在洪炎秋命名為「輿地篇」之後半部，範圍從「東南海，北沙漠」至「此輿地，宜明載」全文終。有八十二句，二百四十六字。先講中國四邊的地理屏障：「東南海，北沙漠。西雪山，接回族。」再介紹鄰國

---

[13] 洪炎秋：〈洪棄生的「煉乳教材」〉，，《淺人淺言》，頁16。

「悉伯利,俄國屬。若琉球,若朝鮮。越南境,緬甸邊。有南掌,暹羅焉。廓爾喀,亦附旃。此屬國,貢以年。」再講到亞洲、歐洲、非洲、美洲四大洲;以及澳洲、印度、阿拉伯、波斯、俄國、土耳其、英國、法國、普魯士、義大利、奧大利、巴爾幹半島、美國、墨西哥、巴西、智利、秘魯、埃及、阿比西尼亞(衣索比亞前身)、摩洛哥等國。除了介紹國名之外,最後也介紹了重要海域及大洋,但未介紹各國江河;這與其附圖只畫各海,不畫江河的編輯態度是一樣的。

這部《時勢三字編》顯然是以《三字經》為範本而新編的教材,《三字經》說「考世系,知終始」,《時勢三字編》則更將這一點發揮得淋漓盡致,將《三字經》許多關於人性、勸學、國學、常識的篇幅全部摒棄,只留中國歷朝世系的知識,可見是作者經過考慮,體認現代大局勢的潮流,是以犧牲了對現代化較無迫切意義的人性論、勸學故事、日常知識等,反而更為簡潔。雖然有些部分直接沿用了三字經的句子,如提到秦始皇的「傳二世」,楚漢相爭的「楚漢爭」,還有「王莽篡」、「為東漢」、「梁陳承,為南朝,都金陵」、「分東西,宇文周」等;然而作者仍在有限的題材、固定的體裁中自出機杼,不但文本增加到清末歷史的部分,提到了三藩之亂、征準噶爾、川楚教亂、鴉片戰爭、太平天國、捻亂、回變等清朝大事;並站在賀興思《三字經註解備要》的〈帝王世系源流歌〉基礎之上,模仿與改進編撰了〈歷代撮凡〉、〈歷代帝王統系譜〉,文本亦加強了世系年代與長短的知識傳遞。

最獨特的,自然還是「輿地篇」,以地理為經,歷史為緯,兼具史、地雙重性質;每提及一地,便舉出其在中國歷史所佔的地位,句句講地理,實則句句不離歷史。這樣的敘述方式,與傳統重視道德教育與歷史世系的「三字經體」教材不同,也和後來強調「空間書寫」傳授地理知識的蒙書不完全相同,是其特點。[14]加上後半段所述的世界各大洋、四大洲、重要國家等內容,證明了傳統文學形式一樣可以承載新時代知識,讓讀者讀而知之「時勢」而不僅是「傳統」。洪棄生在那不肯剪辮、家裡不裝電燈、不讓其子接

---

[14] 林明興:《臺灣地區《三字經》及「三字經體」發展之研究》,頁102。

受日本教育的固執傳統文人形象下，其實藏著能夠包容新時代知識的開放胸襟。

然而或許是在異族的鐵蹄下，思慕祖國之情血濃於水，這部《時勢三字編》在三字經體蒙書中，雖然足以作為「史地知識蒙書」的標準教科書，在蒙書演變史中亦具有承先啟後的地位[15]；可惜的是「本土化」不夠，「臺灣味」稀薄，通篇講的是中國史地，「臺灣」並未在這部蒙書中登場，無怪乎郭立誠在編輯《小兒語》，將1945年鹿港信昌社出版不著撰者的《時勢三字經》收錄書中時，不知原作者為洪棄生的郭立誠，在前言據內文推論這部書「關於明清之際的史實過於簡略，並無隻字片語談到任何有關臺灣的事，由此推測或者此書是由我國大陸傳來，作者並非本省人……（中略）……至於關於臺灣史隻字未談，是不是原書被後人刪去一些有觸犯日本人猜忌的詞句，然後在臺灣再版刊行，那就是個疑問了。[16]」郭立誠以一位外省來臺的學者，不斷研究她在臺灣民間發現的蒙書如《千金譜》、《臺灣三字經》、《時勢三字編》等，強調臺灣文化，發掘民間瑰寶，其精神令人感動且感佩。然而她依《時勢三字編》內文推論「作者並非本省人」，因為「並無隻字片語談到任何有關臺灣的事」，會有這樣的誤會，實非郭氏之罪。洪棄生對自己的身分之認同，或許不僅限於「臺灣人」，而是以「大清子民」自居，因此才有抗拒剪辮、遊歷中國八州的行為。因此，洪棄生的眼界是從「大清國」出發，放眼的是「世界」，因此「臺灣」便成為他蒙書底下的漏網之魚了。

 ## 王石鵬《臺灣三字經》

作者生平

王石鵬（1877-1942），字篋盤，號了庵，臺灣新竹人。十歲能通韻語。十五歲入舉人鄭家珍門下，鄭甚器重之。除了修習傳統儒學，亦好讀近

---

[15] 同前註，頁103。
[16] 郭立誠：《小兒語》，頁112。

世譯本。興趣極廣，好遊山水，工篆隸、金石，詩文並佳，其作品常推崇新學與現代文明。與王友竹、王瑤京居同鄉里，時相唱和過從，人稱「三王」；又與竹塹名士謝介石為莫逆交，遂有「雙石」之稱。1926年任《臺灣新聞報》漢文部記者、主筆，遷居臺中，與中部文人往來密切，加入櫟社。王氏亦通曉日語，與日人相交熟稔，新竹縣知事櫻井勉書「了庵」二字贈之，王石鵬便以為號。

1895年日軍入臺時，王氏渡海至閩南避亂，至1897年東渡回臺，眼見家國殘破、人文衰微，遂隱逸避塵於其書齋「疊溪堂」。然而在同年九月，認為若欲追上時代腳步，無論是與日人溝通或翻譯新學，皆有學習日語之必要，便進入國語傳習所；1898年畢業，進入臺北師範學校就讀，立志成為一位教師。《臺灣三字經》完稿於1900年，就是大約在此時期的創作，當時王石鵬才二十四歲。

晚年則設帳授課，潛心鑽研佛學，編輯《釋迦佛歌》，以推廣釋迦之故事。一生尚有其他專著如《了庵雜錄》、《女學揭要》、《清宮遊記》等，可惜已經佚失。

編輯動機

《臺灣三字經》一書的編輯動機，在其序文就寫得很清楚：「時久事繁，以予管見，凡書籍有關於臺灣者，計有三百餘種，層出不窮，難以全閱，予用是竊有憾焉，思欲輯為一書而未得其暇。庚子春杪，適在臺北師範學校，接家電促歸，遽丁父艱。居鄉讀禮餘閒，爰不揣固陋，採諸家之雜說及從東文譯出，編成韻語；仿宋王伯厚先生所著之三字經體，因顏曰『臺灣地理三字經』。[17]」可知大量爬梳臺灣相關典籍，來撰寫一本集大成而又淺顯易懂的「臺灣學」書籍，原來就是王氏夙願。

而郭立誠則進一步分析此書的撰作目的是「要臺灣後代子孫認清自己所居處的天然環境和自己的身世」以及「告誡後代人不要忘本不要認賊作父，

---

[17] 王石鵬：《臺灣三字經》（臺北：臺灣日日新報社印刷，1904年），頁2。

不要忘記割臺之痛[18]」，前者顯然沒有問題，王石鵬素來認為四處遊歷，增長地理見識，是邁向文明的基礎。他在〈送蔡君汝修赴大阪序〉提及「夫男子生當斯世，桑弧蓬矢，志在四方，凡一舉一動，必思有益於身心；不惟益於己之身心已也，亦宜俾益於眾人，故足之所經，目之所寓，皆須有痛癢關心之處。政府維新之初，有志者咸尋航於歐米，爭先恐後，著述成書，以遺餉國人，務以彼之所長，以易吾之所短；藉彼之所有，以補吾之所無。[19]」可見王氏將觀光旅行視為「益於身心」甚至可以「俾益眾人」，促成文明開化的行動。以此思想脈絡延伸下來，外國列強之所以壯盛，乃因「西人五尺童子，皆能明五洲萬國之俗、太陽地球之位；吾人生斯、長斯而不知斯地之事事物物，亦可羞乎！[20]」因是王石鵬結合了：一、將明代到日治初期有關臺灣的書籍作總整理；二、強調地理學知識能夠開化文明；三、就讀臺北師範學校的教育初衷；四、便於本島童蒙口頭熟讀等動機，參考了中外諸家研究，以韻語的形式編成以地理學為主軸的童蒙教材。

然而，在「爾小子，生於斯，地理誌，宜先知」的諄諄教誨下，王氏除了傳授臺灣地理知識予學子之外，是否還隱藏了什麼意圖？郭立誠所說《臺灣三字經》有「告誡後代人不要忘本不要認賊作父，不要忘記割臺之痛」的意圖，在當時顯然不能公然顯現；相反的，黃美娥認為「王石鵬在敘述臺灣的位置、面積、名稱、物類……等項目時，都會將本島的情形與日本並論，使二者產生自然的聯結，此一敘述觀點，在有意無意間即淡化了殖民帝國與被殖民者間本然的敵對關係，進而衍生建構出『日本帝國』與『臺灣殖民地』地理情境的淵源與類似關係，使臺人對日本帝國萌生熟悉感[21]」，也就是說王石鵬的國家認同往日本傾斜，《臺灣三字經》是以日本為本位書寫的。確實，王氏在書中使用了日本紀年、以「支那」稱呼「中國」等，是較為貼近日本立場的書寫，然而對於這種紀錄方式，事實上王石鵬已經在《臺

---

[18] 郭立誠：《小四書》，頁11。

[19] 王石鵬：〈送蔡君汝修赴大阪序〉，《臺灣日日新報》第1489號（1903年4月21日），第4版。

[20] 王石鵬：《臺灣三字經》，頁2。

[21] 黃美娥：〈帝國魅影－櫟社詩人王石鵬的國家認同〉，《重層現代性鏡像》（臺北：麥田，2004年），頁354。

灣三字經》的例言第一條先說明了：「是書採集諸家雜說及從日文譯出，故其間凡有丈量里數，蓋依日本制度。[22]」由於大量參考日人調查資料，因此許多單位或名詞皆以日本制度表現，無可厚非。論者其他所舉王氏展現日本本位思維的例子，筆者認為尚有討論的餘地。或曰認為王氏介紹臺灣的古名，特別介紹日本稱臺灣為「高砂國」，以示日本自古便已知道臺灣；提及海寇林道乾、顏思齊、鄭芝龍時，王氏也敘及他們與日本曾有糾結往來；敘述荷人佔臺時，不忘舉出日人亦曾遭荷人劫掠，以拉近其日本與臺灣的距離。論者認為以上事件與日本的互動關係，對整個臺灣歷史而言，其實無關宏旨，微不足道，王氏卻刻意安排日本在此出現，以拉近臺灣與日本的關係。然而筆者認為，這些事情原本就和臺灣關係密切，並非王氏刻意安排。

例如「日人曾遭荷人劫掠」一節，指的是1626年的濱田彌兵衛事件，雖然是日、荷兩方之事，但發生的舞臺卻是在臺灣，書寫臺灣歷史時提及此事件，並非無關宏旨，筆者查閱幾本臺灣歷史通論，濱田彌兵衛事件即佔了其中一件大事。[23]此事件突顯出臺灣在國際貿易中的商業價值，書寫臺灣史時自是不能不提。另日本稱臺灣「高砂國」、海寇與日人有所關係等，翻閱現今坊間臺灣歷史書籍，也大多記上一筆[24]，證明並非王氏刻意將微不足道的瑣事拉進臺灣史中。

究竟，王石鵬著作《臺灣三字經》是否別有深意？或者直接提問：「王石鵬是否為日本教育編撰教材？」筆者認為王石鵬當時是較為能夠接受新觀念的青年，因此雖有「遺民」之感，但仍能識時務面對現實迎頭趕上時代。且看洪棄生膽敢以「棄繻生」典故命為字號「棄生」，畢生排斥日本教育、日本制度、日本引進之新器物，其氣節凜然，連日本人都要為他在大門告示曰「士人住宅，不得驚擾」[25]；然而從洪棄生最後仍和其子炎秋感情失和，

22　王石鵬：〈臺灣三字經例言〉，《臺灣三字經》，未標頁次。
23　如賴永祥：《臺灣史研究－初集》（臺北：編者，1970）、王育德：《臺灣：苦悶的歷史》（臺北：自立晚報，1995年）、盛清沂等：《臺灣史》（臺中：臺灣省文獻委員會，1977）、戚嘉林：《臺灣史》（臺北：編者，1991年）、臺灣省文獻委員會：《臺灣史話》（臺中：臺灣省文獻委員會，1964）等。
24　如賴永祥：《臺灣史研究－初集》（臺北：編者，1970）、方豪：《臺灣早期史綱》（臺北：臺灣學生書局，2006年）等。
25　黃富三、陳俐甫編輯：《近現代臺灣口述歷史》，頁6。

其子偷偷閱讀新學之書、偷學日語，最後還盜領洪棄生的存款逃到日本唸書來看，介於新舊政權替換的關口，年輕文人與老文人的面對態度截然不同。王石鵬雖然歷經過亡國之痛，也曾萌生消極出世的心態，然而他畢竟有年輕人積極務實的一面，立即投身教育之中，為這塊土地編寫教材，強調臺灣史地，《臺灣三字經》成為臺灣傳統童蒙教材中，第一本完全以臺灣為書寫對象的蒙書。

洪瑋君在《王石鵬《臺灣三字經》研究》，對於王石鵬的國家認同，不僅只於在《臺灣三字經》找尋線索，並從其友人之描寫、詩友王友竹的民族傾向、自身詩作等考察，認為當時許多妥協派的文人，是在現代文明上親日，在民族家國問題上精神抗日。「若只單純的從親日或反日二種概括方式來區分，那麼對於殖民時期務實、妥協生存的王石鵬是過於簡約與不公平的。[26]」此論堪稱公允。

葉榮鐘詩：「無地可容人痛哭，有時須忍淚歡呼」，在高壓統治之下，許多臺灣人真正的聲音，是不能公開發表的。王氏書首的自序：「迨乙未之際，白馬盟成，又遭紅羊劫換[27]」，王氏以這樣簡短的句子交代從清朝到日治的時期，卻透露出他的感觸。「白馬盟成」引用漢高祖劉邦殺白馬定盟約的典故，比喻清朝與日本所訂立的馬關條約。然而接著的卻是「紅羊劫換」，「紅羊劫」是一種歷史讖緯之說，原指值逢丙午、丁未年，國家會遇大的動亂及災禍，後來泛指國難。日軍來臺，王氏以「紅羊劫換」喻之國難，此「國」自然是大清國。在日人無孔不入的言論監管下，王石鵬僅能以這句成語，暗示他的遺民身分。

從這樣的動機和背景看來，王氏著《臺灣三字經》是為了撰寫一本在當時的政治體制下，可以廣為流傳、教授臺灣本土意識的童蒙教科書；而非違反體制，只能在地下小眾流傳的反抗文學。成書之後，富臺灣意識者著眼它「爾小子，生於斯；地理誌，宜先知」一如同「汝為臺灣人，不可不知臺

---

[26] 洪瑋君：《王石鵬《臺灣三字經》研究》（臺北：臺北市立教育大學中國語文學系碩士論文，2008年），頁47。
[27] 王石鵬：《臺灣三字經》，頁2。

灣事[28]」之精神；日本政府卻也中意它配合日本政策，宣揚日人來臺建設成物產豐美的寶島。於是造成強調臺灣意識者讚揚它，日本官方也默認它的現象。《臺灣三字經》遂成為無論戰前戰後，無論是何立場都能接受的教材。

編纂體例與內容

《臺灣三字經》原書的完整體例有五部分：

（一）**圖表**：共有兩份，第一份是〈臺灣嶋地形圖〉，在全書之首頁。為臺灣全島地圖，並附澎湖、龜山島、火燒島、紅頭嶼等外島，比例尺為1：2400000，凡例繪有鐵道、輕便鐵道、生蕃界、等高線、河川圖例等。第二份是〈舊政府行政機關圖〉，附於〈臺灣三字經例言〉之後、正文之前，以圖表明列清朝自閩浙總督以下各行政機關；譬如閩浙總督轄下有浙江、福建、臺灣三巡撫，又設布政使、按察使，管理臺灣府、臺北府、臺南府及臺東直隸州[29]，每一府下有諸知縣等。此圖附〈清國時代臺灣行政機關圖解〉，大略解釋臺灣設省之原因、行政機關之分合沿革，特別說明〈舊政府行政機關圖〉乃以光緒二十一年行政之位置而列。

（二）**序文**：全文依其大意可以分為三部分，第一部分簡述臺灣三百年歷史，源遠流長，記錄臺灣之書籍三百餘種，層出不窮，難以全閱。第二部分自道編輯動機及經過。第三部分則各舉中國、西洋之例，闡明地理學之重要。

（三）**例言**：為在正文之外，另外提示讀者之前言。包括幾個解釋：「是書採集諸家雜說及從日文譯出，故其間凡有丈量里數，蓋依日本制度」、「書中條目頗多，別為次序，但植物類因難於選韻，故敍蔬菜品花卉稍有錯雜，讀者諒之」、「書中論都邑一門，原依舊政府位置，為便於指明府縣分劃方域，非敢於新舊有所軒輊也[30]」。

（四）**正文**：《臺灣三字經》內容面向多元，王石鵬自述該書的分類：「首敍位置、名稱、治亂、沿革，繼敍蕃部種族、山川、物產及經濟上之事

28　連永昌予其子連雅堂之庭訓。
29　原書作「臺東直頴州」，誤。
30　王石鵬：〈臺灣三字經例言〉，《臺灣三字經》，未標頁次。

業，莫不略舉其端；雖曰地理，而歷史寓焉。[31]」而王石鵬則在正文上方更標示項目以細分：首論、位置、幅員、名稱、竊據、治亂、沿革、面積、海岸、地勢、山嶽、河流、湖沼、湧泉、溫泉、岩石、鑛業、植物、動物、住民、蕃族、風俗、農產、婚姻、祭葬、住居、產業、農業、林業、牧畜、工業、商業、氣候、都邑、島嶼、結尾等三十六門。[32]從這些分類可知，本書實是全方位的臺灣小百科全書。

然而今日檢視其正文，有部分內容並不正確，造成內容訛誤的原因，筆者歸類如下：

首先，本書著作時間為1900年，距今已過一百一十載，這一百多年間，由於中外學者對於臺灣史地的持續研究，所累積的成果自然不可同日而語。就算在西元1900年，其時被後人尊稱「臺灣史研究先驅」的伊能嘉矩，其大部份研究成果還尚未出版，亦在這一年問世的唯有《臺灣蕃人事情》。王石鵬雖以一己之力，博覽群籍，能夠參考的資訊，畢竟沒有後世以新式科學方法調查的成果來得準確，文獻之調閱也沒有今人便利；因此以今天臺灣學的高度去衡量《臺灣三字經》，自然有需要改寫之處。然而王氏在當時的研究條件，以二十四歲之少齡能著出此書，仍是古來少有的才氣。

其次，王石鵬在〈臺灣三字經例言〉有一條：「書中條目頗多，別為次序，但植物類因難於選韻，故敘蔬菜品花卉稍有錯雜，讀者諒之」，可以看出編韻文之難；在傳統文人眼中，不管是韻文或傳統詩，不合格律者就不成韻文或詩。在韻文而言，「諧韻」成為首要條件，在諧韻的限制下，「帶著腳鐐跳舞[33]」有時反而能別出機杼、激發新意，但更多時候則不得不犧牲部份素材，僅點到為止，甚至隱去不談。王氏為了避免這個缺憾，在三字經正文之下加註解釋；然而為了諧韻，部分敘述被他放棄或調換順序，恐怕在所難免。

---

[31] 王石鵬：《臺灣三字經》，頁2。

[32] 部分論文指出「原書正文本無分目」，認為只有劉芳薇《臺灣三字經校釋》（臺北：臺灣古籍，2002年）將正文分為二十五個項目，可能是《臺灣三字經》原書難以寓見，未見原書的臆測。事實上王石鵬不但自行分目，還細分至三十六項。此訛說經過數次引用，恐怕越來越多學者會以為《臺灣三字經》原書並未分目。

[33] 美國批評家佩里（Bliss Perry, 1860-1954）的名言，意指詩人按照詩歌的格律來創作。

第三，王石鵬在〈臺灣三字經例言〉最後一條：「此書附之聚珍板印刷，恐多誤植，未免有帝虎魯魚之誚，閱者乞為改謬可也[34]」，此書確實有不少錯字，其弊甚至影響至後世的版本。今以明治年間原刊本為例，舉出其錯字：

1904年的原刊本誤處，計有：

1. 「明運竭，有成功，破天浪，師渡東[35]」，「大」字誤作「天」，形似之誤。

2. 「陳蘇張，諸小醜，既滅之，旋復有[36]」，條下註釋「陳辦」，誤作「陳辨」，然陳辦、陳辨兩名皆見於史料。但以今日嘉義縣新港鄉境內尚有「陳辦崙仔」地名，可旁證應為「陳辦」而非「陳辨」。近代正式學術研究發表多用陳辦。

3. 「最猖狂，施九緞，圍彰城，既敗竄[37]」，「緞」字誤作「段」，形似之誤。施九緞、施九段兩名皆見於史料，近代正式學術研究發表多用施九緞。

4. 「建書院，立學堂，至今日，大改良[38]」，條下註釋「盛興」誤作「盛覺」，形似之誤。

5. 「葬死者，裹皮埋，以片石，覆屍骸[39]」，「裹」字誤作「裏」，形似之誤。

6. 「首稻穀，次甘藷，當成熟，長尺餘[40]」，「穀」字誤作「谷」，俗字之誤。

7. 「製魚鰦，惟此美，育牡蠣，海之涘[41]」，條下註釋「魚鰦」、「牡蠣」誤作「牡鰦」、「魚蠣」，排版時鉛字錯置之誤。

---

[34] 王石鵬：〈臺灣三字經例言〉，《臺灣三字經》，未標頁次。
[35] 王石鵬：《臺灣三字經》，正文頁2-3。
[36] 同前註，頁4。
[37] 同前註。
[38] 同前註，頁5。
[39] 同前註，頁12。
[40] 同前註，頁13。
[41] 同前註。

8. 「淡水港，即滬尾，諸商船，幅輳難[42]」，「輻」字誤作「幅」，形似之誤。

9. 「恒春縣，極南方，民蕃聚，守一彊[43]」，「疆」字誤作「彊」，形似之誤。

10. 「島之中，乏草木，以魚類，易五穀[44]」，條下註釋「高粱」誤作「高梁」，形似之誤。

11. 「琉球島，珊瑚巖，漁夫住，集漁航[45]」，「帆」字誤作「航」，同義之誤。

　　上述用字，或沿襲俗字、或手民誤植，影響所及，後世重新出版的《臺灣三字經》也常把錯字沿用下來，甚至自己新增錯字。過去幾十年流傳最廣的「經緯版[46]」，不但沿用了部份原版本的錯字，甚至自行更改正文，完全違背韻文格律而不自知，舉隅幾處如下：

1. 「其東部，水頗深，視斷岸，如峻嶺[47]」，「岑」字誤作「嶺」，誤以「峻嶺」較為成詞，殊不知不符押韻之道。

2. 「或竹屋，大樹遮，稍構造，自成居[48]」，「家」字誤作「居」，擅自更改，完全違背押韻之道。

3. 「西北方，夏炎熟，冬陰寒，常降雲[49]」，「熱」、「雪」誤作「熟」、「雲」，形近之誤。

4. 「及秋季，變風信，雨旋至，自濛濛[50]」，「信風」誤作「風信」，粗疏之誤，不解押韻之道。

---

[42] 同前註，頁15。
[43] 同前註，頁16。
[44] 同前註，頁17。
[45] 同前註。
[46] 王石鵬：《臺灣三字經：史蹟、地誌、風土、人情》，臺南：經緯，1964年。
[47] 同前註，頁11。
[48] 同前註，頁29。
[49] 同前註，頁36。
[50] 同前註，頁37。

洪瑋君在《王石鵬《臺灣三字經》研究》中，有感於《臺灣三字經》部分內容已不符現代之需求，將原文做了一番改寫。此舉立意甚好，可惜改寫處若恰於應押韻之句，往往不合格律。由此可知撰寫韻文之難，王石鵬的苦心孤詣令人敬佩。

由於深感《臺灣三字經》有其重要價值，歷來卻沒有一本完全勘誤正確的文本；數十年來勠力研究傳統啟蒙書的黃哲永，已在2007年與筆者將該書文本進行修正、新註，並收錄於自印之《讀冊識臺灣》一書中。

綜合前述，《臺灣三字經》通篇以韻文寫成，每句字數和韻腳都成為敘述時的限制，如同戴著手鐐腳銬跳舞，勢必會有部份資料無法細說或略過不提，加上百年前學術成果有限，因此造成內容闡述及系統整理或有不足之處，是今人閱讀時需加留心之處。然而王氏在當時就能注意到「臺灣學」的知識，蒐羅資料，獨力為文；尤其關於原住民的部份，他花了比閩、客移民部份更大的篇幅來敘述其文化特色，在傳統啟蒙教材中，實在難得。

（五）跋文：原版本的《臺灣三字經》書後有一篇〈臺灣三字經跋〉，為王石鵬摯友王友竹所撰。王友竹自號「滄海遺民[51]」，寄寓棄地棄民的身分，其國族立場與對日本的消極反抗是相當明顯的。王石鵬既然與之成為至交，這種政治理念應不致相差太多。

跋文對正文並無補充，多為王友竹對王石鵬的讚美之詞，最後評論此書為「觀其書所載，全臺景物，包括無遺。誠足為初學之津梁，開後生之智識」作結。值得注意的是王友竹舉王石鵬〈題延平郡王廟〉詩：「當年王氣已全收，廟食空山二百秋；自古興亡無定局，鯤洋依舊向東流」，此詩感慨今日臺灣仍舊是異族統治，可惜已經沒有鄭延平這等英雄帶領反抗了。另一方面，將此詩放在以地理學為主軸的《臺灣三字經》跋文來看，更有另一層意味，是否暗示：不管誰來統治都無所謂，因為本來「自古興亡無定局」，只要人民牢牢守護、了解這塊土地就夠了，因為只有土地是永遠不會

---

[51] 在〈臺灣三字經跋〉中署為「滄海逸民」，可能是「逸民」除了亡國遺老之外，尚可解釋為節行超俗、遁世隱居的人，比起「遺民」一詞較為溫和，放在這本童蒙教材中較為適當。

變的（鯤洋依舊向東流）。這樣的解讀，可以為王石鵬的國家認同和教育理念下一個註腳。

　　和洪棄生比起來，同是歷經時局變化的文人，王石鵬和洪氏的表現態度卻大不相同，這不同的思想也表現在其教材中。洪棄生畢生以文筆抵抗異族[52]，以清國遺民的身分教導下一代有關中國（清國）的一切，在他認知中要跟上「時勢」，要先從不忘中國歷史的根柢開始，再放眼到全世界各國，這樣的《時勢三字編》或許無法見容於禁止教學中國事情的日本教育政策，因此這部教材只在鹿港地區私下教授。王石鵬的民族意識不如洪棄生強烈，他屬於妥協派的文人，但並非企圖從日人處得龐大利益的親日派。王氏在日人的限制下，找尋可以廣大影響下一代認知自己是「臺灣人」的方法，於是「親遊各處，不辭跋涉之勞，聊以證平日之所學也[53]」，「遊歷臺南北山水，以遣幽憂；入野蠻之部落，訪太古之遺民[54]」，親自踏查加上博覽群籍，著成以臺灣地理學為主的《臺灣三字經》。書前有臺灣總督府編修官文學士小川尚義題字「如此江山」，復請日本漢學家籾山衣洲校閱，有官方、學界日人加持，這本蒙書雖然暗藏王石鵬幽微的亡國遺民感觸，但仍大為流行，影響甚大，甚至時至今日仍成為強調「本土化」的教材。《時勢三字編》所述的中國和世界各國是當時大多臺人無法履及之地；王石鵬雖然知道臺灣歷史雖短，面積雖小，但想要跟上時勢，放眼全球，必先從自己立足的地方開始。[55]可知王石鵬的教材編寫方式，從在地而漸次擴及到周邊，是比較現代的。於是從1897年的《時勢三字編》到1900年的《臺灣三字經》，相隔才短短三年，但是反映出來的時代思維與教育理念已經不同了。

---

[52] 然而洪棄生堅持的「留辮」，在清人入關之初的漢人眼中，也是「異族」的髮型。不少漢人在清初也抗拒剃頭，逼得清廷喊出「留髮不留頭，留頭不留髮」的口號，且流行打油詩一首，勸人剃頭：「聞道頭堪剃，何人不剃頭？有頭皆可剃，無剃不成頭。剃自由他剃，頭還是我頭；且看剃頭者，人亦剃其頭。」則洪棄生堅持「留辮」的舉動，是自認為滿族或是漢族？清初和清末漢人國族意識的流動，耐人尋味。

[53] 王石鵬：〈臺灣三字經例言〉，《臺灣三字經》，未標頁次。

[54] 王友竹：〈臺灣三字經跋〉，《臺灣三字經》，未標頁次。

[55] 王石鵬〈臺灣地理三字經序〉：「或謂臺灣特其小焉耳，區區地學，何足以廣其見聞？然行遠自邇、登高自卑，前程遠大，不得不先於此開其端也已。」

張淑子《精神教育三字經》

作者生平

張淑子（1881-1945），臺中大雅人。1903年畢業於總督府國語學校，在公學校執教多年，1922年轉赴彰化高等女學校擔任教諭，1927年辭職轉任臺灣新聞社漢文部編輯主任。《精神教育三字經》就是在這段期間編寫的，因此內容多見於《臺灣新聞報》。1931年南下擔任臺南新報社漢文部編輯主任，1933年離職，返鄉開設書房教授漢學。

張淑子愛好漢詩，對傳承漢學使命感極深，擔任漢文版編輯時常刊登各地文人詩稿，幫助漢學之振興。本身亦加入大雅吟社、臺灣文社，曾投稿崇文社徵文。

日治後期，報紙漢文欄紛紛廢止，張氏撰文〈漢文可廢漢學不可廢論〉，力陳保留漢學之重要。張氏於1944年九月曾入獄兩個月，日警在張氏家中翻箱倒櫃，焚毀其著作。隔年張淑子去世。[56]

編纂體例與內容

《精神教育三字經》一書，從書末「昭和四年四月中抄錄臺灣新聞」可知約寫於1929年，同年七月印刷發行。[57]內容無序文、例言、跋文、注釋等，全書八頁十六面，只有正文，作者並未自敘編輯動機，因此只能從正文內容去推論。

正文每句三字，共五百零二句，計一千五百零六字。原書未分段，筆者將其正文大綱分為：

（一）勸學：由首句「為學者，修此詞，句易讀，義易知[58]」始，到

---

56 張淑子歷略參考陳炎正：《大雅鄉志》（臺中：大雅鄉公所，1995年），頁352；以及張惠芳：《張淑子研究》（臺南：國立臺南大學臺灣文化研究所碩士論文，2010年），頁5-17。

57 另有版本為1935年出版。

58 張淑子：《精神教育三字經》（嘉義：蘭記書局，1935年），頁1。

「況少時，學尤易，力正強，休自棄[59]」，說明本書教授臺灣島的各種事情，要趁少年時就好好努力學習，並且舉了日本勤學模範二宮尊德[60]、學問之神菅原道真[61]之例，勉勵讀者求學譬如愚公移山，要不辭辛勞。

（二）禮儀道德：由「在學校，尊師訓，學要勤，疑思問[62]」始，至「彼幼年，曉禮義，爾諸生，宜著意[63]」，實際舉例在學校的言行規矩，以及分述對同學、朋友、父兄、叔伯、母親、姑姨、長者應有的態度。再由「勿驕傲，勿佚遊，心一放，自難收[64]」到「彼桑條，從小鬱，及長大，鬱不屈[65]」，勸讀者切勿賭博、偷竊，若從小放蕩輕浮，長大便難以導正。

（三）教育沿革：由「昔滿清，御臺灣，教育事，付等閒[66]」始，到「中學校，漸次興，高等設，大學成，教育備，如林立[67]」，講述日治之後的教育設施，分述基礎教育、師範教育、女學校、農工業學校、醫學校、中學校、高等學校等。

（四）物產：由「今臺灣，稱樂土，殖貨財，集商賈[68]」始，至「廣栽蔗，製為糖，如山阜，售四方[69]」，敘述臺灣氣候溫暖，有山海之利，物產豐富，商賈雲集。並實際列舉了蠶桑、金砂、煤炭、硫礦、茶葉、甘蔗等產物。

---

[59] 同前註。
[60] 二宮尊德（1787-1856），自幼便負起維持家計的工作，以砍柴、編草鞋補貼家用。深感知識的重要性，苦讀鑽研農業技術。後受重用，發展長才振興農業，救活農民無數。日人為了紀念二宮氏勤奮好學、學以致用的精神，在各地小學建立其雕像。臺灣的小學在日治時期也不少二宮氏雕像，以一面背負柴薪、一面讀書的形象著名。
[61] 《精神教育三字經》原文：「管原公」，應為「菅原公」之誤。菅原道真（854-903）為日本平安時代的大臣，知識淵博，經常在朝提出諫言，因而遭怨。後為政敵所害，貶放至九州，鬱鬱而終。因其生前是傑出的學者和詩人，是故被尊為「學問之神」，在日本九州有「太宰府天滿宮」祭祀他。
[62] 張淑子：《精神教育三字經》，頁1。
[63] 同前註，頁2。
[64] 同前註。
[65] 同前註。
[66] 同前註。
[67] 同前註，頁3。
[68] 同前註。
[69] 同前註。

（五）**現代建設**：由「設郵便，設電信，通音問，捷而迅[70]」到「市區改，道路寬，比往昔，成大觀[71]」，舉郵政、電信、鐵路、汽車、自來水、電燈、苗圃、公園、輕便車、自轉車、自動車等現代設施及交通工具，營造出欣欣向榮的氣象。

（六）**人物**：由「改隸初，匪患生，親王至，討而平[72]」始，至「昔曹公，廣公益，開埤圳，貽厚澤[73]」，列舉對人民有貢獻的人物：北白川宮能久親王、芝山巖六氏先生、楠木正成、賑饑的鈴木氏、恤孤的廣虫氏、曹謹等。並強調面臨大敵仍無所恐的忠勇精神，乃是「大和魂」。

（七）**女子**：由「為男子，仿古賢，為女子，亦宜然[74]」，至「古賢婦，不外是，盡其誠，可比美[75]」，勉勵女子宜有傳統的三從四德，勤於紡織、裁縫、烹飪、蠶桑，知曉禮義廉恥。

（八）**衛生**：由「凡萬物，人最靈，養身體，切叮嚀[76]」，至「寒暑氣，要知防，冬宜溫，夏宜涼[77]」，傳遞衛生知識，例如注重飲食、洗浴、睡眠對身體的保養，穿著、居家都要整潔、通風，保持冬暖夏涼。

（九）**改革陋習**：由「衛生上，能適宜，俗美惡，又當知[78]」，至「今世界，重文明，舊風氣，漸變更[79]」，揚棄風水迷信，宣導需改革辮髮、纏足、鴉片三大陋習。

（十）**臺灣歷史**：由「昔臺灣，名未著，荷蘭人，始佔據[80]」，至「國富強，雄世界，仰英風，皆下拜[81]」，敘述自荷領時期至日俄戰爭（1904-1905），日本併吞朝鮮與中國關東為止的歷史，共一百零一句，佔全書最多

---

[70] 同前註。
[71] 同前註，頁4。
[72] 同前註。
[73] 同前註，頁5。
[74] 同前註。
[75] 同前註。
[76] 同前註。
[77] 同前註。
[78] 同前註，頁5-6。
[79] 同前註，頁6。
[80] 同前註。
[81] 同前註，頁8。

篇幅，其中日治後的改革、外交史又佔最重。

（十一）**結語**：由「居此國，生斯時，宜奮志，成男兒[82]」，至全書結尾「年易老，當及時，亟黽勉，念在茲[83]」，勉勵讀者博通古今，明理致知，慈眾忠君，最後再以勸學作結。

全書許多地方模仿《三字經》的結構，例如都有勸學的部分，全文也以勸學作結；禮儀道德、歷史興衰也是《精神教育三字經》與《三字經》皆有的篇章；並且同樣常舉例有德行的人物以為楷模，令讀者發起見賢思齊之情。不同的是《精神教育三字經》所述的歷史興衰，乃是臺灣史而非中國史，且特重日治發展史；所舉例楷模人物，多為日人。尤其談及臺灣教育沿革時，「昔滿清，御臺灣，教育事，付等閒。歸我轄，百事興，設學校，日蒸蒸[84]」，那句「歸我轄」的「我」自然是日本。由此可見，張淑子的國家認同比以「紅羊劫換」喻清國之難的王石鵬更往日本傾斜。

《精神教育三字經》的內容，大多淺顯易懂，並且常與官方基礎教育教材連結。例如內容提及的人物「六先生，皆遭難」，此六氏先生事蹟亦出現於總督府所編《公學校唱歌集》第四學年〈六氏先生〉歌詞中；又「楠廷尉，遭賊亂」記述楠木正成父子的事蹟，也出現於1922年公學校第五學年第二、三學期的日本歷史科中[85]；「二宮氏，十歲餘，日編履，夜讀書」所舉的二宮尊德故事，亦出現於總督府編的《臺灣教科用書漢文讀本》卷五（1916年）；今日讀之只覺語焉不詳的「鈴木氏，有慈仁，傾家產，賑饑民」四句，鈴木氏原來亦非無名之輩，《臺灣教科用書漢文讀本》卷三（1911年）有一課〈小女慈善〉，講的就是鈴木氏賑饑，其女亦捐出自己的衣服送給貧童的義行。同樣出現在《臺灣教科用書漢文讀本》卷三的課文尚有〈家屋〉、〈住所〉、〈郵便〉、〈糖〉等，與《精神教育三字經》裡講述居家整潔、現代設施、臺灣物產等篇章可以互相參照。因此《精神教育三字經》內容大多由當時學校各科課程取材而來，可以當成總督府所編輯教科

---

[82] 同前註。
[83] 同前註。
[84] 同前註，頁2-3。
[85] 張惠芳：《張淑子研究》，頁57。

書之外的補充教材;其精神與當時的臺灣教育重要刊物《臺灣教育》的特色作比較,如推廣教育、改革風俗、國民性、傳記人物等內容也相當一致[86],這自然與張淑子本身在公學校執教了近二十年的經歷有關。因此可以解釋為何這本《精神教育三字經》完全只有正文,沒有注釋。作者未加注釋,因為一來其用字遣詞淺顯易懂,老嫗能解;二則其用典常採用當時基礎教育的課文內容,對於上過公學校的孩童而言,《精神教育三字經》內文不解自明。

張淑子著《精神教育三字經》,比之其他三字經體,更強調「精神教育」。其精神一言以蔽之,就是正文中提及的「大和魂」。從教育沿革、現代建設、衛生習慣、改革陋習的篇幅來看,多為歌誦或宣揚日本政府的建設改革。從正文提及的日人模範、日治歷史等來看,也顯然是認同日本的政策與精神涵養。當時「大和魂」一詞常見於時人詩文中,張淑子處於此時代氛圍中,畢生的工作又是為日本宣傳教化的公學校教師和《臺灣新聞》報的記者,不免受到影響,遂著成此書,希冀大眾讀之能「慎起居,認職分,淑其身,庶幾近。慈於眾,忠於君,人若此,斯出群」。張氏印行此書,乃著眼於教化意義,並非為商業考量。1929年十月七日的《臺灣日日新報》〈翰墨因緣〉欄為此書宣傳時,聲明可免費來函索取。此書版權頁上也特別附註「歡迎複印」[87],張氏的教育熱誠不言可喻。

然而張淑子著作此書,或許並非完全往日本靠攏。張氏曾撰〈內臺人共婚論〉[88],文中提及「憶臺灣隸日本帝國有二十餘載於茲矣,而不得同化於國民,恥也;而國民不能使殖民同化,亦恥也。要惟實行此內臺人共婚,而漸漸進之以期洗此愧恥」,表現出張淑子亦主張日、臺要努力消除隔閡,但也指出這二十餘年來日本並未完成日臺平等之責。張惠芳在其論文《張淑子研究》指出張淑子為文要求政策日臺平等、人民奉公守法,與長期對日本政府柔性抗爭的林獻堂言論事實上是相似的[89]。因此不能以《精神教育三字

---

[86] 張淑子也常在《臺灣教育》漢文報發表文章,顯見是該刊物忠實讀者,或許因此從中取材。

[87] 然而筆者家藏1935年版《精神教育三字經》版權頁上,有印章印記「八錢」,應是出售價錢。

[88] 臺灣教育會:《臺灣教育》漢文報255號,1921年。

[89] 張惠芳:《張淑子研究》,頁15。

經》的精神宣傳就斷定張淑子是完全站在日本的統治立場發聲，事實上，張淑子也在家開設私塾傳承漢學，亦曾加入有反抗意識的臺灣文化協會；在1937年曾著〈漢文可廢漢學不可廢論〉一文，反對日本廢除各大報漢文欄，力陳漢學的重要性。或許是對總督府在進入戰爭期間的各項高壓措施失望，平等政策失衡，文明教化倒退，張淑子轉而為抗日；在莊永明《臺灣記事－臺灣歷史上的今天》、陳炎正《大雅鄉志》、林世珍《臺中縣志》等書，都將張淑子定位為「抗日」。1944年，張淑子被捕入獄，期間日警常至家中搜查，著作遭受焚毀；隔年張淑子逝世。[90]這本《精神教育三字經》的刊行，與其說是為日本發言，毋寧說是實現作者推廣教育、發揚漢文的心願；其中對日本的歌誦，則是當時的時代氛圍下，對於統治者的寄望。

 ## 林人文《新改良三字經》

作者生平

　　林人文及其《新改良三字經》的論述資料較少，最完備的研究是盧嘉興在《臺灣研究彙集》第十四期（1974年）發表的〈任教南縣撰「改良三字經」的林人文〉，從各類史料拼湊出林人文的一生行誼，並發表蘇炳嵩家藏的《新改良三字經》全文，算是此書的重新出土。

　　林人文（1856-1910），名得，字萃廷，臺南人。曾入書院為童生，研習詩文律賦。學成後設帳授徒，並經歷縣、府、院三試，錄取入泮，為臺南府學附生。割臺後，與其兄林取攜眷舉家內渡至祖籍福建漳州龍溪縣避難。1898年回臺，受聘在灣裡街（今善化鎮北關里附近）教書。1899年，臺灣總督兒玉源太郎於1900年在臺北淡水館開揚文會，邀集前清遺儒廩生以上者參加，由兒玉總督出題展開策議徵選活動，林人文因為漢學素養深厚，復又剛直敢言，將日治後之時弊述於策議中，其文采與言論成為會中焦點，表現出文人的素養與骨氣。

---

[90] 同前註。

1899年林氏受聘為灣裡公學校漢文教員，1906年因不滿日籍校長對臺人歧視，憤而辭職。林人文任公學校漢文教員及私自設帳授徒其間，對灣裡街早期的文教影響頗深。以其教學經驗，編撰《新改良三字經》，為早年流傳於善化以教育子弟課習的傳統蒙書，林氏其他詩文、墨寶多已佚失。[91]

編纂體例與內容

林人文《新改良三字經》得以出土，歸功於盧嘉興經臺南善化詩人洪調水引介，向蘇炳嵩商借其家藏抄本。蘇炳嵩在書信中表示：「該書係先父遺墨，全書均為先父親筆，蘇逢春是先兄蘇東槐之字，故該書係先父親筆，為先兄之課業者。是抄自印刊之書籍，抑抄自林先生之稿件，不得而知。[92]」可以見得此書傳播並不甚廣，甚至可能未曾刊印，僅以抄本形式流傳。《新改良三字經》全文在《臺灣研究彙集》第十四期披露之後，黃哲永自印的傳統童蒙教材選集《臺灣三字經》（1997年）、《讀冊識臺灣》（2002年）亦將之收錄，並加註閩南語羅馬拼音。

從盧嘉興發表的《新改良三字經》來看，只有正文，未有序跋文、題解、出版項等，只知抄本標記「大正四年六月置」；盧嘉興認為「林氏在清末的時候，撰著這部新三字經[93]」，筆者認為此處之「清末」並非明確指臺灣仍在清廷統治的1895年以前，而有可能是建立民國的1912年以前[94]，換言之，若此書著於1895到1910年（林氏逝世之年）之間，在中國而言是「清末」，在臺還是劃分在「日治時代」。然而從這本書的內容來看，並無法看出撰作年代，亦可能作於林氏在清末設帳教學之時。由於目前唯一的文獻抄寫於日治大正時期，因此本研究採取了較為保守的猜測，將這本書放在在日治時代討論。

---

91 以上林人文簡歷參考盧嘉興：〈任教南縣撰「改良三字經」的林人文〉，《臺灣研究彙集》第14期（1974年6月）以及http://taiwanpedia.culture.tw/en/content?ID=20403（臺灣大百科：林人文），2011年1月4日查詢。

92 盧嘉興：〈任教南縣撰「改良三字經」的林人文〉，頁20-21。

93 同前註，頁23。

94 理由是盧氏在文中提及年代處，總以清朝紀年為主，如提及林人文「自辭職回南後，未幾患病，於宣統二年（民前二年，日明治四十三年，西元一九一○）三月十二日（即農曆二月初二日）午時逝世，享壽五十五歲」。同前註。

《新改良三字經》共三百八十八句，一千一百六十四字。95其大綱及內容分述如下：

（一）開頭：「人之初，首孝悌，行餘力，學文藝」四句。這段開頭，明顯為《三字經》的仿作，同樣以「人之初」開頭，並強調「首孝悌」。然而「首孝悌，行餘力，學文藝」三句又與《弟子規》「弟子規，聖人訓，首孝弟，次謹信；汎愛眾，而親仁，有餘力，則學文」相似，可以看出《新改良三字經》的開頭還是從傳統三字經體脫胎來的。

（二）三才：從「仰觀天，察天文，日月星，三光云」到「姨兒女，亦稱表，母誼推，要分曉」，以三才天、地、人的順序介紹各種稱謂，例如天上日、月、星，地理河、海、山、嶽等。篇幅佔最多的是介紹親族的稱謂。

（三）幼儀：從「為人子，習幼儀，諸大節，勿蚩蚩」到「宿食積，痞病留，腹劇痛，患不瘳」，教導蒙童侍奉親長、入學讀書、待客應對的禮儀，並告誡應遠離危險之處，飲食起居應當整潔有度的養生之道。

（四）女訓：從「女有訓，守深閨，諸淑德，學后妃」到「男女間，貴有別，禁雜坐，同巾櫛」，敘述女性應有的傳統規範。

（五）五倫：從「真學問，五倫起，躋聖賢，從此始」到「吳季札，交尚義，徐君亡，掛劍去」，各舉「子由負米」、「舉案齊眉」、「煮豆燃萁」、「季札掛劍」故事以做父子、夫婦、兄弟、朋友四倫的模範。「君臣」一倫並未舉例。

（六）士農工商：從「凡生民，業有四，士農分，工商著」到「業商者，宜忠厚，辦貨物，攀主顧」，介紹士農工商四種職業要注意的事項，與《三字經》強調苦讀的觀念相比，已然突破傳統士大夫觀念。

（七）物類：「眾物類，名不一，有飛潛，有動植。飛者禽，鳳居長，潛者鱗，魚龍統。為動物，獸蟲是，若植物，草木備」十二句。簡單介紹生物的分類。

（八）數字事理：從「諸事理，各雜投，淺入深，次第求」到「人五官，心為主，口鼻從，耳目輔」，介紹數字、四方、七情、五行、五味、五

---

95 盧嘉興版「掃堂室，勿積塵，塵飡洩」三句成一段，明顯漏一句，為387句。黃哲永版「掃堂室，勿積塵，塵吸入，病吾身」四句一段才完整，是為388句。

色、五官等，比《三字經》相關介紹為少。

（九）格言：從「凡格言，宜佩遵，銘座右，常見聞」到「惜用物，即惜福，壞再置，空囊槖」，舉例常見格言，圍繞「勤儉」為中心，「勤」有惜陰、勤學等行動；「儉」則有刻苦、儲蓄、惜福等作為。

（十）在外行止：從「出門時，交益友，勿嫖賭，好飲酒」到「節浮費，供稅租，免官吏，暮夜呼，追乎迫，寢食驚，雖雞犬，不安寧」，教導的行為則不僅限於在家或在校，而是擴及到出社會與整個人生必須奉行明哲保身的準則，包括慎交友，戒嫖賭、酒色，態度切勿貪營、好驕、刻薄、輕狂，不與人結怨、興訟。在這部分提到「酒與色，傷人物，耗精神，干陰律」，用「干陰律」的宗教觀念來告誡讀者，應是受到民間善書的影響。

（十一）結尾：「右諸語，皆有益，勸後輩，宜勉力」四句。與《三字經》結尾相似。

總的來說，這部《新改良三字經》模仿《三字經》和《弟子規》的意圖甚明顯，文句上也不少直接引用《三字經》、《弟子規》之處。然而《新改良三字經》比《三字經》少了許多人性之辨、讀書方法、經史子學的篇幅，比《三字經》花更多篇幅探討的是親族的各種稱呼、生活各種幼儀細節、女性規範、士農工商的介紹，並帶入「陰律」的民間宗教觀，勸誡讀者切莫作壞事；避免態度輕浮、口舌招尤，惹上官司。從上述可以知道，除了部分文句受到《三字經》、《弟子規》影響之外，林人文在不少地方加了他認為需要教育學生的道德觀念，這些和舊《三字經》相異之處，就是他「新改良」的用心。

 ## 陳德興《三字集》

作者生平

陳德興（1906-？），屏東潮州人。曾就讀臺南師範學校，由於參與罷課抗議活動而遭開除；1924年留學日本。1926年返臺後，參加臺灣文化協會。不久轉向加入臺灣農民組合，與陳崑崙共同負責臺灣農民組合潮州支部

的工作；1927年任本部教育部長。1929年臺灣農民組合二一二事件，陳氏以違反出版法處以十個月拘役，緩刑五年。1930年代表臺灣工農參加在上海舉辦的國際勞動者大會。1931年日本當局開始大規模整肅左翼團體，陳德興在大搜捕中被逮，判刑十年，病死獄中。

由於陳德興入過師範學校，曾經留日，加上口才辨給、工於文筆，在臺灣農民組合挑起啟蒙廣大勞動者的教育工作，著有《三字集》，被譽為「農運的人民教師」。[96]

編纂體例與內容

1925年，臺中州北斗郡下二林的蔗農召開大會，決定成立蔗農組合，與林本源製糖會社提出交涉，談判破裂，蔗農與日警發生衝突，稱為「二林事件」，影響了日後的農民運動。1926年，在簡吉、趙港、黃石順的主導下，組成「臺灣農民組合」，是日治時代最大的農運組織。

1931年，臺灣農民組合及臺灣文化協會裡的臺灣共產黨員幹部，如簡吉、陳結、陳崑崙、張茂良、詹以昌、王敏川等，決定繼續進行共產主義運動，遂成立「臺灣赤色救援會」。[97]為了擴大組織，加強農民的意識形態，陳德興以閩南語編寫的《三字集》，敘述農民生活經驗，在該組織中流傳。

原刊本至今似乎尚未出土，僅在《臺灣總督府警察沿革誌》第二篇〈領臺以後的治安狀況〉（中卷）曾經摘錄刊載，後來《臺灣總督府警察沿革誌》重新翻譯出版為《臺灣社會運動史》，是目前《三字集》論述的主要文本。[98]

據《臺灣社會運動史》的記載，《三字集》分上下卷，上卷四百三十二句，一千二百九十六字；下卷二百六十六句，其中有四句為七字，因此共

---

[96] 陳德興生平參考韓嘉玲：〈農運的人民教師—陳德興〉，《播種集——日據時期臺灣農民運動人物誌》（臺北：簡吉陳何文教基金會，1997年），頁53-59。

[97] 見http://www.taiwanus.net/history/4/84.htm（臺灣人的臺灣史——郭弘斌編著），2011年5月24日查詢。

[98] 王乃信等譯：《臺灣社會運動史》第三冊（臺北：海峽學術出版社，2006年），頁248-252。

八百一十四字。[99]然而《臺灣社會運動史》說明該書收錄的《三字集》乃是「擇取三字集的主要部份[100]」，因此原版本的《三字集》字數應不只於此。在沒有其他版本佐證之前，本節以《臺灣社會運動史》收錄的《三字集》作為討論文本。

《三字集》原文不分段，為求方便論述，筆者整理段落如下：

（一）從「無產者，散鄉人，勞動者，日做工」到「噯呵喲，叩頭殼，爭心肝，父母□」，描述無產階級者生活的困苦，家徒四壁，生活用品、衣食粗陋，一旦生病，往往沒錢請醫生，只能祈求神明，因而延誤就醫，失去性命，造成家族的創傷。

（二）從「沒覺醒，重惹禍，無團結，慘難遇[101]」到「金時錶，金手指，金目鏡，金嘴齒」，描述無產階級者應當協力，創設團體，才能對抗惡地主、打破惡制度。接著形容資本家的奢侈生活，食衣住行樣樣奢華、浪費，以和前文提及的赤貧勞動者生活作對照。

（三）從「這強盜，想計智，連政府，得大利」到「赤貧民，被欺負，勤躂咱，作馬牛」，接續上一段說的資本家，提到這些人常與政府合作，獲巨利，得土地，所以社會越是文明發展，無產階級越是被壓迫。政府提出的各種措施，例如納稅、戰爭、發電、電信等，事實上都是加強統治的手段，或為壓榨臺灣人民的金錢與勞力，圖利日人的政策。

（四）從「露西亞，赤蘇俄，蘇維埃，工農操」到「咱大家，親兄弟，有一日，達這時」，敘述蘇俄的共產黨是全世界解放的先驅，沒有榨取、剝削之行為，各種公共措施如學校、醫院、養老院、圖書館、托兒所，讓人民自由使用。所有機械、機關回歸人民所有，真正實現全世界眾人的理想境地。

99　然而不知是〈三字集〉另有版本或其他緣故，據蔡依伶的統計，上卷為435句，1305字，與本書統計字數不同。見蔡依伶：〈臺灣日治時期階級意識的形塑—以〈三字集〉為例〉，《2004青年文學會議論文集》（臺南：國家臺灣文學館，2004），頁377。郭弘斌云「〈三字集〉凡六百九十四句」，若不將最末四句七言詩句計入，六百九十四句之數則與本研究相同。見http://www.taiwanus.net/history/4/84.htm（臺灣人的臺灣史——郭弘斌編著）。
100　王乃信等譯：《臺灣社會運動史》第三冊，頁248。
101　應為「慘難過」方符合語意，乃遇、過字形相近之誤。

（五）從「工農們，咱所以，要奮鬥，濟奮起」到「守統制，守決議，為階級，誓戰死」，是為上卷的結尾，綜合前述，無產階級為了政府和資本家做牛做馬，唯有不畏強權，奮起鬥爭，才能達到真正社會安樂的境地。

（六）從「資本家，典有錢，天地變，不知死」到「小資本，倒離離，終沒落，為貧兒」，敘述當今世界情勢已經走入1928年共產國際所提出的「資本主義第三期危機論」，加上當時爆發的經濟大恐慌，因此工廠處處倒閉，資本家紛紛破產。

（七）從「資本賊，欲支持，她狗命，免早死」到「這時候，趁食人，不餓死，也哭伯」，說資本家為求繼續營運，壓榨勞工，使得無產階級失業者眾，縱有工作，也無薪水。因此工人應當覺醒，設置工會，要求加薪以及男女工的平等，留意少年工（童工）的問題等。然而資本家對於這些要求，總是拒絕，因此當今社會，大眾普遍貧困，加上賦稅年年加重，對於政府的積怨已經到達最高點。

（八）從「土地賊，最可恨，剿滅地，著要緊」到「濟覺醒，起革命，歷史的，必然性」，撻伐地主的惡行，鼓勵農民組織團體，要求「惡政府，要打倒，私有制，要毀破，資本賊，要滅無」，工農兵覺醒而發起革命，已是歷史的必然。

（九）從「我主義，要宣傳，要勸誘，組合員，要組織，得完全」到「資本主義第三期，壓迫搾取不離時；無道政府將倒去，白色恐怖愈橫起」，是為下卷結語。詳述進入組合的守則「咱大家，入組合，組合費，著繳納。組合費，納代先，抗租稅，來鬥爭，議決後，隨遂行。要參加，咱組織，各項事，要秘密。吾機關，要統一，各情勢，得能識。」又說組織結構：「咱組織，有類層，七個人，結一班，要互選，班委員。各組織，照律規，集五班，結一隊，選一名，作隊委。」以及紀錄組織內有婦人部、少年團等分部。最後以「共產黨，咱的主」，奉須丹林為師，推列寧、馬克斯為師祖作結。

經由《三字集》內容的紀錄，吾人可以觀察到一些當時的情況：

（一）**貧富差距**：文中以食、衣、住方面實際描述「散鄉人」的生活經驗，對照資本家吃的是山珍海味，穿的是「燕尾服，毛綢絲，紅皮靴，仕底

記（手杖）」，住的是有眾多妻妾的樓閣，藉此比對出社會的不公平。

（二）**農工的階級意識**：上卷的無產者，以農民為主，面臨的難處是「負債重」、「納貴稅」。下卷則以工人為主，面臨的是勞力被資本家榨取、失業或無薪等窘境。同樣是無產階級，在《三字集》中分別被描述為不同的生活經驗，然而共同的敵人都是資本主義，因此必須農工一家，團結反抗。

（三）**共產主義**：《三字集》不少篇幅是對於共產主義的推崇，如蘇維埃政府是「全世界，解放母」，「須丹林，咱師阜。咱師祖，既逝世，是列寧、馬克斯。他傳導，資本論。他建設，農工兵。蘇維埃，堅政府。」等，值此「資本主義第三期」的時局，無產階級應當團結打倒資本家、獨裁者，才能對全體民眾有利。

（四）**赤色救援會的組織架構**：下卷結尾詳細敘述進入組合的守則、組織方法以及權力架構等，是相當詳實的資料。

經由《三字集》的文字，則可看出以下特色：

（一）**臺灣話文**：因為臺灣勞動階級所受教育不高，因此《三字集》不用日文或文言文書寫，而全以閩南語白話寫成文字，例如「斷半錢」即身無分文、「典有錢」即「展有錢」，炫耀財富之意，陳氏以群眾的語言書寫，以求廣為流傳。關於這一點，蔣為文曾質疑：

> 《三字集》究竟是作為農民、工人的自習課本還是作為領導幹部的演講教材？在30年代一般農民、工人看得懂漢字的比例其實不高。而該書全用漢字書寫，其實某種程度來講已限制其讀者的屬性。……（中略）……試想農民工人要學多久才能看懂《三字集》？[102]

又說：

> 《三字集》式的「漢字」書寫真能適切的反應群眾的語言嗎？為何當時臺灣赤色救援會不選擇當時在教會當中已普遍使用的臺語羅馬字

---

[102] 蔣為文：〈臺灣日治時期階級意識的形塑─以〈三字集〉為例：講評〉，《文訊》第232期（2005年2月），頁65。

（俗稱「白話字」）為書寫的文字？[103]

　　筆者認為：《三字集》的主要目的，在於以念誦的方式傳播，宣揚階級意識，讀者並不需要能夠真正熟識、書寫這些漢字；換句話說，漢字在《三字集》擔負的功用是作為背誦的輔助，這本小冊子並非以「識字」為目的的教材。因此從清代開始，「歌仔冊」便流傳於民間，以漢字書寫閩南語，由識字者念給不識字者聽，照樣滿足了民間大眾的需求。反觀白話字，大多僅在教會中流行，就連虔誠的教徒、畢生為拼音運動奔走的蔡培火，書寫、眉批日記時仍常用漢字，因此要短時間內教授毫無先備知識的農工階級認讀白話字，或許環境並不允許，也無此必要。

　　（二）押韻句的不對稱：這一點，筆者懷疑是《臺灣總督府警察沿革誌》將《三字集》摘錄後的結果，但尚無原版本佐證之前，在此仍提出來作為觀察項目。一般傳統韻文，大多隔句押韻，四句或其倍數句為一段，段落結束方能換韻。如王石鵬《臺灣三字經》：「爾小子，生於斯；地理誌，宜先知。舉臺灣，細參考；連沖繩，諸小島。北緯線，及東經；詳位置，知其形。南北長，東西狹；自富基，至南岬。」然而就《臺灣總督府警察沿革誌》紀錄的《三字集》，並不符合這個格律。摘錄數句為例：

> 我主義，要宣傳，要勸誘，組合員，要組織，得完全，赤貧人，為中心，諸困難，他堪忍，他在世，最勞苦，被彈壓，不退步，提拔他，做幹部，咱領袖，著點顧，咱大家，入組合，組合費，著繳納，組合費，納代先，抗租稅，來鬥爭，議決後，隨遂行……

　　這一段雖然隔句押韻，然而卻是到「得完全」六句成一段；接著「赤貧人，為中心，諸困難，他堪忍」四句為一段，又換韻接續八句；再來「咱大家，入組合，組合費，著繳納」四句一段，又換韻接續六句……，如此六句、四句、八句、四句、六句的換韻，與傳統韻文好用四句或八句為一段不

---

[103] 同前註。

同。甚至有些部份呈現出不押韻的狀況，如下卷的末尾：「共產黨，咱的主，為正義，的辦事，須丹林，咱師阜，咱師祖，既逝世，是列寧，馬克斯，他傳導，資本論，他建設，工農兵，蘇維埃，堅政府」，此處「主」、「事」、「阜」押韻，「世」與「斯」押韻，然而接著「論」、「兵」、「府」完全不押韻，甚至到了「蘇維埃，堅政府」便戛然而止，語意未完，可能是被摘錄過的緣故。若原版的《三字集》便有這種押韻不對稱的特色，筆者認為陳德興撰稿時採取的方法較類似民間「歌仔」或「雜字」之創作。臺灣農民組合亦曾編唱農民歌謠，藉以傳遞階級意識。[104]而雜字亦為民間流行的教材，押韻較為自由，如最具代表性的《千金譜》雜字，其押韻或一韻到底，或押一次即換韻，或二句一韻，或句句通押等。[105]因此《三字集》若本來就有類似雜字教材較自由的押韻方法，則可證明此書的編輯方式，確實是將群眾的白話語言擺在第一位，而並非以古典文言的韻文方式編寫。

也就是說，《三字集》雖然文章體裁是「三字經體」，但編寫方式更像「三言雜字」或「三字歌仔」，以群眾的語言，為群眾發聲，藉由對照階級間的經驗差異，讓農工階級團結起來，對抗資產階級。因此《三字集》的最大貢獻，不似其他傳統啟蒙教材的「識字啟蒙」教育上，而是藉由淺顯易懂的語言，廣為傳播，形塑農工的階級意識，達成「思想啟蒙」的效果。

廖啟章《光復新編臺灣三字經》

作者生平

廖啟章，名大漢，皈依沙門，法名戒慧，雲林西螺人，為風水師兼漢醫[106]，曾任雲林縣佛教支會理事。[107]熱心於編修族譜與推廣宗教，編修《崇

---

[104] 蔡依伶：〈臺灣日治時期階級意識的形塑─以〈三字集〉為例〉，《2004青年文學會議論文集》，頁373。

[105] 吳坤明校註，呂理組注音：《正字千金譜》，頁16。

[106] 參見http://www2.ylcb.gov.tw/from/index-1.asp?m=2&m1=10&m2=32&keyword=&id=688（雲林縣政府文化處），2011年1月24日查詢。

[107] 仇德哉：《雲林縣志稿卷二人民志宗教篇》（雲林：雲林縣文獻委員會，1978

遠堂張廖宗祠沿革詳誌》時認為古地名「西螺七欠」不雅，改寫為「西螺七崁」，「七崁」之名遂流傳至今。曾撰〈星學蒭蕘〉發表於《臺灣日日新報》[108]，闡論現代天文學與古星相學的結合；1968年出版《三才應運地理正解》，為地理風水相關論述。前述二作，皆與傳統「五術」有關，臺灣受傳統漢學教育的文人除吟詩作對外，部分亦精通五術。著作尚有《光復新編臺灣三字經》等。

編纂體例與內容

1945年，結束了日本長達五十年的統治後，日本向聯合國盟軍投降，中國戰區最高統帥蔣中正派員接管臺灣，臺灣人民歡天喜地迎接國民政府的到來，原本不能公開教學的漢文又在學堂裡出現，市街上到處是「國語補習班」的招牌，掀起一波「漢文潮」和「國語熱」。在此新的時勢下，無論是用閩南話、客家話還是國語誦讀，漢文教材供不應求，有人重新出版過去幾十年流行的課本作為識字教材，如洪棄生的《時勢三字編》就被重新出版為《時勢三字經》，初級《漢文讀本》也被重新當作課本；有人從中國引進新編蒙書，例如《海外孤本中華國民必讀三字經》，本為安徽休寧人汪德軒編輯，經臺灣文人黃朝傳[109]重新集註出版，藉三字經之句法傳播民族團結之精神與國家未來大計；有人則自編蒙書，以在地觀點來傳授下一代應當知曉的知識與觀念，廖啟章的《光復新編臺灣三字經》即為戰後第一本臺灣人自編的三字經體啟蒙教材。

《光復新編臺灣三字經》為廖啟章受克昌書局白惠文之請，「著作容易傳誦之文，以俾普及大眾」，其撰作目的乃「第恐一部同胞中毒奴化日政[110]，尚有未知漢民族之臺灣與祖國一體之義」，因此著作此書，記錄臺灣事物，讓讀者不要忘記自己是漢人；換句話說，乃是臺灣戰後的「去日本

年），頁3108。

[108] 分別刊於《臺灣日日新報》1922年7月18日第7952號第6版、7月20日第7954號第6版、7月24日第7958號第3版。

[109] 即日治時期新舊文學論爭的重要人物黃文虎。

[110] 此句殊為難解，初讀恐怕不易明白其義。第恐，只怕。一部，一部分。因此句意為：只怕有一部分同胞中毒於奴化人民的日本政策。

化」工作。

本書的完整體例如下：

（一）序：為廖啟章自撰，大意為馬關條約簽訂後，臺灣屈辱歸於日本五十年，幸得蔣總帥秉承國父遺志，經八年抗戰，收復臺灣。建國大業，刻不容緩，應當盡速讓臺灣同胞了解臺灣與祖國實為一體，培養民族精神；因此應白惠文之請，著成此書。

（二）內文：為三言韻文，隔句押韻。共三百八十句，一千一百四十字。作者原無分段，筆者為論述方便，將內文分為七部分：

1. 明鄭前臺灣史：從「我臺灣，祖中國，號東瀛，稱鯤島」到「志未成，忠可敬，存祀典，遍臺澎」，敘述臺灣本有原住民以及來自中國的漢人，鄭成功將荷蘭人驅退後，注重教育、振興農工，反抗滿清，然而壯志未成，抱憾而終。

2. 清代臺灣史：從「迫滿清，多稗政，交征利，權奄行」到「不臣矮，焉受辱，漢精神，難滅卻」，敘述滿清將臺灣納入版圖後，政治專制，民不聊生，因此引起林爽文、朱一貴、戴萬生等民變。光緒年間，臺灣割讓與日本，唐景崧、劉銘傳等成立臺灣民主國，對抗日本，終究失敗。這段清朝史，只有提到臺灣民主國的部分才有「振文風，民佩服」等正面評價。

3. 日治臺灣史：從「日領臺，分待遇，設保甲，民自拘」到「奪人國，虐人民，肆貪暴，肥自身」，敘述日本治臺期間，通過「六三法」，實行殖民統治。臺灣人吸收歐美思潮後，開始成立各種組織抗日。同時日本亦發動戰爭，意圖掠奪中國領土。

4. 八年抗戰：從「丁丑年，犯中原，暴上暴，天地翻」到「彼必替，我必隆，他山石，好自攻」，敘述日本於1937年發動七七事變，中國對日本正式宣戰，此後開始了中日的八年抗戰。1945年戰爭結束，日本戰敗，蔣中正宣布「以德報怨」，臺灣回歸國民政府。

5. 漢民族源頭：從「戰雖勝，禍雖平，建國業，尚未成」到「考風俗，察自由，明政教，民自修」，敘述中國上古史的人物，堪稱是漢民族的共同始祖，如黃帝、伏羲氏、神農氏、虞唐、夏禹等。漢民族有悠

久的歷史，文化自古優越於各國，然而論起國力還遜歐美一籌，因此勉勵讀者應當努力。

6. 物產資源：從「興產業，免他求，設工廠，杜遊休」到「攻可進，退可守，強我族，保自由」，敘述臺灣物產豐富，有礦產、煤炭、水力發電、石油、瓦斯等，更有漁產、林業、糖、鹽、樟腦、花果、米穀等自然資源，實在是美麗寶島，國民應當奮起建設，切勿懶惰。並指出由於中國領土多為大陸，航海方面有所不足，應當加強發展。

7. 結語：從「若蘇聯，振農工，曾幾年，國富強」到「勤修功，儉養德，漢民族，當勉力」，舉蘇聯、英美等國富強的例子，勸勉青年應當見賢思齊，奮發猛省，遵守國父遺教，奉行三民主義，自然能夠幸福康樂。

這部傳統啟蒙教材開創了好幾項「第一」，首先，它是第一部提及抗日史的傳統蒙書。之前的蒙書，不是對抗日史隱而不談，就是以日本的角度來看；例如張淑子《精神教育三字經》：「甫臨臺，立語學，芝山巖，開講幄。未一年，匪又亂，六先生，皆遭難。立石碑，禋無替，殉教育，得附祭」，將抗日者稱「匪」，是站在日本立場解讀。然而在《光復新編臺灣三字經》，時局已然起了極大的變化，不但可以講述抗日史，且還分成政治、武裝抗日兩造各別敘述。關於政治抗日的句子有：「沾歐風，沐美雨，文協會，遍臺起。左右翼，皆有志，工友會，全島是。農民組，通聲氣，求民權，謀福利。獻堂翁，領民眾，為漢魂，力運動」；關於武裝抗日的部分有：「高山族，有花崗，憤不平，亦反抗」、「西來庵，數萬命，警察口，枉死城」。這些記錄，不獨是《光復新編臺灣三字經》重要的篇章，也是史上第一次以韻文的方式編成教材，呈現在世人面前。

此外，這也是臺灣傳統啟蒙教材中，第一次出現「八年抗戰」的題材。在日本的統治下，就連電影出現中華民國國父、國旗、國軍等畫面，皆必須剪除，可想而知關於中華民國國軍對日本八年抗戰的事蹟，不會收錄在傳統啟蒙教材中。況且日本投降，中日戰爭告結束，才有「八年抗戰」之說，在這之前自然無從談起。《光復新編臺灣三字經》如此描述八年抗戰：「八年戰，日力倦，肆暴虐，苦臺灣。稽日政，強凌弱，五十年，欺我族。移日

風，易漢俗，愚民政，果自腹。民廿六，新七七，蘆溝橋，烽煙起。民卅四，舊七七，日降伏，抗戰止。七七起，七七止，蘆溝橋，四九筆。新舊曆，有興味，祖國興，乃天意。」這段話說是描述八年抗戰，實際上並未對中國軍隊如何奮勇抗敵多作描述，大概是因為廖啟章身在臺灣，對於中國八年抗戰的過程並不熟悉之故；因此站在臺灣人的立場來看，對八年抗戰的認識不多，體會到的是日本因此經濟吃緊，在臺推行皇民化，政治苛刻，人民受苦。

　　值得咀嚼的是，廖啟章用了十六句之多來強調「七七起，七七止」的巧合。他說1937年七七事變發生於新曆的七月七日，1945年日人投降適逢農曆七月初七[111]，因此八年抗戰始於七七，終於七七。尤其巧合的，八年抗戰的起點「蘆溝橋」三字，合起來恰好四十九劃，「七七」兩字當作乘法來算，也是七七四十九，因此廖氏歸結「祖國興，乃天意」。再說原本漢民族在臺素來使用舊曆，俟日本來臺後，才改用新曆曆法，因此「舊曆」有「漢民族」的象徵，反之「新曆」就代表「日本」；而八年抗戰始於新曆七七，終於舊曆七七，就好像戰爭是日本挑起，而由中國得到最後勝利。所以廖啟章才說「新舊曆，有興味」，其耐人尋味的就是新舊曆的象徵性。

　　蒙書的作者多是知識分子，照理少有迷信此類讖諱之說，臺灣清代文人縱然常為鸞生，也鮮少將讖諱之說編入蒙書；日治之後，文人接受新式教育者，對這類迷信更不屑一提，王石鵬《臺灣三字經》提到「滄桑迹，恒變遷，採金讖，豈其然」，釋文尚且註「荷蘭人有相傳讖語云：『臺灣產金太盛之時，必易其主。』然以今觀之，其然？豈其然乎？蘭人之言，固亦未足採信。[112]」以否定讖語之說。何以廖啟章信之不疑，並花了一段篇幅宣揚「七七」讖諱？筆者推測一則作者處於舉國歡騰的時局，亟欲成章，心有所感便記了下來，不及修改，且並以強調中國必勝的天意定局。二則廖氏本是沙門弟子，對於地理風水等玄學亦有研究，或許對讖諱之說較能接受，也就是作者的特殊身分與專長造就了這段別有趣味的插曲。

---

[111] 日本天皇於1945年八月十四日接受波茨坦公告，正式投降，是日為農曆七月七日。隔日天皇向全國發表了錄音廣播，對日本民眾宣布投降的消息。
[112] 王石鵬：《臺灣三字經》，正文頁4。

據版權頁，本書印刷於1945年11月5日，離日本宣布投降不到三個月，距臺灣光復節更不過數日，舉國尚處於歡天喜地的氣氛中，作為臺灣戰後第一部傳統啟蒙教材，《光復新編臺灣三字經》字裡行間充滿對於「祖國」的期待，並充滿了積極建設臺灣的鬥志，完全反映了當時臺灣人民的心情與心聲。此外，他也直接指出「論國步，遜一籌，比歐美，暗自羞」的國力條件不足、「爾青年，當猛省，漢精神，須振興」的國民意志不堅等缺點，因此鼓勵大眾必須積極進取，自尊自重，堅定民族意志，奉行三民主義，共同復興臺灣。

　　作者在序文表示「第恐一部同胞中毒奴化日政，尚有未知漢民族之臺灣與祖國一體之義」，因此著成此書的目的，誠如印在本書書頁邊的標語：「漢民族精神宣傳普及用」。作者把臺灣史和中國上古史並陳，將中華民國國軍八年抗日和臺灣光復連結，為的就是強調「漢民族之臺灣與祖國一體」，當洗盡日政下的「大和魂」，漢民族才能平等共和，立足在作者筆下物產資源無窮豐隆的美麗寶島，再度出發，文明進步總有趕上歐美各國的一日。這不但是廖啟章對臺灣的期許，也是當時臺灣人民對未來最美的夢想。

 ## 楊向時《新三字經》

作者生平

　　楊向時（1917-1987），字雪齋，中國江西豐城人，為劇作家、國學專家。自幼遍誦四書五經、文選、史記、漢書及唐宋詩詞；及長就讀無錫國學專修學校時，文采驚人，被視為國學奇才。專治詩、詞、賦、曲及駢文，曾任教於中國文化大學、淡江大學等，兼任高普考典試委員。因其文字雅致得體，受教育部以特約編審名義，延聘為教育部十任部長掌理文牘。弘揚詩教，貢獻尤多，曾任全國詩人大會顧問、春人詩社社長等。

　　發表於各期刊的學術論述有〈尚書詞釋〉、〈左傳引詩考〉、〈人境廬詩摭述〉等多種，專書有《左傳賦詩引詩考》、《詞學纂要》。劇作方面的成就，曾與王安祈合編劇本《劉蘭芝與焦仲卿》，在1985年由雅音小集演

出。傳統啟蒙教材的著作為《新三字經》。[113]

編纂體例與內容

《新三字經》由朝陽出版社出版，但版權頁未錄出版時間、地點。後重載於1972年《學粹》雜誌第十五卷第一期。[114]本書依據朝陽出版社《新三字經》作為觀察之文本。

《新三字經》一書的完整體例如下：

（一）**編撰大意**：共有七條，說明本書資料主要取自國民學校各科課本，酌予補充編寫而成，因其內容合於現代，故名新三字經，以發揚民族精神、闡發故有道德文化為中心思想。由於編寫時押韻以《中華新韻》為依據，並詳附註解以補句意之不足，是以《新三字經》易誦易懂，足供國民學校高年級學生及失學民眾補習班閱讀之用。

（二）**正文**：《新三字經》為三言韻文，隔句押韻。共一千一百五十句，三千四百五十字。書頁上下留有天地空格，空格內列出該頁正文中難字，可作為讀者自修時習寫生字之提示。正文依其含義，可分為十二段[115]：

1.序言：為「天下事，日日新，鑑於古，觀於今。求新知，增常識，能精思，乃廣益」八句。可說是開宗明義說明《新三字經》撰作的動機，作者認為時序進入現代，各種科技、制度的變化一日千里，傳統的《三字經》已然不符今人追求新知的趨勢了，因此著作本文，讓讀者觀今鑑古，熟讀而能精思，終究必獲廣益。

2.天文氣候：從「明節候，識天文，宇宙大，星界分」到「謂神宰，古相傳，凡天象，皆自然」，介紹太陽、九大行星、月球等知識，再由

---

[113] 以上楊向時略歷參考中外雜誌編輯：〈中外名人傳〉，《中外雜誌》第70卷第1期，2001年7月，頁75-77。

[114] 《新三字經》一書雖未紀錄出版時間，但提供文本者黃哲永先生回憶該書購於他當兵之前，也就是早於1972年《學粹》雜誌的刊載；因此認為先有朝陽出版社的《新三字經》，後刊於《學粹》雜誌中。

[115] 楊向時〈新三字經編撰大意〉第四條：「本書段落自成單元，分天文、地理、歷史、文化、科學發明人物、政治、教育、軍事、宗教、公民、先哲典型等部分」，加上第一段的序言，為十二段。但由於內文排版的巧合，常讓人誤會楊氏只將之分為十段。

日月運行引伸到陰陽曆法、各緯度氣候，以及風、雨、虹、雲、霧、露、雪、霰、雹、雷電等現象形成的原因。

3. 地理、邦國、物產：從「覽輿圖，明地理，直為經，橫為緯」到「阜民生，裕國庫，惟開物，以成務」，介紹世界各大洲重要國家、人種。再介紹中國的地理、河川、公路、鐵路、物產資源等。

4. 中國歷史、人物：從「察治亂，辨興亡，歷史久，年代長」到「仁者昌，暴者亡，惡遺臭，善流芳」，敘述中國自黃帝以至民國的朝代變更，以及介紹歷史上各種類型的人物。特別的是在介紹歷史人物時，並非將人物放入其所屬朝代依序登場，而是將人物依其德行、事蹟分類別介紹；一般蒙書頗多著墨的朝代興衰史，楊向時反而以「東西晉，南北朝，隋唐嗣，五代祧。經宋元，至明清，朝代替，系統承」近乎背誦口訣般的簡單交代。介紹歷史人物反而佔了本段的大部分篇幅，依主題先簡介哲王明君以及昏庸暴戾的君王，次介紹輔國賢相、定邦良將等古代名臣。接著筆鋒一轉，作者欲意「誅逆亂，懲跋扈，斧鉞嚴，筆伐著」，挑出歷史上的叛臣、權臣、貳臣、閹宦、傀儡、流寇以及近世的朱毛亂賊。作者如此用心整理古今人物，寓褒貶，別善惡，只希冀「仁者昌，暴者亡，惡遺臭，善流芳」。

5. 中華文化：從「自結繩，興書契，文化優，久傳遞」到「宜讀熟，覽宜博，記概要，明始末」，敘述中華文化源遠流長，文字有六書，技藝有六藝，典籍有經、史、子、集、九流十家學說等；文學之美，有漢賦、唐詩、宋詞、元曲；文字之美，則有各種書法字體；中華傳統的繪畫、音樂，造詣精奧。作者鼓勵讀者去探求這些文化技藝的相關知識，透過閱讀的方式，增廣見聞。

6. 中外科技：從「在外邦，有人英，研科學，多發明」到「稱格物，在窮理，傑出才，俟後起」，先舉西方重要的科學家及其發明；再述中國三大發明以及公輸般、張衡、宋應星、徐光啟等重要人物，期盼在科學研究上能有後起之秀。

7. 政治制度：從「言政治，明制度，組國家，四要素」到「謹守法，矢忠公，國以治，政以通」，介紹國家制度有君主制、有共和制，再介

紹聯合國內的運作，當時中華民國尚未退出聯合國，因此作者特別介紹聯合國的組織以及五強的權利。談及中華民國的政治制度，則介紹三民主義、五院的統治權，以及選舉、國會、議會、地方自治、法治等相關知識。

8. 教育制度：從「培人才，在明教，振文風，興學校」到「人盡才，學致用，期道遠，能任重」，提及我國的學制，注重德、智、體、群四育均衡，可見當時尚未注重「美育」。啟蒙之初從幼稚園開始，入小學後成為學童，接著是初、高中，畢業後可依志願進入職業或師範學校，或者進入大學、學院、專科等就讀「文理法，公醫農，商與師」等科系，或者進軍校、警校等「武校」。繼續深造的途徑則有進研究院或者出國留學。最後勉勵青年應當遵從智仁勇三達德，推廣社教，掃除文盲，學以致用。

9. 軍事：從「經以文，緯以武，考兵制，今異古」到「以禁暴，以衛土，戒窮兵，懲黷武」，介紹陸海空三軍的軍事制度，包括兵種、軍職、現代武器等。最後則以「武者止戈」的角度，強調這些軍事制度是為了保衛國土，表達反對窮兵黷武的觀念。

10. 宗教：從「惟宗教，信在人，有拜物，有拜神」到「凡立教，皆勸善，至其餘，述難遍」，簡介世上主要宗教如佛教、天主教、基督教、回教、道教、婆羅門教等。

11. 生活儀禮：從「為公民，崇道德，益知能，強體格」到「出言雅，達意明，習應對，式老成」，先敘述國民在家、在國應當盡的責任與義務；次列出國民在生活中應當注意的基本守則，如端正儀表、守時、尊重國旗。後半部則由「款親朋，崇禮節，婉為言，敬相接」引入與人交際時的稱謂、用語，詳加說明。

12. 結語：從「在古昔，多哲人，開宗派，儀典型」到「欲齊家，先修身，國可治，天下平」，列舉各種古代聖賢典型，激起讀者見賢思齊的心理，此處與《三字經》尾聲舉例古人勤學故事有異曲同工之妙，然而楊向時所舉典範層面更加多元，有哲人、思想家、文學家、書法家、畫家，以及史上的賢父子、兄弟、師生、朋友。此外

還有各種德行之古人，均堪為效法的模範，期勉讀者能夠「誠其意，正其心」，終能修身、齊家、治國、平天下。

（三）**註解：**在正文之文句底下，附有小字括號阿拉伯數字者，皆有對該句的註解。註解共有四百五十五條，以解釋或詳細說明該句意義。

在楊向時著作《新三字經》時，適逢國民政府為了對抗中國的「文化大革命」，於1966年成立中國文化復興委員會，推動中國傳統文化的重建與傳承，正大力實行「中華文化復興運動」之時。在當時熱烈討論、建立中華文化傳統價值的環境下，許多蒙書因此應運而生，雖然多為古籍的重新註解，例如中醫師黃和平出版的《孝經心得》、《學庸心得》、《三字經心得》等八書[116]；也催生了幾部原創的蒙書，例如《國民生活四字經》、《常用字歌訣》等，這本《新三字經》在這個時空下誕生，與中華文化復興運動不無關係。這部蒙書乃是反映民國五、六十年代，社會風氣、道德標準和價值觀的重要文獻。

《新三字經》冠之以「新」，可謂不負其名，在內文中並未看到太多《三字經》曾提及的事物；除了結語一段舉人物、昆蟲勤勉向上的美德，其勉勵方式與《三字經》多少雷同之外，楊向時利用傳統的韻文體裁，分門別類，承載了不少新知，應予以肯定。

以天文而言，他敘述的天文現象皆符合科學原理，解釋天氣成因的過程更是循序漸進，一氣呵成。以地理一段而言，各洲、各國、各人種的敘述，自然比洪棄生在日治初期撰《時勢三字編》輿地篇詳細進步。歷史部分他略去各朝興衰原因，重點放在以專題介紹歷史上的名人，這樣的敘述手法為「三字經體」鮮見。其他關於中華民國的政治、教育、軍事制度之敘述，自然與古代大相逕庭；以及世界各大宗教、現代國民生活守則等，皆為參考當時國民學校課本內容新編。

對於文字、文學、文藝、科技方面，《新三字經》花了比其他三字經體更大的篇幅作介紹，例如「曰指事，曰象形，曰會意，曰形聲。轉注互，假借申，此六書，體用精」、「漢之賦，唐之詩，元之曲，宋之詞。講金石，

---

[116] 黃和平在1994年後方始自撰蒙書，亦稱為《新三字經》。收錄於黃和平：《新三字經及其他》，臺北：自印，1999年。

珍古品，有甲骨，有鐘鼎。究書法，行已早，有篆隸，真行草。習繪事，宗派異，有工筆，有寫意。論音樂，陶性情，協律呂，和五音」、「如屈原，騷賦宗，時最早，辭尤工。如為文，期載道，八大家，皆獨造」等對文字、文學、書法、繪畫、音樂、文人歌誦的語句，皆難得在《三字經》與其他三字經體蒙書見到。這應與當時正推行的「中華文化復興運動」有關，加上楊氏本身鑽研傳統文學、愛好文藝活動，因此這部《新三字經》有特別著重發揚文藝的傾向。

除了介紹歷史沿革、現代新知之外，本書有一段篇幅詳細介紹與人應對的稱謂，如「稱臺甫，乃問名，稱貴庚，詢年齡。尊與堂，謂父母，曰喬梓，謂父子。稱昆仲，兄弟連，稱伉儷，夫婦聯」，顯現出本書務實應用的一面；這些稱謂或敬語除了可在日常生活運用，更是書寫信札時不可或缺的禮節，在蒙書中呈現這些知識，自然也與楊氏自程天放任教育部長開始，便受聘為部長掌理書牘函札等應酬文字，經歷十任部長之久的經驗有關，因此特別重視應用文書寫時須注意的基本稱謂。

作者撰《新三字經》時，中華民國尚未退出聯合國，仍以「中國」自居，因此本書中國味濃，臺灣味較淡薄。談歷史，數的是中國歷朝而非臺灣沿革；談人物，列的是中國聖賢，與臺灣有關者不過蔣中正、鄭成功、吳鳳三人；談疆域，曰「今區域，沿革彰，卅五省，兩地方。建首都，在南京，例六朝，為都城」；談交通、物產、畜牧，都是以整塊中國大陸而論，反映了當時的政治觀點。

雖然《新三字經》的架構上有延承《三字經》之大綱如基本常識、國學常識、歷代興亡、勸學箴言的軌跡，然而在作者的匠心獨具之下，省去太過基本淺顯的內容，加入現代的新知、制度，使得無論是內容或編排方式，處處透露著新意。因其字數太多，內容較深，不適宜作為兒童的識字啟蒙教材；若與《三字經》兩相比較，一則體例相同，再則內容不相重複，因此筆者認為，《新三字經》相當適合當作讀完《三字經》後的銜接教材。

本章舉了洪棄生《時勢三字編》、王石鵬《臺灣三字經》、張淑子《精神教育三字經》、陳德興《三字集》、林人文《新改良三字經》、廖啟章《光復新編臺灣三字經》與楊向時《新三字經》七種在臺灣創作的三字經體蒙書，觀察在中國傳統的蒙書之外，臺灣人如何另闢蹊徑，將舊有的教材改良、仿作、新編。這四種三字經體中，林人文的《新改良三字經》內容最無涉時代性，完全只談作人處事的道理與日常禮儀、知識，以這一點來看，也許代表的是林人文撰著此書時尚在舊時代中，並無太多新時代的思潮衝擊，因此《新改良三字經》有可能成於1895年日人來臺之前，但由於目前最早文獻出自日治時代，這個猜想缺乏直接證據。

清末大儒洪棄生以文筆抗日，堅持留著清國的辮子，1897年完稿的《時勢三字編》也堅持以清國為主體敘述，摒棄《三字經》大篇關於人性、勸學、常識、經學、讀書方法的篇幅，直接切入中國史地知識，再擴及世界各國；由於避開了業已成為日本國土的臺灣，這部《時勢三字編》反而未曾提及本土，「時勢」事實上並不符合當時臺灣的「時勢」，成為本土啟蒙教材的特例。

僅僅三年後，1900年由新青年王石鵬書寫的《臺灣三字經》，與《時勢三字編》形成強烈對比，《臺灣三字經》同樣完全摒棄傳統蒙書的人性、勸學、常識、經學、讀書方法等篇章，王氏心中的「時勢」是被日本統治的現實，而且重點不再著眼「歷史」，而轉移到「地理」。王石鵬參考大量資料，包括各種新學與日人研究成果，將新知融於傳統文學中，是極大膽的結合，開創了傳統啟蒙教材的新頁。然而由於王氏對新學的熱烈追求，必然要與日本學者、機構接觸，引來後人對他是否往日本傾斜的議論。

到日治中期，臺灣各地武裝抗日大抵平定，抗日分子改以文學、政治抗日，並依抗日激烈程度分成各種派系。此時不少文人平素與日人關係良好，詩文也常讚賞日本為臺灣帶來的進步改革，然而同時也力求臺日平等，讓臺灣人也有參與政治的權利。長年擔任公學校教員與記者的張淑子當於此時代

氛圍下，著成《精神教育三字經》，內容取材常與當時學校課本教材雷同，作為加強學校教育的補充教材，一償張氏著書立說、獻身教育之心願；一方面投稿報章雜誌，倡議落實臺日平等。可惜日治後期張氏陷入牢獄，著作全被日警焚毀，以致後人對其思想無法確實掌握。

與張淑子《精神教育三字經》大約同時期，1926至1931此六年間，是臺灣左翼運動最活躍的時候。左傾的知識分子組織團體，號召農工團結，舉辦演講、讀書會等活動，編寫歌謠、教材，以進行大眾的思想改造。陳德興編寫的《三字集》以閩南語書寫，不以識字教材為定位，而是以群眾的語言，敘述無產階級的生活經驗，形塑農工的階級意識，使其覺醒若要脫離貧苦的日子，只有團結與資本家、惡地主對抗一途。因此《三字集》作為「啟蒙教材」，其「啟蒙」乃「思想啟蒙」而非「識字啟蒙」。本書遂成為了解日治時期臺灣左翼思想的重要文本。

時序進入戰後，日本於1945年8月15日宣布無條件投降，臺灣人民欣喜欲狂，迎接國民政府的接管。日語的壓力解除了，漢文教育也重新復甦，廖啟章在極短的時間內著成《光復新編臺灣三字經》，宣示了新時局的到來。《光復新編臺灣三字經》內容承襲了《臺灣三字經》、《精神教育三字經》介紹臺灣史的篇章，正文開門見山從荷據、明鄭時期臺灣史講起，以至當代；不同於過往蒙書的是，在這本蒙書中提到的日治史，不再是對日本政府歌功頌德、對抗日行動避重就輕，而終於能夠以臺灣人的觀點，細數臺灣文化協會、臺灣工友總聯盟、臺灣農民組合的訴求與貢獻，大聲說出霧社事件和西來庵事件的血淚故事。並且教育臺人在八年抗戰中，國民政府為抗日作的努力，終讓臺灣回歸漢民族祖國的懷抱。1929年張淑子《精神教育三字經》強調「大和魂」，1945年廖氏撰《光復新編臺灣三字經》以凝聚「漢民族」，見證了臺灣人民國族意識的流動。

然而同樣在戰後，生活在臺島上的人民對歷史與國族卻有不同的見解。1972年楊向時發表《新三字經》，其對於國家、歷史的觀點，則完全是以中國為主，對於臺灣的史地可說隻字未提，與廖啟章、張淑子、王石鵬以臺灣史地為重點的寫法不同，由於《新三字經》內文取材自國民學校課本，因此「忽略臺灣，強調中國」可以視為當時的官方政策。除了以中國為本位書寫

在今日來看不符現實之外，《新三字經》文藻的呈現、系統的編排皆屬佳作，題材的選取富現代性，註解詳細備至佔全書大半篇幅，為「三字經體」蒙書如何以舊文學承載新知識作了良好的示範。

　　七部三字經，作者的出身、經歷、學識各不相同，教材的編輯重點也方向各異，卻準確地揭露出從清代經日治到戰後，臺灣人在不同時期的心理與思潮。

【附圖】

❶圖3-1：王石鵬：《臺灣三字經》，臺北：臺灣日日新報社印刷，1904年。
❷圖3-2：王石鵬：《臺灣三字經：史蹟、地誌、風土、人情》，臺南：經緯出版
社，1964年。
❸圖3-3：張淑子：《精神教育三字經》，嘉義：蘭記圖書局，1929年。

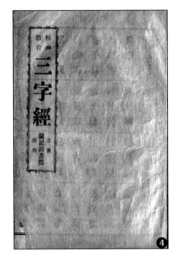

❹圖3-4：張淑子：《精神教育三字經》，嘉義：蘭記圖書局，1935年。
❺圖3-5：廖啓章：《光復新編臺灣三字經》，臺南：白玉光發行，1945年。
❻圖3-6：楊向時：《新三字經》，朝陽出版社，末署年代。
❼圖3-7：汪德軒編輯，黃習之集註：《中華國民必讀三字經》，臺北：聯發興業公司，1945年。

4 臺灣的「千字文體」傳統啓蒙教材

　　《千字文》相傳為南北朝時期，後梁員外散騎侍郎周興嗣奉梁武帝之命，集王羲之書法千字，按韻編綴成文；周氏一夕編成，鬢髮皆白，受到梁武帝豐厚的賞賜。由於《千字文》內容條理分明，文詞典雅，又包含天文地理、歷史人倫等知識，成為兒童啟蒙的必備讀物。加上各字不相重複，切要精鍊，成為認字、習字的最佳範本，甚至成為漢民族傳統計數的代號。由於《千字文》四字一句，句法整齊，押韻自然，易於記誦，成為後世蒙書仿傚的對象，遂有「千字文體」的產生。

　　嚴格的「千字文體」蒙書，須符合下列特徵：

一、四字一句，句法整齊。

二、必須押韻。除了戰後少數以華語發音，採《中華新韻》，此外多採傳統的平水韻。

三、全篇各字不相重複，務使初學者快速學習甚多文字。

四、用字典雅，因此內容較俚俗的「四言雜字」類仍歸類於「雜字類」。

五、不需對仗，若句句對仗，成為對偶句式，則劃分入「韻對類」蒙書中。

　　依上述原則，則黃錫祉《千家姓》、辜尚賢《成文新百家姓》、鮑雨林《常用字歌訣》三種蒙書符合嚴謹的「千字文

體」規則；吳九河《四字雜錄》、吳延環《四字經》雖未盡符合以上規則，但由於其格式仍為接近「千字文體」的四言體，一併歸入本章討論。

黃錫祉《千家姓》

作者生平

　　黃錫祉，新竹人，約1866年生[1]，為日治時代士人。能詩、製作燈謎。曾學習鸞法，任新竹宣化堂正鸞。[2]撰有〈訓蒙集格言〉、歌仔冊《新編二十四孝歌》、蒙書《千家姓》等，其創作常見於《臺灣日日新報》。

編纂體例與內容

　　黃錫祉《千家姓》為1935年由臺中瑞成書局出版，稱作《繪圖千家姓》[3]；1936年則由嘉義蘭記書局發行《千家姓》。《千家姓》一書的特色，以刊登於《臺灣日日新報》的介紹最為簡短精要：

> 〈千家姓註解〉
>
> 姓氏之辨，古無專書，濫觴於《萬姓統譜》、《尚友錄》、《姓苑》等；而《百家姓》最為通行。但《百家姓》苦簡，不適實用；《萬姓統譜》等苦繁，人難家置一部。《千家姓註解》為新竹黃錫祉氏所編輯，由嘉義蘭記書局刊行，極便於使用且費廉，足以補前記二者之缺點。四字一句，湊成韻語，容易記憶，並疏註各姓之出處，易於尋索，得一目而了然也。[4]

1　據《臺灣日日新報》1935年12月28日第12版黃錫祉詩作〈七十書懷〉推算，若1935年為七十歲，則黃氏應生於1866年。

2　李世偉：《日據時代臺灣儒教結社與活動》（臺北：文津出版社，1999年），頁479。

3　據國家圖書館館藏瑞成版《繪圖千家姓》與筆者收藏蘭記版《千家姓》比較，兩篇序文與內文完全相同。《繪圖千家姓》多了兩頁古代名賢如岳武穆、端木賜等圖像，因此在書名「千家姓」前冠上「繪圖」兩字。此外，瑞成版《繪圖千家姓》書末有黃錫祉的一則小啟：「是書重在幼字註解字音、逐姓出於何地何朝代何名人，凡欲作婚書帖式燈號，方有可查考。後欲再印，祈勿將幼字註解刪起，方有眉目，購者乃能利便可用。」可見此書是以「實用」為出發點。

4　〈千家姓註解〉，《臺灣日日新報》第13160號，1936年11月20日第12版。

96　取書包，上學校——臺灣傳統啟蒙教材

以蘭記書局版《千家姓》作觀察，本書分為三部分：

　　（一）**魏潤庵序**：魏潤庵的序文分為幾個重點，第一為姓氏之作用：「古人有云：『同姓不婚』，又云：『豈無他人？不如我同姓』，若然，則姓氏之緣起，所以辨別源流，親親之殺，匹偶之求，義大矣哉。」第二部分則評論古來論姓氏之書：「《百家姓》苦簡，不適實用；《萬姓統譜》、《尚友錄》、《姓苑》等苦繁，人難家置一部，過猶不及，此《千家姓》之書所由作也。」第三部分則論述關於人類起源，考證眾說紛紜，實茫昧不可得知；了解姓氏，至少是「人不忘本，就可知者而知，因親及疏，由近而遠，社會之秩序以立，本固邦寧，不遠勝於愛無差等乎？[5]」

　　（二）**自序**：黃錫祉的自序，表明本書是以「實用」作為出發點，其編輯動機乃「余有時為人作婚書啟帖，欲查姓氏世系，不僅百家姓未有列入，則《酹世錦囊》雖有四百餘姓，查之亦杳，乃搜尋《姓苑》及《尚友錄》方有其姓，但該錄二十二卷，倘欲置一部，則用難尋而費重。《千家姓》若購一冊，則容易察而費輕。」黃氏認為這本《千家姓》不只是參考書，更應該當蒙書誦讀：「世有讀《千字文》者，請並讀《千家姓》周詳，既可增識字，亦可知諸姓，誠一舉兩得。[6]」這句話也揭示了「千字文體」最重要的特徵：一為能吸收內文的知識，二是由於每字不重複，乃為最凝鍊的識字教材。

　　（三）**正文**：正文皆由姓氏組成，四字一句，四句一章，編成韻文。共收錄單姓八百七十二種，兩字複姓一百八十八種。有別於傳統《百家姓》並未連綴成文，只是姓氏的堆疊，《千家姓》經由作者的用心編排，常有意義蘊含於句中。正文開頭為「風姜堯舜，舜湯周崇，秦劉李趙，唐宋皇洪」，透露出強調中國歷史的意圖；黃錫祉在序言說：「《千家姓》單姓以風為首，因上古初有立姓，自伏羲帝始，帝風姓；複姓則以公孫列首，因黃帝姓公孫。[7]」以上古姓氏「風」與「公孫」分別作為單姓與複姓之首，可見黃

---

[5]　黃錫祉：《千家姓》（嘉義：蘭記書局，1936年），頁1，第一面。
[6]　同前註，頁1，第二面。
[7]　同前註。

氏編書的時代背景，已然與《百家姓》編輯時要把宋朝皇帝的趙姓居於首位的封建制度不同。

在正文的每個姓氏左側，另加有小字，註明其讀音、郡望、代表人物等。例如「風」字左側小字：「音楓。成紀。風伏羲氏。」；「姜」字左側小字：「音羌。天水。江神農氏。」；「堯」字左側小字：「音蟯。上黨。晉堯須。」；「舜」字左側小字：「音蕣。河東。周舜華。」如此標示清楚，使用者在查閱時對該姓氏便有基本的了解。

雖然黃氏盡力使之成文，但畢竟內文用字有侷限，單姓的後半部分其每句的文意便趨於牽強，例如「袁枚不苟，罕咎琴僮」；最後則無法成文，只能勉力遵照押韻的格式編排完成，如「軒闈隗閔，鄭伍輪轅，轟韶耿沈，那繆關垣」等。單姓最末句以更、接、複、姓四姓連成「更接複姓」一句，下承「公孫、東野」後，在複姓部分自然無法四字成文了。

雖然《千家姓》未能全部編排成文，但比起自古流傳的《百家姓》有許多更進步之處：除了「多識姓氏」與「識字」兩者是二書皆有的功能外，《千家姓》比起《百家姓》收錄的姓氏數量增加了大約一倍，幾乎沒有查不到姓氏源流之虞，此其一。《千家姓》仿傚後人增補《百家姓》各氏淵源來歷的作法，逐字標註音讀與該姓氏郡望、名人等，讀者讀之自解，此其二。《千家姓》雖未標榜「成文」，但其正文仍約有一半篇幅的句子是有意義的，比起堆砌姓氏的《百家姓》，更易記誦，此其三。由於以上三點特色，我們觀察到文人如何在傳統啟蒙教材固定的題材與格式中，尋求蛻變的可能。

由於《千家姓》確實有突破於《百家姓》的優點，因此在臺灣民間亦曾流行過一段時間。筆者收藏一本封面標記「民國四十三年」的筆記本，內頁筆記多為《幼學故事瓊林》、《指南尺牘》等蒙書筆記，推測是戰後初期民眾在私塾讀書所抄，裡頭也包括了手抄的《千家姓》，證明黃錫祉的這部教材，確實曾在臺灣民間的私塾裡流傳著。

辜尚賢《新百家姓》

作者生平

辜尚賢（1889-1973），名一漚，嘉義朴子人。臺灣總督府國語學校國語部畢業，曾任公學校教諭、樸仔腳信用組合主事、鹿港辜家管事，旅泰之後，回朴子設立鹽館，掌理鹽館業務。戰後曾在東石中學、大同國小任教。

辜氏為「樸雅吟社」成員，平日以吟詠自娛，與詩友往來唱和。好讀《詩經》及日本名著《萬葉集》，嘗試漢譯和歌，成果有《和歌詩化》，頗受藝文界讚賞。亦有漢詩譯為和歌之作品，刊行於《漢詩和歌化》。遺著《新百家姓暨詩譯進德錄》合訂本，由嘉義縣政府發行，本節所探討的《成文新百家姓》，便出自此合訂本中。[8]

編纂體例與內容

在黃錫祉編輯《千家姓》後三十年，辜尚賢編輯了類型、題材相同的《成文新百家姓》，然而他卻能超越前人，將《百家姓》、《千家姓》皆無法完成的「成文」工作畢竟其功，展現驚人的毅力與才學。

辜尚賢於《成文新百家姓》的自序，說明了此書編輯之目的，初為思欲編輯一部足可留傳後世的作品，「故竊不自揣，必欲作一事以留痕於世。夫然留痕於詩乎？曰詩雖有數百首，只可供自家欣賞，不可以示人。」雖然詩作是辜尚賢數量最多的作品，然而詩為心聲，或為與朋友交際的記錄，畢竟是私密的寫作，不宜公開傳世。於是辜氏「近偶閱《百家姓》，以姓氏編為韻言……（中略）……讀之甚感乾燥無味，於是因思編成一成文之百家姓，而苦無資料，乃搜索《康熙字典》與《辭源》，共得單姓一千四百餘字（尚有遺漏）。後自黃啟南先生處，借得《廈門音新字典》，內載有單姓一千八百餘，複姓三百餘。遂以此為材料，開始編綴，得三百二十二句，一千二百

8　以上辜尚賢事略，主要參考邱奕松：《朴子市志》（嘉義：朴子市公所，1998年），頁640。

八十八姓。或一句成文，或二句成文，或四句成文，較之《百家姓》靈動有趣。」

據刊載於《嘉義文獻》特輯[9]的《成文新百家姓》，其完整體例如下：

（一）**黃老達序**：當時嘉義縣縣長黃老達為之寫序，稱讚《成文新百家姓》：「詳閱內容，堪稱創作，非僅考證完美，且音韻鏗然，文辭生動，斯亦推行中華文化復興運動之一端耳」。

（二）**成文新百家姓序**：即辜尚賢自序，敘述寫作動機及出版緣起。提及此書得以出版，乃是1968年辜氏與嘉義縣長黃老達在國小運動大會見面，黃老達鼓勵辜氏將原稿提出讓嘉義縣文獻委員會審查，得縣長與委員之贊成，遂印數百冊分送各機關人士，以作辜氏八十一歲紀念。

（三）**凡例**：敘述此書的參考資料，姓氏蒐集來源有《康熙字典》、《辭源》、《百家姓》、《家禮大成》、《鏡花緣》、《西遊記》、《封神演義》、《廈門音新字典》等。並附〈單姓字表依先後字畫順〉、〈姓氏音表〉、〈同音異寫字表〉、〈形似姓字表〉、〈辭源所載百家姓之由來〉。

（四）**成文之部**：四字一句，一句或數句成文，隔句押韻，三百二十二句，一千二百八十八姓。[10]有別之《百家姓》以皇室趙姓為首，不同於《千家姓》以伏羲帝的風姓起頭，《成文新百家姓》的開頭為：「巢居辛苦，奉武都酆。孔聖獨一，管鮑幸雙。」顯見已然跳脫以封建帝制的思考模式，朝代遞嬗的味道也較淡薄些許，辜尚賢將之當作是一篇美文在經營，文字美不勝收。其文字特色比《千家姓》更多用典、對仗，例如「壽多彭祖，福全郭翁」，「甯戚牧牛，葉公好龍」，「夏盼修竹，冬倚喬松，池右樹翠，闞左棠紅」。有些則兩句一個典故，如「蒲欣譚鬼，邵亦兼狐」，指蒲松齡好說鬼，亦好談狐仙之事。少許新時代事物亦寫入正文，如「索幽揭秘，偉大米

9　辜尚賢：《嘉義文獻：新百家姓與詩譯進德錄》，嘉義：嘉義縣文獻委員會，1969年10月31日。

10　然而其中有「軍臨邯鄲」一句，「邯鄲」原為複姓，辜尚賢在句下注釋「夫複姓，是合二姓而為姓，必有邯與鄲之二單姓，此處暫作二姓用，以俟後考。」（頁18），合二姓而為姓者應稱「雙姓」，如張簡、范姜等；「邯鄲」應是由地名而來的複姓，並非由「邯」、「鄲」二單姓合成。若是，則此處「邯鄲」只能算為一姓，成文之部三百二十二句中，只有一千二百八十七姓。

邦」指美國富有冒險精神,經常上天下海索幽揭秘。每句底下有注釋,如「巢居辛苦」下釋文為:「巢,有巢氏之後,宋有巢谷。漢居盤封宋城侯。夏啟封支子于莘,因聲近改為辛。漢有會稽太守苦妁。句意謂:有巢氏架木而居,至極辛苦。」以簡單介紹各姓氏來源及其名人,部分句子有附釋句意;可惜《成文新百家姓》並非逐句解釋句意,造成些許文意因用典甚僻、抑或文詞太過精簡,造成讀者自行閱讀時理解的困難。[11]

（五）不成文之部:由於《成文新百家姓》的編輯用字受限於姓氏,且有些字除了當姓氏外並無其他意義,因此部分姓氏用字勢必無法編綴成文,辜氏將之整理在〈不成文之部〉,以免破壞〈成文之部〉的體例;所以嚴格說起來,「成文新百家姓」只包含〈成文之部〉,其他〈不成文之部〉、〈複姓之部〉只算附錄。〈不成文之部〉仍以四字一句,大略採隔句押韻形式排列,共有三十句,計一百二十姓。每句下有注釋舉例各姓氏代表人物。

（六）複姓之部:不同於《百家姓》、《千家姓》將複姓兩兩堆疊成四字一句,《成文新百家姓》的複姓部分直接舉出其代表人物作為正文,例如「九方皋,東方朔,司馬遷,司空圖」,「澹臺滅明,王人宰公,赫連勃勃,耶律楚材」,都是直接舉人名為正文。共八十二句,亦即八十二人。每句下有注釋其人之略歷。

辜尚賢的序文未曾提及黃錫祉《千家姓》一書,在〈凡例〉則提及「此書元欲名為千家姓,因千字非姓,故改號為新百家姓」且諸多參考資料亦未提及黃錫祉來看,辜尚賢恐怕不知道有《千家姓》存在,若知道有《千家姓》,則必不「元欲名為千家姓」也。然而在辜尚賢不知有《千家姓》的狀況下,埋首費時兩年鑽研,其成果甚至可說比《千家姓》更進步。第一,《成文新百家姓》收錄的姓氏比《千家姓》更豐富,光成文之部一千二百八十八姓就比《千家姓》單、複姓合計一千零六十姓更多。第二,《成文新百家姓》有完整成文篇幅,《千家姓》僅有部分成文。第三,《成文新百家

---

[11] 如黃哲永撰〈介紹幾種「煉乳教材」〉,轉錄《成文新百家姓》一文,自註曰:「本文曾由嘉義文獻委員會編印成冊出版,唯沒精確標點與解釋,故許多典故皆未能知其意,甚憾。但願能見個有心人來把它解釋與翻譯。」見黃哲永:〈介紹幾種「煉乳教材」〉,《醉月樓雜鈔》,頁94。

姓》的注釋省略各姓之郡望，增加各代表人物之略歷，部分句子附加句意解釋，是較為現代的作法。

 ## 鮑雨林《常用字歌訣》

作者生平

鮑雨林，文字學者、書法名家，曾任中華文化復興運動委員會研究委員、《聯合報》主筆，中國語文學會第十三屆中國語文獎章得主。鮑氏約在1970年代起，致力於整理漢字行書字體[12]與發揚中文之美，成果多發於報章雜誌，如〈文化復興與文字革新〉、〈縷陳國字脈絡及其書法淵源的標準行書〉、〈標準行書理論的基礎及其研究發展與實踐〉、〈我們從標準行書的實驗過程中著手整理國字使其能去蕪存菁〉、〈使世人共知中文容易學習是宏揚中華文化一大捷徑〉。

中華文化復興運動推行委員會在1976年通過建立行書標準規範，便由鮑雨林執筆《標準行書範本》以推廣至社會大眾。著作另有《標準行書複審稿》、《常用字歌訣》等。

編纂體例與內容

《常用字歌訣》出版於1976年，由三民書局印行。本書的完整體例如下：

（一）例言：例言分為六點。先讚揚中國文字的優美，再提到古來識字最佳的教材是《千字文》，但世殊事異，《千字文》的一千字已然不敷使用，因此作者「費時十年，清稿百次，作此『常用字歌訣』」，用字包括天干、地支、方向、數目、四維、八德、六藝、七情，還有文言所用「之乎者也」、白話所說「的了嗎啊」，蒐羅無遺。其韻文內容，主要則概述中華五千年歷史文化及其文字之博大精深。採用《詩韻集成》之常用韻編綴成文，宜於朗誦吟詠。

---

[12] 此處的「行書」是硬筆字的「簡筆字」，亦即簡化的漢字，近似俗稱「簡體字」。

（二）**正文**：四字一句，隔句押韻，共六百五十六句，二千六百二十四字。其內容編排有系列性，正文本身未分段，然而後頭附錄的白話文註釋，將之分十二個段落：

1. **蔬菜瓜果，農家風光**：從「宇宙萬物，天地精英。上蒼造化，維人為靈」到「蜻蜓蝴蝶，噪鵲鷗鵠。榆梢葵底，雙翼舒徐」，從天地精華造成萬物講起，再講寒暑陰晴化育各種蔬菜瓜果，由蔬菜瓜果延伸到農家的景象，最後則提及依賴植物而生的昆蟲、鳥類，帶入下一段。

2. **飛禽走獸，蟲蛇魚鳥**：從「螳螂捕蟬，雀候郊墟。蜘蛛紡網，啟示楷模」到「蚌珠珍寶，醜陋蝦蟆。牡牛舐犢，懇摯堪誇」，由昆蟲講到各種動物的名稱。

3. **佳餚美酒，魚米之鄉**：從「佳肴供給，鯊翅熊掌。蜜餞膏乳，玉液瓊漿」到「十進項目，戊己庚辛，壬癸殿尾，級次湊旬」，延續上段的動物名稱，轉為介紹各種佳餚乾貨，再講魚米之鄉蘇州、杭州的景色，最後則敘述天干、地支的用法。

4. **三國魏晉**：從「寄踪宛邑，伏臥龍岡。寧靜致遠，莊敬自強」到「盜竊蜂湧，鼠輩慌忙。烏合棍劣，踐踏八荒」從三國時代劉備三顧茅廬拜訪孔明的典故講起，延續到魏、晉的歷史。

5. **李唐宋室**：從「隋唐繼緒，手足鬥牆。貞觀偉績，簡冊讚揚」到「奸臣繆檜，叛主求榮，召告迭發，讒害忠良」，敘述自隋、唐建國到宋朝滅亡的歷史。

6. **元明兩代**：從「成吉思汗，慣戰能征，驤騰漠北，士賤威尊」到「那般掛帥，愧對江川，挺腰改過，還坐針氈」，敘述成吉思汗的曠世大業，再到明朝取而代之，明末吳三桂引進清兵入關的歷史。

7. **清代歷史**：從「崇禎慘縊，由梛顛遷，順治總攬，概括禹甸」到「海防疏息，銷姓亡身，健忘教訓，後悔久深」，敘述明朝滅亡後至晚清各國割據的歷史，提醒中華兒女不要忘記喪權辱國的恥辱，應當發憤研究科學，注重海防。

8. **書畫藝術**：從「右軍習字，黑了半池。側掠策勒，爽朗丰姿」到「森岩潑墨，鱗羽繪描。倚仗稟賦，襯托高標」敘述王羲之的書法成

就，略敘文房四寶，指出書畫藝術可以襯托出作者高水準的胸懷和指標。

9. 買賣經濟，懶散致窮：從「幣款特寫，壹貳參圓，另包廿卅，柒捌玖仟」到「甚盼振奮，担此勛猷，股贊仁政，艱鉅運籌」，說明寫收據或支票時應寫大寫字樣，並注意記帳的正確。與人買賣和應對進退，不可想要佔人便宜。行業需求正當，養成儲蓄的習慣，振作自強，自然可以脫離貧窮。

10. 衣著與娶妻：從「衣尚敝朴，帽戴整齊，鞋襪注意，鬆緊押低」到「詐偽乞巧，惡濕鄙卑，稅捐欠付，憂施肺脾」論衣著、擇偶、求醫、納稅等事項。

11. 宗教信仰，日用百貨：從「仏回耶穌，博愛慈悲，各揭道應，焉得執迷」到「筷籃磁件，碗盞叉匙，壁灯磚砌，擺飾敲推」，論述宗教、敦鄰、日用百貨等。

12. 齊家治國，世界大同：從「屯儲夠富，禮義恢宏，閭閻扞衛，處變不驚」到「坦蕩恬逸，俯仰謙冲。清心寡欲，世界大同」作為正文的結尾，強調以孝悌為本，從家庭做起，恪守輩份的規矩，才能推及到國家，則距離世界大同的理想就不遠了。

（三）**註解**：凡正文下方有數字標示者，在〈前文註解〉一章條列說明解釋，共三百六十四條。註解條文除了釋義之外，常附註典故出處，偶附帶說明其文字簡寫法、讀音等。

（四）**白話文翻譯**：篇名為〈譯成白話文的常用字歌訣〉，將正文的六百五十六句四言韻語翻譯成白話解釋，讓讀者易於瞭解整段文意，便於記憶。在此處將全文分為前述的十二個段落，每個段落並附吳長憨繪圖一幅。然而由於全文包羅萬象，題材繁雜，此處分段難免有牽強之處，例如天干、地支之運用分類於第三段「大好江南民豐物阜，佳肴美酒魚米之鄉」中，便顯得突兀。

鮑雨林選取最常用的二千六百二十四字，以每字不重複的重要原則，隔句押韻，編綴成文，完成了這一大工程。因其體例模仿《千字文》，是以又稱「新千字文」。與《千字文》相比，由於字數比之多出一千六百二十四

字，因此能談及的面向更多元，《千字文》沒談到或談得不夠深入的部份，在《常用字歌訣》得以進一步發揮，例如《千字文》沒談到的中國歷朝興衰，在《常用字歌訣》則約佔了三分之一篇幅，成為重要的主軸。

《常用字歌訣》的另一個創新處在於較近代的字彙或詞彙之應用。近代字彙如的、了、嗎、啊、咕、哩、氯、硫、氧、氫、氮、們等字，都是在其他傳統童蒙教材少見者。電鍋、聖誕（聖誕紅）、玫瑰、檳（檳榔）、芒（芒果）、櫻（櫻桃）、滑輪、羅貓（熊貓）、埃象（非洲象）、社會、艦炮、華裔、你我、科學、綫譜（五線譜）、招牌、車輛、這裡、打工、憲警、證券、鈔票、稅捐、耶穌、嗎啡、裝潢、電鍋等詞彙，或因土俗，或因近代方有，亦為古代蒙書所不錄。因此，《常用字歌訣》大大擴充了傳統蒙書的字彙詞語。

鮑氏著作此書，除了闡述中國歷史、發揚道德倫理，以及多識漢字之外，尚有一個重點為推行「標準行書」。當時陳立夫主持中華文化復興運動推行委員會，正大力推廣「標準行書」，事實上就是大量運用行書的筆劃或者使用筆劃較少的古字，推行簡化漢字的改革運動，近似今日俗稱的「簡體字」，但標準行書字體和中國推行的簡體字又不盡相同。本書出版的1976年，適逢中華文化復興運動推行委員會通過建立行書標準規範，因此鮑雨林在《常用字歌訣》中，於正文大量使用「標準行書」字體，例如「靈」寫為「灵」、「燦」作「粲」、「橘」作「桔」、「蠶繭」作「蚕茧」、「攀」作「扳」等。並常在註解中強調標準行書的歷史傳承與便利性，如「『扳』與『攀』同，見康熙字典。用『扳』可節省時間二倍半。商務印書館學生字典：『扳』，音班，使物反向。亦通『攀』，一字二義。[13]」「『嗜』之古文為『叱』，見康熙字典；寫來省時一倍。[14]」等，這類的註解比比皆是，可見鮑氏用心之深。然而《常用字歌訣》挾帶這一大批標準行書的推廣教學，卻不見寫於書前之〈例言〉，應是為避諱中共推行的簡體字運動，是以尚不敢明列推行「標準行書」之主旨。直到1978年由中華文化復興運動推行委員會標準行書研究委員會主編，鮑雨林執筆的《標準行書範本》中，才公

---

[13] 鮑雨林：《常用字歌訣》（臺北：三民書局，1976年），頁26。
[14] 同前註，頁27。

告了該會制訂的標準行書，但仍避談「簡體字」一詞。

綜合上述，《常用字歌訣》不但四字成文，押韻成誦，內容更應有盡有，天干、地支、數字的應用，儀禮道德、民主科學的精神，皆囊括其中；本書收錄豐富的字彙更是其特色，正文二千六百二十四字，加上註解的數十字正簡寫對照寫法，則有大約二千七百字，可謂臺灣傳統啟蒙教材中識字功能最完備者。「新千字文」之名，當之無愧。

 ## 吳九河《四字雜錄》

作者生平

吳九河（1896-1967），雲林麥寮人，自幼聰慧，幼承庭訓，長習經史。以塾師為業，致力述作，有《古名人集》、《鄉賢志》、《臺灣八景》等，惜多佚失。戰後被推選為雲林縣農會理事長，嘉惠農村，受到鄉人敬重。

吳氏之戶籍資料登記為自耕農，實則畢生以教授漢學為業，常受聘在附近村落教書。亦寫得一手好字，麥寮一帶廟宇牌匾楹聯常出自其手筆，在鄉里人稱「麥寮五先」之一。曾突發奇想以腳、手、頭寫書法，被視為狂人，其個性瀟灑不羈可知。[15]

編纂體例與內容

《四字雜錄》一書出版於1927年，全書只有正文，無序跋文、注釋、分段等。版權頁標記本書為「非賣品」，此書則可能作為吳氏擔任塾師時供學生或親友使用的參考書。

此書共二十頁四十面，四字一句，共一千六百六十句，計六千六百四十字，除正文外，末頁有一篇日文文字：「木繩ヲ受クレハ則チ直ク金礪二

---

[15] 以上吳九河事略參考吳淑娟：《臺西、麥寮地區文學發展之研究》（嘉義：華南大學文學研究所碩士論文，2010年），頁89，以及仇德哉：《雲林縣志稿卷七人物志》（雲林：雲林縣文獻委員會，1978年），頁12。

就力ハ則チ利ツ。謂フ勿レ今日學ハスツテ來日有リト，謂フ勿レ今年學ハスツテ來年有リト。達士ハ絃直キカ如ツ小人ハ鉤ノ曲レルニ似タリ。[16]雖有指導不學不知其美，雖有佳肴不學不知其味」以格言作為全書結尾。正文通常以兩句為一段，例如「逢凶化吉，遇難成祥」；也有數句為一段，如「智者千慮，必有一失，愚者千慮，必有一得」。部分內容有文氣之接續，如「士人好賭，詩書廢額，農夫好賭，耕作失時，工匠好賭，技藝不習，商賈好賭，商務弗營」；也有部分內容句與句之間毫無關係，只是將成語分類堆疊，如「如日之升，如月之恒，如山如阜，如岡如陵，如蛾赴火，如履薄冰，如蹈虎尾，如鳥數飛，如鳥啄胸，如鏡之明」。其內容取材可分類如下：

（一）**成語：**如「他山之石，可以攻玉」，「由淺入深，積少成多」，「臥薪嘗膽，晝夜奔馳」，「善與人同，捨己從人」，利用現成的成語作為內容。

（二）**口語：**如「精神一到，無事不成」，「不先不後，兩人同至」，「愚人一見，駭以為怪」，「文風日盛，學校林立」，「分爨以後，不上一年，所有財產，全部蕩馨」這些內容並非成語，只能算是行文時可能用上的口語。

（三）**新名詞：**如「專制國體，立憲政治，妥協政治，國際聯盟，國勢調查」列出各種有關政治制度的新名詞。「疊登前報，屢登前報，已登前報，已誌前報，曾誌前報，曾登前報，疊誌前報」將當代報紙新聞稿的用詞詳細列出。「有給吏員，有價證券，有機化學」則是「有」字開頭的新名詞。

（四）**對偶句：**如「赤心報國，白手成家」，「雪上加霜，爐中添炭」，「恩重如山，義大如海」，「西河抱痛，北郭含悲」，「營通四海，利達三江」，「口講指畫，耳聽心受」等，表現出漢文排比對偶之美。

（五）**俗話：**如「三代粒積，一旦傾空」明顯是從閩南語俗話來的。「肩不能挑，手不能攜」也是俗話用來形容手無縛雞之力的人。「姑將無

---

[16] 以上三句日文分別出自《論語》：「木受繩則直，金就礪則利」、朱子〈勸學文〉：「勿謂今日不學而有來日」、「勿謂今年不學而有來年」、杜甫〈寫懷〉：「達士如弦直，小人似鉤曲」日譯。

奈」則出自閩南語「姑不而將」，表示無奈之意。「烏魯木齊」在閩南語則表示「亂七八糟」。「水鬼討替」則是民間傳說水鬼會在水中抓人「交替」。

（六）用典：如「若知我者，為我心憂，不知我者，為我何求」出自《詩經》；「吾生有涯，而知無涯」出自《莊子》；「一之為甚，其可再乎」出自《左傳》；「行遠自邇，登高自卑」出自《中庸》；「一言不中，千言無用」，「人平不語，水平不流」出自《增廣昔時賢文》；「人無遠慮，必有近憂」，「少不能忍，則亂大謀」，「仁者樂山，智者樂水」，「仰之彌高，鑽之彌堅，瞻之在前，忽然在後」出自《論語》。為了符合本書架構，或將原句作了更動，但仍看得出其用典出處。

以內容來看，其沒有押韻、沒有系統的編輯特色，不似作為背誦的教材；部分內容更是「兒童不宜」，例如：「家門不幸，疊起風波，吵鬧不堪，毀罵備至。胡為亂作，橫倒直趨，飲恨無窮，恨之次骨。……（中略）……性極狡詐，犲狼成性，逢人便罵，肆意輕薄。品性不端，無惡不作，度量淺狹，性驕言誇。往往暗妒，起釁原因，為翻醋甕，繼至用武。驍勇過人，竟被躲開，各有微創，遂萌殺意。鮮血淋漓，血痕班班，勒索金錢，賊勢注敗」以及「情竇方開，桑間野合，敗壞風俗，性善獵豔，覓處尋歡，別謀新歡，情膠意漆，藕斷絲連，誓海盟山，願偕白髮，儼然夫婦，慾火中焚，脫其下服，以手掩口，強而汙之，禁興而去，女局受傷，血流濕褲」等，可見這本《四字雜錄》並非讓一般學童識字之用，而是以成人讀者為對象，提供寫作時的參考資料；讓讀者無論要寫四平八穩的古文駢律，或是尖酸潑辣的時事報導，都能在這本小冊子裡找到與題材有關的辭彙。

或許是這一千六百六十句的內容，文白混雜，並沒有分類編輯，又不適於兒童誦讀，是以這本《四字雜錄》流傳不廣，從未見於各種著錄中。然而這本未曾經過太多編排修飾的蒙書，意外地保存了日治時代文人行文流行的辭彙，成為難得的文獻。

吳延環《四字經》

作者生平

　　吳延環（1910-1998），化名海淀王先生，筆名「誓還」，中國河北宛平人。父為清代宿儒吳星五，吳延環自幼遵父命研習古文，奠定國學基礎。中央政治學校政治系畢業，抗戰期間從事敵後地下工作，戰後曾任河北省黨部書記長、河北省參議會參議員、制憲國大代表、立法委員。1989年辭去立委後，受聘為總統府國策顧問。

　　吳延環學識淵博，興趣極廣，舉凡文學、政治、歷史、外交，乃至戲曲、運動、養生皆曾鑽研。自1951年起，以「誓還」筆名在《中央日報》撰寫專欄文章，作品字裡行間充滿愛國情操。其作品多倡導中華文化，著有《誓還小品》系列八種、《三十六孝》、《三十六悌》、《三十六忠》、《三十六信》、《國民生活四字經》、《四字經》等。[17]

編纂體例與內容

　　《四字經》出版於1985年，為前作《國民生活四字經》增訂而成。因此在談《四字經》之前，還需先簡單介紹《國民生活四字經》。

　　《國民生活四字經》為1972年由國立編譯館出版，其編輯動機在〈自序〉說明蓋因響應中華文化復興運動委員會編訂之《國民生活須知》，為求易於記憶，吳氏便著手進行編成韻文，便於背誦，以期加強推行之效。編成之後，發表於《中華日報》國父誕辰紀念特刊上，諸多書報雜誌，競相轉載。後來國立編譯館計畫出版一本配合國小中、高年級及國中程度的《國民生活須知》補充讀物，向吳氏邀稿，吳氏遂將經參酌各界意見修改後的《國民生活四字經》提出，是為此書出版之因緣。

---

[17]　以上吳延環事略參考吳延環治喪委員會：〈吳延環先生行述〉，《國史館館刊》復刊第24期（1998年6月），頁195-199；以及劉潔：〈一代勇士吳延環〉，《歷史》第133期（1999年2月），頁60-65。

《國民生活四字經》共一千句，四千字。內容以教導日用常行之道為主，語句通俗易懂，適合作為中小學的課外讀物。筆者收藏之《國民生活四字經》，封面有原書主註記「歐淑慧27號」，從簽名並寫上學校座號的特徵來推測，此書亦曾在校園中作為課外補充教材使用。

吳氏著成《國民生活四字經》後，有感此書對於行之於外的禮儀雖已大體完備，對誠之於中的孝、悌、忠、信則較少觸及，遂自1979年起以四年時光另編《三十六孝》、《三十六悌》、《三十六忠》、《三十六信》四書；而後又將此四書之精粹綜合其他參考資料，充實於《國民生活四字經》，改名《四字經》，於1985年由國立編譯館出版。

《四字經》一書的完整體例如下：

（一）**凡例**：共分十三點。第一個重點為列舉此書參考資料，除了各種古籍之外，亦參考了現代著作如蔣中正嘉言、蔣經國《新贛南家訓》、歐陽璜《國際禮節》、觀光局旅遊服務中心旅遊幻燈旁白、《國民生活須知》修訂本等。第二個重點為論述韻文易於背誦的特性，因此全書使用四言韻語[18]，並採取《中華新韻》，純以國音為主。第三個重點乃說明全書編輯的出發點，是繼承孔聖之道、國父思想，以人為本，端正人心，使讀者略明中華文化體系；然而亦注重男女平等的現代精神，修正古訓不合時宜之處。第四個重點則感謝提供意見的諸位師友，並提出實際給小朋友試讀的效果。

（二）**正文**：原《國民生活四字經》共一千句，《四字經》則經過數十次增刪後，共一千一百六十句，比前作多出六百四十字。吳氏將之分為七大章，章之下或有小節。其詳細綱目如下。

● 前言

壹、一般守則

　　一、普通義禮

---

[18] 至於為何採四言而非三言，在《國民生活四字經》的自序曾解釋：「我國韻文最通俗的一本書要算宋人王應麟撰的『三字經』了。原想仿照其例，每句斷成三字。但斷來斷去，讀來總欠通順。後經試著改成四字，才琅琅上口。故終於把『三字經』變成『四字經』。」然而這段話未出現於《四字經》中。

　　由於《四字經》是由《國民生活須知》改編而來，因此大綱亦延承《國民生活須知》，以蒙書而言，內容架構是訂得相當有系統的。雖然由《國民生活須知》改編，《四字經》這部四言韻文，對禮儀道德講述得卻比《國民

---

[19] 吳延環：《四字經》，頁1-2。

生活須知》詳細。例如《國民生活須知》一條:「早晚應對父母、尊親、師長問安。出門必敬告父母;回家必面見父母。父母召喚,應立即答應,並趨前承命,不可虛諾。」吳延環則加以發揮延伸,改寫為:「父母在家,出門必告;回家之後,須先面報。父母召喚,立刻答應,擱置他事,趨前待命。」並延申論述:

> 父母教誨,敬謹恭聽,父母斥責,和悅應承。父母所好,竭力備辦,父母所惡,速改勿緩。父母有疾,常侍在旁,父母有過,諫請改良!父母有憂,速為消解,父母有難,保防莫怯。父母有事,服勞允當,父母年老,竭力奉養。父母在世,遊必有方,父母逝世,速回奔喪!父母遺命,須代完成,祭祀先人,必須意誠。身傷親憂,德傷親羞,保身修德,孝道所由。……(下略)

　　從《國民生活須知》短短一則條文,作者除了忠於原意改寫韻文之外,並加入自己的意見,使得這本《四字經》不僅只當作《國民生活須知》的韻文版,也表達吳氏對於人生在世如何俯仰無愧的見解,從中可以觀察到作者的思想與道德觀。吳延環在本書裡表達的觀念,分析如下:

　　改寫自《國民生活須知》的部分,追求「信、達、俗」,因此吳延環「於寫成之後,逐句審查有無因韻害義之處;有了就改,以求其信。再查有無佶屈聱牙之語;發現即修,以求其達。最後並給當時正在小學六年級讀書的幼女濱洋讀過幾遍;她說不懂之處,立即修改,以求其俗。[20]」可知將《國民生活須知》改寫成四言韻文的工作上,吳氏自訂了「信、達、俗」三大目標,並逐項驗證是否達成,顯現出一絲不苟的行事態度。

　　在改寫之餘,屬於吳延環自行延伸補充的文字,更能看出他的思想特色。其思想特色有:

　　1.人貴主義:「人貴主義」是吳延環自己命名的,主張以人為本。他批評科學時代將人看得太渺小,說人僅僅是宇宙中的渺小微塵,不過是

---

[20] 吳延環:《國民生活四字經》(臺北:國立編譯館,1972年),頁5-6。

若干化學元素的合成體；他贊成儒家把人看重的態度，唯有把人提升至與天、地平等，才能人人看重自己，發揚愛心，提倡禮義，進而修身、齊家、治國、平天下。是故《四字經》開頭為「人生在世，與天地參，頂天立地，並不等閒」，便是作者「人貴主義」的觀念。[21]在《國民生活四字經》中，書末並附〈人貴主義〉一文，特別強調此思想。

2.孔孟之道：「中華傳統文化，上承孔聖之道，下繼國父思想，脈絡貫通，淵源有自。[22]」因此《四字經》在開宗明義強調「人貴主義」後，下接「在昔孔聖，倡導行仁，周遊列國，到處敷陳」，敘述為人處世如何實行仁義；結語則以抄錄國父遺訓，也就是國歌歌詞作全書結尾。前有孔孟仁道，後有國父遺訓作結，作者表示這樣的架構安排，用意是「藉使讀者略明中華文化體系[23]」。

3.現代精神：雖然《四字經》的形式是傳統四言韻文，內容思想是古聖賢之道，然而吳延環畢竟是接受過新學，活躍於當代的文人，思想比起舊時代的文人現代得多。其思想的現代化則反映在編輯的態度上，例如「民國創立，君、臣之稱謂早無，爰將其義配與『國與民』及『官與民』的關係上[24]」，可見他注意到不可沿用過去封建制度的稱謂。又如「名分為夫，其義為和。名分為妻，柔為其德」，是由《禮記·禮運篇》「夫義婦聽」之說來的，吳氏將之改寫為「夫和妻柔」，不再是命令與聽從的關係，顯然留心到男女平等的問題。諸如「婦女尊長，手未先伸，不可先握，謹記在心」、「握手之前，先摘手套，太太小姐，從其所好」、「男左女右，文質彬彬，進出門口，男幼推門」等敘述，亦為男女平等觀念下的現代禮儀。[25]吳延環

---

[21] 同前註，頁47-48。
[22] 吳延環：《四字經》，頁6。
[23] 同前註。
[24] 吳延環：《國民生活四字經》，頁5。
[25] 吳延環的男女平等主張，也出現在他的問政過程中。在擔任立法委員期間，曾對於民法1059條提出修正案，主張修正為：「（一）子女從父姓，但母無兄弟者，得依約定從母姓。（二）贅夫之子女從母姓，但另有約定者，從其約定。」方符合憲法第七條的男女平等原則，為我國最早提出「母無兄弟，得約定從母姓」者，在當時受到不少人反對，然而其高瞻遠矚，受後世肯定。見涂禎和：《我國民法子女稱姓之研究》（嘉義：國立中正大學法律所碩士論文，2006年），頁44-45。

表示：「孔聖之道，已延用兩千五百多年，除原則萬古常新外，實踐自然有走樣或不合時宜之處。爰依現代精神，參照古籍，加以修正。[26]」是作者對於符合「現代精神」所作的說明。

「現代精神」也反映於在文體形式上，作者認為傳統韻文多以平水韻作為標準，音多早死，因此《四字經》的韻腳則以《中華新韻》為準，造成內文如「家具物件，力求整潔，量力美化，隙地庭階」，若依《平水韻略》，潔為入聲屑韻，階為平聲佳韻，並無諧韻；但若依《中華新韻》，則兩字都是皆韻，吳氏認為當是諧韻。這樣的作法雖然符合現代國音，卻也受到其他學者如胡一貫的異議。[27]吳氏此舉也透露出一個思想，便是他認為現代國民應該說國語，《中華新韻》便是依據現代國音制定編輯的工具書；《四字經》也有「人多場合，須說國語，僻語方言，理應摒去」之語，雖然是從《國民生活須知》裡「與多數人在一起，不可專與一、二人談話，並避免以方言交談」改寫，但《國民生活須知》並未強調「僻語方言，理應摒去」的強烈態度，此為吳氏自行加入。[28]

正文附有圖片，《國民生活四字經》為每頁一幅彩色插畫，《四字經》則每頁或隔頁有彩色照片，印刷精美，圖文互相參照，可以提升讀者閱讀的興趣。

（三）**附圖**：由於中、西餐禮節相異，座位安排用言語難以詳盡說明，因此在內文以「中餐西餐，各有習慣，附圖安排，可作典範」交代，在內文之後則附錄甲、乙二圖，分別為〈中餐座次安排參考圖例〉、〈西餐座次安排參考圖例〉，標示在宴會中男、女主人應坐位置，並以數字標示首位及入席座位長幼順序，圖表一目了然，用心之至。《國民生活四字經》並附搭乘轎車和吉普車的座次表，俟《四字經》出版時已刪除。

---

[26] 吳延環：《四字經》，頁6。
[27] 同前註，頁5。
[28] 此句在《國民生活四字經》時為「方言交談，常討人厭，每逢聚談，最好避免」。吳延環在擔任立法委員期間，曾對於〈廣播電視法〉提出電臺廣播節目「自一九八六年元旦起，不得再以方言播出」的發言，獨尊國語、摒除方言的態度相當明顯。見李雄揮：〈臺灣歷史各時期語言政策之分析比較〉，《語言人權語語言復振學術研討會論文集》，臺東大學語文教育學系，2004年。

（四）**附註**：共十二條，多為說明內文引用經典出處。

原本在《國民生活四字經》最後尚有附文〈人貴主義〉、〈內聖外王〉兩篇，發揚以人為本的精神與修己安人的態度，此為補《國民生活四字經》只論外顯禮儀之不足。增補為《四字經》後，對於內在修己的功夫已然編為韻語放入內文中，因此這兩篇文章便不再贅錄。

綜合前述，《四字經》是改寫《國民生活須知》而來，因此綱舉目張，極有系統。改寫過程注重「信、達、俗」原則，使得內文簡單易懂，沒有冷僻字彙，幾乎完全不必釋文。初版《國民生活四字經》重於外顯儀禮，誠之於中的道德倫理較少觸及；經數年修訂後，增補孝、悌、忠、信等內涵，兼顧內義外禮，重新命名為《四字經》。[29]作者藉本書推動中華文化復興運動，秉持以人為本的原則，強調孔孟之道，並不忘以現代精神修正古籍不合時宜之論述。

此書設定讀者群為國小中、高年級至國中的學生，目的在使之端正心志、向上圖強。是書經國立編譯館出版，印刷精美，圖文並茂，曾傳播至校園中作為讀本，成為近代流傳較廣的臺灣傳統啟蒙教材。

小結

本章「千字文體」所舉臺灣傳統啟蒙教材中，符合嚴謹的「千字文體」格式者有三：黃錫祉《千家姓》、辜尚賢《成文新百家姓》、鮑雨林《常用字歌訣》；此三種蒙書皆為四言韻文，各字不相重複，因此除了內文文義之外，並有教習識字功能。不符嚴謹的「千字文體」格式者有二：吳九河《四字雜錄》、吳延環《四字經》，這兩本教材雖為四言體，但由於字彙可重複，《四字雜錄》尚不押韻，不能歸納在嚴格的「千字文體」中。

傳統禮俗中，婚禮帖式、喪事牌碑之書寫，都需要查考其郡望或堂號。除了婚喪喜慶之日，平時居家的門上牌匾、簷下燈籠也要大書堂號，因此堂

---

[29] 吳延環雖在《四字經》凡例說《國民生活四字經》「簡名四字經」，然而將原本之「國民生活」四字去掉，只留「四字經」三字，或有和《三字經》分庭抗禮的意味；則對於此書的功能，作者是相當自豪的。

號又稱「大燈號」或略稱「燈號」。查考堂號、多識姓氏,是傳統社會中凝聚宗族力量和增進人際關係的基礎,因此自古便有《百家姓》的流傳,讀之又可收識字之效,與《三字經》、《千字文》合稱「三百千」[30],歷久不衰。

到了日治時期,黃錫祉有感百家姓收錄姓氏不足,不盡實用,便重新蒐集整理姓氏,編為《千家姓》,於1935年出版,成果斐然。在量而言,收錄姓氏約倍於《百家姓》;在質而言,部分姓氏編綴成文,隔句押韻,更易於背誦,且如此編排更增加一項「吸收內文知識」的益處,例如讀到「賢稱伊尹」一句,不但可認識四個生字,兼能知曉賢、稱、伊、尹四字皆可為姓氏,又習得「伊尹乃古之賢人」的內文知識,收一舉三得之效。作者復在每字旁以小字標註該姓氏字音、源流、名人等,便於讀者書寫族譜、喜帖、墓碑、牌匾時參考,具有工具書的功能。

在《千家姓》之後,1969年辜尚賢編撰了與《千家姓》類型雷同的《新百家姓》,將此類蒙書的質量又推上新的高度。辜尚賢讀《百家姓》,因其不成文,讀之無味,遂在沒有參考《千家姓》的狀況下,蒐羅各古籍著錄之姓氏,選擇其中一千二百八十八姓編綴成文;且考慮到「千」字非姓,將原擬「千家姓」之名改為「新百家姓」,方能在文中出現「新」、「百」、「家」、「姓」四姓,可見辜氏追求完美的態度。《成文新百家姓》一出,誠如辜尚賢在序文所錄感懷詩所說:「康熙字典與辭源,姓氏搜羅千百言。押韻成文世無有,悉皆黃帝子孫孫」,立下了臺灣傳統蒙書中姓氏教學教材的里程碑。與《千家姓》相較,《成文新百家姓》所收錄姓氏的量多出二百二十八姓,若將附錄不成文之部的單、複姓加入,則多出四百三十姓。在質而言,《成文新百家姓》不但將一千二百八十八姓編綴成文,且文句比《千家姓》更加典雅優美,主要是對仗句法之功,如「藍橋水沍,赤薊花開」、「僕住蓬室,主宿綺樓」、「品第甲乙,評判儉奢」、「師說篇法,生習句讀」等,讀之彷彿四六駢儷,耐人玩賞。在姓氏下的釋文,並未附錄其堂號,可見宗族堂號的重要性已然不如日治時代《千家姓》發行之時了。

---

[30] 亦有將《千家詩》也算入,成為「三百千千」的說法。

以「識字」與「吸收內文知識」的功能來講，《千家姓》、《成文新百家姓》畢竟有不足之處，蓋因其最大的限制便是只能用姓氏之字編撰，數量較少，在這兩方面必有侷限。因此強調「識字量」的《常用字歌訣》於1976年出版，作者鮑雨林身為中華文化復興運動委員會研究委員，思欲為中華文化盡一份心力；因感於《千字文》的一千字彙不敷使用，乃蒐集二千六百二十四常用字，遵照《詩韻集成》韻部編為四言韻文。因其用字選擇多，內容包羅萬象，蔬菜瓜果、飛禽走獸、食品佳餚、書畫藝術、日用百貨、倫理道德、歷朝興衰、現代事物，盡皆涵蓋。除了「識字」、「吸收內文知識」兩大功能外，作者並推廣當時中華文化復興運動委員會的「標準行書」，進行漢字簡化的改革。本書附帶插圖，韻文之後有註解與白話翻譯，使讀者易於理解，是較為進步的編輯方式。

　　和中華文化復興運動也有關係的是吳延環的《四字經》。本書的前身《國民生活四字經》，原是改編自中華文化復興運動委員會於1968年編訂的《國民生活須知》，其後經吳延環多次增補，加入孔孟思想與倫理道德，於1985年重新出版為《四字經》。因此前述《常用字歌訣》與這本《四字經》都是中華文化復興運動委員會推廣運作下的作品。《四字經》因其用字沒有限制，讀之較為通俗，不需註解或翻譯，適合在學校當作禮儀、品德教育之教材使用。吳延環在本書中除了宣導《國民生活須知》內容，亦加入了本身的道德、價值觀，並將現代精神融入傳統韻文中。

　　吳九河的《四言雜錄》，出版於1927年，是一本特異的文獻。作者觀察到在新舊文學的書寫中，無論是成語、口語、新名詞、俗話等，皆常用四字成句，於是他蒐集各種四言之句，編輯成冊，以供讀者參考使用。內容五花八門、難分系統，雅緻之句不乏成語、用典、對仗技法，少數俚俗之句似乎錄自報刊新聞；可見作者處於新舊文學交替的風口浪頭，亦有一套應變之法寶。雖然此書部分文句不宜兒童誦讀，內文編排亦無分段、押韻，然而從書末抄錄數則勸學格言來看，吳氏仍將其定位為蒙書，讀者將內容讀熟，自然行文可以不假思索，揮灑自如。

　　從《千家姓》、《成文新百家姓》，吾人觀察到臺灣文人如何在既有的經典啟蒙教材之下，從固定的題材與格式中尋求突破。《常用字歌訣》、

《四字經》則表現出中華文化復興運動委員會在當時積極編輯蒙書，推行社會教育的意向；這兩本書主旨實則皆不單純放在傳統「千字文體」強調的「識字功能」，而兼為「推行標準行書」與「輔導國民規範」的宣導教材。《常用字歌訣》、《四字經》二書應與中華文化復興運動委員會編訂之《標準行書範本》、《國民生活須知》參照閱讀。《四言雜錄》則是介於蒙書與工具書之間的異類，字彙漢日文白夾雜、語句錯落間彷彿有致的編排，正像是臺灣文學處於新舊交替的日治時代，繽紛與嘈雜並呈的景象。

【附圖】

❶圖4-1：黃錫祉：《千家姓》，嘉義：蘭記書局，1936年。

❷圖4-2：辜尚賢：《嘉義文獻：新百家姓與詩譯進德錄》，嘉義：嘉義縣文獻委員會，1969年。

❸圖4-3：鮑雨林：《常用字歌訣》，臺北：三民書局，1976年。

❹圖4-4：吳九河：《四字雜錄》，虎尾：自印，1927 年。
❺圖4-5：吳延環：《國民生活四字經》，臺北：國立編譯館，1972年。
❻圖4-6：吳延環：《四字經》，臺北：國立編譯館，1986年。
❼圖4-7：鮑雨林：《標準行書範本》，臺北：臺灣書店，1978年。

5 臺灣的「韻對類」傳統啓蒙教材

　　漢民族自古便極為重視詩歌的作用，說「漢民族是詩的民族」也不為過。古老的漢民族在勞動或閒暇時，口裡或說或唱，詩歌於焉產生。而詩歌之中，又特別注重「韻對」的文學藝術。「韻對」包括了「押韻」和「對偶」兩大特色，這兩個特色來自漢字的「單音」和「孤立」：因其單音，故宜於務聲律；因文字孤立，對偶則構成整齊美。於教學而論，有押韻之詩歌，方能音律和諧，可歌可誦，讀之鏗鏘有聲，不但能引發學生的興趣，更易於背誦記憶。王陽明曾說：「*故凡誘之歌詩者，非但發其志意而已，亦所以泄其跳號呼嘯於詠歌，宣其幽抑結滯於音節也。*[1]」便說明詩歌的歌詠動作、鏗鏘音節都能夠抒發意志、鼓舞興趣。

　　而除了押韻之外，「對偶」是詩歌駢賦寫作中更嚴格而高深的技巧。對偶技巧的運用不只讓詩歌更藝術化，在實際層面而言，更是參加科舉考試屬文作詩或寫八股文必要的格式。漢民族傳統的韻對類蒙書有元代便出現的《對類》，全書二十卷，乃為學習作對的集大成之作；明代有司守謙《訓蒙駢句》、蘭茂《聲律發蒙》，清朝有蔣義彬《千金裘》、李漁《笠翁對韻》、車萬育《聲律啟蒙》，這類蒙書皆為因應當時科舉制度而特別編寫。早期在臺灣也甚為流行的其他詩賦對偶

入門書，還有明代程允升《幼學瓊林》，清朝鄒聖脈作了增補注釋，更名為《幼學故事瓊林》；以及明代蕭良有所編《龍文鞭影》，每句四字，兩句相對，一句包含一典故，上下兩集共二千餘則典故，不僅為對偶的範文，更是全方位的百科全書。伊能嘉矩《臺灣文化志》所紀錄，臺灣書房使用的教科書中，七、八歲學生誦讀的《玉堂對類》[2]、九歲學生所用的車萬育《聲律啟蒙》，亦為韻對類代表蒙書，幾乎在各私塾皆作為教本，影響臺灣傳統文人更為深遠。

　　這類的蒙書對傳統文人影響深遠，縱然時序已進入日治，科舉考試消失成為歷史名詞，早期的八股文教材如《童子問路》、《初學引機》隨之逐漸式微，韻對類蒙書的魅力卻不因此而褪色，仍有不少臺灣傳統文人進行新編或仿作，為臺灣傳統啟蒙教材留下了華麗絕美的文學藝術。

1　〔明〕王守仁：〈訓蒙大意示教讀劉伯頌等〉，《王文成公全書》（臺北：臺灣商務印書館，1979年），頁127。
2　與《玉堂對類》相似的還有《唐詩對》、《羅狀元對彙》等，亦為臺灣早期私塾教材，近年重新出土，已由吳福助、黃哲永、林翠鳳共同點校分別發表於《東海大學圖書館館訊》新90期（2009年3月）、《東海大學圖書館館訊》新111期（2010年12月）、《東海大學圖書館館訊》新114期（2011年3月）。

林珠浦《新撰仄韻聲律啟蒙》

作者生平

林珠浦（1868-1936），名逢春，字珠浦，以字行。幼名大松，又字巖若、杏仁，號蘭芳，又號養晦齋主人，晚號西河逸老、珠叟，臺南人。天賦聰慧，十七歲入泮，日治後以執教為業，先至高雄縣岡山設帳授徒，又曾任教於關帝廟公學校、歸仁公學校、橋仔頭公學校、臺南長老教會神學校、長老教會女子中學。1906年連雅堂等在臺南創立「南社」詩社，林氏即為社員，常參加該社課題徵詩。1914年與陳璧如等創立西山詩社，該社有七位秀才、一位舉人，號稱「西社七秀一舉」，林珠浦即為「七秀」之一。

林珠浦畢生好吟哦，愛鄉土，其發表於《三六九小報》的〈臺灣節序故事雜詠〉、〈崁南故事六首〉、〈臺南舊街名作對〉，透過詩歌形式保存在地民俗文化。有感於傳統文學教育之訓蒙，皆採用清代車萬育所著之《聲律啟蒙》為課本，但僅有平聲，有所不足，遂於1930年出版《新撰仄韻聲律啟蒙》，以補古來《聲律啟蒙》有平無仄之缺憾。[1]

編纂體例與內容

林珠浦之《新撰仄韻聲律啟蒙》，1930年由嘉義蘭記書局託上海大一統書局以石版刊印，之後就未再重刊，藏者甚少，現流傳者多為盧嘉興重新刊錄於《臺灣研究彙集》第14期〈著「仄韻聲律啟蒙」的林珠浦〉一文的版本。

本書的序文、例言、內文、附錄，介紹如下：

（一）**謝紹楷序：**謝紹楷，字國楨，號少庵，曾任臺南留青吟社社長，亦與林珠浦共為創立西山詩社之成員。謝氏序文認為《聲律啟蒙》「有平無仄，學者於平音，或能了了；而於仄音，則茫乎不知」，因此林珠浦作此

---

[1] 以上林珠浦事略參考盧嘉興：〈著「仄韻聲律啟蒙」的林珠浦〉，《臺灣研究彙集》第14期，1974年6月；以及江昆峰：《三六九小報之研究》（臺北：銘傳大學應用中國文學研究所碩士論文，2004年），頁180-181。

書，「再新撰仄音七十六韻，上、去、入三聲俱備，以備前書之未逮。」此書既成，功用則可「延作塾本，以訓童蒙，俾後之學者；或習作詩詞，或習作歌賦，一閱而知為某韻某韻，則胸有成竹，不致貽誤，亦免檢拾之勞。」可見雖然科舉八股已無用處，臺灣文人仍然認為這種韻對蒙書對於詩詞歌賦的寫作有增益之處，於是韻對類蒙書褪去了應付科考之功利目的，回歸到增進詩文技藝的原始價值。

（二）**羅山愚頑老人序**：羅山愚頑老人即陳景初，為嘉義宿儒，曾與嘉義新港林維朝共為崇文社《崇文社百期文集》編輯評審，亦嘗與張李德和、蘇孝德共創連玉詩鐘社。其序文點出「聯句和韻，由來久矣，但初學之心思未闢，詞藻何來，不由津梁，將成俚語。」揭示韻對類蒙書成為「範文」的作用，初學者若沒有範文得以依循仿傚，詞藻貧乏，勉強作對，語句也多流於俚俗；當取幾部範文加以背誦，典雅的詞藻與工整的聯句充實腹笥之中，融會貫通後，下筆自能揮灑自如，不落俗套。

（三）**例言**：為林珠浦說明本書體例等。

（四）**內文**：據作者自撰例言云「是書約六千餘言，內就仄韻上、去、入七十六韻，每韻一首，詞淺意明，但作家塾教授兒童之課本也」、「倣照車萬育先生平聲《聲律啟蒙》樣式謬加著作」，這兩則便將內文的體裁解釋得很清楚。試舉一韻：

〈一董〉

馬對班，㿟對董；花籃對藥籠。玉盞對銀瓶，瓦盆對石桶。竹猗猗，草菶菶；希顏對習孔。鶯穿細柳斜，魚戲新荷動。舞鎗旋轉地飛沙，落筆縱橫盤走汞。中秋月皎，勝遊庾亮上高樓；暮夏雲深，學道葛洪棲古洞。

這一首之句法、字數與《聲律啟蒙》完全相同，不同之處在於《聲律啟蒙》押平聲韻，《新撰仄韻聲律啟蒙》押仄聲韻；《聲律啟蒙》每韻三首，《新撰仄韻聲律啟蒙》每韻一首。《聲律啟蒙》平聲共三十韻、九十首，《新撰仄韻聲律啟蒙》上聲二十九韻、去聲三十韻、入聲十七韻，每韻一首

合計七十六首。

著成《新撰仄韻聲律啟蒙》七十六首，雖林氏自謙此書乃倣照《聲律啟蒙》之句型樣式以「謬加著作」，「非敢自詡聰明，讀者諒之」，然而讀其內文，對仗工整，文句雅緻，間有用典，直與《聲律啟蒙》前後呼應而不顯稍遜。是故盧嘉興評曰：「初學者若能熟讀、審記，必可應用自如，堪稱為韻學啟蒙的良書，和車萬育所著平韻《聲律啟蒙》相配並用，功用益彰。[2]」

因此內文整體而言，延續了《聲律啟蒙》古典雅緻的風格，除了間有「種香蕉，啖甘蔗[3]」明顯蘊含臺灣風味之處，幾與《聲律啟蒙》難以分別為兩部作品。

五、附錄：林珠浦亦擅於詩鐘、聯語，因此在書末附錄詩鐘十六格，每格二聯，作為讀者學習詩鐘之榜樣。詩鐘相傳清代初起於閩地，再傳至中國各省，乃文字遊戲之一種，深為傳統文人所好。其法多取不相類之兩字，或素無關聯之事物，以嵌字入偶句中，因此難度比一般對聯更高，甚至有謎語的趣味在其中。雖然因其零碎，又多屬戲作，較少抒發情感心志的功能，在學界研究著述較其他文體為少，然林氏看重詩鐘實乃鍛鍊字句最佳的活動，遂附錄在《新撰仄韻聲律啟蒙》之後，以作讀者學習詩韻對句之入門。

《新撰仄韻聲律啟蒙》付梓之後，轟動文壇，詩人楊元胡甚至在〈新聲律啟蒙〉詠讚：「人欣謝星樓謎猜射虎條條有趣，我羨林珠浦聲律雕龍字字皆真。[4]」林氏於1930年五月受蘇東岳等所聘，至臺南善化設塾教學，日間訓蒙童，夜間則對成人講解詩法，創立擊鉢吟社，為地方文教貢獻不少。這本《新撰仄韻聲律啟蒙》於是年七月出版之後，即為日間童蒙教材之一，是為本書曾經作為私塾教材的證明。[5]

有趣的是，林珠浦亦創作消遣性質的〈新聲律啟蒙〉，日治時期發表於《三六九小報》。由嚴謹的《新撰仄韻聲律啟蒙》與詼諧的〈新聲律啟蒙〉，得以觀察到林氏對《聲律啟蒙》的喜愛，以及其亦莊亦諧的個性。

---

[2]　盧嘉興：〈著「仄韻聲律啟蒙」的林珠浦〉，頁78。
[3]　出自去聲〈二十二禡〉。
[4]　楊元胡：〈新聲律啟蒙〉，《三六九小報》第413號（1935年1月23日），第4版。
[5]　盧嘉興：〈著「仄韻聲律啟蒙」的林珠浦〉，頁81-82。

諸家〈新聲律啟蒙〉

作者生平

　　《新聲律啟蒙》為刊登於《三六九小報》上之專欄，由眾人撰寫投稿，作者有子曰店主、剃刀先生、一酉山人、洪舜庭、蘇友章、倩影等數十人。因其格式皆仿照車萬育《聲律啟蒙》，文句多閩南口語，可見作者大多為通曉臺灣閩南語之傳統文人；唯其多用筆名，已知之作者不乏飽學之士，如連雅堂、林珠浦、許丙丁等。

編纂體例與內容

　　1930年九月九日，臺南南社偕春鶯詩社社員創刊報紙一份，因其逢每月三、六、九日出刊，一個月共出九次，故名《三六九小報》，由趙雅福擔任發行人兼編輯。

　　相較於當時各大報之堂皇議論，《三六九小報》則多吟風弄月之文藝，嬉笑諷刺之詼諧語，因此曾受批評為不關心社會現實，然而其延續漢文、保存語言、反映風俗的功勞不可抹滅。自創刊迄停刊，歷時五年，稱得上是日治時期長壽刊物，復以其風格通俗，親近大眾，因此影響力既廣且深。

　　〈新聲律啟蒙〉自《三六九小報》第二期由「倩影」發表開始，持續連載，成為長期專欄，至該報停刊為止。[6]此專欄未曾結集成書，就筆者所曾

6　不止《三六九小報》刊過這種《聲律啟蒙》的仿作，在《臺灣日日新報》、《臺灣民報》、《臺灣》、《鳴鼓集》、《風月報》、《南方》、《民眾法律》等刊物都曾刊登過，然而皆不如《三六九小報》之連載既久，影響深遠。然而不同刊物所登載的〈新聲律啟蒙〉，有其不同的味道，如刊於《臺灣民報》的作品，具有抗議性格：「狐對虎，馬對牛，上品對下流。示威對趨勢，捕縛對拘留。假差押，正領收，補足對抽頭。俸廉明收取，賄賂暗要求。官僚步步施專制，民眾聲聲唱自由。夢死醉生宜勵精而發憤，空銜虛位莫貪樂以忘憂。」見《臺灣民報》第2卷第4號（1924年3月11日），第14版。在《民眾法律》刊登的作品則以法律用語為主：「菊對蘭，梅對竹，雙方對單獨。督府對道廳，魚池對家屋。本執行，假出獄，散財對貯蓄。和解息紛爭，控訴因不服。女子一人為後嗣，姻親三等是親族。不可抗力能要求年限延長，特別事情得申請期日短縮。」見《民眾法

寓目，曾蒐集重刊者有范勝雄《選輯「新聲律啟蒙」一六〇則》[7]分類選輯一百六十首、黃哲永在自印之《臺灣三字經》一書，則將〈新聲律啟蒙〉選錄重校一百二十七首[8]，以及陳思宇：《《三六九小報‧新聲律啟蒙》人文現象之研究》[9]附錄〈新聲律啟蒙〉之彙編。

在《三六九小報》中，文人好仿擬詩文以產生滑稽的效果，如「酒仙」將劉禹錫〈陋室銘〉改寫為〈旨酒銘〉，亦被「綠珊盫主人」改寫為〈醋海銘〉，「倩影」則改寫為〈麻雀吟〉、〈士紳銘〉等。李白名作〈春夜宴桃李園序〉則被「老云」改作〈終夜遊新町園序〉，「迂儒」改作〈開查某會序〉，「雪影」改作〈三六九小報序〉等。據研究統計，在《三六九小報》中這類作品一共引用了二十四種古文文本，寫成四十七篇仿擬作品。[10]當然，在這份報紙中，最特別的仿擬作品就是長期連載成為專欄的〈新聲律啟蒙〉。對當時的傳統文人來講，車萬育的《聲律啟蒙》是他們童年入塾讀書的共同回憶，也是他們奠定詩文基礎的初等教材，是以引用臺灣文人必讀的《聲律啟蒙》作為仿擬對象，特別能夠引起共鳴，由此亦可見《聲律啟蒙》在臺灣普及的程度。〈新聲律啟蒙〉自第二期開始出現，幾乎與《三六九小報》相始終，數量高達四百六十九篇，是該報仿擬作品的最大宗。[11]

雖然〈新聲律啟蒙〉是模仿《聲律啟蒙》而來，然而除了句型字數與《聲律啟蒙》相仿之外，仍有許多相異之處。試舉一首作為觀察：

> 行對走，走對飛，衰微對罪魁。破鞋對新帽，硬化對軟垂。老人目，倪也肧，否款對真衰。狂狗食無屎，枵雞不畏箠。擷到錢行不識路，斷了線免放風吹。喝東喝西罕見大隻蛇放屎，吃銅吃鐵獵這老狐狸剝皮。[12]

律》第2卷第1號（1938年1月），頁38-39。
[7] 范勝雄：《選輯「新聲律啟蒙」一六〇則》，臺南：臺南市文獻委員會，1985年。為《臺南文化》新20期抽印本。
[8] 黃哲永：《臺灣三字經》，頁182-198。
[9] 陳思宇：《《三六九小報‧新聲律啟蒙》人文現象之研究》（臺北：國立臺灣師範大學臺灣文化及語言文學研究所碩士論文，2011年），頁225-273。
[10] 此統計未將長期連載的《新聲律啟蒙》算入。江昆峰：《三六九小報之研究》，頁223-226。
[11] 同前註，頁227-228。
[12] 黃哲永：《臺灣三字經》，頁182。經黃氏重校版本，閩南語用字或與原刊略有

與《聲律啟蒙》不同之處為：

（一）押韻：《聲律啟蒙》依韻排序，每韻三首，格式嚴謹；〈新聲律啟蒙〉則每首獨立成篇，雖然以閩南語唸來押韻，然而不盡符合詩韻。如這一首的韻腳「飛」、「魁」、「垂」、「胚」、「衰」、「箠」、「吹」、「皮」，依詩韻來講依次為微韻、灰韻、支韻、灰韻、支韻、支韻、支韻、支韻，用了三種不同的韻，顯現出〈新聲律啟蒙〉用韻並不嚴謹，只要唸起來順口即可。

（二）對仗：《聲律啟蒙》平仄、詞性相對，例如「青衣能報赦，黃耳解傳書」，上句為「平平平仄仄」，下句以「平仄仄平平」對之。以詞性來講，「青衣」對「黃耳」，一為青蠅、一為黃狗；「能報赦」對「解傳書」，皆符合對仗原則。而上例「狂狗食無屎，枵雞不畏箠」平仄為「平仄仄平仄，平平仄仄平」不相對，詞性上「食」和「不」無法相對、「無」也與「畏」不成對。因此〈新聲律啟蒙〉的句子只能說大略相對，字數少的對子尚且工整，長句對則往往不堪逐字以平仄或詞性檢驗，只能算為修辭法中的「排比」句。

（三）用典：《聲律啟蒙》多引古籍典故，如「顏陋巷，阮途窮」，前出自《論語》顏淵居陋巷典，後出自《晉書》阮籍故事。〈新聲律啟蒙〉多為自撰語句、現有名詞，或引自口語，如「賊劫賊，仙拚仙」、「番仔薑，荷蘭豆」、「好佳哉，不應該」，鮮有典出古籍者。然而偶爾也刊出句句有所本，令人擊節讚賞的佳作，如刊於1935年一月二十三日第四版的〈嵌城詩人名〉：

> 黃對白，謝對陳，榮達對銘新。青龍對錦燕，海客對山人。宋義勇，許仁珍，尚德對奇仁。嗜酒吳乃俠，耽書高了塵。陳圖南栽菊迎歲，鄭啟東畫梅傳春。人欣謝星樓謎猜射虎條條有趣，我羨林珠浦聲律雕龍字字皆真。

不同。

這一首依序提及黃拱我、白海味、謝紹楷、陳木池、王榮達、王鵬程、劉青龍、韓錦燕、韓浩川、楊元胡、宋義勇、許仁珍、柯尚德、林麒麟、吳子宏、高懷青、陳圖南、鄭啟東、謝星樓、林珠浦等二十位府城名士[13]，巧妙地以詩人之名、字或號仿照《聲律啟蒙》格式編成韻文，且大致皆成對句，堪稱傑作。

其他類似〈嵌城詩人名〉，引用大量名詞，環繞某個中心主旨而做的〈新聲律啟蒙〉，尚有以聖佛神仙、麻雀（麻將）、地名、干支、中藥等為主題者，對當時社會生活有詳實的記錄。

總結前述，由於〈新聲律啟蒙〉屬於文人戲謔消遣的遊戲作品，較不注重押韻、對仗、用典，部份語句甚至流於粗俗，自然無法引入書房作為童蒙教材；然而不可否認的，它是傳統文人熟讀《聲律啟蒙》後的衍生作品，雖已與《聲律啟蒙》原文內容沒有直接關係，但仍具有一定的文學價值與趣味。今人重讀〈新聲律啟蒙〉，常著眼於其以閩南語文所保存的大量用字與早期名物、俗語。例如「一錢二緣三嬌四少年，七拈八添九索十無份」、「八字排了了串講鼠牛虎兔貓，四書讀透透未曉黿鼉龜鱉黿」、「交陪交陪你送我我送你，傳世傳世人生咱咱生人」等，皆引用或改編自臺灣傳統俗語，讀之不但令人感覺親切，更保存了本土語言的精華。因此黃哲永選錄〈新聲律啟蒙〉編入《臺灣三字經》，將之更名為〈臺語聲律啟蒙〉；范勝雄則著眼於〈新聲律啟蒙〉記錄的大量名物，分為人名、神明、地名、劇名、聊目名、干支名、麻雀名、動物名、植物名、中藥名、病名、餐菜名、雜貨名、俗語等十四類刊載。論者提及〈新聲律啟蒙〉時，皆不忘觀察其明顯的臺灣風味。如同連雅堂所說：「臺南《三六九小報》疊載〈新聲律啟蒙〉，為趙少雲、洪鐵濤及同好之士所作；悉采里言，復叶音韻，誠可謂本地之風光，而藝苑之藻繪也。他日如刊單本，布之海內，亦可為臺灣之特色。[14]」而這種在中國未曾有過的特殊風氣，背後所反映的文化、社會底蘊，更成為近年論者討論的議題。

---

[13] 盧嘉興：〈著「仄韻聲律啟蒙」的林珠浦〉，頁78-79。
[14] 連雅堂：《雅言》（臺北：實學社，2002年），頁83。

林緝熙《荻洲墨餘仄韻聲律啟蒙》

作者生平

林緝熙（1887-1962），號荻洲，嘉義市東門町人。自幼聰穎好學，1905年畢業於臺灣總督府國語學校師範部，為嘉義地區首位畢業於該校者。任教於嘉義附近之公學校；其後曾任職於明治製糖會社，歷經溪湖、南靖、蒜頭糖廠主持會計，工作勤勉，調升為會計主任。1944年起隱居嘉義鹿滿山十餘年。

與賴子清、賴惠川等於1915年創立玉峰吟社，亦曾加入嘉義小題吟會。著作有《荻洲吟草》、《荻洲墨餘仄韻聲律啟蒙》，編輯《諸羅四友詩鈔》卷上等。[15]

編纂體例與內容

《荻洲墨餘仄韻聲律啟蒙》一書，刊於1955年，據林緝熙至交賴惠川於書後〈附言〉所云：「老友荻洲林緝熙先生，耽於詩，而工於詞，當其隱鹿滿山時，日以吟詠為事，著《荻洲吟草》，詩、詞若干卷。」此處「隱鹿滿山」指的是因太平洋戰爭而躲空襲警報至嘉義鹿滿山，可知著書年代為林氏入山的1944年之後。又考察《荻洲墨餘仄韻聲律啟蒙》內文有「原子和平礦」一句，則成書年代應推至戰後。

由於本書並無林氏自序，無法直接得知作者的著書動機。只能從賴惠川的〈附言〉得知：林緝熙隱於鹿滿山時，除了著《荻洲吟草》之外，「尚未盡其所蘊，筆硯之餘，又著《仄韻聲律啟蒙》七十有六韻，對仗工整，運典自然，較諸古人所著平韻《啟蒙》，實無遜色。余愛之，朝夕諷誦，稿本置余家數月，嗣因悶紅館同人皆欲得為鈐式，因其所用故事，多有未解，責余

---

15 林緝熙略歷參考賴彰能：《嘉義市志卷七人物志》（嘉義：嘉義市政府，2004年），頁247；以及吳青霞：《臺灣三大民變書寫研究──以古典詩文為主》（臺南：國立成功大學臺灣文學系碩士論文，2006年），頁201-202。

註釋。自顧淺陋，難於下筆，固辭而已，而同人再三言之，爰就所知，略加點綴，而荒疏已久，恐不免乖謬也。」以林、賴二人交情，賴惠川對此書的了解，乃云是林緝熙在吟詠筆墨之餘的作品，因此林氏或許並沒有將這本書作為童蒙教學教材的先決目的而寫，而是純粹對於詩聯的愛好，在晚年閒暇之時，所設下的自我挑戰。[16]

《荻洲墨餘仄韻聲律啟蒙》撰上聲韻二十九首、去聲韻三十首、入聲韻十七首，共七十六韻七十六首。句型、字數仿傚《聲律啟蒙》，試舉一首：

〈一董〉

禹對湯，顏對孔，酒簾對藥籠。仙掖對丹房，點金對鍊汞。豹一斑，龜五總，聰明對懞憧。虎將蜀關張，鴻儒漢賈董。螢光著地草難燃，竹影掃階塵不動。三緘其口，千秋垂戒金人；萬里長城，今日謾誇鐵桶。

在正文之後，賴惠川為之註釋，或解其意、或言用典。前例〈一董〉則挑出「藥籠」、「仙掖」、「丹房」、「點金」、「鍊汞」、「豹一斑」、「龜五總」、「關張」、「賈董」、「金人」等詞彙作註，「藥籠」條註曰：「謂預備之人才也。《唐書》：狄仁傑謂行冲曰：君正吾藥籠中物，何可一日無也。」賴氏作註，則將原本「筆硯之餘」所作的「墨餘」轉變為可讀可解的傳統童蒙教材，讀者可自行參閱註釋而明其義，明其義而易於記憶運用，達成傳統蒙書最注重的「背誦」效果。

此書誠如賴惠川所譽：「對仗工整，運典自然，較諸古人所著平韻《啟蒙》，實無遜色」，然而在古典之餘，《荻洲墨餘仄韻聲律啟蒙》又透露出些許現代觀念。如「萬里長城，今日謾誇鐵桶」，古之萬里長城，乃為金湯

16　撰作韻對類啟蒙教材實屬不易，然而自古傳統世俗或將之視為小道，因此並未慎重看待，四庫全書亦不收；例如中國各方誌所收錄車萬育的歷略，《聲律啟蒙》卻並未列入車氏著作書目中。參考鄒宗德：〈車萬育與《聲律啟蒙》〉，《歷史》第139期（1999年8月），頁113。筆者推測林緝熙亦不認為《荻洲墨餘仄韻聲律啟蒙》能作為言志載道的傳世經典，因此並沒有付梓的打算，只以稿本借予賴惠川閱讀，賴氏甚愛之，方為之注釋出版。

屏障，然而在現代飛機大砲之下，自然是「謾誇鐵桶」了。去聲〈二宋〉一句「共和對總統」，〈十九效〉有「電臺廣播機，原子和平礮」一對，入聲〈六月〉有「國際對民權」一句，則以新時代事物名詞入文。

筆者無法切確得知林緝熙是否曾見過林珠浦的《新撰仄韻聲律啟蒙》。《荻洲墨餘仄韻聲律啟蒙》呈現的句子，極少和《新撰仄韻聲律啟蒙》重複，或許是才學、個性、情思的不同所造成的巧合，也可能是林緝熙以《新撰仄韻聲律啟蒙》為鑑，刻意另撰新聯。[17]若為後者，《荻洲墨餘仄韻聲律啟蒙》與林珠浦的《新撰仄韻聲律啟蒙》並列觀察，則可看到在前人《新撰仄韻聲律啟蒙》的壓力下，林緝熙要如何在與林珠浦同題材、同韻、同格式的限制下另闢蹊徑，造就了臺灣傳統文學上另一次奇蹟。

佚名《新撰對類》

《新撰對類》為一冊油印線裝書，為筆者於舊書店購得，前十八頁為二言、三言及四言對類，後有四頁文虎燈謎。為戰後作品，未署編撰者。

《新撰對類》原收錄二言對類一百五十三聯、三言對類一百六十聯、四言對類一百七十七聯。經吳福助、黃哲永點校，將重出、僻典者刪去；格律不符、對偶欠工之處，修改完全；或有上下聯次序顛倒，也予以移易。依此原則，選訂為二言對類九十六聯、三言對類一百一十九聯、四言對類一百五十二聯。

專門訓練童蒙屬對的「對類」蒙書，從中國元代便有記錄，其中最重要的莫過《對類》一書。此書雖然作者不詳，卻被視為學習作對的集大成之作。之後尚有數種對類作品，在臺灣而言，最著名的是清代私塾所使用的《玉堂對類》。近年又有《唐詩對》、《羅狀元對彙》出土，《唐詩對》

---

17 林緝熙為《三六九小報》的供稿客員之一，亦為該報訂戶，應當知道因《新撰仄韻聲律啟蒙》而名聲大噪且常於《三六九小報》撰稿的林珠浦；林緝熙既有意新撰仄韻聲律啟蒙，按常理而言會求得一本林珠浦之作以為參考。再說林緝熙身為嘉義文人，不可能忽略嘉義蘭記書局的出版品，因此筆者推測林氏應當看過《新撰仄韻聲律啟蒙》。

之內容特色、編排方式與篇幅分量都與《玉堂對類》相似[18]；而《羅狀元對彙》形式亦相似《玉堂對類》，甚至有許多語句相同，可視為《玉堂對類》之節抄本。[19]

而這種「對類」蒙書，因其較為單調，不若《聲律啟蒙》、《笠翁對韻》按韻排序、聲律優美、易誦易記，因此這類書籍在臺灣流行者，只有《玉堂對類》、《唐詩對》、《羅狀元對彙》、《時古對類》幾種；這種對類的編纂，因其瑣碎龐大、難於記憶，多輯為詩學工具書，如清代袁福溥《對料集成》、硯香書屋主人黃堃《對類引端》、劉文蔚《詩學含英》。[20]是以這本戰後新編的《新撰對類》，可算為這種對類蒙書中難得的文獻。

《新撰對類》書中二字對舉例如下：

> 孔鯉，史魚。孔目，毛頭。花影，樹聲。字母，經師。羊棗，鹿茸。
> 七佛，八仙。木鐸，金甌。擊磬，覆盆。白蟻，烏蚊。踏雪，觀風。
> 斗酒，殘羹。孤露，繁星。梅苑，杏壇。鶴氅，魚軒。虎旅，龍媒。
> 矍鑠，康強。馮婦，徐娘。李白，桃朱。望帝，留侯。一葦，三竿。
> 蟾窟，鵲橋。踏雪，溜冰。歧嶺，合江。月窟，雪宮。馬克，鷹洋。

《新撰對類》書中三字對舉例如下：

> 三年艾，六月秈。明四目，惟一心。遊月殿，鬧天宮。
> 春婆夢，夜郎情。蕉鹿夢，松鶴圖。霜始降，月初升。
> 桃葉渡，杏花樓。烏衣巷，碧浪湖。凌煙閣，摘星樓。
> 湘妃竹，羅漢松。夔一足，舜重瞳。連城璧，合浦珠。
> 牙粉匣，鼻煙壺。白鹿洞，黃鶴樓。羊眼豆，龍爪蔥。

---

[18] 吳福助：〈《唐詩對》點校〉，《東海大學圖書館館訊》新90期（2009年3月），頁51。

[19] 吳福助：〈《羅狀元對彙》點校〉，《東海大學圖書館館訊》新111期（2010年12月），頁75。

[20] 吳福助：〈臺灣傳統童蒙教育中的「對偶」教材〉，《中國文化月刊》第273期（2003年9月），頁4。

《新撰對類》書中四字對舉例如下：

　　游魚聽瑟，對牛彈琴。網開三面，團結一心。畫荻教子，懷橘遺親。
欲速不達，知幾其神。畫荻教子，蒸梨出妻。乘龍快婿，伏虎禪師。
圍棋一局，讀書十年。梧桐葉落，蘭苕花香。赤龍據案，白駒食場。
麻姑仙爪，項橐童牙。隱几而臥，踰牆相從。撥亂反正，除暴安良。
孺子入井，老將登壇。撥亂反正，居安思危。顏曾思孟，韓柳歐蘇。

　　觀察《新撰對類》可以發現，其對仗之聯頗多蘊含典故，如「遊月殿，
鬧天宮」，上聯為唐玄宗遊月宮典故，下聯為西遊記情節。「白鹿洞，黃
鶴樓」，上聯為朱熹講學之所，下聯為唐詩常詠之名樓。這種現象在四字
對的部分更明顯，如「畫荻教子，懷橘遺親」，上聯出自《宋史・歐陽修
傳》，下聯則出自《二十四孝》；「畫荻教子」又可對「蒸梨出妻」，出
自曾子故事。由於四字成語多如繁星，可以成對的成語典故俯拾即是，如
「拋磚引玉，點石成金」、「刻舟求劍，閉戶造車」、「野人獻曝，列子御
風」、「一鼓作氣，七步成詩」等，將出於不同典故的成語作了令人驚奇的
編排。

　　《新撰對類》亦收錄部份「無情對[21]」，由於無情對屬於文字遊戲，為
一般對類蒙書所不收，本書竟有數則無情對，實屬少見。例如「字母，經
師」，前為書寫符號，後為古代官職；「飲鴆，塗鴉」一聯，前為喝毒酒尋
死，後為信手亂畫，突顯出情緒不協調的荒唐趣味。「紅暈，青盲」者，前
為顏色，後為病疾，乍看不相對，但若將「暈」當作「頭暈」之病徵，即可
成對。「雙十節，廿四橋」則一出現代節日，一出江蘇名勝。「不二價，有
三思」更令人噴飯，前為市場標語，後則出自孔子之言。這些無情對若寫在
古代科考試卷，肯定名落孫山，此乃古代傳統對類蒙書不收無情對之緣故；

---

[21] 無情對係指上下聯逐字或詞皆相對，但上下聯之間聯意毫無關聯之對句。著名的
無情對有「孫行者，胡適之」、「張之洞，陶然亭」、「五月黃梅天，三星白蘭
地」等。關於無情對，可參見梁羽生：《名聯觀止（上）》（臺北：臺灣書房，
1996年），頁73；或朱恪超：《再話古今巧聯妙對》（臺北：知書房出版社，
1993年），頁41。

而今《新撰對類》收錄這些無情對，顯然是對類蒙書正式擺脫科舉枷鎖的宣言，使韻對之詩文回歸純粹的文學美感與趣味。

由於此書著於戰後，不少現代名詞亦出現在聯句中，例如「馬克，鷹洋」皆為外國幣制；「高山族，下江人」之「高山族」為當時臺灣對原住民之稱呼；「無線電，得律風」、「望遠鏡，起重機」、「電風扇，霓虹燈」皆為現代科技產品；「國民黨，童子軍」、「八年抗戰，五族共和」更是現代國民耳熟能詳的辭彙了。另外尚有數則以臺灣地名入聯，如「煙雲洞，日月潭」、「臺中市，衛邊街」、「忠孝路，禮義街」等，呈現傳統蒙書自中國傳播至臺灣後的轉化。

總結前述，《新撰對類》有三項特點：第一，它是少見的現代對類，此書之出土為對類研究增添可貴的文本。第二，其收錄之「無情對」正式將韻對類千年來八股之藩籬打破，兼顧到對偶的另種趣味性。第三，其收錄之現代語彙、臺灣地名，足以讓後人觀察傳統對類書籍在臺如何蛻變。是故《新撰對類》份量雖然不多，卻無損於其研究之價值。

原本以為這份油印的《新撰對類》，撰者究竟何人，將會永遠成謎。想不到《新撰對類》入手後過了三年，有了突破性的線索。日前筆者購得陳勤士所著之《小道觀》，內容幾乎與《新撰對類》完全相同，差別在於《新撰對類》內容較《小道觀》為少，對類也僅只按照字數排序，不若《小道觀》之對類除了按照字數序外，更依天文、地理、時令等屬性分為二十六項。獲得這個新資料，剩下的問題只有：究竟是《新撰對類》先於《小道觀》，抑或反之？筆者推測應先有《新撰對類》，方有編輯增補後才正式發行的《小道觀》；也就是《新撰對類》這份油印本，乃是《小道觀》的初稿。而《小道觀》從其序文可知，內容為陳勤士與沈篤夫、章杏書、喻公魯等四人，分期輪流命題，互相屬對，結集成書，並未作為童蒙教材使用。雖然如此，該書仍是臺灣戰後難得一見的對類文獻，筆者在此提出介紹，望能在臺灣的傳統文學研究中，記上一筆。

姜宏效《成語集對》

作者生平

姜宏效，中國揚州人，戰後來臺居於高雄市，任高雄港務局辦事員。幼時先進家塾，再入學校，有古文根基，受《幼學故事瓊林》、《龍文鞭影》影響，立志新編韻對蒙書，於是著《成語集對》。為虔誠佛教徒，曾著《因緣果報的理論與事實》。

編纂體例與內容

《成語集對》於1967年由高雄市慶芳書局出版經銷，初版一萬冊，後曾再版、三版。

本書的完整體例如下：

（一）**編輯說明**：共分八項，主要敘述內文之編排體例，並說明本書「專供國文師生，及公教人員進修之用」；編輯動機為「保存國粹，濬發詞源，珠聯璧合，熟讀之，可開智慧」及「寓佛教於文學中，表達儒面佛心旨趣」。

（二）**編輯的因緣**：觀其內容，應是序文，因作者篤信佛教，故自訂題名為〈編輯的因緣〉，以敘著作此書之因緣與動機。共分三段，第一段為「因緣所生的法則」，說明此書之出版，乃天地間各種因緣所生。第二段曰「錯用成語的笑話」，嘆今人誤用成語，迭成笑柄；作者為求讀者便於背誦成語，遂分韻集對編為蒙書，糾正亂用成語之現象。第三段稱「遠因及近因助緣」，作者自道因較晚入新式學校，得以留在家塾多讀幾年古書，因此懂得平仄韻對；素以重編《幼學故事瓊林》、《龍文鞭影》之類韻對蒙書為志，遂以《佛學大詞典》、《辭海》為基礎，編三字乃至十餘字之對句，費時二三年，得千數百對。付梓之時，為求降低印刷費用，只能保留四字成語對句，故有本書之出版。

三、**正文**：四字一句，兩句一聯，全文上下集共七百一十聯，五千六百

八十字。上下聯皆選現成之成語，不能捏造，並依詩韻分為上下兩集，合三十韻。舉一聯為例：

　　　一心不亂：《阿彌陀經》聞說阿彌陀佛，執持名號，若一日、若
二日、若三日、若四日、若五日、若六日、若七日、一心不亂，其人
臨命終時，阿彌陀佛，與諸聖眾，現在其前。（註）聚精會神。
　　　萬法皆空：《佛典》萬法由因緣而生，為自然之法，無獨立存在
自性、自性無，故空。（註）今人認假為真，執迷不悟，常云此語，
使人警惕。

　　其對句先錄成語本文，下方小字說明出典，最後註明意義或用法，是相當進步的編輯方式。

　　其成語本文雙雙對仗整齊，依韻排列，因此讀之既有韻律之鏗鏘，復有對稱之美感。一般韻對蒙書若採用成語，為求對偶之工整，偶爾會改動一二字，或乾脆自行杜撰下聯；難得的是《成語集對》皆採成語原句，讀者牢記之後，行文即可運用，不致出錯。摘錄一段成語本文如下：

　　一心不亂，萬法皆空。泥牛入海，天馬行空。旗開得勝，馬到成功。
　　現身說法，枵腹從公。雙管齊下，一竅不通。六根不淨，四大皆空。
　　翻雲覆雨，逐日追風。箭在弦上，蓬生麻中。一語道破，三日耳聾。
　　風流雲散，日暮途窮。逆取順守，遠交近攻。一身兩役，十室九空。
　　風雨不透，水乳交融。蛙居井底，魚游釜中。羅漢境地，和尚家風。

　　上例一段全在「一東」韻中，琅琅讀之，便可感受漢文抑揚頓挫的韻味。若逐字仔細檢視，可發現平仄未盡相對，然思及姜氏堅持不捏造成語，句句要有所出典兼通俗適用，且已編輯為上聯末字仄聲、下聯末字平聲之對聯基本形式，作者實為殫心竭力矣。

　　《成語集對》尚有一大特色，便是致力於宣揚佛法。姜宏效在〈成語集對編輯說明〉第二項云：「佛教成語對為上選，佛教成語對普通成語為中

選，普通成語互對為下選」，可知作者拜佛之虔誠。這樣的編輯方法優缺點兼有，優點是添增許多佛教成語作為候選之聯，使本書的對偶更為工整；讀者兼可多識釋門典故。缺點是若佛教成語過多，部分成語對非信徒而言，可能難逢使用之時機，習之反增累贅，幸好佛教經典融入華夏甚久，許多源自佛經的成語早已耳熟能詳，此缺點並不明顯。

《成語集對》以不捏造成語之原則，輯選成語為聯，按韻分類編排，以期讀者能易誦易記，增加成語之識量，提升國文程度；並在聯下詳細記錄該成語之出處、用法，便於讀者查閱。依此編輯要旨，共集得七百餘聯，堪稱大觀。作為讀者，除了讚嘆姜宏效之才學與毅力，亦感佩於其對於教育與佛法之熱心。

對類的習作方式

學習對類，不僅可以藉此多識字彙，知道每個字的平仄、詞性，也是作詩的基本功夫，在清代更是參加科考時，書寫八股文、試帖詩的重要技巧。然而習得對類技巧之後，最重要的是能夠應用，當時的塾師是如何引導蒙童入門、習作？筆者在本節嘗試從舊文獻觀察早年在私塾中的教學方法。

傳統啟蒙教材的學習方式，無論是哪種類別、哪本教材，幾乎都是以「背誦」作為基本功夫。試舉近代史學家蔣廷黻的回憶：

> 我把書交給老師，他念一遍，我跟著念一遍。他看我已經會念，就命我回到自己桌子，高聲朗誦，直到記牢為止。……（中略）……每句念若干次，我認為可以丟掉書本背得出來時，再拿書到老師那裡，背朝著老師和書本，背誦書中的原文。老師認為我真能背誦了，於是他再教我四句新的。[22]

童蒙教材的教學方法，主要是「背誦」和「講解」，塾師先講解，蒙

---

[22] 蔣廷黻英文口述，謝鍾璉譯：《蔣廷黻回憶錄》（臺北：傳記文學，1984年），頁17-18。

童再背誦；或者蒙童先背誦，塾師再講解；甚至也有光背誦而不講解的。無論講解程度如何，傳統童蒙語文教育最終還是離不開背誦。[23]然而對類蒙書除了背誦之外，塾師還得逐字講解其平仄、詞性、虛實等。學生記熟教科書上的範例之後，塾師必須講解對偶的原理，接著便是創作實習。教師經常在課堂出上聯，先為二、三言，依程度進至四、五言及多言，要求學生對出下聯，並藉著評析學生對句，傳授對偶的原理和技巧[24]；千百年來，對偶的教學在私塾中都是這樣進行，因此也流傳了許多師生之間作對的趣談。[25]

然而塾師和學生在課堂上隨口所對的聯句，話語早已隨著時間消逝在風中，今人如何觀察傳統私塾中進行對仗習作的過程？筆者家藏一本舊文獻，從中可以看出一些端倪。

此文獻為一本筆記，封面署記「丙寅年端月　練習對帖　簡永田訂」，為1926年臺灣人所抄。全書共二十七頁，以毛筆、鉛筆或沾水筆手抄。前九頁為對聯練習，後為詩聯抄、雜記、藥方等。

原書主既在封面自署「練習對帖」，這本文獻當然就是學生學習對帖的習作本。書中對帖形式，上聯以紅字書寫，下聯以黑字書寫，但會有紅字批改，因此判斷紅字乃塾師所出上聯，黑字為學生所對下聯，塾師再以紅字批改學生下聯。試舉數則為例（紅字以粗體顯示）：

上聯：**鳥鳴深樹裡**

下聯：蛙鬧淺田中

　　　　獸走　林

批改：　　**密**

塾師以紅字出「鳥鳴深樹裡」一句，學生以黑字寫「蛙鬧淺田中」對

<hr />

23　詹玉娟：《清末民初著名學人童蒙語文教育之研究》，頁142。

24　吳福助：〈臺灣傳統童蒙教育中的「對偶」教材〉，《中國文化月刊》第273期，頁4。

25　如塾師不滿東家每餐菜餚只供應蘿蔔，便命學生不管遇到什麼上聯皆以「蘿蔔」對之；又傳說紀曉嵐出「今朝學生頭叩地」為上聯，學生以「昨夜師母腳朝天」戲對之。這些古來流傳師生間的巧聯妙對，不勝枚舉。

之，並在「蛙鬧」兩字旁又寫「獸走」、「田」旁寫「林」，意為又可對「獸走淺林中」。塾師復在「獸走」、「林」之間以紅字填「密」，意為改作「獸走密林中」較妥。

> 上聯：長江垂作帶
>
> 下聯：短劍配為腰
>
> 批改：峻嶺遠　城

塾師出上聯「長江垂作帶」，學生以「短劍配為腰」為下聯，塾師認為不妥，「長江」為地理名詞，「短劍」為器物，再者「帶」為器物，「腰」為人體部位，對得不工；況且短劍應當是「配於腰」而非「配為腰」，因此塾師紅筆一揮，大幅刪改，只留「為」字，改作「峻嶺遠為城」。

塾師對學生下聯刪改的程度，需視情況而定。有整句完全刪改者，如上聯「日月行天上」，學生對「雨風過海中」，塾師全刪，另撰下聯「陰陽轉世間」示之；也有一字不動者，如「樸素誠君子」，學生對「奢華是小人」，塾師則未加刪改，但其實學生自己已經刪改過一次了，從黑墨塗去處可知本來學生對的是「厚恩是帝王」。

基本的對句熟練後，塾師的作業難度增加，接著的對帖作業不再是單純出上聯對下聯，而是限定上下聯用字作對。如塾師以紅字在上下聯第二字處各寫「遊」、「賞」二字，學生則撰成一聯「同遊聽鳥囀，共賞看花開」；又如以「棲」、「宿」為上下聯第三字，撰聯曰「鳥飛棲淺谷，獸走宿深山」，塾師則又將「淺谷」改為「峻嶺」。

接著難度再提高，從五字對變成七字，而且可能同一題目要做好幾副對聯，如以「故」、「新」作七字對上下聯第二字，學生則作「窮新典籍心能悟，復故文章志自通」、「知新自悟先賢志，溫故能裁往聖心」、「更新五典惟賢主，復故三墳是聖君」三聯。最後則上下聯限定二字習作，如上聯限定以「花」為首、「硯」為末；下聯「月」為首、「池」為末，學生對曰「花影枝搖飛入硯，月光魄動照侵池」。

對帖習作的篇幅結束，後頭幾頁是原書主的詩抄，證明傳統語文教育

中，是先習作對仗，再學作詩；縱使只寫絕句，固然不必對仗，但其中用字的虛實、平仄之辨，仍是要由對偶練習中習得，因此才說對偶乃是作詩的基本功夫。

綜合前述，這本1926年的抄本，是臺灣民間傳統書房中對仗教學方法的第一手資料，證明了日人來臺三十年後，對偶的技法仍為傳統語文教育所注重。除了要求學生背誦舊有的對類教材或者臺人新撰韻對蒙書之外，塾師亦注重韻對的習作，除了口頭考試，也有紙本作業，從師生的屬對來往中，塾師用以查驗學生的程度，學生則在塾師的批改中獲得進步。整個漢民族的傳統教育下，無數詩人便在這樣的師生對話中打下良好的基礎。

小結

相對於世界其他多音節語言，漢語因其一字一個形體、一個音節之特色，發展出「對偶」之技巧。對偶之句既眾，依韻分類，編輯成章，琅琅弦誦，有對稱之結構美，兼押韻之音樂性，「韻對」堪譽為傳統啟蒙教材中最美的文學藝術。

韻對之教學為傳統蒙學中最基礎的文字訓練，不通韻對，詩文便平淡無味或不符格式。因此無論是伊能嘉矩《臺灣文化志》或片岡巖《臺灣風俗誌》的調查，傳統書房的藝文課程中，都是先學對句，次學作詩，再學八股文作法。由此可知韻對是作詩乃至八股文之基礎，是以自古便注重韻對之教學，教師在課堂常出上聯要求學生對出下聯，作為隨堂測驗，從一字對開始，隨著學年逐漸增加字數，並藉講評學生之下聯以傳授文字之虛實和平仄、對偶的原理與方法，這種教學方法對於兒童藝術趣味的薰陶、人格情操的鍛鍊，皆有重大影響。[26]

韻對類蒙書的重要性攀至最高峰時，便是明代開始以八股文格式應用於科舉之後。八股文格式中規定要有對偶句，「股」在此便是「對偶」之意。自清朝乾隆年間始，「試帖詩」成為科考的重要文體，其中「對仗」技巧亦

---

[26] 吳福助：〈臺灣傳統童蒙教育中的「對偶」教材〉，《中國文化月刊》第273期，頁4。

扮演了吃重角色。[27]因此明清兩代，產生的屬對教材就有《千金裘》、《笠翁對韻》、《聲律啟蒙》等多種；臺灣私塾常用的《玉堂對類》，尚且將進入翰林院官署（又稱玉堂）之目標直接取作書名，此對類蒙書與科舉之關係甚為明顯。[28]《幼學故事瓊林》、《龍文鞭影》雖常被論者歸為常識類蒙書，內文卻亦以偶句對聯寫成，在吸收常識時，聯句銘記心中，詩文技巧自然隨之增進。

日人於1895年入臺之後，廢止科舉，除了少數讀書人至中國繼續應考之外，絕大部分臺灣人皆放棄了科舉一途。韻對類蒙書離開了科舉的舞臺，反而重拾語文的天真、美感與趣味，遂有數種屬對教材在臺萌生。

首先是林珠浦有感《聲律啟蒙》只得平聲三十韻，沒有仄聲之部，遂作《新撰仄韻聲律啟蒙》，以補前人之不足。大體而言，林珠浦此作古典雅緻，中規中矩，若非有少數透露臺灣物產之句，直教人以為是中國古代作品；若補於《聲律啟蒙》書後，則平仄皆具，稱得上相當完美。《新撰仄韻聲律啟蒙》附詩鐘格式，詩鐘乃文人日常閒暇之文字遊戲，此書將詩鐘附諸書後，彷彿宣告了韻對類蒙書已不做求取仕途之敲門磚，而與詩鐘相同，成為一種純粹的詩學練習範本。

林珠浦的《新撰仄韻聲律啟蒙》出版於1930年，同年，另一種《聲律啟蒙》的仿擬作品在《三六九小報》開始連載，文人甚好之，競相投稿，稱之〈新聲律啟蒙〉。〈新聲律啟蒙〉多以臺灣閩南語口語或俗話入文，除字數、句型與《聲律啟蒙》相仿外，押韻、對仗、用典皆不甚嚴，語句多詼諧滑稽，但亦發掘出臺灣語言之美。反映出傳統文人仕途斷絕之時，幼時誦讀的《聲律啟蒙》便褪下其嚴肅性，在日人高壓統治下，成為臺灣文人之間才懂的文體，遂以自己熟悉的語言將之改造，反映社會百態，凝聚民族精神，抵抗日語政策，衍生出臺灣獨特的文學現象。

繼林珠浦之後，林緝熙亦作一部「仄韻聲律啟蒙」，原為晚年自糖廠退休後，隱居山林所作。據賴惠川之附言來推測，林緝熙本不打算出版此書，

---

[27] 鄭天挺：《清史探微》（臺北：知書房出版社，2002年），頁481-492。
[28] 吳福助：〈臺灣傳統童蒙教育中的「對偶」教材〉，《中國文化月刊》第273期，頁6。

乃是賴惠川及其詩友甚愛之，才代為印行為《荻洲墨餘仄韻聲律啟蒙》。林珠浦當年著《新撰仄韻聲律啟蒙》，轟動文壇，且交付嘉義蘭記書局出版；身為嘉義人且訂閱《三六九小報》的林緝熙，應當不可能未曾從蘭記書局或《三六九小報》得知有《新撰仄韻聲律啟蒙》，因此林緝熙重著《荻洲墨餘仄韻聲律啟蒙》，很有自我挑戰的意味。將兩本仄韻聲律啟蒙比較，可以看出林緝熙在與林珠浦同題材、同韻、同格式的限制下，文句仍能與林珠浦相異，聯語性靈瀟灑，並融和若干現代事物入文，成就了臺灣傳統文學史的一項奇蹟。

時序進入戰後，科舉已經廢止四五十年，報章雜誌與學校教育多為白話文的天下，對類蒙書在考試的重要性更弱。佚名油印的《新撰對類》，收錄部分傳統對類書不收的「無情對」，傳統對句與文字遊戲混雜，亦與現代名詞相對，是傳統對類教材在現代蛻變的最佳例證。此書最末收錄燈謎文虎四頁，文虎乃傳統文人文字遊戲一種，將對類與文虎並列，「對偶」藝術回歸到原始語言趣味的象徵甚為明顯。

當新的一代自小接受白話文教育，傳統文學接觸較少，古文素質的低落無可避免。成語大多自古流傳，有典可循，可謂最基礎的古文，因此姜宏效為求保存國粹，廣蒐成語，成對編作韻文，使其易誦易記，成就少有的文學壯舉。古代對類蒙書，四字對之部雖不乏成語對，亦常參雜如「一輪皎月，幾陣清風」、「行人避暑，坐客乘涼」之自撰對句；姜宏效特意撰作《成語集對》，全引成語，不雜杜撰聯句，希冀讀者能藉此多識成語，明其典故與用法，通曉對仗之技巧，並藉此多介紹佛經成語，以弘佛法，可謂用心良苦。

韻對類蒙書之興起，與科舉考試有極大的關係，然而在廢止科舉後，韻對類蒙書並不因此消聲匿跡。綜觀前述五種臺灣韻對類作品，皆作於廢止科舉之後，對偶的技巧反而更活潑自由，撰作者不為名利、不求仕途，乃求詩文之精進，乃求自我之挑戰，乃求文字之趣味，乃求漢文之傳承，留下了各有特色的韻對類作品。

【附圖】

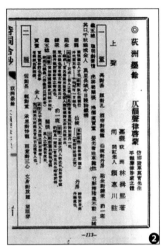

❶圖5-1：林珠浦：《新撰仄韻聲律啓蒙》，嘉義：蘭記書局，1930年。

❷圖5-2：林緝熙：《荻洲墨餘仄韻聲律啓蒙》，收錄於賴柏舟編《詩詞合鈔》，嘉義：自印本，1955。

❸圖5-3：佚名：《新撰對類》，油印本，未署年代。

❹圖5-4：簡永田：《練習對帖》，手抄本，1926年抄。

6 臺灣的「詩歌類」傳統啟蒙教材

　　上一章討論的韻對類蒙書，雖然是為了日後的詩文寫作打基礎，然而「韻對」與「詩歌」仍有根本性的不同。對仗是詩文的重要修辭技巧，但偏重於結構性的美感，在「詩言志」、「文以載道」的內涵上仍有所不足。同樣是書寫明月大江，「江水流長，環繞似青羅帶；海蟾輪滿，澄明如白玉盤[1]」之對句，不足讓讀者觸及作者之內心，「春江潮水連海平，海上明月共潮生。灩灩隨波千萬里，何處春江無月明[2]」則視界層層遞進，開揚廣闊，情景交融，成為千古絕唱。

　　在傳統蒙學中，「經學」與「藝文」必須並進，前者教材有《大學》、《論語》、《孟子》、《中庸》、《詩經》、《書經》、《易經》、《孝經》、《左傳》、《禮記》，後者則有《玉堂對類》、《聲律啟蒙》、《千家詩》、《唐詩合解》乃至八股文、試帖詩教材《寄嶽雲齋》、《童子問路》、《青雲集》等。由於藝文科重視詩文的背誦與習作，「作詩」成為受過傳統蒙學者的必備技能，甚至不少人只是幼時讀過幾年私塾，及長便入公學校接受新式教育，然而吟詠作詩的嗜好卻伴其一生。以現實角度來看，縱使廢止科舉制度，傳統詩仍是漢文化圈重要的交際工具，例如齊白石成為畫家後，也得開始學詩，才能真正在文人圈子裡生存[3]；在臺灣早期，擅書而

不能詩的書法家，往往被譏為「寫字工」，可見在傳統文學界裡，「作詩」是最基本也最重要的技藝。

　　臺灣人對於詩歌的愛好，也投射在蒙書的編輯上。雖然前有《唐詩三百首》、《唐詩合解》、《千家詩》、《神童詩》等詩歌之選編，臺灣傳統文人仍然嘗試以詩歌為載體，以傳遞新時代的教育理念。

1　出自車萬育：《聲律啟蒙》之〈十四寒〉。
2　出自張若虛：〈春江花夜月〉。
3　張倩儀：《另一種童年的告別》（臺北：臺灣商務印書館，1997年），頁88。

黃錫祉〈訓蒙集格言〉

作者生平

請參照第四章第一節之作者生平，此處不贅。

編纂體例與內容

〈訓蒙集格言〉刊於1921年之《臺灣日日新報》，分成三次刊登。[1] 正文前有報紙編輯序言：

> 近來思想界之民眾化，漸影響於文學界一般，其體制務取通俗淺近而易曉者，如支那之白話文，是其一例。是篇來自新竹，中有可採者，茲為介紹如左。（編者識）

報紙主編將〈訓蒙集格言〉視為通俗淺近的文體，如同中國之白話文，可藉以達成教育的效果，影響民眾之思想，內容更有可取之處，遂登於報上，以盡社教之責。

〈訓蒙集格言〉五字一句，隔句押韻，四句一首，共一百首，二千字。作者原無分章節，筆者就分析方便，將之分段如下：

（一）**序言：**「訓蒙集格言，先勸及童子；始基雖至微，成器常在此。敬告大方家，莫鄙無文字；移淺漸入深，勿譏為俗語。不僅兒童時，少壯更多事；修身及齊家，美惡皆有自。」說明本文預設讀者為蒙童，因此以通俗之文字書寫，使蒙童易讀易懂。

（二）**用餐禮儀：**從「幼兒初學食，最宜學好款；飯粒勿亂丟，食完勿

---

[1] 分別刊於第7708號（1921年11月16日），第6版；第7717號（1921年11月25日），第6版；第7720號（1921年11月28日），第3版。原文分為三篇，蓋因篇幅太長，因此報紙編輯將之分次刊載，本書則將此三篇合為一篇討論，下文再提及〈訓蒙集格言〉時不再另說明出自何日之報紙。

鎮碗」到「赴宴飲與嚼，遇芋連焢肉；欲食細細吞，咽喉免燒著」，指導兒童用餐時應注意當把飯菜吃完、見他人用餐則應迴避、不可緊盯食物猛看、咀嚼不可出聲、切莫翻找菜餚、應細嚼慢嚥等規矩。

（三）**語言禮節**：從「為人父與母，幼兒教好樣；父當教叫爹，母當教叫娘」到「親朋當講話，下輩勿插言；僭先話頭截，失禮又獲怨」，要求注意與長輩應對的禮節與說話用詞的雅俗。對於父母伯叔，不可呼名；不可用詈語污辱人母；不可自稱「因父」（老子）；大小便應改稱「上磐」、「小解」等；「屎桶」應改稱「粗桶」；長輩說話，晚輩不應插嘴等禮儀。

（四）**起居規範**：從「清早眠初起，先加著衣良；免使風寒感，帳當竝掛詳」到「有事當操作，少者應任勞；宜代父兄辦，勿計寡與多」則從一早起床開始講，要著衣、整理床舖、掃地、漱洗、點香、向父母問安，以及叮嚀與長輩相處時的態度。

（五）**學習態度**：從「兒童當初學，最重是認字；莫讀有差訛，魯魚與亥豕」到「凡事若不知，竟自以為知；此是為至愚，見破便羞恥」說明學習的態度。兒童啟蒙首要是認字，若遇生字，應查字典，切莫亂讀；除了字音要記住，字形相似的字亦不可混淆；寫字心正筆即正，桌上書本莫亂疊；平日要多讀書，不致書到用時方恨少；不知之事則承認不知，不可自以為知。

（六）**身體衣著**：從「品行必須端，行為必須正；雖然著布衣，人亦相欽敬」到「冠帽戴欹斜，正人望嘆嗟；鄙為破落戶，體態若近邪」，說明生理衛生與衣著整潔的重要。包括衣物不求華美，須常換洗；身體、毛髮需常梳洗，坐臥皆須注意對健康的影響和儀態的端莊；鞋、帽穿戴須端正等。

（七）**休閒娛樂**：從「戲耍惡作劇，出手便有損；變面打與爭，性命真不穩」到「兒童嗜酒事，不曉真愁慮；少飲可補身，飲過多致死」，說明兒童常玩的惡作劇、玩「竹管[2]」、射竹箭、比腕力、爬樹、賭「破甘蔗」，常會傷害身體健康或影響感情；賭博、喝酒，更非兒童應該接觸的嗜好。

（八）**家事須知**：從「見有家器壞，隨時便補修；勿使挨延過，大壞補難周」到「信札相往來，外宜寫時日；急信速隨回，方能知切實」，提醒蒙

2　鄉土童玩的一種。以竹管削製而成，用竹片的彈性將模樹子彈出。見吳美雲總編輯：《中國童玩》（臺北：漢聲雜誌社，1982年），頁200。

童留意家中器用，如有損壞，應立即修補，如繩索、鈕扣、衣服、鞋子、屋頂等；每夜睡前須巡視門戶及火燭；財物往來須記錄於簿本上，家中雜務則記於「浮牌」（掛在牆上之記事板），並養成寫日記以及信札標註時日的習慣。

（九）**訓練技藝**：從「為人宜立志，應自食其力；技藝與百工，須從善而擇」到「吾少也賤績，故多能鄙事；此乃孔聖言，後人宜學此」勸勉學子須立志學得一技之長，才能自食其力，並舉孔子自道「吾少也賤，故能多鄙事」勉勵讀者。

（十）**交友應對**：從「是非終日有，不聽自然無；欲求生富貴，須下死功夫」到「凡有問人病，切勿喝危症；雖危說無妨，病人心定矣」說明與人交際應對的態度，宜與君子交往，遠離小人，不說人是非；以及實際舉例問路和探病的態度。

（十一）**戒色節慾**：從「血氣未定時，當戒之在色；節慾可保身，達材更成德」到「瓜田與李下，事避嫌疑箴；一見有美色，存若姐妹心」，奉勸讀者應當節制色慾，從不詳視女色、避免男女獨處，防漸杜微，端正心思。

（十二）**總論**：從「有時小口角，不可常舌戰；凡事留人情，後來好相見」到「人間有萬事，任集難完處；善惡認分明，善行惡當除」這一段敘述較雜，提及處世、立志，作人要能屈能伸、受恩必報，平日作到財不露白、勿貪便宜，並勉勵勤、儉、廉、善惡分明的美德。

（十三）**結語**：「訓蒙集近百，格言當心得；幸勿鄙無文，讀解誠有益。成書計百章，出臺灣新竹；作者是何人，黃錫祉編錄」說明了〈訓蒙集格言〉並非一文到底，而是以四句一首，類似五言絕句的格式編輯，全文共一百首。最後點出撰作者乃新竹黃錫祉。

這篇〈訓蒙集格言〉有四項特色：

（一）**語言淺白**：自古以來，童蒙教材便注重淺顯易懂，如明代出現的蒙書《小兒語》，乃作者呂得勝見當時兒童的知識來源，若非習自教館，便是從民間歌謠聽來；這些歌謠淺顯易懂、順口有趣，激發了呂氏的靈感，遂將道德教育融入自創語句或民間俗話中，撰為《小兒語》，帶

動明代之後相似類型蒙書的編寫熱潮。[3]除了這個理由之外，〈訓蒙集格言〉之所以語言淺白，尚可從當時的文學改革論觀察。如同報紙編輯聲明「近來思想界之民眾化，漸影響於文學界一般，其體制務取通俗淺近而易曉者，如支那之白話文」，自日治以來，臺灣人接受的「新體」文學刺激來源有三：一是1868年日本明治維新後逐漸產生的「近代文學」；二是中國晚清出現的白話文運動語文學改良風潮；三是1917年的中國白話文運動。[4]因此當時傳統文學亦傳高呼改革之聲，紛紛以新名詞、新事物入詩文，文句也愈顯通俗，以走入社會大眾，黃美娥即認為〈訓蒙集格言〉可以代表傳統詩人在順應新時代潮流中進行文學改造的用心。[5]

（二）臺灣話文：黃錫祉編撰〈訓蒙集格言〉，所以語句淺白，通俗易懂，是繼承了小兒語體蒙書的精神，並受到「思想界之民眾化」影響，更明顯的特點是大量引用了閩南語詞彙入詩，也就是不久後亦引起論戰的「臺灣話文」。如「金金相」、「此款」、「焿肉」、「恁娘」、「嘴斗」、「了大注」、「放尿放屎」、「粗桶」、「變面」、「樸樹子」、「冤家」、「品力」、「破甘蔗」、「損小弟」……；有些句子則脫胎自閩南語俗話，如「搖人便無財，搖豬便無刣」出自俗語「搖人無才，搖豬無刣」，「小壞如不補，大壞便叫苦」則自俗語「細空毋補，大空叫苦」改成。甚至「食飯無食完」一句，本身就是閩南語口語，至今仍常出現於臺灣家庭的母親口中。

若說〈訓蒙集格言〉之文言淺白，多少受到當時文學改革思潮的影響；則「臺灣話文」當時尚未成為文學界的風潮，黃錫祉大量使用閩南語詞彙的因緣何在？筆者認為這與他身兼「歌仔冊」作者的身份有關。

臺灣民間極通俗的「歌仔冊」，以閩南語之七字口語編為韻文，讓民眾閒暇時誦念消遣。一般歌仔冊皆不署作者，亦多不具有專業作家身份；難得

---

[3] 陳進德：《明清啟蒙教材研究》，頁73。

[4] 黃美娥：〈尋找歷史的軌跡：臺灣新、舊文學的承接與過度（1895-1924）〉，《臺灣史研究》第11卷第2期（2004年12月），頁147。本文亦收於黃美娥：《重層現代性鏡像：日治時代臺灣傳統文人的文化視域與文學想像》，臺北：麥田，2004年。

[5] 同前註，頁168。

的是黃錫祉身為傳統詩人，卻留心到如何以通俗的文學形式進行社會教育，因此曾以本名編輯歌仔冊，如《新編二十四孝歌》。[6]因此〈訓蒙集格言〉雖然須用閩南語文音誦讀才押韻，顯見是歸類於傳統詩歌的文學體裁，但不免夾雜大量的閩南口語、俗話，或許是黃氏將編歌仔冊的方法帶進蒙書中之故。〈訓蒙集格言〉最後一首「成書計百章，出臺灣新竹；作者是何人，黃錫祉編錄」更分明是歌仔冊結尾常用的技巧，如前文提及黃氏的《新編二十四孝歌》，亦有「廿四孝歌編已全，編歌所在是臺灣，新竹姓黃錫祉選，勸世有孝好流傳」之句。

二〇年代的臺灣新文學作家如賴和、楊雲萍、陳虛谷等，也偶用方言詞彙寫入小說中，其風格乃自然形成，走在文學理論發展之前，與民間戲曲、歌謠、歌仔冊早就普遍使用閩南書面語有關係。[7]不只是臺灣新文學，同時融合了文言文與臺灣話文的〈訓蒙集格言〉，見證了臺灣傳統文人如何以自己的語言詮釋中國傳統文學，產生了亦文言、亦白話的特殊作品。

（三）引用格言：文中頗多語句直接引用古蒙書之格言，並稍加增字以符合格律。如「修身及齊家」引自《禮記‧大學》；「吾少也賤續，故能多鄙事」出自《論語‧子罕》；「既敏而好學，當不恥下問」出自《論語‧公冶長》；「血氣未定時，當戒之在色」出自《論語‧季氏》；「是非終日有，不聽自然無」、「欲求生富貴，須下死功夫」則是《昔時賢文》之句。有些語句則是脫胎自古籍經典，語句雖然不同，但涵義相似；例如「有事當操作，少者應任勞」相似於《論語‧為政》的「有事，弟子服其勞」；「凡事若不知，竟自以為知；此是為至愚，見破便羞恥」與《論語‧為政》的「知之為知之，不知為不知，是知也」意旨相近。由以上語句可知黃錫祉擅於將古之格言化為己用，尤其偏重於儒家經典；〈訓蒙集格言〉能夠不至於通篇白話俚語而流於粗淺土俗，乃是這些經典格言起了提升風格的作用。

（四）注重實例：〈訓蒙集格言〉對於各方面的禮儀，規定詳細，可以視為當時的兒童生活規範。如用餐禮儀方面，「幼兒初學食，最宜學好款；飯粒勿亂丟，食完勿搢碗。食飯食無完，常常留碗底；作客別人家，此款真

6　黃錫祉：《新編二十四孝歌》，臺北：黃塗活版所，1927。
7　許俊雅：《日據時期臺灣小說研究》（臺北：文史哲，1995年），頁522。

羞恥。凡是作小兒，曉事當知恥；見人食物時，走開急急避。目若金金相，將成流涎意；此款野形容，真真不成器。食物哺有聲，滿嘴雜雜響；此款壞聲音，如同犬豕樣。配菜隨便嘗，勿從碗底揀；惡狀成貪饞，同筵加白眼。食物宜細哺，方能知味素；狂食必傷脾，過喉如借路。赴宴飲與嚼，遇芋連焿肉；欲食細細吞，咽喉免燒著」，哪些舉止不宜，旁人如何看待，會有什麼後果，皆以寫實的筆法記錄；簡單明瞭，易讀易懂，能有效讓蒙童便於依循，心生警惕。

由於〈訓蒙集格言〉語句淺白，使用大量臺灣閩南語詞彙以貼近讀者，但又能適時引用經典格言；加上各類生活規範記錄詳盡，易於讓蒙童遵照依循，因此成為極佳的訓蒙教材。雖然黃錫祉未曾將報紙刊載此三篇結集出書，然而當時在報紙上之鴻爪，仍在民間留下了影響。筆者曾在舊書店購得三峽聞人劉鉅篆[8]之手抄筆記，內容包括謎稿、尺牘、文摘等，〈訓蒙集格言〉全文及報紙編輯之引言赫然亦錄於其中，可見民間文人亦將之視為蒙學良箴。

 ## 莊萬生《皇民奉公經》

作者生平

莊萬生，臺中霧峰人，曾任臺灣農民組合臺中大屯支部長。由《臺灣日日新報》之紀錄可知，莊氏活躍於農民運動，常巡迴演講；曾任霧峰庄役場農業技手[9]，三〇年代加入日方「興農倡和會」，任職於臺中市役所，辦理農政。

8　劉鉅篆（1902-1993），日名中山篆三郎，臺北三峽人，1913年畢業於總督府醫學校，1915年獲醫師資格證，次年於三峽開設私立保安醫院。為地方要人，曾任三峽鎮調解委員、農會常務理事、縣參議員等。曾加入三峽詩社，在三峽地區與三峽街長陳炳俊、知名畫家李梅樹合稱「三仙」，備受敬仰。
9　林獻堂：《灌園先生日記》第九卷（臺北：中研院近史所、中研院臺史所籌備處，2000年），頁58。

編纂體例與內容

中日爆發前後，日本派海軍上將小林躋造就任臺灣總督，標榜「皇民化、工業化、南進基地化」統治三原則，對臺灣人加強皇國精神教育，事實上是防止臺灣人在戰爭中倒向中國。1941年，第十八任總督長谷川清和臺灣軍司令本間雅晴共同主持下，成立「皇民奉公會」，乃為增強戰力，動員殖民地人民為國奉獻的組織，是「皇民化運動」的主力推行機關。

皇民化運動的內容包括宗教改革、風俗改革、國語運動、改姓名與志願兵制度。在這樣的全國動員下，「文學」自然也成為謂皇民化運動服務的工具，《皇民奉公經》便是這個時局下最有代表性的蒙書。

《皇民奉公經》編輯人為莊萬生，然而自莊氏序文「是故邀集有志於皇民奉公運動諸賢，編輯此經」推想，本書之編輯者不只莊萬生一人。出版於1943年二月，八月曾再版，由臺中瑞成書局發行。

《皇民奉公經》書前有莊萬生序文，先贊神武天皇之建國精神，使臣民得以安居樂業。次贊明治天皇頒布之教育敕語，使日本臣民皆能克忠克孝；孝謙天皇則命各家庭置孝經一卷，朝夕誦習。這些功業，則與當時推動皇民奉公運動的主旨一致。值此大東亞共榮圈的建設進程中，欲將神武天皇「八紘一宇」的建國精神發揚於全世界，則應全國不分男女老幼貴賤，盡職奉公，克忠克孝；因此以莊氏作為編輯代表，撰《皇民奉公經》，提供不識日語者誦讀，以明如何盡忠孝之道。

除了莊氏自序之外，尚有林湯盤〈皇民奉公經讚〉以及許克綏、張阿灶、張樹根頌詩。

《皇民奉公經》分作十一部份，除了第一部份〈總章〉全篇以四言韻語寫就，其他各章則以五言詩歌成文，後並附七絕一首。各章大意敘述如下：

總章、克忠克孝：說明眼前是「佐僚一致，階級攸忘，非常局下，報國緊張」的局勢，要有「必勝心切，碎骨身當，東亞圈拓，捨身義強」之決心，因此全國臣民應當「修文備武，增蓄兵糧，捨生取義，殺身顯彰」，從日常生活做起的話，則是孝順父母、睦鄰和族，以成就忠孝大節。

第一章、大政翼贊：「大政翼贊會」為1940年成立之政黨，以一黨專政

制度統治日本政治，推行「新體制運動」，以實踐臣道，維護皇室為宗旨；臺灣的皇民奉公運動，實際上與大政翼贊會的成立主旨是相同的。本章開頭曰「大政翼贊佈，促醒振民風，東亞促建設，代天警痴蒙」，要臣民對天皇盡衷敬服，方能達到八紘一宇之創業。在此戰時非常體制下，「思想斷民主，滅絕習歐風」，並且要節約消費，擴充生產，全民一志奉公，國力才能強盛。

第二章、皇民奉公：說明身為皇民，應當遵守國法，「絲毫休違過，刻刻記心中，首戒防口舌，最慎為防空。家家謹慎記，戶戶細心防，道路宜看護，生產宜擴充。集會時間守，納稅早完通，戒嫖並戒飲，節約盡務同。」守法、節約、守時、納稅要從日常做起，避免引起爭執或財物損失，社會和樂太平，方能齊心奉公為國。

第三章、臣道實踐：說明種職業、身份或階級，要如何為國家效力。以夫妻而言為和睦，朋友則應當誠實親愛；商人勿為奸商，士人則應以著作勸導國民，農夫不分晨昏勤勉工作，工匠則需精研其藝云。

第四章、子職躬行：本章則說明父母養育兒女極為辛苦，兒女應當盡力奉養父母，晨昏定省、噓寒問暖；自身亦應潔身自愛，安分守己，若不延禍上身，雙親自然無憂。

第五章、義務使命：倡導臣民需當盡職，負起義務，古來有許多忠臣，因能犧牲奉獻，使命必達，而留名千古；莫學歐洲傳來之自我功利、自由主義、階級鬥爭等主義。

第六章、受恩報恩：本章開頭舉各種動物為例，說明連動物皆圖報恩，人豈有不如之理？生而為人，受恩予我最多者，除了父母，便是君皇，因此人人必盡忠孝，方能無愧於天地。

第七章、克勤克儉：「克儉能足用，克勤萬事全」，若能奉行勤儉二字，無論貧富皆可終身安樂。若不務正業，一旦積蓄用盡，只得男盜女娼，則社會鄙之。

第八章、生產擴充：奉勸讀者除了勤儉之外，也要努力為國增產，士農工商皆有職責發揮處。在居家生活上，家家戶戶可開闢堆肥處，並在空地栽種蔥蒜，即可少許補充居家所需菜蔬。

第九章、消費節約：說明國家適逢非常時期，民眾更應節約消費。可嘆部份無知之輩，仗著先人餘蔭，錦衣玉食，浪擲錢財；奉勸家有餘裕者，應當捐獻報國，名聲可以傳遍全臺。

第十章、億兆一心：強調國與民共生共存，全國人民應當上下一心，興利除弊，完成國家大業。

正文分為前述十一部份，書後半為附錄〈孝經〉，並非儒家之經典，而是鸞堂託釋迦文佛所著作的鸞書。「鸞書」是在鸞堂中，以扶鸞的儀式，請神明降乩附身，正鸞手將詩文以桃枝或筆書於沙盤，再由錄鸞者書寫下來的紙本紀錄，於清末開始流行於臺灣；鸞書常被信徒比之四書五經，勸人時時誦習，可以檢束身心，成為社會教育的重要角色。在「皇民化運動」大纛下，這些以漢文書寫的鸞書自然無法發行，於是多轉換形象問世，例如裝幀上改成和式製本，內文也採和漢對照[10]；《皇民奉公經》附錄鸞書〈孝經〉，亦是在皇民化運動的漢文限制下，鸞書的變通方式。

《皇民奉公經》除了附錄〈孝經〉為明顯的鸞書架構外，在全書書前的〈例言〉亦有濃厚的鸞書特色：「一、此經乃皇民鍊成上，最貴重之經文。故凡誦讀之後，須置於神棚前之几桌上，不可污穢或亂藏，恐失此經之貴重也。二、凡欲誦讀此經之時，須洗淨手面，方合誦讀經文之禮法也。」諸如務先洗手、置書於桌等規定，為臺灣傳統鸞書在例言或封面常標示之語句[11]，因此《皇民奉公經》是在皇民奉公運動下，經過變通以求流傳的鸞書。例言第三條「此經為家庭教育上、社會教化指導上、皇民奉公運動上，最善美之資料」，明確指出其為蒙書的本質，亦為自古以來鸞書的功用之一。

---

[10] 例如1941年，由皇民奉公會會員蕭敦仁發行的田中贊天宮鸞書《迷津寶筏》，因「恐缺堅固」故以和式製本，內文採取和漢對照，「為皇民之輔翼」，文句中亦不乏倡導皇民化之頌詞。

[11] 如「誦經法，必先知，浴身體，淨心思」（李開章：《天上聖母經》，苗栗：斐成堂，1921年）、「人人可誦，不拘官民僧俗。時時可誦，不拘日中朝暮。洗手便誦，不拘有香無香。漱口便誦，不拘吃葷吃素」（黃來成：《救苦真經》，臺南：昌仁堂，1921年）、「寶經敬誦完畢，應須高供案上以昭誠敬，切勿置在閨房以免冒瀆」（佚名：《列聖寶經合冊》，斗六：善修堂，未署年代），這些經書皆在首頁便提示讀者應須洗手、漱口、整衣冠再念，誦畢經書不可隨意擺放等要項。

本書雖然除〈總章〉之外，細分作十章，然而整體讀之，可取之處不外乎忠孝、勤儉四字，通篇以歌功頌德、勸勉奉公或描繪國家大業為主。舉第一章〈大政翼贊〉為例：

> 大政翼贊佈，促醒振民風，東亞重建設，代天警痴蒙。
> 為圖皇民福，臣民各盡衷，萬姓此敬服，國威定興隆。
> 忠孝一本立，受恩報恩崇，大業施弘設，皇民齊盡躬。
> 八紘為一宇，創業定成功，切磋琢磨勵，舉國一致雄。
> 戰時非常下，惡慣一掃空，思想斷民主，絕滅習歐風。
> 億兆一心立，捨身克奉公，戰時體制下，首備經濟充。
> 消費宜節約，克勤克儉同，軍機防漏洩，防諜戒始終。
> 勇躍義務作，使命盡力通，翼贊萬民凜，利己鳴皷攻。
> 欲把義務舉，生產宜擴充，服從勤盡職，四季迎年豐。
> 勿論軍官民，克孝並克忠，職域各遵凜，一億一心同。
> 速速齊省悟，大業共擔當，匡服和平福，威振大瀛東。
> 敬恭遵御敕，臣民樂融融，人道克成立，不愧對蒼穹。
> 慎重與遵仰，一志同奉公，上意期下達，下情應上通。
> 精神一致向，萬事不難中，處世昇平享，國家氣運隆。
> 方達翼贊誦，全我皇民功。
> 詩：共將翼贊盡民心，臣道躬行免墜沉，一億咸知忠孝仰，東亞建設樂謳吟。

　　可以看出這一章內文，勸勉奉公、歌功頌德、描繪大業以及對幸福未來的敘述佔了大半，幾乎全是空泛無實質意義的話語；真正有教化作用的勸勉或指引只有中間幾行。綜觀全書，並非只有第一章架構如此，其他各章，也盡皆這般，連類似詞彙也不斷重複：強調「國家非常」之時局，應當「軍民一體」「滅絕歐風」、「速改惡習」、「克勤克儉」、「克孝克忠」，唯有如此恩酬「皇恩無量」，才「不愧臣民」，方能「國威宣揚」，達成「八紘一宇」目標。甚者有二章節意旨幾乎重複者，文旨更是了無新意，贅述成

篇，如第三章〈臣道實踐〉與第八章〈生產擴充〉皆強調皇民應各司其職，盡忠職守；第七章〈克勤克儉〉與第九章〈消費節約〉意旨雷同。《皇民奉公經》即是用不斷重複的相似語句，加強對於人民的洗腦。

因此《皇民奉公經》作為改良式的鸞書，雖然充塞大量「皇民奉公」的語句，但形式上仍看得出繼承了臺灣自清末以來的鸞書架構，傳統鸞書常作為蒙書的功效也包括在內。然而由於皇民化運動下的種種限制，本書內文常流於空泛，對讀者身心有益的教化格言和實踐方法份量較少，殊為可惜。

 ## 吳紉秋《鐵道全線行吟集》

作者生平

吳紉秋（1904-1973），臺南人，長期居住高雄，曾任高雄商職教員。1931年藻香文藝社發行漢文雜誌《藻香文藝》，吳氏為編輯兼發行人。曾入天籟吟社，1933年與林仁和在高雄市成立屏嵐吟社，1934年與張華珍等在臺南市成立雞林詩社。個人著作有《鐵道全線行吟集》、《東寧鐘韻》、《戰詩門徑》等。生平詳見胡巨川發表於《高市文獻》第15卷第3期（2002年9月）的〈詩酒奇人吳永遠〉一文。

編纂體例與內容

臺灣的鐵路建設，始於清末劉銘傳任臺灣巡撫時。日人來臺，建設更加積極，1908年完成縱貫線全線通車，全長四百零四公里，成為臺灣西部最重要的交通幹線，臺灣主要城市皆位於縱貫線沿線，「鐵道旅行」成為時尚的休閒娛樂；日治時代各種機構出版《臺灣鐵道旅行案內》，便詳細介紹鐵道沿線各站週邊景點，並附地圖，滿足鐵道旅行者的需求。

各種介紹臺灣旅行或風物的書籍，偶爾亦引用詩人歌詠臺灣風景之作品，藉由文學之美與詩句中的描述，讓讀者感受風雅之趣，這樣的編輯，自

然仍是以文字敘述和相片為主,詩句為輔。[12]然而在戰後初期,一本小書打破了這種編輯方式,全書只有歌詠鐵路全線各車站之詩句,沒有其他介紹、相片、地圖,這本奇特的作品即為吳紉秋的《鐵道全線行吟集》。

《鐵道全線行吟集》出版於1946年,為吳氏自印。據作者的例言觀察,本書的功用有三:「為貢獻吾臺市士村紳紅男綠女旅行中攜帶消遣之微妙品」、「倘獲一部庶免錯過驛站為憾」、「孩童肇擬作識字初步之書類歌謠誦讀猶善」,可知作者將此書定位為:一、旅途中消遣之閒書;二、鐵道沿線車站列表;三、兒童蒙學教材。

本書將當時鐵道之一百四十九個車站,皆以一首七絕詠之,按各線次序編排。車站編排次序為:

一、縱貫線:由基隆至竹南共二十六站,竹南之後分為海線與山線,海線由淡文湖到追分共十六站,山線由造橋到王田共十四站;二線南下至彰化站會合,最後延伸至高雄,有三十站。以上合計八十六站。

二、屏東線[13]:從高雄到枋寮,高雄站已在縱貫線納入計算,其他共十三站。

三、宜蘭線:從暖暖到蘇澳,二十二站。

四、淡水線:從臺北後驛到淡水,共九站。

五、集集線:從鼻子頭到外車程,六站。

六、臺東線:從花蓮港到臺東,十三站。

這一百多個車站,遍及臺灣各地,除了抒發自我的情思外,詩人要如何在作品突顯各站之特色?詩人的寫作策略有以下幾種:

(一)從自然景觀寫:如寫二水站「前山亂疊後山齊,占斷蓬萊第一溪;直緯橫經朝二水,版圖窺此負圖驪」,外澳站「危哉疊疊險重重,指點前峰接後峰;還憶青衿披外澳,滌除塵汙盪騷胸」,是由地理景觀破題,轉

---

[12] 如臺灣總督府官房文書課:《臺灣寫真帖》,臺北:臺灣總督府文書課,1908年。書中除了大量相片與日文介紹,亦常引用歌詠該地之漢詩。

[13] 作者將各線之首站旁標示該線名稱,例如在「暖暖」旁小字註「宜蘭線」、「鼻子頭」旁有小字「集集線」,然而「高雄」、「臺北後驛」、「花蓮港」旁並未標注相對應的屏東線、淡水線、臺東線,筆者為研究方便,自行將吳紉秋未標示的屏東、淡水、臺東線分出來。下文「淡水線」、「臺東線」不再贅述。

結再由景入情的寫法。

（二）從風土物產寫：如後壁站「明璠翠琍白年年，點綴兒童放紙鳶；關子嶺高連後壁，皮膚症療浴溫泉」，番子田站是「柚香絕島推文旦，麻豆街區番子田」，八堵站有「採炭工員夥若魚，汗流衣濕尚揮鋤」，或寫農漁林礦產、或描人物，呈現當地的風物特色。

（三）從人文景觀寫：寫古蹟、建築、車站、工廠等。橋子頭站「製糖會社周圍固，高矗煙囪橋子頭」寫糖廠，嘉義站「為尋古蹟停嘉義，吳鳳祠堂翼稀歸」寫吳鳳廟景點；臺中站是「喚瞻暮夜臺中驛，紗轂光旋掣電燈」，則以現代化的器物入詩，並描寫臺中站入夜後的燦爛風景。

（四）從地方典故寫：竹北站「任爾風霜侵竹北，毋忘舊址弔紅毛」，因竹北古名紅毛田，傳說是荷蘭人曾在此開墾之故。

（五）從地名聯想：有許多詩句，與當地景物並無關係，純粹是從地名聯想而鋪排成詩。如沙鹿站「亂堆荒草寒沙鹿，指馬提防有趙高」，然而沙鹿地名由來與趙高指鹿為馬無關；龍井站「汲水茶烹飲龍井，熊熊活火步蘇髯」，龍井地名卻非由「龍井茶」而來，與蘇軾更是風馬牛不相及。

除了將詩人的思緒、情感，配合車站當地特色寫成詩篇，「貢獻吾臺市士村紳紅男綠女旅行中攜帶消遣」之外，吳紉秋常在轉運車站特別提示讀者，以免錯過車次。如竹南站是山線、海線分叉之處，「經由海岸當交換，耳皷喧嘩喝竹南」；彰化站亦為山線、海線交會處，因此詩曰「扣除馬跡與蛛絲，由海由山發軔岐」；楠梓站「暫時歌息窺楠梓，聯絡旗山自動車」說明楠梓站有交通汽車可通達旗山；高雄站上接縱貫線、下連屏東線，因此是「將北將南左右車」；臺北後驛是「圓山淡水可乘同」，且「咸知後驛連前驛，請看柴橋有路通」；北投站則云「正然軌路停終點，新北投經舊北投」；最特別的是淡文湖站有「差免饑腸延過午，辨當啖到淡文湖」句，提醒旅客記得買便當充飢。如此一來，本書除了當成文學作品之外，尚有「鐵道旅行指南」的功能。

最後，為了讓初學詩者易於入門，吳氏在詩句旁逐字以符號標注平仄，讀者在觀摩詩作之餘，尚可知曉各字的平仄之分，希冀達成「識字初步之書類歌謠誦讀」的功效。

《鐵道全線行吟集》整體而言，還是作為吳紉秋個人詩集的成份較濃，然而在作者的安排下，每首詩依鐵路線路排序，在詩句中酌以提醒讀者該站的交通樞紐地位，使得這本詩集亦可當成鐵道旅行的工具書；復因吳氏特意以淺顯易解的文字書寫，也將「辨當」、「磅硞」等大眾熟悉的日、臺語詞彙入詩，足以讓一般初學詩文者參考，因此作者在例言中亦將本書列為啟蒙教材的一種。

楊仲佐〈漫吟百章〉

作者生平

　　楊仲佐（1876-1968），號嘯霞、拳山隱者、網溪老人等，為日治時期北臺灣著名仕紳、詩人。楊仲佐之父楊克彰為著名塾師，楊仲佐四歲從父讀書。1895年割臺，楊家避至廈門，楊仲佐在廈門創「培蘭學堂」，自任校長。1899年楊仲佐返臺，先後擔任臺北太平公學校教員、臺灣日日新報漢文版記者。約1919年，楊氏於今日永和新店溪的網溪流域河畔建立別墅，名為「網溪別墅」。楊嗜栽菊、蘭，成為名園之一。每當花季之時，日本達官貴人，臺島文人雅士，皆前來參觀，成為官紳盛事。

　　楊仲佐在1937年刊行二卷《網溪詩集》，1949年刊行《網溪詩集後編》，1955年刊行《網溪詩文集》。無論日治時期或戰後，與其他詩人唱和的作品甚多。楊氏一生熱心公益，提倡文教。戰後因中和人口快速增加，必須分出一塊新行政區，楊仲佐將之命名「永和」，並任第一屆永和鎮代理鎮長。楊仲佐三子為國際知名畫家楊三郎。[14]

---

[14] 以上楊仲佐事略參考http://blog.roodo.com/hotown/archives/4127865.html（中和庄文史研究協會：中正橋）、http://www.community.tpc.gov.tw/html/cabtc/03detail.jsp?pagenum=1&exid=9（臺北縣政府文化局：永和網溪別墅），2011年1月24日查詢、楊嘯霞：《網溪詩文集》，臺北：龍文出版社，2009年。

編纂體例與內容

楊氏1937年刊行的《網溪詩集》下卷，收錄〈狂吟五十章〉[15]；至1949年刊《網溪詩集後編》與1955年刊《網溪詩文集》，均增補後五十首，名為〈漫吟百章〉[16]，共一百首五言絕句。

這一百首五言絕句，內容頗富教育意義，且最後一首為「昔人垂格言，於世豈無補；老我井蛙鳴，蛙鳴當諫鼓」，顯示這〈漫吟百章〉是為了特定讀者而寫。再加上楊仲佐在早年曾辦過學校、當過教員，具有教育背景，所以〈漫吟百章〉有可能是為了啟蒙教育而寫。然而筆者尚未發現以〈漫吟百章〉為傳統蒙書進行教學的證據，此〈漫吟百章〉究竟預設讀者為何，是否曾經教學應用，仍有待考證。

在〈漫吟百章〉中，除了可以看出楊仲佐的教育理念，也可以看出以其為代表的臺灣傳統文人之思想。筆者檢視此一百首詩作，認為楊氏〈漫吟百章〉傾向易經「天行健，君子以自強不息」的思想。在一百首詩中，有不少提及「皇天」、「天心」、「天機」之處，如「夜靜鐘聲遠，雨餘山色多。天機隨處變，心境問如何」、「求福偏求禍，避災災竟臨。人心未是巧，最巧是天心」、「有得還能失，有生必有死。皇天非不仁，萬物芻狗似」、「天人共一體，變化皆隨時。人與天相反，問天天不知」，既然天意變幻無常，天機非人可測，君子則應自強不息，積極充實本身，以應變各種上天安排的考驗，因此又說：「禍福定乎天，賢愚存在我。信哉韓子言，黽勉勿弛惰」、「境窮須砥礪，境順莫安心。禍福誠難測，平波舟亦沉」，注重天、人的關係，勉勵讀者應當時時警惕自己，方能處變不驚。

生而為人，如何在天地間立身處世？楊仲佐認為應當保持平和、中庸，行節制、去貪念，例如「燭火投飛蛾，卻因光誘惑。求財致喪身，只為多貪得」、「良田一萬頃，日食不三升。此外非吾有，貪夫可自懲」、「驟雨不終朝，盈盈溝澮溢。人心無底壑，貪念何時畢」；得意之時則切莫驕傲，應

---

[15] 收錄於楊仲佐：《網溪詩集》（臺北：自印，1937年），頁22-24。
[16] 收錄於楊仲佐：《網溪詩文集》（臺北：自印，1955年），頁120-127。

當謙沖自牧，貢獻己長：「蚌因珠剖體，象為齒焚身。炫耀多貽禍，深藏可養真」、「自滿恆招損，求盈反受虧。天人原妬忌，終有否來時」、「人生須戒惕，始免觸藩憂。展盡生前勢，恐招後世尤」、「得意便當休，不休意自失。君看几上杯，過滿酒傾溢」、「上天生我賢，欲使啟群眾。恃智以凌愚，反為人憤痛」、「上天生富人，欲以濟人困。恃富而驕貧，天為人所恨」。

除了屏除貪念、深藏養真之外，還有其他的規範必須遵守重視，例如孝道：「人誰敢不孝，偶出乎無心。事事當深省，孝經要熟吟」、「親在不思孝，親亡枉斷腸。墓前列五鼎，難得起親嘗」。以及愛惜光陰：「春去徒回首，花飛更斷腸。休誇雙鬢好，攬鏡忽成霜」、「莫言來日長，去去如梭擲。大禹感流光，寸陰還自惜」，以把握青春作學問：「少小毋輕忽，人生重始基。楊朱歧路泣，墨翟素絲悲」、「為學如操舟，逆流須著力。不行便退轉，黽勉無時息」。

而依循這些規範處世，並非為了求得眾人之讚譽，應當要不計謗譽，最終回歸到內心的安定以及志節的堅持：「毀譽原由人，身心貴自在。河山猶可移，節操不能改」、「盡拋塵俗累，常有好精神。利慾不能脫，是為桎梏身」、「心係身之主，身為心所役。譬如舟與舵，舵轉舟隨適」、「亭亭百尺樹，內寄一微蟲。外貌無由覩，中心已漸空」，但是也不可過於孤傲狂狷，與世俗作對：「是非雖莫管，方寸有權衡。眾怒誠難犯，輿論切莫輕」，心中自有一把尺，行止才能不踰矩。

〈漫吟百章〉表現出舊文人的人生、道德、處世觀，也透露出些許在現代社會已然不合時宜的觀念，例如「娶妻待父命，自古有常軌。鑽穴令人賤，踰墻更可鄙」反對自由戀愛的態度，在1937年的〈狂吟五十章〉即有，表達了在當時自由戀愛興起之風氣下，楊氏的堅持反對態度。

其他主題還有人生觀、養生、忍讓……多樣的主題使〈漫吟百章〉不僅是百首好詩的集合，也是極佳的人生指標、道德規範。1937年的〈狂吟五十章〉詩後，魏潤庵評曰：「首首皆從經驗體得見道之言」，並未提及這些詩乃作為蒙學之用，再說「狂吟五十章」一名也不似傳統教材會用的名稱；直到1949年起改名〈漫吟百章〉，再加上最後一首「昔人垂格言，於世豈無

補；老我井蛙鳴，蛙鳴當諫鼓」作為結尾，才有傳統啟蒙教材的味道。或許〈狂吟五十章〉本來只是楊仲佐將自身的人生觀寫成詩句，後來覺得足以當作教材使用，才增補到一百首，並且改了詩題。無論楊氏是否曾將〈狂吟五十章〉或〈漫吟百章〉用來教導學生，這一百首絕句在詩學和教育上，仍具有相當值得參考的價值。

 ## 劉秉南《國音七字歌》

作者生平

劉秉南，1950年來臺，曾任臺灣省國語推行委員、省教育廳視察，常至各縣市輔導國語教學，對於文字學、聲韻學、演講技巧、作文指導、語文教學等項目學有專精，長期擔任推行國語教育的工作，曾獲中國語文獎章。著有《破音字集解》、《國民小學國語教學答客問》、《國校國語課本破音字手冊》、《國語正音》、《演講規則與技術》、《國音七字歌》等。

編纂體例與內容

國民政府於1945年接管臺灣後，十一月派員來臺準備籌設臺灣省國語推行委員會，次年四月正式成立，開始積極推行國語運動，包括頒佈標準國音，在各縣市設立國語推行所、講習班等；並在師範教育加強國語訓練，若國語程度不合格者，取消任教資格。於是精進國語程度，成為教師必要的研習項目。

為了提昇教師的國語文專業能力，在師範教育中，皆開設國音學科目以教授國語的音韻知識，這本《國音七字歌》即是為了作為國音學的補充教材而編輯的。

《國音七字歌》出版於1971年，由臺灣省政府教育廳印贈。本書的編輯動機，據〈國音七字歌前言〉所述：

時常遇到教師提出有關國音的音韻以及分析變化等問題，當然是一一

的答復。我時常想，現在的小學教師，都是師專師範畢業的，這些
問題都是師範學校講過的，怎麼還提出來問呢？有一次在某校的國語教
學座談會上，我提出了反問……（中略）……答：「那幾本國音講義，
理論多，內容散漫，不具體，所以不容易記。」問：「你認為如何編講
義，才容易記呢？」答：「文字醒目，簡明扼要，就容易記了。」當
時我想，把國音教材寫成簡練的韻文，不就合乎教師們的要求了嗎？

　　因此，為了讓教師能有易懂易記的國音學教材，身為國語推行委員的劉
秉南一口允諾，動筆開始編輯，分成三十一項，共三百一十八句，全為七言
韻文。討論議題包括國音的源流，例如〈統一國語的重要性〉、〈國音的由
來〉；還有注音符號的用法與知識，如〈注音符號〉、〈符號寫法〉、〈注
音位置〉、〈調號位置〉、〈符號調值〉、〈國音順序〉、〈拼音方法〉
等；發音要領如〈聲符名稱的韻尾〉、〈國語發音〉、〈發音部位〉、〈發
音方法〉、〈發音口形〉、〈複韻念法〉、〈國音聲調〉、〈輕聲功用及念
法〉、〈上聲變調〉……；聲韻知識有〈四等呼〉、〈聲隨韻音素分析及讀
法〉、〈分辨尖團〉、〈讀音語音〉、〈清濁陰陽〉……。可謂師範教育下
的國音學知識，都擇其扼要包含其中了。

　　劉氏編輯七言韻文，韻腳盡力仿照七言絕句，也就是一、二、四句押
韻，第三句不押的規則，舉一例觀察：

〈發音口形〉
齊齒舌升韻是一，用力撮口便成ㄩ，合口念ㄨ唇圓小，全開念ㄚ舌降
低。要念ㄛ韻口大合，自然半開正是ㄜ，要念ㄝ字學羊叫，去掉鼻音
正合格。

　　然而這樣的格式，只是勉力盡量配合，如同作者在前言所說：「這國
音的韻文，不但要字義恰當，還得選適當的韻；內容方面，如國語的音素
和變化規則等，都有具體的事物，無法任意發揮，所以就難了。……（中
略）……但因多方面的限制，在用字方面，平仄有時不能顧到。」可見在固

定內容和格式的雙重限制下，韻文編輯之困難。

　　本書致力於整理複雜的國音學知識，完全是一部國音教材，無涉道德教化、情感抒發。教師或師專學生如何使用這本教材？我們可以從文獻的使用狀況觀察。筆者收藏的《國音七字歌》，購於舊書店，原書主簽名「五九戊595203翁琇媺」，以標署班級、學號的特徵來看，應為當時師專學生所有。內頁開頭標示「一週四首」，很可能是背誦的進度；「背誦」為傳統啟蒙教材最基本的學習工夫，可見這類以傳統文學形式書寫的教材，時至現代，人們仍以傳統的學習方式進行研讀。

　　雖然《國音七字歌》言簡意賅、以簡馭繁，然而全韻文的形式畢竟難以將事理闡明完全，如前言所說「有些句子，若不加解釋，難免使人莫明奇妙」，因此原書主參考國音學課本，在句中加以註釋，以助瞭解。如〈國音的由來〉：「民初讀音統一會，集合群賢共琢磨」兩句，原書主在上句以鉛筆補充「民國二年二月」，下句則註「80人」。〈拼音方法〉一題下，則筆記「第七章第三節」，顯然除了背誦歌訣之外，原書主還與其他專書相互參照。本書封底則抄錄國音韻目。

　　《國音七字歌》雖寫成詩歌體，但詩歌的抒情功能闕如，文藻平實而不華美，忠實負起傳遞知識的責任，讓難以記憶的國音學教材，化為簡短的歌訣，造福眾多教師與師範學校學生。雖然龐大繁雜的聲韻知識化作短歌，不免有文字過於精簡，內容難以通曉之弊，但是從文獻上的筆記可知，讀者不因上述缺點而捨棄《國音七字歌》，反而自訂「一天四首」的進度背誦，先求記憶歌訣，再參考國音學專書互相發明，實踐了劉秉南推行國語運動的初衷。

 ## 陳俊儒《文化傳承詩集》

作者生平

　　陳俊儒（1949-），名漢傑，彰化人，久寓苗栗竹南。其父陳火炎，號野鶴，為清代秀才。陳俊儒幼時接受傳統啟蒙教育，曾加入栗社，為傳統詩

人，以星相命卜為業。陳氏領導竹南地區的「竹南詩學勵進會」，維持當地漢學香火。2000年號召栗社社員及傳統詩愛好者創立苗栗國學會，保存發揚苗栗海線地區之傳統詩學。著作編輯《竹南詩學勵進會詩稿》、《栗社詩集第一輯》、《文化傳承詩集》。

編纂體例與內容

《文化傳承詩集》一書，就筆者收藏者有兩種版本。一本為1997年由竹南鎮公所發行，二十八頁；另一版本未署出版單位、時間，共七十頁，由陳俊儒自印出版。本節以七十頁版本內容較豐富者為討論文本。

本書之完整體例如下：

（一）**感序**：為竹南鎮公所發行版本所無。陳氏有感於「看新生代的青年輩，對於四維八德之儒家思想似已陌生」，認為「若不及時藉孔仁、孟義，惠世良方，來拯救治理臺灣之倫理道德，則我之固有文化將毀於一旦，況且時下教育當局只認同文憑不重視實際經驗，怎不令有心人空嘆奈何」，因此詩人認為應該負起社會教育的責任，以詩教感化俗世，端正社會風氣，遂有本書之編輯。

（二）**序**：與〈感序〉意旨大略相同，只是寫得更深刻。如敘述傳統詩的寫作「如果沒有寒窗苦讀的精神，鐵硯磨穿的洗禮，在平、仄、體、韻的限制下，是非常不容易寫出一首完美的好詩句」，然而在現代追求高學歷的風氣之下，只受過傳統啟蒙教育的「末代詩人」，「他們不懂得包裝自己，沒有文憑依靠，更沒有時下的政要背景」，因此空有滿腹詩書，卻無法登上舞臺，發揮影響。因此將著作自費出版，或者獲得機關贊助發行，是這些傳統文人少數可以發聲的管道。陳氏言論，雖然尖銳，卻也一定程度表達了當代傳統文人與民間學者的心聲。

（三）**正文**：分為〈禮義廉恥〉、〈孝道篇〉、〈生育子女篇〉、〈教讀書篇〉、〈勸兄弟姐妹〉、〈戒口過〉、〈戒暴性〉、〈戒結群成黨〉、〈戒飆車〉、〈戒好色〉、〈戒犯淫賤〉、〈戒謀取不義財〉、〈戒訟〉、〈戒爭土地〉、〈戒爭財產〉、〈交友篇〉、〈交友篇〉、〈勸改過〉、〈勸節儉〉、〈薄飲食〉、〈勸翁姑〉、〈勸婦人〉、〈睦妯娌〉、〈憐童

媳·勸繼母〉、〈和夫婦〉、〈愛護動物〉二十六章，每章下各有七言絕句數首。舉〈交友篇〉三首為例：

> 酒肉之朋不可親，結交須結正經人；
> 善良自有芝蘭氣，緩急相依見性真。

> 善須效法過宜規，總賴良朋共護持；
> 倘使欺心相坐視，也應羞對國風詩。

> 常聞貧者乞聲哀，風雨更深去復來；
> 多少豪家逢夜飯，幾人願許暫停杯。

此中詩作部份為陳氏自撰，但倘若前人有詩足以引徵，陳氏亦取之。如〈愛護動物〉一章有「誰道飛禽性命微，一般骨肉一般皮；勸君莫打三春鳥，子在巢中待母歸」一詩，為唐朝白居易作品，並非陳俊儒自撰。許多篇章詩作亦為傳統蒙書《小學千家詩》所錄。因此本書的詩作內容上，乃是在《小學千家詩》的基礎上，加以選編，再加上詩人針對現代亂象而新撰的作品；作者新撰與《小學千家詩》詩作的比例，約各佔一半。[17]

（四）吟詩曲譜：為陳俊儒吟〈知足歌〉，錄音後由高嘉穗採譜。〈知足歌〉收於傳統蒙書《小學千家詩》，作者不詳。陳俊儒接受的是傳統啟蒙教育，《小學千家詩》應為其幼年時所學，他以傳統古調吟唱〈知足歌〉後整理採譜，不但傳遞傳統啟蒙教材的香火，亦為今人考察臺灣傳統吟詩曲調之資料。

（五）附錄：全書最末附錄古文〈朱柏廬先生治家格言〉、〈小兒論〉兩篇。〈朱柏廬先生治家格言〉為明末清初學者朱用純所撰，又稱〈朱子治家格言〉，篇幅雖短，闡述修身齊家之道甚為精闢，數百年來在啟蒙教育中盛傳不衰。〈小兒論〉為古來流傳之文學作品，敘述童子項橐與孔子唇槍舌

---

[17] 筆者電話訪問陳俊儒先生得知。2011年4月23日電訪。

劍，問難辯說，最後難倒孔子之故事；對話針鋒相對、一來一往，是極佳的寓言故事，在傳統啟蒙教育中偶爾也會讓學童研讀，以訓蒙童莫道己小，所謂後生可畏，來者難誣，從此激勵兒童的學習熱情。筆者收藏一冊日治時代蒙童在書房教育之筆記，原書主便曾抄錄〈小兒論〉於冊中。因此陳俊儒刻意收進這兩篇附錄，可以說是繼承著臺灣傳統書房教育的脈絡，而延續下來的。

　　《文化傳承詩集》之主旨，主要在於以詩歌教化，導正現今不良風俗。社會多有棄養父母之新聞，詩人則以〈孝道篇〉、〈生育子女篇〉描繪生育子女之辛苦，勸勉子女應盡孝道；人心暴戾，刑案頻傳，詩人則作〈戒口過〉、〈戒暴性〉、〈戒結群成黨〉、〈戒飆車〉等篇章諷勸；社會風氣一切以金錢至上，為爭權奪利而履興訴訟時，〈戒謀取不義財〉、〈戒訟〉、〈戒爭土地〉、〈戒爭財產〉乃為濁世明燈；家庭制度崩壞、倫理道德式微之際，〈勸翁姑〉、〈勸婦人〉、〈睦妯娌〉、〈憐童媳・勸繼母〉、〈和夫婦〉發揮撥亂反正之效；就連近年有人以虐貓、虐狗為樂，在本書也有〈愛護動物〉一章足以勸之。因此本書的詩作內容，是針對近世社會案件、人心不安而編的，以求詩禮傳家、文章華國的目標。

　　除了重建傳統道德之外，本書的另一個主旨在於宣揚詩教，傳承文化。因此使用最淺顯易懂的語句，全以七言絕句表達，在詩句中並逐字以符號標示該字平仄，若字兼有平仄兩聲，如「長」、「將」、「教」、「看」、「應」、「忘」……，該字則以方框圍住，提醒初學詩者注意，比起一般只標平仄聲的作法更為進步。〈禮義廉恥〉一章最後亦附錄七言絕句平仄格式，共平起式、仄起式二種，則本書意欲作為學詩者之範例、格式和平仄指導的目地相當明顯。

　　綜合前述，《文化傳承詩集》之所謂「文化傳承」有三種意義：一是堅守固有道德文化，因此詩人對於現下社會亂象進行針貶；二是發揚詩學文化，是故內文全以七絕編纂，逐字標示平仄，並附錄絕句格式，讓讀者有範例足以依循；三是繼承傳統蒙書的編輯方法，除了以《小學千家詩》為基礎，用傳統文學形式編撰內文，收集〈知足歌〉、〈朱柏廬先生治家格言〉、〈小兒論〉等早年臺灣流行的童蒙教材，並且附錄吟詩曲譜，是傳統

文人將過往傳統蒙書進行改造，讓漢學薪火相傳的現代方式。

小結

漢民族自古把詩歌視為文學中最高的成就，孔子說：「小子何莫學夫詩？詩可以興，可以觀，可以群，可以怨；邇之事父，遠之事君；多識於鳥獸草木之名」，確立了儒家重視詩教的宗旨。對詩教的影響，聞一多則評論：「詩似乎也沒有在第二個國度裡，像它在這裡發揮過的那樣大的社會功能。[18]」然而或許就是把詩看得太重了，時人鮮將自己的作品編為蒙書，成為蒙書的多為前人詩作之選編，如《唐詩三百首》、《唐詩合解》、《千家詩》、《小學千家詩》等，臺灣文人亦繼承這種編輯傳統，做了許多詩歌合集，以為蒙書之用。如陳懷澄認為《唐人萬首絕句》、《唐賢三昧集》、《唐詩合解》詞旨深奧、音調艱澀，遂自選古人數十家詩作雅妙不俗、格律工整、用典淺露者，輯為《媼解集》[19]；許金波則將傳統教材重新編輯發行《呂蒙正勸世文小學千家詩選合刊》[20]；凌淨嫆、高雪芬合編《勸世詩選》[21]，亦為選編各家作品之合集。然而純為作者新撰作品，編為啟蒙教材之詩歌，反而少有。

本節所舉〈訓蒙集格言〉、《皇民奉公經》、《鐵道全線行吟集》、〈漫吟百章〉、《國音七字歌》、《文化傳承詩集》，最早與最晚二書時序跨越超過七十年，顯示無論在什麼時代，詩歌總是教育者極重視的文類。

〈訓蒙集格言〉是相當特殊的一篇詩歌，雖以傳統五言韻語方式書寫，但內容淺白，復摻雜臺灣閩南語詞彙，除了是繼承傳統啟蒙教材淺顯易懂的語言特色外，也可能是受了二〇年代文學思潮的影響，以及作者黃錫祉加入了歌仔冊的書寫方式，而大膽改造的文學作品。內容為指導兒童日常生活之良好習慣，對於哪些行為不宜嘗試，敘述相當詳細寫實，足以作為兒童的生

---

[18] 聞一多：〈文學的歷史動向〉，《歷史動向—聞一多隨筆》（北京：北京大學，2008年），頁219。
[19] 陳懷澄：《媼解集》，嘉義：蘭記書局，1934年。
[20] 許金波：《呂蒙正勸世文小學千家詩選合刊》，臺中：瑞成書局，1934年。
[21] 凌淨嫆、高雪芬：《勸世詩選》，臺中：笠雲居；南投：玉風詩樂社，2002年。

活守則。

莊萬生《皇民奉公經》為日治末期皇民化運動下的產物，以提倡「皇民奉公」的內容，掩護民間鸞書的發行。詩歌的部份，空泛之言甚多，語多重複，不斷強調臣民應當奉公效忠，作為非常時期國家之後備。

前二者詩歌類啟蒙教材，重點都不在詩歌本身，而在內容主旨上。戰後初期，吳紉秋《鐵道全線行吟集》則注重詩作的範本與格式。作者以其才情與巧思，取全臺鐵路一百四十九站為詩，書寫各地風物或地名特色，每站皆以七絕一首詠之。詩句逐字標示平仄，以為初學者識字習詩參考。此外，作者將各站依鐵路沿線安排，詩中特別寫出轉運站的景象，倘若旅客在火車上持有此書，則可免坐過站之誤，是相當貼心的安排。

〈漫吟百章〉由楊仲佐在日治時期就發表的〈狂吟五十章〉增補而來，由一百首五言絕句組成，內容表達詩人的人生觀、道德觀，尤其頗多詩句提到上天，頗有命定於天的寄意；然而「天行健，君子以自強不息」，讀者應當積極充實本身，雖然出身貧賤、富貴是由上天安排，然而心志、節操卻可以操之在人。其他詩句題材多元，有勸人惜時、謙虛、節制、孝順、養生、忍讓等，無論是就意旨或文采來檢驗，都是傳世之作。

國民政府來臺後，國語教育全面實行，國音學成為師範學生必修之科目，然而此學科範圍龐大、內容繁瑣，不易熟記。劉秉南為求推行國語教學，將國音學化繁為簡，取七言韻語易誦易記的優點，編輯為《國音七字歌》，1971年由臺灣省政府教育廳印贈，成為國小教師、師範學生進修之教材。

隨著現代化的腳步加快，價值觀不斷變動，傳統的文化被大眾遺忘，詩人因此而痛心疾首，「末代詩人」陳俊儒則以舊有蒙書《小學千家詩》為基礎，在1997年重新增補編輯為《文化傳承詩集》，以詩歌針對社會亂象加以勸導。詩句逐字標示平仄，以益有志學詩者參考，與《鐵道全線行吟集》相比，《文化傳承詩集》除了平仄之外，一字兼平仄兩聲者更以方框圍住標記，更加仔細。此書則希冀讀者從習作傳統詩的過程中，潛移默化，達成移風易俗，詩禮傳家的目標。

以詩歌體裁編輯的傳統啟蒙教材，讀之琅琅，聲律鏗鏘，在古代沒有音樂課的私塾教育下，吟誦詩歌即是兼具文藝、音樂功能的教育。詩歌類啟蒙

教材若嚴守近體詩格律所作，則除內容主旨外，其引導讀者識平仄、知格式等詩法亦為重點，如《鐵道全線行吟集》、《文化傳承詩集》。非近體詩格律之詩歌，乃作者看中其格式整齊、押韻易記的優點而作，內容五花八門，可為生活守則，可為政令宣導，可講述專門學科，成為足以承載各種知識的文體。因此詩歌除了用以個人抒情、諷詠之外，亦為極佳的啟蒙教材形式，歷久不衰，在變遷的時代下展現不同的樣貌。

【附圖】

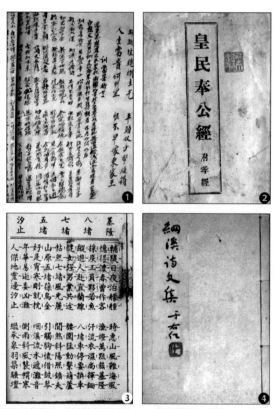

❶圖6-1：劉鉅篆抄黃錫祉〈訓蒙集格言〉，《雜漢和文集》，1969 年抄。
❷圖6-2：莊萬生：《皇民奉公經》，臺中：瑞成書局，1943年。
❸圖6-3：吳紉秋：《鐵道全線行吟集》，高雄：自印，1946年。
❹圖6-4：楊仲佐：《網溪詩文集》，臺北：自印，1955年。

❺圖6-5：劉秉南：《國音七字歌》，南投：臺灣省政府教育廳，1971年。
❻圖6-6：陳俊儒：《文化傳承詩集》，竹南：自印，1997年。
❼圖6-7：許金波：《呂蒙正勸世文小學千家詩選合刊》，臺中：瑞成書局，1934年。
❽圖6-8：陳懷澄：《嫗解集》，嘉義：蘭記書局，1934年。

7 臺灣的「尺牘類」傳統啟蒙教材

　　古代書信，最早是寫在稱為「牘」的木簡上，而一封信通常以一尺為基準，「尺牘」遂成書信的代稱。原本書信往來，只限於文人雅士之間，除了互通訊息之外，亦有鑑賞詩文的功能。至明清之際，庶民生活豐富，出版業持續發展，工商業也較過去繁榮，無論商業往來、聯絡感情，都需要尺牘作為媒介，因此出版了大量尺牘類的書籍。高雅者通常為名家所撰，文學性強，從文句中可直見性靈；通俗者則未將文學性擺在首位，而是以實用為目的，讓讀者作為一般書信撰寫之範本。

　　尺牘類書籍不只有作為工具書的性質，同時亦為傳統啟蒙教材。今人之研究大多未將尺牘歸入童蒙教材中，然而事實上尺牘不僅確實曾進入私塾中作為教本，甚至學生還要將尺牘類蒙書研習到熟讀或能背誦的程度。洪炎秋曾說：「現在六七十歲的老年人，在他們幼年時代，除了正常的『母乳』（像四書、五經、千家詩、古文觀止、秋水軒尺牘之類）以外，只有『煉乳』（像三字經、百家姓、千字文、龍文鞭影、幼學瓊林之類）可飲[1]」，便將《秋水軒尺牘》也列入傳統啟蒙教材之一，言下之意，洪氏當然也在其父洪棄生指導下，將《秋水軒尺牘》作為啟蒙教材研讀。又如吳瀛濤回憶早年書房教育時，也將《指南尺牘》與其他教科書如《三字經》等並列。[2]

黃哲永則以長期蒐集文獻與請教耆老的經驗，整理出清代臺人入學最常誦習的書信類教材有《增補尺牘達衷集》、《尺牘如面談》、《指南尺牘教科書》、《秋水軒尺牘》、《增廣尺牘句解》初集、二集等[3]；至今部份讀過私塾的傳統文人，仍能以臺灣閩南語吟念：「爾父在家，無生活計……」，便是《指南尺牘教科書》中首篇之文句。

　　然而上述尺牘類蒙書，皆成於明清二朝之中國大陸，時過境遷，這些蒙書不盡適用於近代的臺灣社會，於是臺灣人亦開始著手編輯適合本土日常應世之尺牘，從當時的書信內容得以窺見最真實的社會風貌。

[1]　洪棄生：《寄鶴齋言》，頁14。
[2]　吳瀛濤：《臺灣民俗》（臺北：眾文出版社，1992年），頁323-324。
[3]　黃哲永：〈清代臺灣傳統文學作家「童蒙教育」的養成教材〉，頁21。

劉青雲《羅華改造統一書翰文》

作者生平

　　劉青雲（1894-1982），幼名主燈，臺南市人。劉家篤信基督教，劉青雲就讀於長老教會附屬小學、長老教中學（長榮中學前身），1910年留日，期間參與社會運動，列名《臺灣青年》雜誌寫作群。1921年畢業於應慶義塾大學理財科。返臺後經營三多商會、和源農場等事業，其間曾任臺南市教育委員、臺南市協議會員等公職。

　　劉青雲對於社會改革與繼承漢文化有極強的使命感，以教會羅馬字翻譯漢文傳統教材，如《羅華改造統一書翰文》、《大學精詳》。亦有宗教性著作《天國奧秘全照射》等。[1]

編纂體例與內容

　　二〇年代起，揭開了臺灣風起雲湧的改革浪潮。在文學界，1920年有《臺灣青年》創刊，1923年改為《臺灣民報》，自詡為「臺灣人唯一的言論機關」；1924年張我軍以「一郎」筆名發表〈糟糕的臺灣文學界〉，掀起新舊文學論戰。在政治上，1921年臺灣社會精英首度向日本帝國議會提出設置臺灣議會之請願；同年臺灣文化協會成立；1923年蔣渭水、蔡培火等組織「臺灣議會期成同盟會」，因而發生治警事件；1926年有臺灣農民組合；1927年臺灣民眾黨成立；1928年臺灣工友總聯盟與臺灣共產黨成立……，雖然這些團體、運動的目標不盡相同，然而其求新求變的心態是一致的。

　　值此時局下，信奉基督教的知識分子亦積極參與社會運動，並思考如何教育大眾：如蔡培火主編《臺灣青年》、參加臺灣議會設置請願運動、加入

---

[1] 以上劉青雲傳略主要參考http://www.laijohn.com/works/aleaf/12.htm（青葉通訊：劉青雲先生略歷），2011年2月26日查詢。王昭文：《日治時期臺灣基督徒知識份子與社會運動（1920-1930年代）》（臺南：國立成功大學歷史系博士論文，2009年），頁193-194。

臺灣文化協會及臺灣民眾黨，並致力推行白話字運動等；林茂生則為長老教中學的正式立案而奔走，並加入臺灣文化協會。在著作上，二〇年代後，出現了跨出教會而與社會對話的白話字作品，如蔡培火的《十項管見》、林茂生〈新臺灣話陳列館〉以及劉青雲《羅華改造統一書翰文》等。[2]然而值得注意的是，這些用教會羅馬字拼注的文本，大多以白話為主，因為教會羅馬字最重要的意義便是以口語體的文字，作為教育大眾的工具。[3]然而這些書籍中，由劉青雲編著的《羅華改造統一書翰文》是難得的文言文作品。

《羅華改造統一書翰文》出版於1925年2月，上海商務印書館印刷，臺南新樓書房發行。體例依序為：序、例言、目錄、正文，後有附錄〈同字音義差異〉、〈同字同義不同音〉、〈應對稱呼一覽表〉三種。

書前有日本前文部大臣、前應慶義塾大學總長鎌田榮吉序文，指出傳統尺牘書籍有三項缺點：一是「索引甚然不便」，二是「未有可自在獨習者」，三是「以漢字音說漢字，故難免有失正鵠」，因此劉青雲針對以上缺點，「應用新式學術，兼利用羅馬字」改良，則此書功能為「適合現代之社交，或統一以容易世人之勉學，定有解放漢學之深奧，使其生命新鮮，氣運煥然」，甚為肯定本書之教育功能與新式編輯方式。

第二篇序文乃福建同安修志局總纂、癸卯舉人吳錫璜[4]所寫，指出「考古文字有象形、訓詁、諧聲三要，在鎖國時代，我華文最為便用，今則五洲通商，垓埏宛若戶庭，而文字之歧異錯出，較往古為甚，即方言亦判若逕庭，欲求社交之便易，不綦難耶！」由於現代事務與閩南話，皆非傳統尺牘教材所能承載，因此《羅華改造統一書翰文》收入現代之事務，復以羅馬字拼出各字讀音、標出閩南語解釋，使用閩南語的人士便可自行研讀，書寫尺牘與人溝通。

---

[2] 王昭文：《日治時期臺灣基督徒知識份子與社會運動（1920-1930年代）》，頁188。

[3] 同前註，頁171。

[4] 吳錫璜（1872-1952，一說1950），字瑞甫，福建同安人。七代行醫世家。曾加入中國同盟會，從事革命活動。1931年起任廈門國醫支館館長、廈門國醫專門學校校長。1938年日軍陷廈，移居新加坡，曾任新加坡中國醫學會主席。主要論著有《同安縣誌》、《傷寒綱要》等近二十種。

而本書之著作動機，則要從作者在〈自序〉中所述之經驗得知：「憶拾六年前，予由臺南長老教中學，轉校於京都同志社普通部之際，無從覓有能教故土音說之先生，亦無處可得入手獨習自在之參考書。是以不限於勉學上，而每欲舉筆寫信，大覺困難，幸藉羅馬字通信親朋，免失人情，爰是不勝感覺有案出形成獨習練達漢文音說，并速成修得書翰文之必要，此乃余著作本書之動機也！」由於劉青雲留日期間，沒有能夠教授漢文的老師，連自習漢文的教材也不可得，幸得還能以教會羅馬字寫信與親朋好友聯繫，是以深感漢文、羅馬字、尺牘之重要性，應當相互配合，發揮功效，因此動筆撰作這本教材。

　　值得注意的是，這三篇序文之後，皆附錄一篇該序的白話字翻譯。例如鎌田榮吉序文首句為「書翰文乃日常生活上不可缺者也」，其後白話字翻譯作「Su-hān-bûn chiū sī jit-siông seng-oa̍h-chiūⁿ bōe-thang khiàm-kheh ê lah!」，寫作漢字當為「書翰文就是日常生活上袂通欠缺的啦」，也就是將鎌田榮吉序文中的文言文改寫為白話文，再次突顯出教會羅馬字主要為白話而服務。因此本書預設讀者應為通曉閩南語以及教會羅馬字，但未受過私塾漢文教育者；《羅華改造統一書翰文》則以白話字帶領一般大眾自學漢文，培養能夠寫信溝通的技能。

　　《羅華改造統一書翰文》的主要預設讀者雖預設為通曉閩南語以及教會羅馬字者，也就是其長老教會內的教友，這是因為當時使用教會羅馬字者，幾乎都是教會信徒之故，大部分以教會羅馬字書寫的書籍都是以教友為預設讀者而寫；然而本書進步之處在於能夠走出教會，積極與社會對話，拓展讀者群。如〈注意及例言〉所說：

　　讀者之要領：
　　1.初學者可先精讀家書類而進於他類。
　　1.文學家可披見由開卷第一部問候類。
　　1.商人可先著眼於請求類，廣告類，貸借類，註文類……等。
　　1.女學生可先細看女界類，家書類。
　　1.一般之人可先向其所必要之類，熟讀而應用之。

1.不識羅馬字者，限於參考漢文而購閱亦無妨。

1.不欲習得漢文，僅欲練達廈語而買誦亦有效。

　　由於內文包括了三十四類尺牘：問候、贈與、招聘、招待、照會、稱讚、請願、請求、推薦、催告、推卻、應諾、返還、家書、介紹、感謝、廣告、慶賀、詰責、勸誘、懇求、女界、辯明、謝絕、謝罪、送別、貸借、弔喪、陳述、忠告、通知、註文、委託、慰問，共四百二十八題文例，可說是集各式書翰於大成，內容豐富、分類井然，自然可供各種身份、各種需求之人士參考。值得注意的是最末兩條：不識羅馬字者，即一般非教徒，可忽略羅馬字部份而只讀漢字，將這本書當成一般尺牘使用亦無妨；不欲習得漢文者，亦即只會寫教會羅馬字的教徒，可忽略漢字部份而只讀羅馬字，作為語言學習的教本也行。因此劉青雲本身雖是虔誠教徒，本書亦由長老教會下的新樓書房發行，內文大量使用的羅馬字也是教會所使用之文字，然而藉由這本《羅華改造統一書翰文》，兩種文字並行，將所有讀者一網打盡。

　　當然，若要將本書發揮最大的功效，還是要漢文、羅馬字兼通才是。兩種文字兼通者，好比幼年讀過私塾，及長加入教會的知識份子，如蔡培火；或者出生於教會家庭，及長也讀過漢文者，如劉青雲。因此兩種文字兼通，閱讀時互相對照，才能發揮本書最大效用。在內文中的三個項目：本文、句解、註釋裡，漢字出現在本文，作為構成尺牘文本的要素，註釋的出處典籍亦以漢字書寫。以羅馬字來講，則在本文、句解、註釋皆能出現，在本文出現時，標注在漢字上方，主要當作音標用；出現在句解時，則是以白話文解釋本文各句之涵義；出現在註釋時，則以白話文解釋該句典故的意思。試舉〈謝勸誘力學〉[5]篇中一句為例，「一日如三秋之感」上方標示「it jit jû sam chhiu chi kám」，全無連字符號「-」，表示作為音標功用，拼出這句話的閩南語文讀音念法。同一句話在句解中出現，寫成：「Kó·-tsá lâng kóng, chi̍t-ji̍t ná-tsún saⁿ-nî ê kám-khài」，亦即「古早人講，一日若準三年的感慨」，此處則以白話文字解釋本文「一日如三秋之感」的意思。在註釋時又寫：

---

[5]　劉青雲：《羅華改造統一書翰文》（臺南：新樓書房，1925年），頁226。

「一日三秋，chit-jit ná saⁿ-nî kú，詩〔一日不見，如三秋分〕」，中間的「chit-jit ná saⁿ-nî kú」是「一日若三年久」，還是作為白話解釋的文字。

回到主體的尺牘本文上來看，除了傳統尺牘的親友問候與交際往來，內容上增加了不少現代事務及當時才傳入或發明的名詞。如〈贈送白鹿酒〉，白鹿酒是日本清酒的品牌；〈贈送運動會入場券〉，運動會是新式教育中才有的活動；〈招聘牧師演說〉則以阿緱教會建築落成，聘請牧師前來演說之邀請函為範本；〈招聘野球團渡臺〉則示範寫信給日本應慶大學野球團；〈招友觀慈善市〉則曰臺南基督教青年會欲開辦慈善市集，販賣手工藝品、日用品、化妝品、雜貨、刺繡、飲食等，所得收入以救濟不幸之人民；〈推卻代兌〉提到「森永牛乳」；〈反還株主資本金〉提及「臺灣銀行」；〈謝醫治病〉則提到西醫注射；〈邀看活動寫真〉則邀請親友至戲院觀賞偵探影片……吾人可從這些內容，窺見日治時期正步入現代化的臺灣。

除了這些現代化的事物，尚可從裡頭找到許多臺灣的風味，例如各地地名，以及蕃薯簽等土產。

除了引用現代名詞，在書中也藉由尺牘內容宣揚新思想，改革舊陋習。如〈贊成卻婚就學〉，提倡「洞悉早婚之弊」；〈介紹友人入文化協會〉則教人寫信推薦朋友進入文化協會；〈謝戒吸鴉片〉、〈謝戒嫖遊〉則以悔改之過來人口吻，述說不該吸鴉片與嫖遊；〈戒奢侈〉、〈戒飲酒〉、〈戒嫖遊〉、〈戒賭博〉、〈戒貪遊異域〉、〈忠告無惜物〉、〈忠告虐婢〉等則以書信宣揚教化。雖然如此，在婚姻上劉青雲仍然抱持要有媒妁之言的態度，因此有〈代人媒妁〉之篇；又有〈應諾婚約〉中「今茲辱承足下媒妁」之言，但至少這封信促成的夫妻二人「幼時同里、同學，現雖住趾遠隔，然素互悉性情、學問[6]」，而不是封建制度下的婚姻，雙方要等到拜堂當晚才首度見面。[7]

劉氏身為基督徒，無可避免在尺牘中常介紹教會之活動，如演講、慈善市集、佈道會等；對民間信仰的態度，言及掃墓如〈問參詣墳墓〉、〈應

---

[6] 同前註，頁108。

[7] 劉青雲本人的婚姻，是從自由戀愛而起的。其妻劉貞，原名本目貞，是劉青雲妹妹留日時宿舍室長，劉青雲去探視其妹時認識本目貞而相戀。

諾往探墳墓〉等篇，但云「明日清明，俗有踏青之舉，僕擬欲攜舍弟至郊外一遊[8]」、「久雨初晴，本思出遊，一吸新鮮空氣。今承相約探墓之事，至為欣慰[9]」，不提「掃墓」二字，蓋長老教會對掃墓的態度與民間不同，長老教會教徒至先人墳上，不燒香或準備牲禮祭拜，而以吟唱詩歌為禮，與民間掃墓的心情略有不同。對於民間信仰的廟會等，雖亦前往，但純粹看熱鬧：「城中俗例，以二月十六日，為燒香節，善男信女，魚貫而來，頂禮焚香，佛聲不絕。雖非大觀，亦頗熱鬧[10]」，對於祭拜神佛，便覺不以為然：「蓋神佛菩薩，實是泥塑木雕之物，俗人向之拜跪乞靈，不但可笑，且覺可恥[11]」。

　　因此，除了作為尺牘書寫的範本，本書以漢字和白話字書寫，是文言與白話的對照，同時也是文音與語音的並存，作者的眼光並不只放在臺灣，而是希望視野擴及到國際，讓使用閩南語的人，甚至是懂得漢字的人都能使用。因此其中有一篇〈國書捧呈謁見之頌辭〉，乃以在中華民國擔任英國大使欽差的口吻書寫，故意這樣的安排，可以從兩種觀點來詮釋：一是以兩個外邦之間的國書為例，不涉及臺灣或日本的關係，方不致延禍上身；二是暗示中華民國與臺灣文字相通，同文同種。這樣安排同時也代表整個中華民國之國民，通曉漢文者，亦可閱讀此書。在當時國族認同兩難的狀況下，我們可以觀察到一個很有趣的現象：書前鎌田榮吉的序文，題署時間是「大正十三年九月」，為日本年號；次篇吳錫璜序文則署「中華民國十三年十一月」，年號是中華民國；最後是劉青雲的自序，臺灣人照理說應該題署大正年號，他卻以「西紀一九二四年臘月」署之，回歸到宗教的觀點，在天主之下，沒有國界，因此得以避開這個問題。同一個時間，三人卻各自用了不同的年號，明顯表現出個人的立場。

　　《羅華改造統一書翰文》中有一篇〈介紹新書籍〉，「置入性行銷」地指導如何寫信推薦《羅華改造統一書翰文》，作者自己這麼介紹本書：

8　劉青雲：《羅華改造統一書翰文》，頁49。
9　同前註，頁115-116。
10　同前註，頁44。
11　同前註，頁331。

係某臺灣青年著述，利用羅馬字發音解說，及排列順序之漢文尺牘，類題豐富，句解精詳，註釋綿密，所號人名無不合題。有實際的，倫理的，組織的及學術的之研究，而且文句淺白，獨習自在。大有振興久久沉滯之漢學界，使其有新鮮之生命，建設文明於新根柢，造出漢學之新氣運，一讀可得心情透徹，知悉我亞細亞人萬般之事理，正合現代各界之要求，誠平民的之良書，前古未曾有之出版也！……（中略）……倘若購置一冊，則在攻學上，實務上，清閒上，以便瀏覽，可為處世成功之伴侶也！[12]

　　為求廣告此書，對於功能的描述，言詞不免誇張，然而作者自己明白《羅華改造統一書翰文》確實是劃時代的尺牘蒙書，比起一般同類書籍，劉氏運用了西洋的編輯方式，依序分類、編目，製作索引，並利用教會羅馬字注音與解釋。本書流傳至今，學界最看重的並非其「振興久久沉滯之漢學界」、「建設文明於新根柢」等功能，而是它紀錄了大量閩南語文、白音。如〈妻報夫家事並懇寄銀〉：「憶自夫君別後，芙蓉兩度開矣[13]」，其中「芙蓉」兩字上方拼音為「hû iông」，是為文音；在句解中則寫作「phû-iông」，乃為白音。在政策之下，臺灣人被要求精通日、華語等「國語」，造成數十年來閩南語的詞彙、語音急速流失以及發生訛誤，為求找回正確的詞彙、語音，學者開始求助於早期的閩南語文字紀錄；《羅華改造統一書翰文》全書收錄四百二十八則尺牘，乃為厚達五百一十三頁之鉅作，本文部份逐字標以讀音，句解、註釋則以白話字書寫，是一個蘊含豐富閩南語語料和字音的寶庫。這一項貢獻，劉青雲本人可能始料未及。

---

[12] 同前註，頁187。
[13] 同前註，頁140。

陳百忍《新編士農工商手抄利便來往書信不求人》

作者生平

陳百忍，生平不詳。只能從《新編士農工商手抄利便來往書信不求人》版權頁得知其本居地為彰化郡鹿港街字新興四四六番地，寄留地臺中市若松町三丁目八番地。

編纂體例與內容

漢民族的文人社交往來，好行尺牘，一般學子若想晉身士林，提筆能寫才情兼具的書信，乃是不可或缺的技能。不僅是讀書人要學尺牘，商賈庶民要互通訊息，也要能寫平實達意的書信。由於近代識字人口的增加，信札的書寫越來越普遍，尺牘類蒙書遂成為市場長銷的商品。除了傳統尺牘選集《增補尺牘達衷集》、《指南尺牘教科書》、《秋水軒尺牘》等的重刊，亦有翻譯為日文的版本：如署名「南進社」編著的《和註譯釋指南尺牘》[14]，除了收錄《指南尺牘教科書》內文，又加上日語譯文和日文註釋。此外更多的是配合學生或大眾程度而新編的基礎程度尺牘，在書籍或報章之廣告更隨處可見《和漢兒童尺牘》、《和漢少年書翰文》、《日臺書翰文》、《書翰初步》等宣傳[15]，這些新撰尺牘，大多不署作者，內容大同小異，甚至有互相抄襲的情況，在眾多尺牘書中，作者具名並且真正原創者，反而少見，陳百忍的《新編士農工商手抄利便來往書信不求人》便是難得的原創尺牘教材之一。

《新編士農工商手抄利便來往書信不求人》由臺中顏福堂於1935年發行，沒有序跋文、體例、作者簡介，只有尺牘，其內容簡要淺白，直接了當表達寫信意旨。試舉開篇第一頁為例：

14　南進社：《和註譯釋指南尺牘》，嘉義：玉珍書店，1942年。
15　如南進社《和註譯釋指南尺牘》封面內頁刊〈玉珍書店和漢文書目一覽〉廣告。

〈父與子信〉

茲吾兒：

　　離別家鄉於今數月之久，未知在外地生理如何？但在外身體保重為要，或是有利入手，必須付寄多少前來家內應用。專此達知。

吾兒收知

〈子與父信〉

父親大人：

　　稟者自拜別尊顏，忽已數月，不能奉待之心甚然不肖之罪。來到此處，諸事平常，另日暫且付去應用，不須介意。專此奉稟。

並請

金安不一

　　可以看出同一頁的這上下兩則有因果關係，前為父親寄信給外出工作的兒子，後為外地工作的兒子之回信。讀者可從這一來一往習得如何發信與回信，倘若讀者是在家等兒子寄錢回來的父親，可仿傚前者發信索錢；若讀者是在外工作的兒子，也能從後者參考如何應對。

　　耐人尋味的是，臺灣民間最愛用的《指南尺牘教科書》首篇是：「爾父在家，無生活計，不得已遠遊外鄉，以求財利。……（中略）……茲付某鄉人去佛銀若干元，到可收入，回信來知」，這賺錢的角色在《新編士農工商手抄利便來往書信不求人》完全對調：前者是父在外工作，後者是子在外工作；前者父親隨信託人帶錢回家，後者孩兒則將寄錢之事暫延另日，或許這也反映了現代社會倫理觀念的演變。

　　全書皆由成對的來、回信構成，有〈叔與姪信〉，就有〈姪與叔信〉；〈祖與孫信〉之後是〈孫與祖信〉。在親戚類尺牘之後是商業類尺牘：〈催貨信〉之後是〈付貨信〉，若實際狀況無貨可付，則還有〈貨無付信〉應之。同理，〈退貨信〉之後有〈允換信〉、〈答不換信〉可選擇；而光是討帳，就有〈討帳信〉、〈討舊帳信〉、〈抱病討帳信〉三種情境，而自然也都有〈回還帳信〉和〈不還帳信〉應付。商業類尺牘之後是日常應酬

類尺牘，如〈謝人請飲信〉、〈喜慶酬酒信〉、〈請友問語信〉、〈賀新婚信〉、〈賀人生子信〉、〈弔喪祖母信〉……，亦附回信法，無附回信法者亦可參考其他類似回信，如〈弔喪兄弟信〉可參考〈弔喪父信〉回應改寫。最特別的是最末有〈情人書信〉及回信、〈女又情書〉、〈男又情書〉等情書寫法，在日治時代的尺牘書中非常少見。〈情人書信〉中甚至有「念及從前同床共枕，再為前來一敘，以安渴懷」等大膽之文句，比起1925年的《羅華改造統一書翰文》，本書少了媒妁之言，多了戀人絮語，宣示自由戀愛的潮流已經到來，因此臺灣俗語有句話說：「維新世界，自由戀愛」。這種新思潮進入二、三〇年代的許多文學作品中，尤其是愛情小說，標榜的是自由戀愛與強調女性的覺醒[16]；進入尺牘教材中，便產生了男女情書的範文。

　　最末一頁之下半頁，附錄〈菓子總名〉、〈雜菜總名〉，紀錄了十二種水果名、十六樣蔬菜名，以備使用者不時之需。這種編輯項目是繼承了舊有尺牘教材而來，如《改良分類指南尺牘》有〈雜用要字〉、《改良增廣寫信必讀》有〈雜字撮要〉。然而筆者所蒐集日治時代臺人編輯之尺牘教材中，僅有《新編士農工商手抄利便來往書信不求人》附錄果菜雜字，或許是本書的預設讀者為識字較少之民眾的緣故。

　　此書尺牘範例雖然簡短，在語言上仍大略延續傳統蒙書的用語及格式，但亦摻雜閩南語詞彙。例如〈辭東翁〉題下，有小字「即俗名頭家」；〈請看鬧熱信〉提及的「鬧熱」亦為閩南語詞彙；〈招會信〉內文：「蒙好友助成會一簡，每月一回，迄今份數恰足慈持[17]，挽仁兄增入一份」則是閩南語俗稱「招會仔」的邀請信。

　　本書裝幀輕簡，全書上下冊合三十二頁六十四面，菊版三十二開大小；但內容囊括常用問候、借貸、邀請、慰問等類型，每則字數皆不多，因此適合讀者隨身攜帶，應用時參考照抄即可，這就是書名曰「手抄利便」的原因。觀其內容，語句委婉，或雜以閩南語詞彙，又有〈招會信〉、〈情

---

[16] 許俊雅：《日據時期臺灣小說研究》，頁474。

[17] 「慈持」應為「支持」。然由於「慈」字在詩韻與「支」同為支韻，「慈」、「支」二字在某些腔調中聲母、韻母相同，加上「慈」為陽平調、「支」為陰平調，在閩南語句中二字變調後皆讀如陽去調，「支持」才會寫成「慈持」。

人書信〉等創新題材，展現出傳統尺牘在臺灣，因應社會現代化所產生的
蛻變。

 ## 張淑子《和漢寫信不求人》

作者生平

請參照第三章第三節之作者生平，此處不贅。

編纂體例與內容

上一節曾提及：日治時期出現的幾種新撰尺牘，大多不署作者，內容
甚至互相抄襲；陳百忍的《新編士農工商手抄利便來往書信不求人》，乃難
得為作者具名並且真正原創，然而「陳百忍」之名，不見經傳，真正是著名
傳統文人而投身於尺牘類蒙書編撰者，唯有張淑子及其作品《和漢寫信不求
人》。[18]

《和漢寫信不求人》於1937年由臺中瑞成書局出版，一共四冊，第一冊
書前有瑞成書局主人序，說明瑞成書局多年來以販售中國書籍居多，近來則
有鑑於「島內到處熱心學習國語，本局擬編輯簡易尺牘，以資補習。故特懇
張淑子先生，編就一書，名曰《和漢寫信不求人》。該書共六十篇，分訂四
冊，每篇均譯淺易漢字，並附繪圖，足供公學校卒業生及國語講習所修了者
之用。苟置一部熟讀之，則獲益不少」，因此本書的編輯定位，是以日文
自修為主，漢文為輔，適合讀過公學校或國語講習所的程度使用，使用方
法是平日熟讀，而非寫信時才查閱，揭示尺牘類書籍作為蒙書而非工具書的
特性。

由於《和漢寫信不求人》旨為學習日語，因此內容安排上，前頁為日文
書信，後頁為對譯漢文尺牘。類別有祝賀類、探問類、通知類、報信類、詢
問類、邀請類及少許延醫、借貸等書信，以日常交際往來為主；商業類、規

---

[18] 筆者曾在林景淵教授處寓目《女子尺牘》三卷，亦為張淑子所撰，1923年由臺中
州豐原慶文社活版印刷部出版。可見張淑子持續用心於尺牘教材的編寫。

勸類、回絕類的書信較少甚至全無，因此本書應是將學生作為預設讀者。雖然以日文為主，漢文作翻譯，但漢文部份仍可單篇視為獨立的尺牘，不識日文者仍可應用；相反地，不識漢文者只讀日文信札亦可。以日文為主的編寫方式，使得漢文尺牘範文上有了一些改變，首先是省略了信前開首之稱謂以及信末結尾祝語，再者是增加了部份傳統尺牘較少著墨的題材。例如日人講究在陽曆一月一日元旦前寄信「賀正」，漢民族雖在春日寄信也會題上「際此柳媚花明，正某某臺福祉並增之候也」的問候，但張淑子將賀年片的寫法放在第一篇，甚至若家中服喪，也有相應寫法，茲舉賀年片寫法為例：

〈賀新年〉

迎此新年，不論何國，亦表慶賀。貴家大小，均獲新禧，不勝榮幸之至。拙者等亦皆無事，徒增一歲，乞即安心。尚本年亦望仍舊交誼，是為切盼。[19]

〈喪中〉

際此履端伊始，理宜致賀新禧。為服喪中，殊覺缺禮，伏乞原諒為幸。本年亦望倍舊愛顧。深深致意，並以敘禮。[20]

〈賀顧新春〉

新春至慶，謹以奉賀。昨年中特蒙　貴下十分照料，深深書此說謝。尚祈本年依舊倍加提拔。是所至禱。[21]

　　光是賀年信件，就有一般、喪中、店家三種寫法，還有〈新年邀宴〉，且放在首冊開篇，可見日人這種對於賀年片的重視，影響了臺人尺牘的編寫。

　　《和漢寫信不求人》反映的臺灣社會，交通往來便利，如〈謝送行〉：「這次長男錦上赴內地，開盛大餞別會。又昨日勞貴駕至基隆送

---

[19] 張淑子：《和漢寫信不求人》第一冊（臺中：瑞成書局，1937年），頁1，第2面。
[20] 同前註，頁2，第2面。
[21] 同前註，頁3，第2面。

行[22]……」；〈通知移居〉：「小生依此次之便宜，移居於臺中州豐原郡大雅庄大雅九十二番地[23]」；〈報歸家〉：「午后一時抵臺中……（中略）……由是乘夜行列車出發，今早七時平安歸家[24]」；〈敘別〉：「來十五日午后一時，由臺中驛出發，翌日乘基隆出帆之香港丸登程，視察南華[25]」；〈北部旅行之敘禮〉：「今回為視察商業，豫定二週間赴北部旅行，乃欲乘明日臺中發海岸線之列車出發[26]」；〈邀入送別會〉：「窗友李振成君，者番為欲赴內地留學，不日出發東渡[27]」；〈辭旅行〉：「先日約束南部旅行，擬定明早出發[28]」……，「旅行」的意象不斷出現於書中，人物不斷在遷移居所；除了身體的遷移，身份也不斷變換，工作的流動比之過去更甚，因此有〈通知轉職〉：「拙者此回辭退厥職，即入臺灣製麻會社[29]」；〈報知辭職〉：「茲因家事所關，自今辭退會社……（中略）……今後在該地，開設小店，從事商業[30]」；〈報就職〉：「前日據友人介紹，拜命臺灣拓殖會社之雇，擬近日中就職[31]」，這些尺牘展現出繁忙的、活躍的人事遷徙，呈現出三〇年代的現代化景象。

　　為求吸引讀者，本書每頁均附插圖，插圖的題材可分為三大類：情境圖、名物圖、趣味圖。情境圖為配合該頁尺牘內容的繪畫，如〈邀請新築宴〉上方插圖，為一棟平房；〈延醫〉上方則繪醫生至家看病情景；〈邀觀運動會〉插圖為兒童參加運動會的狀況。名物圖只繪動物、植物、風景，並標示其名，通常與下方尺牘沒有關係，如自轉車、蘇州虎邱、栗、瓜、梅、菊、四季景色等。趣味圖為展現平面圖案之趣味，如〈手影戲〉、〈壺變鴨〉、〈女變油瓶〉。然而這些圖畫，許多與1934年嘉義捷發漢書部發行的《書翰初步》如出一轍，事實上這些圖畫可以往上追溯到1915年中國上海廣

22　張淑子：《和漢寫信不求人》第二冊（臺中：瑞成書局，1937年），頁8，第2面。
23　同前註，頁9，第2面。
24　張淑子：《和漢寫信不求人》第三冊（臺中：瑞成書局，1937年），頁6，第2面。
25　張淑子：《和漢寫信不求人》第四冊（臺中：瑞成書局，1937年），頁1，第2面。
26　同前註，頁2，第2面。
27　同前註，頁6，第2面。
28　同前註，頁9，第2面。
29　張淑子：《和漢寫信不求人》第二冊，頁10，第2面。
30　同前註，頁11，第2面。
31　同前註，頁12，第2面。

益書局出版的《童子尺牘》。《書翰初步》、《和漢寫信不求人》便曾出現與之相同或相似的插圖。[32]

張淑子曾任教師、報紙編輯，負有啟蒙大眾的使命感，在1929年出版《精神教育三字經》後，又承瑞成書局許克綏之邀，編寫和漢對照的尺牘蒙書《和漢寫信不求人》，為當時臺人自撰尺牘教材的最佳代表。1936年九月，小林躋造就任臺灣總督，宣佈「皇民化、工業化、南進基地化」的口號，1937年廢除報紙漢文版與公學校漢文科，此時和漢對照的蒙書大量出現，絕非偶然；就筆者收藏的尺牘蒙書中，最早運用和漢對照編輯的《和漢寫信不求人》與《和漢對照書翰初步》，都發行於1937年。張淑子編輯《和漢寫信不求人》，採日文在前、漢文在後的方式，漢文部份雖說是譯自日文，但亦可單獨視為漢文尺牘。這樣的編輯方式，融合了日本書信的寫法，多少使漢文傳統尺牘的題材和書寫方式產生轉變。此外，尺牘內容大量出現的旅行遷徙、人事異動，以及各種工商行號的名稱，呈現出三〇年代繁忙的現代化景象。由於張氏與瑞成書局都有臺中地緣，因此書中多出現臺中、大雅、豐原等地名，1910年遷於臺中的彰化銀行、張氏曾任職的臺南新報亦出現書中，富個人特色。

1934年左右，張淑子曾在家中設立私塾，傳授漢學[33]，或許是他曾在學校、報社工作，為日人發言之餘，維護本我的方法。這部《和漢寫信不求人》，雖日、漢文各半，但只讀漢文部份亦無妨；書中〈託買書籍〉、〈註文書籍〉兩篇尺牘，所買所訂者為《詩學入門》、《漢文讀本》，皆為漢文

---

[32] 傳統上尺牘教材的出版，多為整理歷代諸作或蒐集時人尺牘，因此引用他人尺牘成為尺牘教材編輯最常見的方式，後來常從引用演變為互相抄襲、改寫，如白居易名作〈與元微之書〉在明代便被收錄於尺牘文選中，經移除作者，加以改寫、眉批後，當成新作刊印。（陳鴻麒：《晚明尺牘文學與尺牘小品》，南投：暨南國際大學中國語文學系碩士論文，2004年，頁100-101）尺牘教材互相抄襲亦屢見不鮮，如1915年上海廣益書局出版的《童子尺牘》，裡面的插圖被《書翰初步》、《和漢寫信不求人》等引用外，其尺牘內容也在《書翰初步》、瑞成書局《童子尺牘》一字不易或更動數字後刊出。因此日治時期尺牘教材雖然發行甚多，真正原創而不沿襲前人者卻少。

[33] 1934年2月，嘉義蘭記書局慘遭祝融，書局整修期間，張淑子寄信給嘉義蘭記書局，言及「拙近將開設書房，意欲買些漢書，以供諸生誦讀，伏乞店鋪及書籍整頓就緒，惠寄目錄一枚裨拙選定。」可知同年張淑子正籌備開設書房。見江林信：〈漢文知識的散播者：記蘭記經營者黃茂盛〉，《文訊》第255期（2007年1月），頁50；何義麟：〈祝融光顧之後：蘭記書局經營的危機與轉機〉，《文訊》第255期，頁68。

教材。這些小細節，或可視為張氏在皇民化口號下，委曲求全留存漢文的一種方式。

 ## 郭克仁《新體白話商業書信前編》

作者生平

郭克仁，生平不詳，曾居於臺南市末廣町丁目一六。[34]於戰後初期積極編寫教材，1945年便出版《白話文速成法》、《各界適用現代時文讀本前編：日用常識寶典》、《新體白話商業書信前編》，翌年出版《各界適用現行公文程式大全前編》、《蔣主席大演講集》。著作皆趕在戰後不久便出版，且多題為「前編」，顯露作者的著作宏願；然而諸書只有前編而無續集，且郭氏日後便不見著作，原因待考。

編纂體例與內容

1945年十月二十五日，陳儀在公會堂接受日軍投降，臺灣人民歡天喜地迎接國民政府到來。隔年四月，國民政府在臺籌設臺灣省國語推行委員會；八月，教育處以語文教育為當務之急，決定自該年度起，各級學校一律教授國語[35]以及語體文。因此在語言上，產生日、臺語和國語之間的衝擊；在文學上，亦是日、華文和新、舊文學的過渡時期。值此特殊的時局，為實用目的而編輯的尺牘教材，也迅速改變了面貌，以迎合大眾新的需求。

1945年十二月二十五日，距日本宣佈戰敗僅只四個多月，郭克仁編著的《新體白話商業書信前編》在臺南的崇文書局發刊。這是一本以白話為主、文言為輔的尺牘教材，見證了戰後初期，臺灣民眾亟於學習國語和白話文的熱潮。

---

[34] 郭克仁著《新體白話商業書信前編》所附聯絡地址。
[35] 由於當時通曉北京語的教師嚴重不足，此處國語則包括臺灣各地方言。至1956年教育部才嚴禁以日語和方言教學，此後學校教育完全進入國語教學時期。見王順隆：〈從近百年的臺灣閩南語教育探討臺灣的語言社會〉，頁140-141。

本書每頁均分為上下兩部份，上卷的編輯是上部為商業用便條，下部為白話尺牘；下卷的編輯是上為白話尺牘，下為文言對照。在尺牘正文之前，有一篇〈白話信的寫法〉，作為白話尺牘初學者的指導。作者將白話尺牘的內容分為起首、稱呼、述事、收尾、署名，除了簡述尺牘的內容架構，也藉此宣揚白話尺牘的好處：「白話信稱呼，是很簡單，很親熱，沒有文言信的麻煩。什麼『大人』、『尊前』、『閣下』、『侍右』、『鈞鑒』等等的名色，一齊都用不著。直捷痛快的，某人便是某某先生，或是某某『執事』、『經理』、『先生』；店號只寫某某寶號。」為了宣傳白話尺牘的好處，開篇第一則即為〈與友人談論白話信〉，云「白話信因為有兩種好處，就是（一）寫的人容易寫（二）看的人容易看」，由於白話尺牘所寫即為所言，書寫所費的心思與時間都大為縮減，加上有新式標點符號斷句，不易造成誤會，因此郭氏大力宣傳白話書信的好處。

郭克仁為了使初學者更易瞭解白話書信的寫法，安排第二篇尺牘為〈復友人問白話信之寫法〉：「什麼『句法』啦，『章法』啦，『起』、『承』、『轉』、『合』啦，亂七八糟，那白話信是都沒有的。就是依著我講的話，把他寫了出來，只要理路清楚……（中略）……看信的人懂得我的意思，那就算是極好的白話信了。」由於作者說白話信不必講求章法、聲調，不消研究，因此本篇後半便轉為解析新式標點符號的用法。

連續兩篇宣揚白話書信的尺牘後，接著才是本書的正文，上卷收錄六十九則白話商業尺牘，分為買賣、招徠、調查、籌辦、慶賀、邀約、謝辭、懇託、借貸、利息、租押、匯兌、存項、保險、報關、轉運、郵電十七項類別，下卷收錄三十四則書信，分為創辦、協議、合股、招徠、探詢、報告、調查、聲明、定或、發貨、允許、轉運、交涉、賠償、匯兌十五類。從這些類別便可發現，商業來往比之過去複雜得多，包括討論火車或輪船運貨的優劣、統捐局扣住貨物的惡行、銀行電匯、股票過戶、金融風潮……，隨處可見相當現代化的商業行為。

然而作者所編著的白話尺牘，部份篇章以今日眼光視之，反而不大自然。尤其明顯的如下卷言文對照部份，作者為求逐句對照，白話信寫得並不通順。如〈致某號批貨須匯現款〉：「和你離別了長久，正在思念，忽接

你的來信，使我非常欣喜。我在號中忙碌得很，毫無得意的事情可以告訴你。」此段文言對照為：「闊別多時，懷念正切。忽奉　手書下頒，欣喜何如。某服務忙碌，乏善堪陳。[36]」兩相對照，文言尺牘反倒雅緻簡潔。又如〈復某號發貨暫緩日期〉：「昨天寄去一封信，想必收到了。承蒙惠顧交易，極其歡迎的。但是敝廠因各處定貨太多，日夜加工趕造，尚來不及」，下方文言對照為：「昨奉寸翰，諒邀　臺鑒。承蒙　惠顧，無任歡迎。惟敝廠近以定貨過多，日夜工作趕製，尚難如期發貨[37]」，白話書信之文句亦不若文言俐落。究其原因，乃當時之文人，大多自幼接受傳統漢文教育，白話文並非熟悉的書寫工具，是以白話書信的語句仍是以文言尺牘逐句翻譯過來，並非真如作者所說「寫的同話的是沒有兩樣」，況且當時臺灣人「話的」亦並非北京語，無法立刻寫得一手流利的中國白話文；這個時期的文人，部份依舊無法跳脫傳統文學的佈局思考。

《新體白話商業書信前編》上卷為白話便條、尺牘，共佔九十頁[38]，下卷書信才有文言對照，共有四十頁[39]，因此有傳統尺牘的部份只佔全書將近三分之一，份量不多，昭告了傳統尺牘教材的式微。

尺牘的習作方式

熟讀尺牘教材範文，不過是將固定的文章記下來，待須寫信時，視寫信之情境和目的將範文套用；人人若此，則書信往來千篇一律，因襲套語，文藻再美，也是拾人牙慧，沒有真摯情感與個人風采。是以文人士子，絕不可能自滿於能背誦尺牘範文，而是能將範文中的詞藻、情感，消化為己用，配合各種目的，隨筆成章，不落俗套。

然而尺牘教材教法，除了以傳統語文教育的背誦之外，還有哪些方式？習作的過程如何？塾師在指導學生習作尺牘時負起什麼任務？這是本節所要討論的目的。

---

[36] 郭克仁：《新體白話商業書信前編》，頁116。
[37] 同前註，頁117。
[38] 從頁5至頁94。
[39] 從頁95到頁134。

筆者曾在舊書店購得一批舊文獻，分別是一冊手抄本與七張信箋。對照之下，原來手抄本以毛筆工整抄錄之尺牘，乃謄寫信箋上所書之習作。信箋上印有「漢文三復學堂信箋[40]」，所書尺牘，皆經過塾師批改評註，從中可以觀察學生與塾師在尺牘課程之間的互動。

以一篇〈薦傭員〉為例，學生所撰尺牘為：

> 重門間阻，尺素鮮通。正欲捉筆馳書，忽朵雲飛下，披誦迴環。知足下要謀經營，新開鴻業，正在用人之始。弟有敝友為人端莊，外樸內慧，因地面生疏，欲借一枝棲止無所，想足下正用人之際，持薦臺前指使。但敝友經遭落魄，頗形潦倒，望祈錄用，祈勿以貌取之。萬一有虞，弟自當擔，則感德豈有既也。

塾師閱之，亦以黑字批改，並在信後加註評語。經塾師批改為：

> 重門間阻，尺素鮮通。正欲捉筆馳書，忽朵雲飛下，披誦迴環。知足下<u>有志</u>經營，<u>擴張</u>鴻業，正在用人之始。弟有<u>老</u>友為人端莊，外樸內慧，<u>素少交游</u>，<u>無處覓一枝棲</u>，<u>以足下孟嘗高風</u>，<u>門下多客</u>，<u>故敢自作曹邱</u>，<u>而推轂於臺前</u>，<u>諒不棄落魄寒士</u>，<u>一諾錄用</u>。<u>若以貌取之</u>，<u>則失之子羽矣</u>。萬一有虞，<u>承擔固不容諉</u>，<u>屋烏之感</u>，豈有既耶。

> 筆意清適，措辭未至圓熟，故特修飾以勵之。

筆者特將塾師將原句改動之處以下標底線作記號，兩相對照便可看出兩封尺牘雖然內容涵義相同，然而塾師改過之後，文句更為典雅，如「要謀經營，新開鴻業」改為「有志經營，擴張鴻業」；原信強調了兩次「用人」，

40　三復學堂為北臺詩人陳宗賦（1864-1928）所創。陳宗賦，字祚年，號篇竹，又號叔垚。臺北人。曾為臺北府生員，後以同知銜任翰林院典簿。1901年受林朝棟之託，至福建督辦福建樟腦業務。不久回臺，於臺北設置三復學堂。關於三復學堂，可參見http://140.133.9.112/twp/TWPAPP/ShowAuthorInfo.aspx?AID=947（智慧型全臺詩知識庫：陳宗賦）。

語句重複，遂改為「以足下孟嘗高風，門下多客，故敢自作曹邱，而推轂於臺前」，用詞文雅，間有用典；「但敝友經遭落魄，頗形潦倒，望祈錄用」將友人寫得過於淒涼，聞之已生反感，故以「諒不棄落魄寒士」輕描淡寫帶過其容貌，以「一諾錄用」之肯定語句要求對方，態度堅定；「若以貌取之，則失之子羽矣」之言，更不容人拒絕。整體說來，修改後的尺牘文句雅馴，委婉中不失堅定，用「孟嘗高風」、「諒不棄落魄寒士」、「失之子羽」等話語套住對方，令人無法回絕，是非常高明的技巧。

其他信箋尚有〈邀遊圓山〉、〈賀兄弟卒業〉、〈戒妄交〉、〈稟父旋家謀職〉、〈查被水災〉、〈還銀鳴謝〉等題。形式與前述〈薦僱員〉相同，皆為學生習作，再經塾師修改尺牘文句，最後加上評語。評語則視表現而定，如「宜加剪裁之功」、「大致不差」、「層次分明，措辭少疵」等，藉修改文句與下評語的過程，指出習作中的優缺點。

整體來說，這批文獻所載之尺牘，文句比前述幾種臺人自撰尺牘教材更深奧，引用典故也較多，反映出教材自修和塾師指導在程度上仍有差異。塾師修改後的文句，與學生原句相比，高下立判。

若如此一來一往練習尺牘，卻未將成果留存，待日後寫信時，提筆又要重新構思，實乃功虧一簣。因此學生須將這些經過塾師指導的自撰尺牘，重新謄錄，以便日後應用。因此這七張信箋的尺牘定稿，皆抄錄於原書主自訂為「鶯雛學囀集」的筆記中。《鶯雛學囀集》抄錄二十四則尺牘，筆者判斷每則尺牘都是經前述習作過程，由塾師批改後才謄錄於書中，只是流落至舊書店時，其他十七張信箋業已佚失，殊為可惜。

從民間尺牘抄本來觀察，內容可以分兩大類：一是不署收件者與寄件者姓名之尺牘，如前述《鶯雛學囀集》，以及筆者家藏劉鉅篆《雜漢和文集》[41]、佚名《嘉義佚名信札》[42]、佚名《往來批信》[43]、曾文新《柬札手

---

[41] 劉鉅篆（1902-1993），為臺北三峽地方要人。信札中常提及三峽、鶯歌地名。此抄本亦抄錄燈謎、詩文摘。

[42] 抄錄者不詳，唯信中曾提及「火車今已造至臺南府，來年七八月諒必造到嘉義」與信末署年以「己年」紀錄至「癸卯」推測，信札書於1899年至1903年間。忠實呈現日治初期嘉義地區民生情狀。

[43] 日治時代抄本，抄錄者不詳，有〈賀友築新厝啟〉、〈托友代買蔗種〉等饒富臺

抄》[44]、寬懷《僧俗寫信通用摘要》[45]，應為寫信參考之用。另一種手抄尺牘則附註收件者，如林啟烈《寫信集文》[46]、蔡培火《書信抄本》等，為抄者與親友往來紀錄之留存。

將自撰尺牘抄錄於筆記中，一來可以留存下次參考套用，二來留存紀錄，便於日後查考。因此觀察自撰尺牘抄本，可以看出當尺牘走出教科書之外，在民間真實運用的情況。

小結

最初的尺牘教材，原不以適用對象分類。隨著時代變化，社會越來越多元，尺牘教材因應不同的對象，發展出商業用尺牘、學生用尺牘、女子尺牘等。除了類別越分越細之外，尺牘所附錄的插圖、表格、常識，也忠實反映庶民的日常生活。

在尺牘內文的編寫上，作者時常將寓意和廣告亦融入其中，使得尺牘教材不只是書信格式的範文而已。藉尺牘宣揚理念者，如劉青雲《羅華改造統一書翰文》中介紹基督教之活動，以及表達反對早婚的態度；郭克仁《新體白話商業書信前編》則在尺牘中大力提倡白話文書信的好處，並為如何寫作白話文進行基本指導。尺牘教材中若有託買、介紹書籍之內容，則往往藉此自我廣告，如《羅華改造統一書翰文》的〈介紹新書籍〉篇，內容為介紹友人《羅華改造統一書翰文》的信件；張淑子《和漢寫信不求人》也有〈問書籍之有無〉，以信件詢問書店有無《和漢寫信不求人》之存貨。因此，尺牘教材並不僅作為讀者魚雁往返時的格式範本，其中亦蘊含作者本身有意宣傳的理念。

灣風味的尺牘。

[44] 曾文新，臺灣傳統詩人，曾主持臺灣新生報之「新生詩苑」專欄。

[45] 此抄本前署「寬懷」，後署「宋普提」。位於基隆市信義區靈泉禪寺伽藍殿的「月眉山靈泉禪寺置業碑記」（1936年）記載，宋普提為當時靈泉禪寺監院，宋寬懷則捐贈五百円；實則二人為同一人，據釋慧嚴：〈從臺閩日佛教的互動看尼僧在臺灣的發展〉一文紀錄，寬懷字普提，為曹洞宗靈泉寺監院。

[46] 林啟烈居豐原郡潭子庄，為霧峰林家旁支，內抄錄寄予林朝崧等之信件。

由於尺牘本是最貼近現實、注重應用的作品，因此也往往能反映當時的社會現象。近代的尺牘，已經由傳統尺牘的問候、買賣、商借、送禮等單純交際關係，轉而繁複多元。《羅華改造統一書翰文》將尺牘內容分為三十四類之多，除了見證當時人際關係的多樣化，亦紀錄了基督教當時在臺的各種活動。陳百忍《新編士農工商手抄利便來往書信不求人》中，商業書信篇幅約佔全書一半，反映三〇年代臺灣工商業的繁盛；〈情人書信〉、〈女又情書〉、〈男又情書〉等情書題材的出現，則是二〇年代以降男女社交逐漸開放的風氣，至三〇年代流行自由戀愛的具體表現。張淑子《和漢寫信不求人》表現出的臺灣社會，則是交通往來便利，豈只臺島南北通達，遠渡中國、日本也絕非難事，展現出人民的行跡、居所、職務不斷變更之繁忙景象。到終戰初期郭克仁《新體白話商業書信前編》則突顯出中國白話文的全面流行，以及各種現代金融交易的來臨。

值得注意的是臺人所撰的各種教材中，尺牘類教材是「對譯」比例最高的，筆者所蒐集四種臺人新撰尺牘教材裡，附「對譯」者即佔了三本。《羅華改造統一書翰文》以教會羅馬字在尺牘內文旁標音，並在文後註釋；《和漢寫信不求人》則和漢對照，採取和在前、漢在後的編輯，篇幅各佔一半；《新體白話商業書信前編》則全書以白話文為主，只有下卷附錄言文對照範例。若整理此三書的用途、使用文體及採用語言，可整理為下表：

表三　《羅華改造統一書翰文》、《和漢寫信不求人》、《新體白話商業書信前編》之比較表

	《羅華改造統一書翰文》（1925年）	《和漢寫信不求人》（1937年）	《新體白話商業書信前編》（1945年）
主要用途	讓只識教會羅馬字之讀者能讀、解傳統漢文尺牘	讓只識傳統漢文尺牘之讀者能寫日文書信	讓只識傳統漢文尺牘之讀者能寫白話文書信
漢文部份尺牘文體	文言文	文言文	白話文
尺牘所用語言	以閩南語文音誦讀，其他部份用閩南語白音	未標音標，以閩南語文音或客語誦讀	以國民政府之國語誦讀

由此可見，臺灣漢人的語言由原本的閩南、客家話，至三〇年代被日本政策規定轉為使用日語，不到十年，到四〇年代中又轉為國語。書寫文字有教會羅馬字、文言漢文、日文、白話漢文，忠實地見證了臺灣語言、文字的多次變革。

這些尺牘教材中呈現的社會實況、語言、文體，是否真正落實於一般人書寫信札上？這就得回歸到民間信札文獻來作觀察。以筆者蒐集數種手抄信札來看，戰前一般人仍多用文言漢文書寫，如《鶯雛學囀集》、《雜漢和文集》、《嘉義佚名信札》、《往來批信》、《柬札手抄》、《僧俗寫信通用摘要》、《寫信集文》；蔡培火之信札抄則漢、日文並用。然而蔡培火畢生為推廣羅馬字運動奔走，其信札抄中卻未見白話字書信，縱使是蔡氏的日記，現存四本，也只有紀錄1929到1931這本日記全以白話字書寫，另一本1932至1934年的日記則以蔡氏自創的新式臺灣白話字書寫，從1935年後日記又以漢字書寫，1963年蔡培火重新眉批三〇年代日記，其眉批與讀後感仍以漢字書寫。由此可知教會羅馬字當時幾乎僅只在教友間流傳，使用範圍仍未普遍。

綜合前述，從戰前的尺牘教材、尺牘文獻來看，幾乎全是文言漢文的天下，蓋因自古以來，尺牘書寫便是在私塾教育下修習的技能之一，然而歷來談論啟蒙教材的論文常將尺牘忽略；郭克仁《新體白話商業書信前編》則批評傳統尺牘：「從前的信，往往有什麼『恭維語』、『客套話』，其實都是拾前人的唾餘。你照樣的抄來，我亦照樣的抄給你，寫了一大開，究竟有什麼用處？那不去抄寫的人，就算一輩子不會寫信了。[47]」若連尺牘如此貼近現實生活的作品，都只是背誦套語，未曾經過嚴格的習作而能自出機杼，確實會淪為雙方拿著尺牘教材見招拆招的狀況。然而從「漢文三復學堂信箋」文獻來看，師生習作批改，一來一往，精實嚴謹，學生最後還要將定稿的尺牘以正楷另抄成冊，這樣的授課過程，實在無法令人忽視尺牘在私塾教育的地位。而在私塾的訓練過程中，使用之教材仍以文言漢文為主，習作亦然，因此雖然臺灣的語言政策、文學運動經過數次變革，尺牘仍以文言漢文書

---

[47] 郭克仁：《新體白話商業書信前編》，頁5-6。

【附圖】

❶圖7-1：劉青雲：《羅華改造統一書翰文》，臺南：新樓書房，1925年。
❷圖7-2：陳百忍：《新編士農工商手抄利便來往書信不求人》，臺中：顏福堂，1935年。
❸圖7-3：張淑子：《和漢寫信不求人》，臺中：瑞成書局，1937 年。
❹圖7-4：郭克仁：《新體白話商業書信前編》，臺南：崇文書局，1945年。

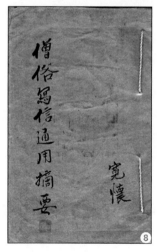

❺圖7-5：三復學堂信箋
❻圖7-6：佚名：《鶯雛學囀集》，手抄本，未署年代。
❼圖7-7：曾文新：《柬札手抄》，手抄本，未署年代。
❽圖7-8：寬懷：《僧俗寫信通用摘要》，手抄本，未署年代。

❾圖7-9：蔡培火：《書信抄本》，手抄本，未署年代。
❿圖7-10：上海廣益書局《童子尺牘》插圖[48]
⓫圖7-11：《書翰初步》插圖
⓬圖7-12：《和漢寫信不求人》插圖

---

[48] 本圖掃描自溫如梅：《近代蒙學的蛻變與傳播》，頁64。

8 臺灣的「雜字類」傳統啓蒙教材

　　臺灣早期的傳統教育，其主要目的有二：一是培養生活上所需要的讀寫能力，一則準備科舉的應試。在這兩個目的之下，又分成三種課程：一個是為了參加科舉考試而準備，不但研讀四書五經，還要修習《唐詩合解》、《童子問路》、《七家詩選》等，加強詩文造詣；最後遊藝論說，就是廣泛閱讀諸子百家、醫藥、風水等書籍，並與塾師討論內容。由於醫藥、風水之典籍也在閱讀範圍之內，因此臺灣早期傳統文人部份亦通於「五術」，常以行醫、看相、輿地為業或兼差。第二種則求速成，只讀淺顯的童蒙教材如《三字經》、《幼學瓊林》等，搭配描紅寫字的課程，達到能夠識字與粗通詩文的效果，不失為節省時間、財力的變通方法。第三種稱「晚學班」，不求仕進，注重現實應用，研讀的書籍是雜字、尺牘，只期能夠記帳寫信，儘快出社會擔任文書工作。[1]

　　先前介紹的各類蒙書中，「三字經體」、「千字文體」、「韻對類」、「詩歌類」教材，大多擔負宣揚教化或賞析詩文的功能；「尺牘類」蒙書則回歸現實層面，以能仿作應用為目的，因此成為前述「晚學班」的主要教材之一。以上教材，雖說強調「識字」、「實用」，但使用的傳統韻文、詩歌、文言文，仍是與生活脫節的語言。尚有一類教材，較少提及道

德儀禮，甚至文采並不典雅；但因能夠貼近現實語言，速成應用，受到民間大眾的普遍使用，就是流傳甚廣的「雜字類」蒙書。在多種耆老回憶其教育歷程的記錄中，臺灣日治時期乃至戰後初期，私塾中所用的教本除了傳統所謂「三、百、千」與四書五經以外，《童子尺牘》、《千金譜》這些尺牘、雜字等應世類蒙書，也在書房教育傳授。雜字類蒙書多以民間生活常見的器物字詞堆砌而成，輯為整齊或押韻的形式，以求易於記憶。這樣的編輯方式，目前所知文獻最早見於《急就篇》，其開篇曰：「急就奇觚與眾異，羅列諸物名姓字。分別部居不雜廁，用日約少誠快意」，內文將動物、農產、自然現象、疾病藥物、身體器官、樂舞禮器等各類之名物分類編綴，識字教學和各門知識教學便融為一體。[2]而以「雜字」為書名者，較早有後漢郭顯卿《雜字指》、魏代周成《雜字解詁》、魏代張揖《雜字》、隋代鄒里《要用雜字》……，然而這些書籍多已亡佚，且部份書籍與現今所謂「雜字」意義並不相同。[3]真正如今日所定義為識字用的雜字蒙書，最晚在宋代便已廣泛流行。陸游詩〈秋日郊居〉之自注曰：「農家十月乃遣子弟入學，謂之冬學，所讀《雜字》、《百家姓》之類，謂之村書。」可見宋代時雜字教材已遍及農村。[4]

由於雜字教材大多沒有說教、不用典故，直接了當地只分類呈現各種日常用字，易讀易懂，識字便捷，因此成為一般民眾最流行的識字教材。除了如前文所說由塾師開班講授，亦可由家中識字父兄直接傳與子弟，甚至有論者以為雜字類蒙書只在家中傳誦，連私塾都不教。[5]這些雜字書字詞淺顯，不避俚俗，多以白話音誦讀，然而比起同樣以方言書寫的俗曲唱本，更加注重實用性和教育性；因此雜字的地位，可說是介於《三字經》等初級教材之下、娛樂性質歌仔冊之上。[6]由於內容粗淺，編撰門檻比之其他類型啟蒙教本為低，因此在漢民族中，使用各種方言新編的雜字多不勝數；中國南京師範大學黃征教授，便收集了一百五十二本中國各地雜字，互不重複者有一百二十四種。[7]筆者家藏雜字蒙書，扣除內文重複者，出自臺灣民間刊印或抄本也有二十餘種。因大多雜字類別或字彙相似，本章且不逐一介紹，以下僅就流傳較廣或別具特色者敘述之。

1　陳維慶口述，陳長城紀錄：〈日據時期佃農與私塾生活追憶〉，《臺北文獻》直字106期（1993年12月），頁133。
2　朱漢民：《智育志》（上海：上海人民，1998年），頁187。
3　吳蕙芳：〈清代民間生活知識的掌握──從《萬寶元龍雜字》到《萬寶全書》〉，頁189。
4　同前註，頁190。
5　王順隆：〈從近百年的臺灣閩南語教育探討臺灣的語言社會〉，頁116。
6　同前註，頁117。
7　見http://huangzheng1958.blog.163.com/blog/static/48651678200810239151420/（江浙散人黃征教授日志），2011年3月12日查詢。

佚名《千金譜》

《千金譜》溯源

提起在臺流行之雜字教材，流傳最廣、名氣最大者，莫過於《千金譜》。歷來學者論述《千金譜》者眾，1980年郭立誠於發表〈保存本省民俗史料的千金譜〉[1]，篇幅雖不長，卻是《千金譜》相關論文的先聲。王順隆喻《千金譜》「其在臺灣的影響力不但不下於《三字經》、《百家姓》等傳統蒙書，甚至更超越了四書五經[2]」；黃哲永則稱《千金譜》為「臺灣鄉土文化的寶典[3]」。這些學者的評語絕非過譽，本書的流行程度，遍及全臺。從古至今，重刊者眾，民間抄本更不知凡幾；能在百餘年來一再被復刻出版，其影響力與深植民間的程度可以想見。

本書為民間著名之蒙書，然而其來歷卻仍不甚清楚。有關《千金譜》成書年代的討論，最早由郭立誠考證：「由公然販賣鴉片煙的情形也可以證明《千金譜》大約成書於清道光以後[4]」，然而郭氏只能判斷年代最早上溯道光，無法確定最晚可能成於何時。黃哲永則以圖書文獻的角度考察：

> 本書作者已不可考，但由內容不難判斷為泉州人士所撰，至於著作與初刊年代，應在清代中葉。
>
> 據鄉土史家百城堂主人林漢章兄電告：「記憶中之最早版本應為道光年間在大陸刊印之木刻本，唯憾手中無此書，不敢十分確定。」如其記憶無誤，則筆者所藏一冊無扉頁之全本，很有可能是目前所發現最早的版本。[5]

---

1 郭立誠：〈保存本省民俗史料的千金譜〉，頁71-73。
2 王順隆：〈從近百年的臺灣閩南語教育探討臺灣的語言社會〉，頁116。
3 黃哲永：〈臺灣鄉土文化的寶典──千金譜〉，頁71。
4 郭立誠：〈保存本省民俗史料的千金譜〉，頁73。
5 黃哲永：〈臺灣鄉土文化的寶典──千金譜〉，頁72。黃氏此處所說「一冊無扉頁之全本」為咸豐壬子年（1852）臺郡松雲軒版本，所謂「很有可能是目前所發

而後論者亦多採取黃氏此說，吳坤明更舉《千金譜》文中大量舶來品與廣東、天津商港的盛況，輔以「天津雖然遲至咸豐十年（1860）才在英、法的壓迫下開放為對岸通商口岸；廣東卻早在道光二十二年（1842）便已開放6」為佐證，呼應黃氏提出本書成於道光末、咸豐初的說法。

　　本書的成書地點，可以從以下線索推測：通篇文章並未提及臺灣地名，且在故事主人翁「轉鄉里」之後，「海面生理，望天保庇，順風相送，緊赴過年」，回鄉過年時「直到廈門泉州城」；既然過年返鄉是到泉州，可以知道成書於泉州的可能性是極大的。吳坤明又詳細以內文的敘述和語言特色考據，認為《千金譜》把作者自己熟悉的故鄉泉州寫進去再自然不過。雖然書裡曾出現烏魚子等臺灣名產，然而當時臺灣對中國輸出農產、乾貨，換取中國的木料、石材、布匹進口是非常盛行的商業行為，無法作為此書成於臺灣的有利證據。是以吳氏判斷作者「即使不是出生於泉州，也是在泉州長大久居的人士」。

　　更精彩的是吳氏復以《千金譜》內文的架構、語氣，判斷作者身份並非汲汲於科考的讀書人，而是資深的帳房先生：

> 我們由書中抽絲剝繭，推定作者不是「讀冊人」而是一位資深「數櫃先」，並不是貶低作者身分，相反的，是在推崇作者以他所認識的有限文字和樸拙的寫作技能，將他的生活經驗和專業知識紀錄，為族群文化留下了這麼寶貴的資產。7

　　吳氏用了長達七頁的篇幅推論作者的身份，是至今為止對《千金譜》作者最完整的考證。

　　既然根據《千金譜》內文考證，本書應是道光、咸豐年間福建泉州人士所撰，歷來學者卻幾乎將之視為「臺灣製造」，推崇其紀錄了「本省」或

現最早的版本」是指除林漢章所說道光年間中國刻本以外，在臺刊刻者年代最早的文獻。

6　吳坤明校註，呂理組注音：《正字千金譜》，頁5-6。
7　同前註，頁13。

「臺灣」文化；相反的，在中國探討《千金譜》的文獻卻不易覓得。以網路搜尋引擎輸入「千金譜」的搜尋結果，關於討論本書的網頁幾乎全在臺灣；偶有幾篇中國網頁，也大多是轉錄臺灣網頁文章。因此耐人尋味的是，千金譜既然很可能成書於中國泉州，何以與臺灣比較之下，研究與討論的篇章嚴重不符比例？曾以此問題求教於姚榮松[8]、林漢章[9]兩位學者，姚榮松推測不知何故，《千金譜》傳播到臺灣之後，在福建反而失傳了[10]，因此少見有人研究。林漢章則表示對整個中國而言，《千金譜》不過南方一隅流行的基本啟蒙書，所以中國學者並不看重其價值。筆者推測還有一種可能性：作者原籍泉州，然而移民或曾經居留臺灣，在臺期間編寫《千金譜》，託中國和臺灣印書業印刷後，在臺販售、教學。如此或能解釋為何《千金譜》內容描寫泉州風物，卻只在臺灣流傳的現象。

縱使無法得知《千金譜》成於何年、作者姓名，本書流傳至臺灣之後，迅速傳播，大量翻印，成為臺灣民間最重要的雜字教材代表，其地位無可動搖。

《千金譜》的版本

除前文所述林漢章回憶曾見過道光年間中國木刻版《千金譜》之外，筆者所見之最早版本，為咸豐壬子年（1852）臺郡松雲軒版。一百六十多年來，重新出版者難以細數。早期尚有光緒二十年（1894）福州集新堂版《千金譜》、昭和十七年（1942）員林寶文堂書店《圖解日臺千金譜》等；戰後不久復有臺北力行書局、新竹竹林書局、臺中瑞成書局三家書局所印行之版本，在當時市面上最為通行。乃至近幾十年間，或感於若不即時譯註《千金譜》，恐怕後世無人能讀能解，遂有臺南吳登神發表之〈千金譜考釋〉[11]以

---

[8]　姚榮松，國立臺灣師範大學國文研究所國家文學博士，專攻漢語音韻學、方言學、當代詞彙學等。

[9]　林漢章，百城堂舊書店店主，收藏、經手臺灣歷史文獻無數，為著名民間學者。

[10]　如「鷺水薐南閩南語部落格」為漳州人林建輝建置之網站，在http://www.hokkienese.com/?p=96（鷺水薐南閩南語部落格：《千金譜》）上自敘「亦現此時，佇廈門有《千金譜》無，嘛有待查考」，林氏居於廈門，而亦未得見《千金譜》，加上此文章引用論述皆出於臺灣學者，故可見《千金譜》在中國已然少見。

[11]　吳登神：〈千金譜考釋〉，《南瀛文獻》第29卷（1984年6月），頁95-196。

及陳永寶、吳錦順、黃哲永、邱文錫、陳憲國、吳坤明、呂理組等的重刊、重校版本。這些眾多《千金譜》，除註釋、標音不論，正文其實相差無幾，只有閩南語選用字的差異。

就筆者家藏古今二十餘種《千金譜》為觀察對象，在清代木刻本中，印有出版書坊的僅有松雲軒、習竹齋、玉成居等，而版式亦歸納成三類。[12]其內容全部相同，相異處僅只若干訛字與不同之閩南語俗體字。至於玉成居的版式，正文首行署「千金譜」三字，其底端僅刻「藏版」二字，應是仿刻松雲軒版式，甚或是仿刻尚未出土之更早期刻本，而故意隱去書坊名稱。大概是清代以來書店、紙行間可以借版代印、經售分銷的互助傳統；書局名稱省略未印，可能便於一版提供多家書局使用。當然也不排除書商盜版後，將原書局名稱從書版上鑿去的可能。

甚至戰後早期有些《千金譜》，雖由不同書店印行，版本卻一樣。[13]這種版本的《千金譜》，往往在書前只印「書局發行」四字，這四字之前原應印上出版書局名稱，如「瑞成書局發行」等，推測是以舊版作品為底本，將原書局名稱隱去，再經照相影印製版印行。因此可以確定本書的流傳，大致上而言，並未隨著時間的遞嬗而失去原貌。

第一本標以拼音、註解的《千金譜》出版於1942年，由張春音翻譯、員林寶文堂書店發行，稱為《圖解日臺千金譜》。書分上下兩卷，每頁上方三張插圖，圖解部份內文曾提及的名詞。內文漢字右邊以日文翻譯該句意義，左邊則以假名逐字拼出讀音。《圖解日臺千金譜》是史上第一次將《千金譜》加以翻譯、標音的工作，再度有學者進行這項研究時，已是1984年吳登神的〈千金譜考釋〉一文，相隔四十二年。是以《圖解日臺千金譜》對《千金譜》的讀音考定與名詞解釋，都有很大的參考價值。

---

[12] 以每面印刷之行數、字數相同者為同版式。

[13] 與清代木刻本內文相同之戰後版本，其扉頁多署「丙寅十五年」、「歲次丙寅年刊」、「中華民國丙寅年刊」字樣，最是耐人尋味。推測各書局主人以丙寅年（1926）刊本之版式為依據，重新印行。此中有瑞成書局於1945年發行本，封面署「丙寅十五年／居家必用千金譜歌／書局發行」，封底頁卻作「中華民國三十四年十月五日發行」字樣，堪稱戰後最早發行的版本，流傳亦廣。

在諸多《千金譜》版本中，只有少數幾本號為《新版監本千金譜》[14]，內文部份文句略有更動。如原「隸首作算用苦心，倉頡制字值千金」句，《新版監本千金譜》改為「隸首作算用至今，右軍法帖著來臨」；原句是「日出而作，日入而息」，新版監本在這句之前多加一個「古人言」……。這種《新版監本千金譜》較為少見，甚多訛誤之斷句，推論為後人之增補與刪削，但淺人妄作，適得甚反，故流傳不廣。

同樣是後人增補，《正字千金譜》則主要改寫原《千金譜》書末結語。校註者吳坤明認為：「末章原文自『眾人迎神了』至末句『橐鑽及笋鋏』，零亂而不順口，有異於之前各章，而且好似鼓琴斷弦，突然停止，未見結尾。[15]」這確實是《千金譜》最美中不足之處，因此吳氏加以改寫，增補臺灣農耕器具於最後，以「閤家歡喜大賺錢」作全書結句。

《識丁歌》與《千金譜》文句相似，源流撲朔迷離，是談及《千金譜》版本時不能不提的文獻。《識丁歌》為楊建勳[16]所記，由楊氏的外曾孫提供影本給日籍教授野間晃，野間晃再將影本交給王順隆研究。王氏發現其內文有許多語句和《千金譜》相同或相仿，遂比對整理，發表為〈《識丁歌》與《千金譜》—兩本閩南語識字蒙書的比較〉[17]，是為《識丁歌》文獻的出土。《識丁歌》不但有許多語句與《千金譜》相同或相仿，連編排的架構（名物類別出現的順序）也與《千金譜》一樣，唯其結尾比《千金譜》多出船隻、工廠、職業、中藥的介紹。《識丁歌》文獻的出土，意義有兩層：若《識丁歌》能確認是楊建勳之創作，則《識丁歌》成書在《千金譜》之後，是為《千金譜》流傳至臺灣的增補衍生作品；若能找到更多資料，證明楊建勳所抄錄之《識丁歌》乃前人作品，其年代則可能與《千金譜》相仿或甚至早於《千金譜》，對《千金譜》一書的源流能有更進一步的瞭解。由於《識丁歌》封面署以「楊策記」，這一「記」字有三種可能：一是商號、二是抄

14　《新版監本千金譜》有民初上海沈鶴記書局石印本（年代不詳），與嘉義蘭記書局發行的鉛字排印本（1945年）。

15　吳坤明校註，呂理組注音：《正字千金譜》，頁4。

16　楊建勳（1859-1925），字策，臺南市人，為中醫師兼書法家。

17　野間晃，王順隆：〈《識丁歌》與《千金譜》──兩本閩南語識字蒙書的比較〉，頁29-82。

錄、三是撰作，因此目前尚無直接證據表示《識丁歌》是否由楊氏編著，亦無法推論二書撰作的先後時間。[18]

《千金譜》的內容

自臺郡松雲軒版《千金譜》算起至今，已過一百五十餘年；近百餘年來，人類生活方式之變更，比往昔千年之累積猶多。因此詳實紀錄民間各種活動、器物、產品的《千金譜》，實有保存早期庶民生活樣貌的功能。本書之價值可從幾個方面來觀察：

一、**文獻方面**：書中記述先民的生活情形，舉凡田園、農耕、漁獵、建築、行郊、衣飾、博弈、布料、海鮮、糕餅、陶瓷、建材、歲時、戲曲、節慶、祭祀、嫁娶、農具，各種活動及名物無所不包，描繪出先民生活之風情畫。尤以其中各項失傳的器具與習俗，足為後人徵文考獻之史料。舉一段對於農家生活的描述：

> 后稷教民稼穡，也得種、也得播。耕作得認路，田園得照顧。也卜食、也卜租，不當拋荒成草埔。破桶得箍，破鼎得補。莫嫖莫賭，勤儉有補所。緊作就緊收，守望相助是農儔。早仔粟大先收，圓粒埔占共清油。烏占白殼軟兼滑，芒花菁稿鵝卵秫。豆麻麥黍各件出，豆芽豆菜皆得鬱。硤甘蔗，前頭入、後頭出。擺土豆、捲螺風透拂拂，囝仔豬槌亂亂勿。春夏秋冬，四時勤勞。不當想風騷，不當想逸陶。父母得孝順，兄弟得合和。井裡無水得來淘、水裡有魚得下筍。會庄掠賊得打鑼，壯丁就盡出，竹篙罩菜刀。藤牌鳥銃鉤鐮鏟刀，弓箭鐵鈀柴槌干戈。家內飼豬得豬槽，泔得多、潘得濁。

除了列出農村常用穀糧品種、家畜飛禽外，亦描寫出各種農村生活景象與活動，許多至今仍存，但也有部份情景已然走入歷史。又如提到「蘇州婆」的模樣是「紅嘴唇，烏嘴齒」，今人當無法接受這種審美觀，然而古時

---

[18] 黃哲永：〈臺灣鄉土文化的寶典——千金譜〉，頁77-78。

女子流行以氧化鐵或植物染料將牙齒染黑，以此為美；《戰國策・趙策二》載：「黑齒雕題，鯷冠秫縫，大吳之國也」，或許吳越之地這種裝扮一直延續到清代，無意間被《千金譜》紀錄了下來。唯今人多不解其來由，部份版本逕自改寫為「紅嘴唇，白嘴齒」。又如百貨商行裡的貨物：「珊瑚樹、瑪瑙珠，珍珠龍鳳墜。金髻簪花圍，角車掛繡閣」，其中「角車」為獸角製成的女性情趣用品，竟公然列為商品之一，顯示古人對於情慾的發洩或許不如現代人想像中保守。這些鉅細靡遺、難以想像的古代浮世繪，在《千金譜》皆化為文字紀錄，成為歷史文獻。

　　二、名物方面：《千金譜》所錄大量名物，多為閩南或臺灣特產，兼有少許舶來品器物，與中國的中原地區產物不盡相同。尤其是在閩、臺亞熱帶與熱帶氣候下孕育出來的水產、農產，更是充滿南國特色，具有保存地方特產名物的功用。郭立誠即直言：「研究名物訓詁的人不能不注意它們的價值。[19]」試舉糕點介紹為例，可以一窺早期的糕餅甜點種類：

> 柿菓桔餅及冰糖，蓮子薏仁及肉棗。桔紅紅棗雲片糕，麻糍米糍共佛桃。水晶餅、綠豆糕。油酥餅、千重糕。雪花挼餅瓜子糕，口香棋子及石糕。雞卵糕、鹹肉糕。葡萄干，紅柑、福圓、紅柚桃，五壽蜜餞與麵桃。紅龜、紅刊、包仔、粿仔得酵母，燒金公緣得打鑼。

　　三、語言方面：《千金譜》全篇以漢字書寫閩南語，不但保存了百年前閩南語的詞彙語料，也是閩南語文的書寫示範。其中閩南語詞彙俯拾即是，如「頭路」、「竹篙」、「豬哥」、「查某嫺」、「眠床」、「目墘」……，不勝枚舉。今日重新教學、出版《千金譜》者，多藉此推廣閩南語教育。唯早期版本《千金譜》多用假借字或另造俗體字，現代閩南語教育工作者如吳登神、黃哲永、吳坤明等，皆曾重新編輯，選用正字重刊。

　　四、文學方面：《千金譜》為一篇韻文，並非每句長短一致的詩歌形式，因此念來更鏗鏘活潑。且其押韻規則，以閩南語念來合韻為主，並不拘

---

[19]　郭立誠：〈保存本省民俗史料的千金譜〉，頁71。

泥於韻書分類，試舉一段為例：

> 夥記就勸伊：「朝來蘇州做生理，敢來放蕩破了錢。」蘇州婆說話就
> 應伊：「青春少年時，不嫖不樂是卜年？」聽你說，都也是。少年尋
> 幾時，無了工，也了錢。連嫖四月日，錢銀了去兩萬四。收拾行李卜
> 返去，就叫蘇州婆來相辭。生理若猶有趁錢，明年再來總未遲。蘇州
> 婆目滓流、目滓滴，不甘拆分離。夥記就勸伊：「蘇州婆卜你錢，斡
> 薑母，擦目墘。假有心，假有意。目滓淚淋漓，騙你一隻戇大豬。了
> 錢無要緊，無生瘡是你造化是。」

　　這一段若依詩韻將押韻字一一分析，並非全在同一韻中，如「伊」、
「時」、「辭」等在「支」韻，但「年」、「錢」在「先」韻，「豬」在
「魚」韻等。然而以閩南語讀之，押韻順耳，尤其是半鼻音可以和元音通
押，例如「生理若猶有趁錢」和「明年再來總未遲」押韻、「斡薑母，擦目
墘」和「假有心，假有意」押韻等，更是較自由的押韻方式。因此吳登神分
析：「《千金譜》敢於打破古來束縛之傳統，求其聽覺上聽來順耳即押」，
並評這種純出於自然的韻文是「天籟之音」。[20]因此在民間常將《千金譜》
文句當作歌謠念誦，如此說來，《千金譜》的「譜」字，除了作識字課本的
「字譜」之意，當「歌譜」解釋，亦無不可。
　　除了以韻文方式編寫之外，更難得的是《千金譜》並非只是各類名詞
的堆砌，其中還約略有故事情節貫串全文。全書以描寫家鄉田園景物作為開
頭，再將鏡頭帶到這個農村中的某戶大富人家，這戶豪門的弟子受妻姿鼓
勵，開設公司，經營百貨，並到天津、廣東、蘇州等大港交易，成為「狐絲
客」。他在蘇州一時沈迷美色，幸經同伴點醒[21]，幡然悔悟，改過自新；便
趕緊返鄉，經營百貨商行，並建築新居，迎接新年到來。全書開頭以家鄉田

20　吳登神：〈千金譜考釋〉，頁101。
21　據吳坤明的分析，這個在文中敢直闖狐絲客臥房直斥其非的同伴，乃是該富戶的
　　資深帳房先生，隨少東外出經商，並負起監督少東的責任，亦即《千金譜》作者
　　的化身。

園景色入文，末了狐絲客亦返鄉開店；文中狐絲客在外地採買完畢，便「順風相送，緊赴過年」，全書末便在過年的慶典活動中落幕，這些安排，都讓《千金譜》全文達到首尾呼應的效果。雖然只有出外經商的部份，人物、對話較為明顯；但比起一般雜字教材，已然是有一條脈絡連貫直下，一氣呵成，引發讀者閱讀興趣。

此外，《千金譜》更有強烈的民間文學特色，語言淺白通俗，內容不避粗鄙。如：

> 米篩不當疏，籃箕篘壺得雙胎。糠屑碎米好飼雞，蜴籃布袋得整齊。糶米得草地，糶米得米街。笳籮穀蓬好曝粟、曝粟得趕雞，風櫃舂白得雙個。白米糶未了，糶粟再來挨。姿娘人未當篩總得挨，未當舂總得爬。口渴食冷水，有人食燒茶。卜放尿，改換鞋。放尿有高低，聲音有大細。三個官名有等第，尚書撫院總督做一齊。真怪意，予人想未出即巧物。

前半段顯而易見講的是農業相關工作，後半提到「姿娘人」和「食冷水」、「食燒茶」後，以比興的手法，忽然轉而講起女性上廁所的情況。這種以前句引發下文的文學手法，且不避語言之粗鄙，加上全文佈局有欠嚴謹，皆是民間文學的強烈特色。

五、教育方面：以前的私塾教育，若是士大夫家的子弟，便必須讀書作文章，甚至持續就學十年以上，志在考取功名，走上仕宦之途。若是貧寒人家無力供給子弟長期讀書，則只讀兩三年，粗通文字，學會打算盤、記帳等謀生技能。後者的識字課本，則除了《三字經》、《百家姓》、《千字文》之外，發展得最好的就是各種雜字。這種雜字書與幾乎是「官定」的「三、百、千」相抗衡，在不被「讀書人」認可的情況之下，在社會上廣泛流傳。[22]因此，要研究漢民族的傳統教育，以《千金譜》作為代表性雜字文獻，是最佳的資料。

22　張志公：《傳統語文教育初探》，頁32。

綜合前述，《千金譜》文字流暢、內容豐富，鉅細靡遺地紀錄了清代的閩南先民生活情形，堪稱臺灣雜字類教材的代表作。《千金譜》不僅只是蒙書本身文學性、教育上的貢獻，更具有歷史文獻、名物訓詁、語言保存的重要價值。然而不可否認，由於長久以來社會環境忽視蒙書研究、保存的工作，使得《千金譜》仍有諸多謎點尚未明朗。例如內文所載諸多名物，部份已失傳許久，無從詳細得知樣貌或來歷。如「萬年紅，蓋漳盤」一句，其「萬年紅」在《圖解日臺千金譜》旁註為「アカイレン」；在〈千金譜考釋〉解釋為「即今之口紅也」；在《正字千金譜》則解為「一種高級紅紙」，眾說紛紜，莫衷一是。以及多種布料、香煙之品牌、名稱，大多只知其名，不解其來歷。

本書的初版年代、作者等來歷亦只知大概，無法進一步推測。或許還要從舊書肆或收藏家求助，[23]廣蒐《千金譜》和《識丁歌》相關版本，考證二書之關係與源流。在田野調查上，中國福建鄉間也許是《千金譜》研究尚未開拓的寶藏，等待著有心人前去挖掘、探索。

 ## 佚名《四言雜字》

《四言雜字》溯源

自古以來，漢民族名為《四言雜字》的教材不知凡幾。蓋因雜字教材在民間傳播過程中，古人多為手抄製本，對這類教材的版權並不相當重視，自然也就無所謂「出版項」的編輯了。是以，大多雜字教材皆不知其作者、成書年代和地點，甚至連書名也沒有，時間一久，造成今人溯源考證的困難。

或因作者編撰時未題書名，或因後人傳抄時不錄書名，今流傳民間的雜字，大多沒有正式題名。後人為了出版或論述的方便，雜字中三言一句者，便稱《三言雜字》，四言一句者便題為《四言雜字》──當然，也不排

23　據王順隆表示，臺灣文物收藏家杜建坊藏有多種增改版之《千金譜》抄本，或許從這些版本的比較研究中，可以進一步掌握此書的傳播情形，而追溯其來歷。見王順隆：〈從近百年的臺灣閩南語教育探討臺灣的語言社會〉，頁118。

除作者本身就自題《四言雜字》這種通俗書名的可能；如此一來，《四言雜字》等同名教材便不只一種，就筆者蒐集到在臺流傳的《四言雜字》，至少就有三種：一是以「鹽油米穀，香金紙燭」開頭，其二以「熟讀雜字，切要認真」開頭，其三是以「紙筆墨硯，訂簿記數」開頭。第一種亦流傳於中國，有中國民眾在網路發表前者《四言雜字》全文，稱該雜字擁有者之父親曾在廣東省汕尾市陸河縣東坑鎮擔任塾師，該書已收藏超過百年[24]；然而這本《四言雜字》成書於中國，與臺灣較無直接關係。後二者則成書於臺灣，皆是臺灣客家人的雜字教材代表。第三種有「張氏新編，著出此書」表明作者姓張，因此亦有論者稱之為《張氏四言雜字》。本節所探討的《四言雜字》，是後者較具有臺灣特色、在臺流傳較廣的張氏《四言雜字》。

《四言雜字》中有一段文字大量敘述臺灣各地民情，且由極少提及中國地名的內容來看，本書成於臺灣，迨無疑義。只能從「張氏新編，著出此書」得知作者姓張，其歷略、生平，一概不知。曾有論者認為，以其《四言雜字》對北臺客家庄情況頗多著墨的特色來看，作者可能是居於銅鑼、苗栗一帶的客家人。[25]筆者認為張氏應居於苗栗、臺中一帶，後文再作詳細推論。

至於成書年代，由於現今論者所得版本，多為竹林書局戰後發行，因此從「臺灣土地，日進繁華。孤懸一島，風景最佳。四圍海繞，勝境仙家。各業進步，電力汽車。市區改正，莊嚴官衙。共謀公益，銀行會社。教育日興，漸開文化。耕種朴實，不尚奢華。銀錢真重，男女不花。鴉片舊害，漸除無渣。[26]」一段，推測應在晚清至日治時期編成此書。曾永義則認為《四言雜字》作於滿清時代的臺灣[27]，但曾氏沒有舉出成書於清代的證據，也未對前述關於日治時代的敘述文字做出解釋。筆者下文則以各種不同年代的《四言雜字》版本，推論本書的成書年代。

24　見http://www.hakkaonline.com/forum/thread-54298-1-1.html（客家風情：民間珍藏客家四言雜字），2011年3月17日查詢。

25　江淑美：《清代臺灣客家子弟教育研究（1684-1895）》（臺北：國立臺灣師範大學教育研究所碩士論文，2002年），頁139。

26　佚名：《四言雜字》（新竹：竹林書局，1997年），頁13。

27　曾永義校閱，馮作民音註：《國語注音白話語譯：四言雜字、七言雜字、訓蒙教兒經三種合刊》，頁120。

曾永義校閱、馮作民音註的《四言雜字、七言雜字、訓蒙教兒經三種合刊》，1978年由永安出版社印行，關於「臺灣土地，日進繁華」一段的文字，與前舉竹林書局版一模一樣。然而查閱斐成堂商會編輯部在1922年初版發行的《四言雜字》，該段文字如下：

> 臺灣土地，日進繁華。孤懸一島，風景最佳。四圍海繞，勝境仙家。
> <u>英人稱讚，名曰高砂。帝國領臺，漸開文化</u>。各業進步，電力汽車。
> 市區改正，莊嚴官衙。共謀公益，銀行會社。教育日興，漸<u>至</u>同化。
> <u>本島人格，日思無邪</u>。耕種朴實，不尚奢華。銀錢真重，男女不花。
> 鴉片舊害，漸除無渣。賭博惡習，法不容他。嫖淫娼婦，梅毒病加。
> 花街柳巷，迷人烟花。青年子弟，莫去尋他。遵規守矩，勤儉成家。
> 追想古代，人心多變。人本無心，過橋丟板[28]……（下略）

字下劃底線者為筆者所加，標示與竹林版、永安版相異之處。從「高砂」、「帝國領臺」、「同化」等詞語，更可以看出編輯於日治時期的風格。這些詞語，在戰後出版的《四言雜字》中，自然一律刪除或改寫了。

然而這並不表示《四言雜字》成書於日治時代。再看筆者所藏一冊《四言雜字》手抄本，同段落之文字是：

> 臺灣地土，一府九衙。正堂六個，四縣九衙。鳳山嘉義，臺灣彰化。
> 正堂大府，總兵道爺。理番分府，知縣四爺。左右文武，未記其他。
> 福建管轄，永久無差。觀其地方，人情風化。耕種樸實，街上浮華。
> 四方雜處，男女好花。銀錢真重，嫖賭為佳。人本無心，過橋丟
> 板……（下略）

這段文字，在最末接「人本無心，過橋丟板」之前，幾乎完全與日治時期版本、戰後版本不同，反映出清治時代的臺灣行政狀況。由這本手抄

---

[28] 李開章校正：《四言雜字》（苗栗：斐成堂，1934年六版），頁8，第一面。

本所述臺灣一府四縣的設置，可以判斷《四言雜字》成於1812年至1875年之間。[29] 又如論者曾提出「由書中所提到居民安居無械鬥之情事，可推測此應為晚清甚至日治時期的社會現況，也就是編者應於晚清日治時期編成此書[30]」的推論，筆者查閱此手抄本，則有「嘉慶己巳，世遭變亂。客人遭劫，禍出非常。人多離散，田屋拋荒」關於嘉慶十四年（1809）分類械鬥之記載，但在日治時期的斐成堂版則已無此段。因此，不是《四言雜字》下的臺灣沒有械鬥發生，而是現今通行的《四言雜字》已是日治時期大幅改寫過的版本，早就將械鬥相關紀錄刪除。

這個大幅改寫過的版本，也可以推測應該就是李開章校正的斐成堂版《四言雜字》，從該書〈凡例〉所云「此書古來無印刷出版、研究者，由人隨意抄錄」、「今將舊政府時代府縣官制，及傷害風俗之文辭，不得不削除改正[31]」可知斐成堂版《四言雜字》是史上第一本非手抄的《四言雜字》，李氏並將有關清代的官制、械鬥事情刪除，加入若干日治時代的事物；到了戰後，出版社據此再次刪訂內文，並略去李氏之序言、凡例。因此如今市面通行的版本，是至少刪改過兩次的了。

由以上所述，可以確認《四言雜字》在清代1812年到1875年之間完成，在日治時代曾有人加以增刪改寫，戰後各版本也多據改寫版重刊，是以今人難以一窺本書的原始面貌，造成成書年代推論上的誤差。

《四言雜字》的內容與版本

本書內容，依日治後版本觀察，其記述內容依序可分為四十類：記帳、烹飪、蔬果、肉類、器官、衣飾、農具、家用、建築、祭祀、禽獸、歲時、水運、刑法、信仰、行業、人品、昆蟲、地治、世道人心、處世之道、各地民情、歷史人物、勸專心就業、作詩、醫藥、番人、契約、道德報應、書牘、宗族、死亡、親屬、官職、女子、忠臣孝子、聖賢經典、教育、文房四

29　清嘉慶十七年（1812），臺灣設一府轄四縣三廳，仍隸屬福建省。直到光緒元年（1875），在臺灣新設臺北府，才改變原來一府四縣的行政劃分。
30　江淑美：《清代臺灣客家子弟教育研究（1684-1895）》，頁139。
31　李開章校正：《四言雜字》，頁1，第二面。

寶、結語。這四十類為筆者所分，原書並無分類章節，因此李開章重編時，本來也欲以全本分條別類，但思量過往熟讀《四言雜字》者太多，重新排序分類影響過大，遂只更動部分文字。[32]

其中內容五花八門，字數高達五、六千言[33]，除了可視為雜字的集大成之作，與其他雜字如《千金譜》比較，更有特色的是《四言雜字》文中大量出現客家語言或特有風俗。如「糍粑」（麻糬）、「手鈪」（手環）、「禁指」（戒指）、「被骨」（棉被）、「貉老」（福建人）、「钁頭」（鋤頭）等，足為當今客語文書寫的用字參考。關於張氏的客家話，由文中「天晴落雨」句推測是四縣腔；蓋海陸腔乃講「落水」。[34]客家文化方面，如「五顯王爺」即五顯大帝，為漳州客家人的獨特信仰。「戲班採茶」則是客家採茶戲。文中兩度讚美韓愈：「韓柳歐蘇，文傳天下」、「有官除害，恩同韓周。韓文祭鱷，周公驅獸」，也是源自客家人尊韓愈為「嶺南師表」的精神。《四言雜字》對於讀書、農耕的敘述較多，不若《千金譜》明顯重於商業；例如「讀書要專，日夜勤攻。十年寒苦，何愁不通。耕種要勤，測及天時。四時八節，栽種得宜」，提起各種行業時，先論讀書，再講農耕，反映出客家人「耕讀傳家」、「晴耕雨讀」的傳統。[35]

然而以筆者所藏各版本《四言雜字》作內容比對，日治以後的版本如斐成堂、永安、竹林版三者內文幾乎完全相同，但與手抄本頗多相異之處。以下為求敘述方便，筆者將手抄本內容稱為「舊版」，日治以後的版本以竹林書局發行者為代表，稱為「新版」。兩者互作比較，觀察原始《四言雜字》所反映的清朝臺灣面貌，以及新版修改的動機。

本書開頭從記帳類到昆蟲類，新舊版內容雖有差異，但多為用字不同或句子順序的調動，如舊版寫「皮筋骨肉」，新版作「皮膚骨肉」；舊版「粘糯粟豆，冇谷有糠」在新版作「米有粳糯，打白出糠」等，語句雖不盡相同，但整體而言意旨不變。開始有重大相異處為地治敘述，舊版為「臺灣

---

[32] 同前註。
[33] 《四言雜字》依版本不同，字數有所增減。
[34] 邱春美：《客家童蒙視野中的雜字謠探討》（臺北：行政院客委會，2006年），頁32。
[35] 江淑美：《清代臺灣客家子弟教育研究（1684-1895）》，頁137-139。

地土，一府九衙。正堂六個，四縣九衙。鳳山嘉義，臺灣彰化。正堂大府，總兵道爺。理番分府，知縣四爺。左右文武，未記其他。福建管轄，永久無差。」新版則改為「臺灣土地，日進繁華。孤懸一島，風景最佳。四圍海繞，勝境仙家。各業進步，電力汽車。市區改正，莊嚴官衙。共謀公益，銀行會社。教育日興，漸開文化。」可看出新版將清代的地治敘述完全刪除，改為歌誦臺灣的現代建設。

在這段稍後，舊版有句「耕種樸實，街上浮華。四方雜處，男女好花。銀錢真重，嫖賭為佳」，在新版改為「耕種朴實，不尚奢華。銀錢真重，男女不花」，然而前者恐怕才是清代臺灣社會的真實樣貌，後者乃是李開章以「傷害風俗」之理由改正而成。

就算是新版的《四言雜字》，內容也透露著社會治安的亂象：

> 人無本心，過橋丟板。滿口仁慈，甜言闊騙。瞞心昧己，以德報怨。
> 日日盜賊，常常剪徑。強搶銀錢，剝去衣衫。被人控告，窩藏逃避。
> 官府嚴禁，出差捕緝。探問來由，跟尋踪跡。贓賊兩確，鄰右証實。
> 捉獲解究，枷杖重責。

這一段文字，從舊版便已存在，新版也未將之刪改。內文又有關於地痞流氓在擺渡上勒索、搶劫的惡行，紀錄清代臺灣的社會現實狀況[36]。這種對於人心險惡的描述，在啟蒙教材中實屬罕見。

接下來佔全書最多篇幅的臺灣各地民情敘述，新舊版改動更多，為求方便比較，製表如下[37]：

---

[36] 十九世紀在臺外國人對當時臺灣的社會治安也有相似的描述。甘為霖（Rev. W. Campbell）曾描述在白水溪被當地惡霸攻擊，財物掠奪一空，屋舍燒毀；見甘為霖原著，許雅琦、陳珮馨譯：《福爾摩莎素描：甘為霖牧師臺灣筆記》（臺北：前衛出版社，2005年），頁77-82。史蒂瑞（Joseph Beal Steere）目擊澎湖漢人趁他人海難搶奪財物，評論說「漢人島民，天生就是打劫者與海盜。」見費德廉、羅孝德：《看見十九世紀臺灣——十四位西方旅行者的福爾摩沙故事》（臺北：如果出版社，2006年），頁108-109。伊德（George Ede）則描述：「在中國新年這段時間到北部的路上有點不安全，由於那時有不少窮困的流氓四處徘徊。」見費德廉、羅孝德：《看見十九世紀臺灣——十四位西方旅行者的福爾摩沙故事》，頁319。

[37] 雖用字不同、句子調動，但意旨相同者不列。

表四 《四言雜字》臺灣各地敘述文字新舊版對照表

舊版文字（手抄本）	新版文字（竹林書局）
山無端正，人有好歪。捕捕闖闖，慣出盜賊。	古昔時代，國法寬和。民少教育，惡習成禍。不營正業，慣為盜賊。
盡錢捎空，不為不多	盡錢搜空，也不為多
臺之大害，嘉義排渡。借此為名，惡過狼虎。	旅人受害，濁水排渡。借此營生，惡過狼虎。
貓霧揀名，彰化縣管。大肚山背，一帶直上。東勢角止，河水界斷。山為屏障，葫蘆石崗。東北高山，天氣溫煖。田肥水足，五穀廣多。嘉慶己巳，世遭變亂。客人遭劫，禍出非常。人多離散，田屋拋荒。塹彰交界，坡頭山頂。慣藏盜賊，捕人剪徑。張盧被劫，險些致命。銀錢搶空，衣服剝盡。刑法異常，羞辱難堪。神鬼何知，天地共鑒。聖賢之言，行不由徑。	（新版無此段）
人情疏薄，不甜不苦。	人情照常，不甜不苦。
山崗雜亂，龍脈無神。	山崗秀麗，龍脈有神。
人多貧苦，富難千金	人多貧苦，富成萬金
貓裡市鎮，山水無情。往來畫夜，生疏難進。庄多雜亂，豈無賢人。	貓裡市鎮，山水有情。往來畫夜，生疏同進。庄雖離散，豈無賢人。
竹塹土城，設立分府。大甲起從，直管北路。	（新版無此段）
近山多窮，內港多富。	近山多產，近港多富。
坭無黏洽，人少情義。	坭無黏洽，人多情義。

　　從以上新、舊版意旨相異文句的比較，可以看到原始《四言雜字》殘酷地揭露清代臺灣社會的真實面，以及李開章大幅修正的用心。由舊版文字看來，臺灣頗多窮山惡水，民生艱困，由於自顧不暇，對他人感情相對淡薄。李開章改訂過後的新版文字，將械鬥、搶劫的事件刪除，把負面的敘述轉為正面。

　　筆者在此處要提出來特別討論的是前述「貓霧揀名，彰化縣管」直到「聖賢之言，行不由徑」這一段。這一段為新版所不錄，然而筆者仔細觀察後，認為這一段話中或許蘊涵《四言雜字》來歷的線索。此段先提及「貓霧揀」，即今臺中縣市一帶，當時屬彰化縣轄。再提及「東勢角」，在今臺中市東北方，再來是「葫蘆石崗」，「葫蘆」指葫蘆墩，即今豐原，石崗為

臺中縣石岡鄉，這兩處在東勢角西方，張氏說這一帶「田肥水足，五穀廣多」；然而接著卻是「嘉慶己巳，世遭變亂。客人遭劫，禍出非常。人多離散，田屋拋荒」。查嘉慶己巳年（十四年，1809）閩客械鬥在臺有數起，宜蘭、臺北、桃園等地皆有；但若考慮到作者正提到臺中、東勢、豐原、石岡一帶，便接「客人遭劫」，應考量同年在此地是否曾發生械鬥情事。果然查詢之下，得到數筆資料：「嘉慶十四年己巳四月十六日，漳泉民分類械鬥。先是淡屬起釁械鬥，至四月間，彰化奸徒乘機煽惑，庄民聞風疑慮。凡交界之處，紛紛搬徙。匪徒乘勢劫掠，遂復起事焚殺不止。迨早稻登場，庄民各思回庄收穫，始復平定。[38]」雖是漳、泉械鬥，卻殃及客家族群，因而留下歌謠〈入呈臺灣貓霧捒被閩人遭害以功救粵冤事〉：「一哀分貴漳泉，漳泉二府真發顛，淡水爭姦因口角，嘉漳兩邑皆相連。二哀分淚淋淋，漳泉械鬥害粵人，仇畔[39]只因爽文反，當初不該做義民。[40]」當時彰化縣的漳泉械鬥，害及貓霧捒的客家人，這些客家族群被迫遷移，部份搬到臺中東勢鎮以及苗栗。[41]由此可證所謂「嘉慶己巳，世遭變亂。客人遭劫，禍出非常」指的就是1809年的彰化縣漳泉械鬥。

接著張氏又說「塹彰交界，坡頭山頂。慣藏盜賊，捕人剪徑。張盧被劫，險些致命」，這「塹彰交界」指清代竹塹與彰化縣的交界，也就是今日苗栗一帶，發生了「張盧被劫」一事。查《淡新檔案》，曾有竹南四堡土城庄民張盧被十餘名強盜破門搶劫，財物洗劫一空。[42]竹南四堡土城庄位於今日臺中縣後埔鄉，北隔大安溪與苗栗縣相望，符合張氏「塹彰交界」的說法。《淡新檔案》中紀錄張盧被劫之事，與舊版《四言雜字》紀錄的地點、

---

[38] 周璽：《彰化縣志》卷十一（彰化：彰化文獻委員會印行，1969年），頁544-545。
[39] 應為「仇畔」。
[40] 此史料為黃榮洛先生在新竹縣芎林鄉發現之民間手抄本抄錄，標題即〈入呈臺灣貓霧捒被閩人遭害以功救粵冤事〉，歌詞末附註「嘉慶拾肆年十月卅日，貓霧捒粵人入呈」。見徐碧霞：《臺灣戰後客語詩研究》（臺南：國立成功大學臺灣文學研究所碩士論文，2005年），頁43-44。
[41] 參見http://library.taiwanschoolnet.org/cyberfair2003/C0317360091/b-5.htm（東勢鎮開發史），其中1809年之條目指出：「1809，嘉慶14年之械鬥：有一些客家人移住至東勢角及苗栗各地。」2011年3月20日查詢。
[42] 國立臺灣大學圖書館編：《淡新檔案》第二十九卷（臺北：國立臺灣大學出版中心，2008年），頁29-30。

人名都相符，兩者紀錄的應是同一事件。

但是若承認舊版《四言雜字》的張盧被劫就是《淡新檔案》關於張盧一案之紀錄，則成書時間上又生矛盾：根據《淡新檔案》紀錄張盧被劫一案，發生於光緒八年（1882），當時臺灣的行政區劃分應是二府、八縣、四廳，與舊版《四言雜字》的「臺灣地土，一府九衙。正堂六個，四縣九衙。鳳山嘉義，臺灣彰化」、「南北兩路，四縣一府」敘述不符。這種矛盾，如何解釋？筆者想起過往蒐書經驗中，某次在臺北百城堂舊書店購得一本中國福建流傳之雜字，內文有「一十九省，北京順天，奉天江西……」，又云「臺灣海外，四縣一府」，依前句將「奉天」算為一省而言，則此書應成於奉天設省的1907年之後；問題是若然如此，1907年臺灣早就進入日治十餘年，又何來「四縣一府」？曾以這問題請教百城堂書店主人林漢章，林漢章推測雜字書常有因地制宜、隨時演變的特色，因此「奉天」作為一省，乃是後人所加，但卻未將臺灣版圖刪去。這個說法，或許也可以套用於舊版《四言雜字》上。筆者推測是張氏編寫《四言雜字》時，臺灣仍是一府四縣時代，也就是光緒元年（1875）之前；不久發生張盧被劫之案，遂被添入書中，然而舊制一府四縣的敘述卻依然沒有改正，因此才會出現年代互相矛盾的情況。自然，也可能《四言雜字》作於張盧遭劫之後，但寫到地轄範圍時，依然習慣性地以舊制敘述。

如果能接受這個推論，筆者則大膽更進一步假設：《四言雜字》作者張氏，可能出身或居住於今日臺中、苗栗交界一帶。這個猜想，源於筆者在蒐集整理舊版《四言雜字》的過程中，發現許多箭頭不約而同指向這附近之地域。第一，前文述及的嘉慶己巳年之變故，已推論是指彰化縣漳泉械鬥。此事禍延貓霧捒客家人，遂移民至臺中東勢與苗栗。當時全臺械鬥事件頻仍，若非與張氏有密切關係，何以只挑此例來描述？或許張氏便是當年從貓霧捒遷徙到苗栗的客家族群子弟。《四言雜字》談及臺灣各地民情之時，首從「東都中路」講起，可能也是張氏本出身中部的旁證。

第二，舊版《四言雜字》提及的竹南四堡土城居民張盧被劫，並非知名案件，當時臺灣亦未有發行全島之報紙刊物；在當時消息流通不如現代便捷的環境下，張氏能知悉此事，並且心有所感而花了部份篇幅將此案寫入書

中，讓筆者開始思考張氏就是當地人士的可能性。

第三，李開章編訂《四言雜字》時，自道「今回幸得張氏原本，依樣校正，始得完全無訛也[43]」，李開章能在苗栗銅鑼一帶取得「張氏原本」，則張氏之故里就在該處附近的可能性要比他處高些。綜合前述，筆者才大膽假設張氏是臺中北部、苗栗南部客家人，雖然並沒有決定性的證據，然而或許是後人研究《四言雜字》溯源的一個參考。

在臺灣各地民情敘述的大幅修改之後，接著到了敘述「番人」的部分，又有大幅修改：

表五　《四言雜字》原住民敘述新舊版文字對照表

舊版文字（手抄本）	新版文字（竹林書局）
生番假俚，東山一派。不著衣裳，形容古怪。出來巡捕，相似妖怪。行人謹慎，莫恃膽大。金銀不要，愛人腦袋。一年殺人，何止千個。專取人頭，身屍留在。禍因番刮，勾通番怪。火藥鉛銃，鎗刀器械。豬酒鹽物，偷入山賣。鬥換鹿茸，利息深大。禁斷此物，人民與賴。有魚無水，何得變怪。	生番假裡，東山一派。不著衣裳，形容古怪。出來捕人，相似妖怪。行人謹慎，莫持膽大。金銀不要，愛人頭袋。一年殺人，不計其個。專取人頭，身屍留在。禍因番割，勾通番怪。火藥鉛銃，鎗刀器械。豬酒鹽物，偷入山賣。交換鹿茸，利息深大。昔無教育，野心最壞。國有善治，撫遣分派。教化蠻夷，特別招待。番童學校，教育不息。漸近人情，知禮所在。人民安樂，國恩深大。

從舊版所述，可知漢人原本認為原住民能與漢人相抗衡，乃因漢人與之買賣而提供物資，若呼籲漢人斷絕將物資輸入山中，原住民自然無法作亂。李開章改正的新版文字，對原住民的觀感批評仍然不變，但後頭提出的方法較為文明進步，也就是日人「撫蕃」的方式：設立學校、招待頭目至日本旅遊等。

最後改動最大的是書末論及聖賢經典、教育和文房四寶的部分。

---

[43] 李開章校正：《四言雜字》，頁1，第二面。

表六　《四言雜字》聖賢經典、教育、文房四寶
及結語新舊版文字對照表

	舊版文字（手抄本）	新版文字（竹林書局）
聖賢經典	堯舜大孝，書史載讀。感動天地，古今傳錄。番邦土地，海外東都。人多愚頑，少讀詩書。學而先進，大學上孟。下孟告子，六本四書。詩經毛經，書經尚書。易經周易，麟經春秋。禮記戴禮，五部經書。	舜為大孝，歷山獨出。忠孝之人，古今傳錄。可化頑愚，經書多讀。飛龍造書，倉頡創字。科斗之形，龍鳳之勢。丹鳥白魚，靈龜嘉穗。六書周官，八體秦世。篆分大小，古今殊隸。行草三體，楷書芳桂。三墳五典，三皇五帝。八索九丘，澤丘之誌。四子之書，顏孟曾思。書經所載，上古唐虞。易經之作，文周所繫。大小二戴，刪註禮記。註詩二毛，故曰毛詩。李陵蘇武，五言之始。漢代栢梁，詩成七字。褒貶之嚴，春秋孔子。字仰鍾王，詩遵杜李。秦始無道，焚書坑儒。大宗好文，開科取士。開卷有益，大宗要語。不學無術，霍光自為。經有十三，二十一史。金匱之書，司馬遷遺。魯壁古文，猶存斯世。
教育	（舊版無此段）	汗牛充棟，多書之謂。才儲八斗，多才文士。學富五車，博學名儒。涉獵不精，濫學之弊。癡愚呆蠢，魯鈍昏迷。穎悟聰明，通達伶俐。丰采高雅，出類拔萃。伊吾嘹亮，書聲雅氣。詩人騷客，譽髦之士。試驗無文，洪白之筆。書成繡梓，殺青之句。男人教育，燕山教子。女子教育，孟母斷機。人倫教育，道宗孔子。兒童入學，漸成大器。小學中學，大學博士。為聖為賢，別有精義。道德為先，次求名譽。十載寒窗，三元及第。榮祖耀宗，名流青史。
文房四寶	（舊版無此段）	文房四寶，士子宜知。蒙恬造筆，蔡倫造紙。田真創墨，子路硯製。縑緗黃卷，經書形勢。雁帛鸞箋，簡札之謂。寸楮尺素，書信名義。名刺之由，刺葉成字。上古無紙，用此便利。

結語	聖人始作，永古千秋。擇師講解，變化無窮。熟讀細認，富貴可求。精調書訣，各款雜處。款事極多，各有妙處。句語雖俗，文法近古。世情勘破，通達理路。雜字易識，讀書悠久。若要通機，十年寒苦。習學書訣，半年工夫。當家事務，曉得應酬。南北兩路，四縣一府。無處不到，任走遨遊。……（下略）	聖人之教，萬古千秋。擇師講解，精通字書。十年苦工，富貴可求。四言雜字，極多妙處。句語雖俗，文法近古。世情勘破，通達理路。字字認識，半月工夫。習讀家用，能曉記簿。當家事務，曉得應酬。臺灣風景，南北兩路。無處人到，任我遨遊。……（下略）

此處之改動極大，其中新版提及的教育、文房四寶等內容，舊版隻字未提；舊版對聖賢經典的敘述，廣度和深度也都不若新版。筆者推測新版文字為李開章所加，他所新增的文字，雖然風格典雅，內涵淵博，但與原始《四言雜字》以客家口語寫成的文字放在一起，李氏增補的段落不免過於文言，且內容有扭曲張氏作者原意之嫌。然而增補者有心將《四言雜字》觸及的範圍加深加廣，讓這本誕生於清朝民間的教材能夠面目一新，在新時代裡延續生命，甚至戰後各版本都依據李開章的斐成堂版內文重刊，成為《四言雜字》今日最通行的版本，李氏對於教育推廣仍然有極大的貢獻。

筆者得舊版《四言雜字》手抄本之助，推測成書於1812年到1875年間，而後可能經過增補；作者為張氏客家人，居於臺中、苗栗一帶。1922年，由李開章校正編訂後發行，是《四言雜字》首度印刷出版。李氏改寫版本，將部分負面敘述與清朝制度刪去，此舉影響甚大，後人重刊、研究此書，多據李開章校正版本，而以為張氏之原本。然而由於舊版《四言雜字》的重新出土，部分對於《四言雜字》的研究論述要再次檢視。

本書本以客家話寫就，保存大量客語文字與傳統文化。然而由於內容切合實用，流行地區非但僅限於客家聚落，而是全臺各地都看得到這本《四言雜字》的蹤跡，可見閩南籍臺灣人也在私塾中用閩南話誦讀它。

《四言雜字》除了一般雜字教材對於名物的考證價值，又紀錄了清代客家人的鬼神觀、死亡觀、職業觀、生活觀；有不少篇幅敘述臺灣南北二路風土民情，忠實紀錄當時狀況，不求粉飾太平，無論是研究客家文化、臺灣歷史，都是相當珍貴的文獻。

其他臺灣雜字蒙書

筆者家藏二十餘種雜字，其中有成於中國而在臺流傳者，也有足以從內容考證出於臺灣者，也有不少雜字無法確知出處。這些雜字以各地方言書寫，記載各類名物，主要目的在於作為大眾的基礎識字教材，因此內容類別大抵與前文《千金譜》、《四言雜字》相似，下文則選擇數本簡單介紹，一窺臺灣流行之雜字教材的類型，也提供後人雜字研究之文獻考徵。

1.紀金坒《鹿港大街市》

筆者持有之《鹿港大街市》為臺中縣閩南語教學支援人員紀坤富影印提供。本書以毛筆字書寫，封面題字「民國辛亥年九月中旬」，應是抄錄時間，但不確定是否亦為創作時間。

本書內文為五言雜字，從「鹿港大街市，物件甚齊備。雜貨簐仔店，集寫舉汝念。大燭金香銀，鰇魚海參筋。鹿肉猴仔腿，虎苔香菰蕊」開始，列舉各種店內乾貨、食品、點心、紙錢、日用品、廚具、餐具、家具等。較特別的是對於文房用具有較詳細的描述，如「桃紅花粉箋，縜聯畫八仙。粗紙異貢川，石羔親像礜。好筆碧雲軒，正墨上頂烟。本槽大四方，印書薄川連」，又有「四書註備旨，易經解尚書。大小雅旁訓，三列國古文。初學集秘訣，篆字體草法。幼學三字經，指南字彙形。家語并禮記，孝經衍喪義」的描述，在草根味濃厚的臺灣雜字中增添了文人氣息。接著再介紹各種雜貨以及樂器、布料、衣飾、農具、漁產、穀類、蔬果、花卉、肉類、建築，最後以新居落成，安床、安門後，親戚前來恭賀的情景作結。末尾這個安排，與《千金譜》結尾相似。

本書末附錄紀金坒著〈遷移居住文〉，註明日期為「昭和五十年九月十八日」、「民國六十四年九月十八日」，內容則以閩南語七字「歌仔」敘述清代紀氏先祖事蹟：「卜廣祖公奚固代，無廣下云全不知。早帶大庄奚地界，經字字云轉勞來。咱祖人名紀仔溝，古早霞赤真無空。專是正人相痛疼，庄民選伊做頭人」，並介紹紀仔溝的子嗣，以及紀仔溝的人生歷程。從

內容提及「大庄」、「海埔厝」、「梧棲」皆為臺中梧棲一帶地名來看，紀家原是臺中梧棲人。此文常運用借音字，如寫「熙尊」代表「彼陣」，用「奚」代表「的」等等，並有大量俗體字，非常有民間歌仔抄本的特色。

順帶一提，鹿港地區不但自古文風鼎盛，也孕育了許多特有的民間文學作品。鹿港早年流傳「鹿港普渡歌」，將鹿港從農曆七月逐日區分地方普渡的順序：「初一放水燈，初二普王宮，初三米市街，初四文武廟，初五城隍廟，初六土城……」，相傳辜顯榮顯赫於臺北時，對於前來求助的鄉親，得要求能背誦這首歌謠，證明真是鹿港人，才予以資助盤纏。[44]另外，據民間學者黃哲永表示，其在約二十年前參加臺中市萬和宮全國詩人聯吟大會時，曾聽鹿港耆老朗誦長篇念謠，題名印象中是「鹿港三百六十行」，以傳統「歌仔」形式敘述鹿港地區的職業和商家行號，在場聞者無不讚賞；惜多年來僅只聽過一次，若有文獻傳抄下來，當為民間文學之寶。

2. 佚名《臺灣明治分類雜字》

《臺灣明治分類雜字》為毛筆手抄本，封面僅署「明治卅九」（1906），無書名。《臺灣明治分類雜字》之名為筆者所加。書分篇目，有〈立志要言〉、〈身體類〉、〈衣服類〉、〈書房類〉、〈農器類〉、〈日用器具類〉、〈臺灣日用須要之物件〉、〈彩帛類〉、〈簐舖物類〉、〈菓子類〉、〈樹木類〉、〈勉勵同人文〉、〈百花類〉、〈蔬菜類〉、〈水族類〉、〈野獸類〉、〈山禽類〉、〈臺北地名雜誌〉、〈百家姓〉十九章。這本雜字不但詳細分類編章，每章正文大多有序言和結尾。各章文首序言如「人生天地，切戒閒居。要求令望，勤讀詩書」、「一身形體，略說君知」、「文房四寶，幼學須知」、「天地之間，物類不齊。茲承下問，不得不提。文人應用，略略先題」、「園林菓子，計數不完。舉其大概，大家參詳」、「臺北地名萬如千，卜知卜識著少年。一時把筆來寫起，就寫基隆竹塹城」等，比起一般雜字不分章節、開頭就直接列出名物的寫法更為用心。各章文末也多有結語，如「詳思熟察，舉筆無疑」、「形容易改，心性難

---

[44] 施玲玲：〈鹿港普度歌〉，《社教資料雜誌》第278期（2001年9月），頁9。

移。嗟爾小子，勵志營求」、「富貴貧賤，服色因人」、「記其大概，由淺入深」、「陸續誌載，以便考求」、「舉此要用，勿謂平常。從茲彙誌，萬不可忘」、「虛心細看，舉筆不迷」等。證明這本雜字的編輯，相當注重其知識的分類系統，以及文學之美感。

從內文的部分敘述推測，《臺灣明治分類雜字》應是特別為私塾授課而編寫，如〈臺灣日用須要之物件〉的「文人應用，略略先題」，將日用雜貨中，以文人用具列為首要介紹，與其他重商務、重計帳的雜字不同。〈勉勵同人文〉載「勸您讀書著認真，不可諢譁度日辰。一年日子無若久，三延四緩過一年。父兄送您來學內，望您讀書進秀才」更明確揭示本書作為私塾教本的功用。然而作者也說：「撰出幾句粗俗話，大家熟察就能知」，可知雜字的編寫定位，不奢望直追四書五經、駢賦詩詞，語言不避俚俗，務求快速多識名物與認字。

〈臺北地名雜誌〉算是比較特別的篇章，內文以北臺大小地名編綴而成，務求學生能快速認識鄉土，並且能夠知悉各處地名寫法。茲舉一段如下：

> 觀音大屯夾滬尾，梘尾三貂噶瑪蘭。頭城羅東金包里，暗坑內湖龜仔山。錫口草山獅毬嶺，五股旱溪八前林。劍潭礦窟南勢角，粗坑幼瀨白石湖。干荳過港大浪傍，挖仔出口桃仔腳。新莊艋舺大茄蚋，舊港溪洲老龜崎。貓鴛渡頭港仔嘴，內葉山腳董門頭。枋寮塗城竹篙厝，潭底垄仔枋橋頭。

書末最後一篇為〈百家姓〉，然而與傳統〈百家姓〉不同，本書只收錄了一百二十六姓，不錄複姓，比傳統〈百家姓〉少得多。當諸多文人不滿於〈百家姓〉收錄姓氏不足，自行編輯《千家姓》、《成文新百家姓》時，這本雜字反其道而行，認為典籍所載許多姓氏，在臺灣甚是罕見，多讀無用，因此只選錄一百二十六姓。從此可見雜字教材並不以炫學或集大成為目標，只求能成為精簡實用的通俗蒙書。

3.佚名《為人最要敬爺娘雜字》

本書為毛筆手抄本，原書無題名，筆者自訂書名《為人最要敬爺娘雜字》。全書以七言編撰，不分章節，從「為人最要敬爺娘，好把雞豚早奉口」開始，至「晨昏定省還須敬，菽水承歡切念長」止，共五百零六句。因其內容提及「臺灣總督府」，判斷是日治時代作品。由書中有「夭」（長不大）、「承勞」（夥計）、「黃梨」（鳳梨）、「朳子」（番石榴）等詞彙來看，是以客家話寫成的教材。

本書先從敬重家庭成員開始，再勸人戒鴉片、戒嫖賭。接著敘述嫁娶、祭祀、契約、人品、刑法、納稅、金融、器官、疾病、死亡、喪葬、公共設施、現代器物、軍武、職業、食物、紙料、水產、蟲豸、禽獸、穀糧、地形、農具、乾貨、菜蔬、服飾、日用雜貨、點心、布匹、文書、工具、建築、樂器、飾品、木材、臺灣地名、訴訟、勸世等。

除了一般雜字收錄的各種雜貨名詞外，本書較特別的是收錄了日治之後的納稅制度、金融組織、公共設施、現代器物、現代軍武、訴訟制度等。

4.林寬柔《最便淺學》

本書為毛筆手抄本，封面題書名為《最便淺學》，下題「初篇合篇共集」。另題「民國參玖年梅月初」，署名「林寬柔」，應為抄寫者。

《最便淺學》為七言雜字，七字一句。從「凡人百藝可隨身，賭博之徒莫親切[45]。能使英雄為下賤，管教富貴作飢貧。若肯經營勤與儉，自然粒積有錢銀。更加放債利生利，數載之間是富人」到「出入高低來去處，溪港坑堀溝潭池。修橋造路廣佈施，姦宄妄作天地知。善惡到頭終有報，只爭來早與來遲。幼時若識讀此卷，臨楮曷慮筆躊躇」為初篇。續篇從「塾師教訓小學生，首重孝悌說分明。有子開章深告戒，孝事父母弟事兄。公媽伯叔姆嬸嫂，姊妹姪孫須照行。晉接呼喚各有別，尊卑大小勿亂稱」到「以上俚語

---

[45] 此句「賭博之徒莫親切」，在詞意和押韻都不符，應是「賭博之徒切莫親」傳抄錯誤。故可推測本書為林寬柔抄寫而非創作。

作成篇，有仄無平罪聖賢。為訓淺人漫寫此，高明萬勿笑狂顛」。全書上下篇合計五百零五句。由內文有「拔仔」（番石榴）、「柑仔密」（蕃茄）、「密婆」（蝙蝠）來看，似是閩南語教材。然而也有「蚯蚓」、「蜻蜓」、「蒼蠅」、「蔴雀」等非閩南語詞彙。

本書提及的項目有建築、親屬、餐具、床具、農具、日用品、武器、紙類、書籍、布料、衣飾、穀類、菜蔬、點心、禽獸、水產、蟲豸、器官、職業、禮儀、風水、建材、裝潢等。其以描述大富人家建築為開頭，末尾以新居落成眾人慶賀作結，與《千金譜》的安排相似。

本書有一段對於興建屋舍的過程，先請堪輿師看風水，再聘人看日，接著則請工匠、選建材、監工等，描述詳細，為其他雜字少見。

5.佚名《分類七言雜字》

本書為毛筆手抄本，書名原題「七言雜字」，然而由於七言雜字種類繁多，筆者為求細分，且將之名為《分類七言雜字》。作者、成書年代及地點不詳。

《分類七言雜字》內文依門分類，共有〈穿著門〉、〈女飾門〉、〈兒飾門〉、〈布帛門〉、〈飲食門〉、〈園蔬門〉、〈海錯門〉、〈果品門〉、〈家畜門〉、〈野獸門〉、〈禽鳥門〉、〈水族門〉、〈山蟲門〉、〈廚器門〉、〈農器門〉、〈家用門〉、〈屋宇門〉、〈地理門〉、〈人物身體門〉、〈疾病門〉、〈散用法門〉二十一類。其後附錄〈寫包封式〉，紀錄寫紅白包之題詞。以及抄錄符法等。內文有「包封」（紅白包）、「蕃瓜」（客語四縣話，南瓜）等詞彙；以及字旁偶以小字註解讀音，如「原」音「言」、「指」音「主」，從這些詞彙和字音可知是客家話教材。

本書除了分類精細之外，較特別的是〈散用法門〉收錄各種動作字彙，如「吞吐咬銜啜飲嘗，囓食吃嚼噴舐吮。搜尋揪扭拖綁毆，捕捉擒挈劫奪搶」等，因此除了名物之外，雜字教材亦收錄各種動詞，使字彙教學更加全面。

6. 佚名《鹽油米穀四言雜字》

此書為著名客家雜字之一，原名《四言雜字》，由於與其他「四言雜字」教材書名重複，故加以內文首句「鹽油米穀」，以示區別。筆者查中國大陸「客家風情」論壇，有署名「彭正矯」者稱：「四言雜字（手抄本），係陸河縣東坑鎮一位長者的父親從解放前執教私塾時手抄的，已經珍藏了一百多年，慷慨借於本人，當時我驚喜萬分，如獲至寶。我徹夜翻查康熙字典，並列印成文，現奉獻于網友共用。並在此對彭先生表示衷心感謝！[46]」其發表的四言雜字即與筆者收藏手抄本相似。筆者收藏之臺灣人抄本，從開頭「鹽魚米穀，香油紙燭。千萬十百，早夜歌宿。斤兩升斗，挑擔行走。分文筒石，菜飯粟麥」與網路發表者相同，其後則句子或有跳漏，或有網路發表者所無之句。但整體說來，筆者收藏的《鹽油米穀四言雜字》到「字要認真，能值千金。讀熟不認，枉費師訓。勉爾諸生，仔細思之」全書結束，共二百一十句，而網路發表之版本有六百四十三句，因此筆者所持抄本應是精簡過的版本。證明了雜字教材有民間文學的特性，會隨著時間遞嬗而在傳播過程產生變異性。

7. 佚名《七言雜字》

本書為著名客語雜字，作者、成書年代及地點不詳。曾永義編輯《四言雜字、七言雜字、訓蒙教兒經三種合刊》時，便介紹本書「也是以前私塾中非常流行的一部書，其中不無相當的參考價值」。[47]現今常見版本偶爾將《七言雜字》附錄於張氏《四言雜字》之後，如曾永義便將《四言雜字》、《七言雜字》收在同一本書中；竹林書局發行的《四言雜字》亦附錄《七言雜字》。本書約一千七百餘字[48]，不分章節，全為名詞的堆砌，因此

---

[46] 見http://www.hakkaonline.com/forum/thread-54298-1-1.html（客家風情：民間珍藏客家四言雜字），2011年3月17日查詢。

[47] 曾永義校閱，馮作民音註：《四言雜字、七言雜字、訓蒙教兒經三種合刊》，頁119。

[48] 筆者收集四種《七言雜字》資料，皆大約二百五十句，近一千八百字。江淑美的《清代臺灣客家子弟教育研究（1684-1895）》第141頁則說有一千九百八十八

曾永義說《七言雜字》的價值是「專門從認字寫字方面看，本書也有可取之處[49]」；郭立誠則將《千金譜》、《四言雜字》、《七言雜字》、《訓蒙教兒經》並列比較，說「四部小書中以《四言雜字》和《千金譜》的水準最高，《訓蒙教兒經》次之，《七言雜字》最差，純是用各類名字堆砌而成，除了許多本省專用名稱，值得詮釋，此外並無多大價值」。[50]

《七言雜字》從開頭「世間雜字識難盡，略寫大凡頗得明。豬肉粉湯肝肺肚，牛頭蹄腳腎膽筋」起，舉出肉類、食品、記帳、紙類、魚類、走獸、飛禽、蟲豸、穀類、地理、農具、菜蔬、水果、點心、布料、衣飾、日常器用、刑法、工具、家具、建築、樂器、飾品、木料等類別之詞彙。結句一般為「楊梅莉檔紅心子，黃板烏梯楊杞楓。榍柏苦楝布羗樹，欖頭桄樹盡山中」，最末二句也有「七言雜字宜熟讀，居家萬事不求人」、「百般物件言難盡，只此研求應用通」、「山中樹木說不盡，書中略寫識無窮」、「讀書君子須用意，時常抄寫要記心」等結尾的版本。

8.佚名 《讀書子三言雜字》

筆者收藏以「讀書子」開頭的客語三言雜字有三種，皆為手抄本，作者、成書年代及地點不詳。甲版二百三十六句，乙版三百四十四句，丙版六百二十句。開頭皆為「讀書子，寫字通。秀才父，狀元公。四書熟，六經通[51]」，接著甲版為：

> 朝天子，拜相公。知聖賢，識祖宗。能積善，受官封。女績麻，男務農。牧童子，田舍翁。

乙版為：

字，可見各版本字數互有差異。
[49] 曾永義校閱，馮作民音註：《四言雜字、七言雜字、訓蒙教兒經三種合刊》，頁120。
[50] 郭立誠：〈保存本省民俗史料的千金譜〉，頁71。
[51] 但丙版「寫字通」寫成「寫字童」，「狀元公」寫為「狀元翁」。

女績麻，男務農。紗田地，揳谷種。知春夏，識秋冬。僱人時，算幾工。粘踏粄，糯裏粽。朝天子，拜相公。知聖賢，識祖宗。牧童子，田舍翁。

丙版為：

朝天子，拜相公。女績麻，男務農。知聖賢，識祖宗。能積善，受官封。牧童子，田舍翁。

可以見得乙、丙版雖然全書句子較多，但編排順序稍有錯亂，如「朝天子，拜相公。知聖賢，識祖宗」應如同甲版放在「四書熟，六經通」之後，文義才完整；甲版的文句雖然較連貫，但句數卻較少。筆者推測三版皆有一個共同的原始版本，但是在傳抄時，抄寫者偶有順序背錯之誤；甲版語意雖較連貫完整，但比乙版少了「紗田地，揳谷種。知春夏，識秋冬。僱人時，算幾工。粘踏粄，糯裏粽」，可能是精簡改寫過。

《讀書子三言雜字》內文無分章節，上下句偶爾有排比語句，但前後文不盡然互有關係，試舉一段為例：

笑呵呵，喜忽忽。三五座，八九家。做戲子，浪蕩儕。鑿門枋，打籬笆。雞鵝鴨，牛羊馬。由自己，不管他。竹生筍，樹開花。作煙籠，賣細茶。

可以看出這本雜字並非以一般雜字以紀錄各類名物為主，而是紀錄各種口語中的排比句，有仿傚對類蒙書的意味。然而這本書結尾曰「話雖俗，識不刊。當家子，昏來看。習不已，有相關」，另有版本曰「語雖淺，意有關。教初學，甚易焉」，揭露了本書作為雜字的功用。而其前後文並不盡連貫的特性，造成背誦不易，以致抄本文句順序調換、脫落的缺點。

9. 佚名《士子何用先五言雜字》

本書為筆者收藏抄本，作者不詳。書中有「做叛舂糍軟」等客家話，加上這部雜字與《讀書子三言雜字》甲版、《七言雜字》等客語雜字共抄為一本，因此判斷亦為客語雜字。

其中有一段「做得三篇出，過海是神仙。入學連中舉，進士解會元。翰林選學院，主考看文章。探花及榜眼，狀元宰相邊。選官做府縣，州道幾多般」的敘述，應是臺灣士子在清代渡海至福州參加鄉試的仕途進程，依此推測本書寫於清代之臺灣。

本書從「士子何用先，詩書筆架籤。竹筒並墨硯，幼紙與紅箋」開始，介紹書房生活、科舉進程、衣錦還鄉、衣飾、珍羞、農具、農務、廚具、蔬果、水產、家畜、百工、雜貨、日用品、文具等。最後以「生涯原多種，錄出共堪知。諸生肯認字，讀熟總無疑」結束，共二百五十句，一千二百五十字。

10. 佚名《天地日月星五言雜字》

本書為筆者收藏抄本，作者、成書年代及地點不詳。其中有「蝠婆」等客家詞彙，加上這部雜字與《讀書子三言雜字》乙版共抄於一冊，因此推測《天地日月星五言雜字》亦為客語雜字。

本書以「天地日月星，東西南北方。春夏秋冬季，省府州縣鄉。住在何村社，姓名須記詳。物件定得看，字畫不可忘」開始，至「隨手分明記，何愁失落贓。奸刁梟惡騙，天理有主張」結束，共二百六十二句，一千三百一十字。內容包括生活常識、地理、草木、走獸、蟲豸、飛禽、水文、水產、漁獵用具、農具、農作物、醬料、菜蔬、顏色、度量衡、衣飾、日用品、乾貨、水果、飾品、建築、廚具、雨具、器官、親屬、職業、身份等。

11. 佚名 《正月是新年五言雜字》

　　本書為筆者收藏抄本，作者、成書年代及地點不詳。以其有「打粄」、「黃稔稔」等客語詞彙判定是為客語雜字。全書以「正月是新年，燒香奉祖先。刣雞開老酒，三牲各一筵」開頭，然而這段話，在劉還月《臺灣歲時小百科》、曾逸昌《客家概論：蛻變中的客家人》中都將之稱為「年謠」。[52]查網路論壇「客家風情[53]」、「家在興寧[54]」等所貼之「齊昌節景歌」，大部分語句與《正月是新年五言雜字》相同，證明本書乃由中國傳來。

　　本書內容由「正月是新年」開始，敘述年節盛況；接著是「二月掃墳時，買肉及香紙」，依序再介紹三月、四月……至十二月年終。這種形式確實與民間歌謠「桃花過渡」、「雪梅思君」按月敘事的方法相同。然而筆者收藏抄本在十二月最末「浴佛併請祖，賽神又謝天。除夕安樂睡，一夢到新年」全文結束後，原書主自署「五言雜字終」。究竟是民眾將民間歌謠抄本當作雜字教材研讀，抑是雜字教材深入民間後，成為人人傳誦的歌謠，耐人尋味。

12. 佚名 《選抄分類雜字》

　　本書為筆者收藏抄本，作者、成書年代及地點不詳。原書主在正文標頭題「選抄雜字」。第一部分為五言雜字，開頭為「凡事之記起，先年日月時。連次有甲子，天干配地支」，列舉天干、地支、時間、錢幣、度量衡、各物量詞，最後以「每人有姓名，撥還可對討。兄弟佺爹娘，父母分姆嬭」結束。第二部分是地理門，再來依序是人物門、宮室門、衣服門、商賈門、農業門、竹木門、木雜類、布帛門、磁器門、雜貨類、葷食類、魚蝦彙、五穀類、菓子類、什布彙、雜物類。除了什布彙、雜物類二門以二言、三言

52　劉還月：《臺灣歲時小百科》上冊（臺北：臺原出版社，1995年），頁64。曾逸昌：《客家概論：蛻變中的客家人》（臺北：曾逸昌，2002年），頁254-255。
53　http://www.hakkaonline.com/forum/article-877-1.html（客家風情：客家民謠─齊昌節景歌），2011年3月25日查詢。
54　http://www.jzxn.com/read.php?tid=36663（家在興寧：齊昌節景歌），2011年3月25日查詢。

混用，其他各門皆為四言雜字。由內文部分客家專用俗字，推測應是客語雜字。

本書後半抄錄〈病子歌〉、〈十二生相歌〉、〈十月懷胎〉、〈上大人歌〉、〈勸世文〉等，為民間流傳之歌謠。

本書衣服門、布帛門、什布彙、雜物類所載名物，許多與《千金譜》雷同，二書或能互相參照，研究這些古老用品的功用。

小結

筆者在本章舉出《千金譜》、《識丁歌》、《四言雜字》、《鹿港大街市》、《臺灣明治分類雜字》、《為人最要敬爺娘雜字》、《最便淺學》、《分類七言雜字》、《鹽油米穀四言雜字》、《七言雜字》、《讀書子三言雜字》、《士子何用先五言雜字》、《天地日月星五言雜字》、《正月是新年五言雜字》、《選抄分類雜字》共十五種雜字蒙書，前文已然各別介紹，討論每本書的內容與價值。若將這些蒙書並列齊觀，吾人則可進一步發現雜字的特性。然而在臺流傳的雜字甚多，就前行學者論述曾提及者，尚有林鶴汀《小學大全》[55]、集新堂《五言雜字》[56]、錦章圖書局《繪圖七言雜字》[57]、上海廣益書局《繪圖幼學雜字》[58]、高俊元《新刊三言雜字》[59]等。

比起四書五經，雜字的字數明顯較少，民間多以手抄流傳，免去印刷或購買的花費；加上內容粗淺易懂，可由父兄傳授，省下私塾之束脩。所以雜字成為最經濟也最普遍的教材，在民間流傳甚久；雜字注重實用，語句通俗，因此流傳至今，成為保存語言與研究風俗、名物、教育、文學的珍貴資料。

王順隆比喻雜字的地位，是介於《三字經》等初級教材之下、娛樂性質的歌仔冊之上[60]，換個角度講，雜字介於「教材」與「歌謠」之間，也具

---

[55] 林鶴汀：《小學大全》，文山郡：林鶴汀，1929年。
[56] 佚名：《五言雜字》，福州：集新堂，1927年。
[57] 佚名：《繪圖七言雜字》，上海：錦章圖書局，1922年。
[58] 佚名：《繪圖幼學雜字》，上海：廣益書局，1916年。
[59] 高俊元：《新刊三言雜字》，新竹：高俊元，1919年。
[60] 王順隆：〈從近百年的臺灣閩南語教育探討臺灣的語言社會〉，頁117。

備了兩者兼有的身份。雜字可以在私塾中講授[61]，甚至有《臺灣明治分類雜字》、《最便淺學》這種內文提到「塾師」、「先生」的雜字，明顯是為了在私塾課堂教授而編寫，這是雜字作為「教材」的證據。另一方面，由於雜字內文通俗，押韻自由，以各地方言寫成，充分發揮漢語音韻之美；民間常將《千金譜》的句子引用在口語之中，如「大厝九包五，三落百二門」、「閹雞趁鳳飛」等，至今仍是臺灣民間常用的俗話。[62]甚至筆者收藏之《正月是新年五言雜字》，原書主自署「五言雜字」，但論者皆將之當作客家歌謠；《選抄分類雜字》中，也有雜字與歌謠共抄一書的現象，顯示雜字與俗語、歌謠之間密不可分的關係。

　　因此，雜字可說是最有民間文學特性的啟蒙教材。除了其文學性近似民間文學之外，它的傳播過程因傳抄而產生的各種版本，也和民間文學在口耳相傳下會產生變異的特性如出一轍。同一雜字會有不同版本的原因，其一是誤寫別字或俗字，如「四言雜字」寫成「四年雜字」，蓋「言」與「年」在客語中發音相同。其二則是記憶有誤，因此造成漏句或調換語句順序，如前述不同版本《讀書子三言雜字》的差異。其三則是在抄寫或出版雜字時，刻意將前人作品改寫。如李開章出版《四言雜字》時，刻意將清代舊制和違背善良風俗的敘述刪除或改寫。手抄本雜字雖然沒有例言以自述傳抄者改寫經過；然而在傳抄過程中，抄寫者自然也會以自己的學識、經驗和因地因時制宜判斷而擅自改編。如百城堂舊書店主人林漢章表示，他幼年觀其堂兄抄寫雜字時，過程中也會邊寫邊改。

　　由於雜字有各種版本的差異性，吾人在研究時則必須留意蒐羅各種新舊版本，以求考證文獻原貌。筆者蒐集數篇提及《四言雜字》的論文，論者分析詳盡，極為用心，然而所據文本皆是戰後出版，因此只能做出《四言雜字》寫於日治時期的推論；新版《四言雜字》對於臺灣各地民情的敘述，更是違反張氏原意。論者若以新版文字研究《四言雜字》反映的早期臺灣社會

---

[61] 百城堂舊書店主人林漢章回憶，民國五十幾年，他的故鄉臺北五股還會集資請塾師到村子教學《千金譜》，可見雜字並非只由父兄教授，私塾不屑授之的蒙書。

[62] 黃哲永：〈臺灣鄉土文化的寶典──千金譜〉，頁71。然而究竟是《千金譜》引用俗語入文，或是先有《千金譜》的紀錄，民間耳熟能詳後將文句當作俗語，則難以判斷。

狀況，竟不知在日治時期李開章早已將之美化，爬梳整理終究功虧一簣。又如新版《四言雜字》書末云「字字認識，半月工夫」，論者大多照本宣科；只有少數懷疑這本教材字數甚多，只研讀半月工夫可能不夠，甚至因此對教材教法和版本作了一番推論。[63]若能得到舊本對照，便可知原是「習學書訣，半年工夫」，關於本書修習時程的問題，即迎刃而解。

同一種雜字的版本有不同的變異性，然而在不同的雜字間卻偶有相似的共同性。如《千金譜》與《識丁歌》在內容安排、文句敘述上都有相近或相同之處。《最便淺學》開頭先描寫大戶人家的建築，結尾則以建築落成，眾人前來慶賀的歡欣景象落幕，也和《千金譜》開頭描寫狐絲客的宅院，結尾建築新居、迎接年節的結構相似。有共同性的教材，可能皆來自同一個源頭，也可能是改寫、模仿前人著作的結果，是今人考察雜字教材傳播過程、源流演變的重要線索。

今人研究雜字所陷入的困境之一，則是部份名物已然失傳甚久，過去又不重註釋，造成文句無法詳盡了解，甚至各家解釋不同。如《千金譜》有「尚書、撫院、總督做一齊」一句，吳坤明註解此三樣官名指的是如廁的狀態[64]；民間學者黃哲永向嘉義東石耆老柯慶瑞[65]採錄時，柯慶瑞則表示《千金譜》是他幼年在私塾「破筆仔」讀的書，此三官名是女性小便時的擬聲。

對於如何考求雜字內文的解釋，筆者認為：除了儘速至民間作田野調查，請教曾經讀過雜字之耆老，或是拜訪長年經營該類買賣的老店如布商、餅店、金紙行等，還要廣蒐各種雜字，比對參照，當可互相發明。如《千金譜》中記載「萬年紅」一物，日文註釋曰「アカイレン」，前半為「紅」，後半「レン」意義不明，有時可作漢字「連」字解釋，整個「アカイレ

---

[63] 如江淑美：「全書內容暴增至六千多字，與其他一、二千字方便誦讀的童蒙書相比，字數多了不少，是否能如張氏所說，只要花『半月功夫』，即可達到識字、理家、熟悉史地又勘破世情全文授完的地步，恐怕相當不易！」見江淑美：《清代臺灣客家子弟教育研究（1684-1895）》，頁140。又如吳蕙芳推測：「《四言雜字》一書早在清代臺灣即已流通，然篇幅僅為現存該書的前1/3，……流傳至日治時期，……增載現存該書的後2/3內容，致字詞量如此龐大，遠非它版識字認詞用的臺灣雜字書可比，亦難於半月時間內學完。」見吳蕙芳：〈日治時期臺灣的雜字書〉，《海洋文化學刊》第1號（2005年12月），頁98。

[64] 吳坤明校註，呂理組注音：《正字千金譜》，頁97。

[65] 柯慶瑞為傳統詩人，曾任嘉義縣東石鄉江濱吟社社長。

ン」推測可能是「紅線」之意。查楊策所抄《識丁歌》，亦有「萬年紅」一詞，上下文為「腳帛、帶仔共紗線，番紗、苧仔、鞋底線，萬年紅、珠仔線[66]」，與各類布料、絲線之名同列，由此互相參照則可認為「萬年紅」在此是指某種紅色絲線，而非諸家所說紅紙、胭脂的解釋。又有「哦嘮盤」一詞，有人認為是從荷蘭進口的盤子，有人說「哦嘮」是質地堅硬的木材，亦有「哦嘮」是紫紅色的說法。查《最便淺學》亦紀錄「哦嘮」一詞，但是寫作「呀嘮」，在書中整句是「呀嘮黃藍頂清朱，淺青烏紅赤白綠」，與《千金譜》「石青金黃哦嘮盤」一樣將它和各類顏色並列，則「哦嘮是紫紅色」解釋的可信度又多一分。另外，筆者對此處「盤」字當「盤皿」解釋的說法存疑，因為《千金譜》云：「柴梳、虱箆共針線，萬年紅、蓋漳盤。烏絃、白扯、烏冇線，石青、金黃、哦嘮盤。」在《識丁歌》則載：「月三盤，烏冇線。綠大盤，白絲線。白扯、烏扯、綠扯、紅扯，哦嘮盤。金黃、石黃、石青、桃紅線。[67]」這些「盤」在不同的雜字都與絲線名稱混雜出現，因此筆者認為此「盤」是「盤絲」之意，也就是絲線之類，而非諸家註釋的「盤皿」。

因此研究雜字時，不應只在同一部雜字教材中繞圈子，若能多方參考各種雜字文本，互相對照，當可闡釋得更加清楚。

最後筆者要提出一個假設：前述十五種雜字，只有《千金譜》、《識丁歌》、《鹿港大街市》、《臺灣明治分類雜字》、《最便淺學》以閩南語書寫，其他十種皆可能為客語教材。若考慮到客家族群在臺灣人口所佔的比例，1905年日人在臺展開第一次大規模的戶口調查，統計資料顯示當時廣東籍人口僅佔全臺13.06％[68]，而這些雜字中，客語教材居然能佔一半以上，這個結果確實令人驚訝。筆者推測客家族群在臺人口比例較少，加上早期臺灣排他性強，平原、港口精華地帶到清末又多為閩南人居住，客家人在臺的生活並不輕鬆，這一點從客語舊版的《四言雜字》頗多窮山惡水、人情疏薄之

---

[66] 野間晃，王順隆：〈《識丁歌》與《千金譜》——兩本閩南語識字蒙書的比較〉，頁50。

[67] 同前註。

[68] 鄭政誠：《日治時期臺灣客家族群人口動態之研究》（臺北：行政院客家委員會，2007年），頁12。

敘述可證。因此在臺灣早期來講，客家族群的經濟狀況較為清寒，或許無法將子弟送至私塾就學，然而「耕讀傳家」的祖訓不能遺忘，因此盛行使用這種不花錢的教材——雜字，快速提昇識字量與吸收應世知識；可說是客家族群在艱難的環境下，努力向學的意志所形成的教育現象。

然而這個假設，還要收集更多臺灣地區流行的雜字，觀察是否以客語雜字的數量、種類最多，方能成立。此當為今人進行雜字研究的未來展望。

【附圖】

❶圖8-1：佚名：《千金譜》，臺南：臺郡松雲軒，1852年。
❷圖8-2：《千金譜》版式之一
❸圖8-3：《千金譜》版式之二
❹圖8-4：《千金譜》版式之三

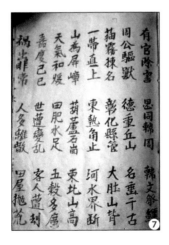

❺圖8-5：舊版《四言雜字》之一
❻圖8-6：舊版《四言雜字》之二
❼圖8-7：舊版《四言雜字》之三
❽圖8-8：李開章校正：《四言雜字》，苗栗：斐成堂，1934年六版。

❾圖8-9 曾永義校閱，馮作民音註：《國語注音白話語譯：四言雜字、七言雜字、訓蒙教兒經》，臺北：永安出版社，1978 年。

❿圖8-10：紀金坴：《鹿港大街市》，手抄本，1971 年抄。

⓫圖8-11：佚名：《臺灣明治分類雜字》，手抄本，1906 年抄。

⓬圖8-12：佚名：《為人最要敬爺娘雜字》，手抄本，未署年代。

⓭圖8-13：林寬柔：《最便淺學》，手抄本，1950年抄。
⓮圖8-14：佚名：《分類七言雜字》，手抄本，未署年代。
⓯圖8-15：佚名：《鹽油米穀四言雜字》，手抄本，未署年代。
⓰圖8-16：佚名：《七言雜字》，手抄本，未署年代。

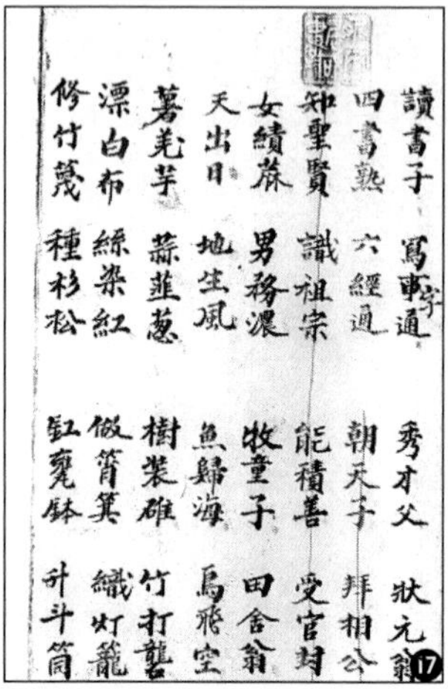

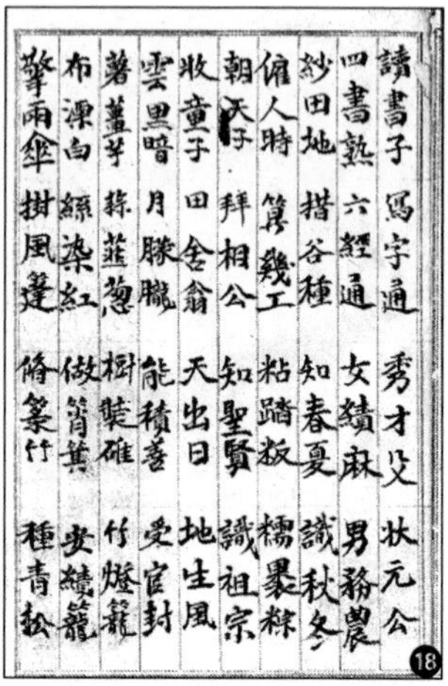

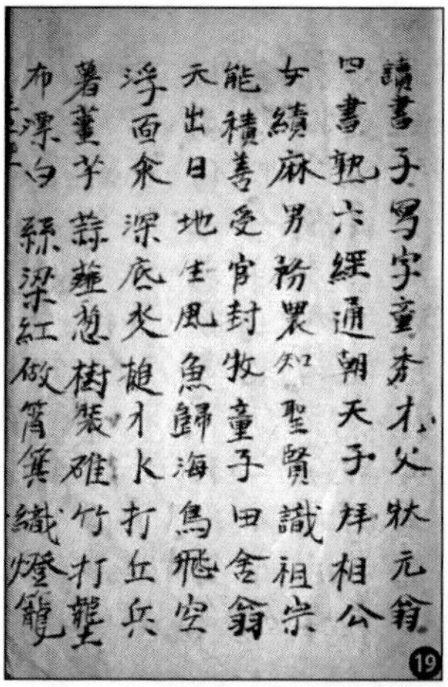

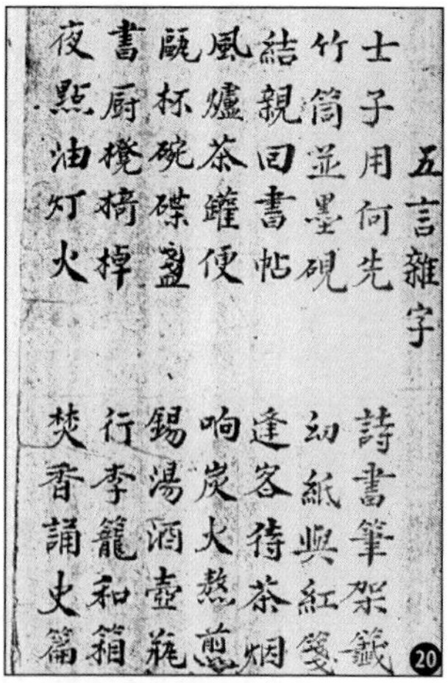

圖8-17

讀書子　寫轉通　秀才父　狀元翁
四書熟　六經通　朝天子　拜相公
知聖賢　識祖宗　能積善　受官封
天出月　女績蔴　收童子　田舍翁
男務濃　地生鼠　魚歸海　鳥飛空
薯芫芋　蒜韭葱　樹裝雄　竹打薯
漂白布　綵染紅　織灯籠
修竹箋　種杉松　缸寬鉢　升斗筒

圖8-18

讀書子　寫字通　秀才及　狀元公
四書熟　六經通　女績蔴　男務農
鈔田地　搭谷種　知春夏　識秋冬
俯人時　算幾工　樹曓棵　識祖宗
薯蓋芋　蒋莊葱　能積善　楊曓稗
雲黑暗　月賒朧　天出日　知聖賢
收童子　田舍翁　受官封　地生鼠
朝天子　拜相公　竹打薯　識祖宗
布漂白　綵染紅　做笤箕　安蟻籠
擎雨傘　掛風達
條篆竹　種青松

圖8-19

讀書子　寫字童　秀才　木父　狀元翁
四書勲　六經通　朝天子　拜相公
女績蔴　男務農　知聖賢　識祖宗
能積善　受官封　牧童子　田舍翁
天出日　地生鼠　魚歸海　鳥飛空
浮面衆　深底火　趄才水　打丘兵
薯蓋芋　蒜韭葱　樹裝雄　竹打薯
布漂白　綵梁紅　做笤箕
箕　織燈籠

圖8-20

五言雜字

士子用何先　詩書筆架籤
竹筒並墨硯　糾紙與紅箋
親朋回書帖　逢客待茶烟
風爐茶罐盞　響炭火熱葱
甌杯碗碟盞　錫湯酒壼和
書廚機椅棹　行李籠和箱
夜點油灯火　焚香誦史篇

⓱圖8-17：佚名：《讀書子三言雜字》甲版，手抄本，未署年代。
⓲圖8-18：佚名：《讀書子三言雜字》乙版，手抄本，未署年代。
⓳圖8-19：佚名：《讀書子三言雜字》丙版，手抄本，未署年代。
⓴圖8-20：佚名：《士子何用先五言雜字》，手抄本，未署年代。

㉑圖8-21：佚名：《天地日月星五言雜字》，手抄本，未署年代。
㉒圖8-22：佚名：《正月是新年五言雜字》，手抄本，未署年代。
㉓圖8-23：佚名：《選抄分類雜字》，手抄本，未署年代。

9 結論

　　臺灣的傳統文學乃隨著漢人從中國移植過來，然而由於臺灣有其特殊的種族、風土、歷史、地理條件，這種多元的因素使得臺灣新舊文學皆有異於中國的濃烈的色彩。[1]這種獨特的文學特色也在臺灣流行的啟蒙教材中展現出來。雖然啟蒙教材自古便不甚受重視[2]，然而卻是古往今來在這塊土地生長的人，其知識、道德、儀禮、價值觀、文學素養的奠基工作，影響深遠。因此魯迅說：「倘有人作一部歷史，將中國歷來教育兒童的方法，用書，作一個明確的紀錄，給人明白我們的古人以至我們，是怎樣的被薰陶下來的，則其功德，當不在禹下。[3]」

　　然而自古在臺流傳的傳統啟蒙教材，種類繁多，且絕大多數與中國使用者重複；本書為求聚焦，突顯臺灣傳統啟蒙教材的特色，重點放在介紹評析在臺灣成書者。部份無法確定是否成於臺灣的蒙書，或者縱然已知成於中國者，因其文獻難得，或因其在臺流行反比中國為盛，筆者不忍先賢心血之湮沒不彰，亦援錄數種論述之。

　　綜合前文，以下歸納出臺灣傳統啟蒙教材的特色。這些特色，有些是傳承自中國傳統啟蒙教材而來，有些則由於臺灣特殊的歷史背景、地理環境而產生。有薪傳、有突破，使得臺

灣傳統啟蒙教材既有傳統文學的美感，復有因地制宜、與時俱進的積極性格。本章第一節先探討臺灣傳統啟蒙教材的文學美感，第二節則以文獻貢獻的觀點切入，觀察臺灣傳統啟蒙教材為後世留下的文獻價值，最後一節筆者則提出對於臺灣傳統啟蒙教材研究與傳承的展望，以供學界先進參考。

1 葉石濤：〈臺灣鄉土文學史導論〉，頁71。
2 傳統蒙書自古不受重視的例子，如郭立誠所說：「童蒙課本並非傳世不朽之作，因此編者大多不署名，即或署名亦多用別號」、「公私藏書目錄都不收錄通俗童蒙教材」。見郭立誠：〈傳統童蒙教材敘錄一〉，《國文天地》第2卷第11期（1987年4月），頁68-69。
3 魯迅：《魯迅全集》第5卷（北京：人民文學出版社，1973年），頁301。

臺灣傳統啟蒙教材的文學性

1.豐富傳統文學的體裁與美感

　　臺灣傳統啟蒙教材中，本書依文體分為三字經體、千字文體、韻對類、詩歌類、尺牘類、雜字類，事實上還有成果較少的文言文類。這些文體，每樣都有前作可循，無一不是繼承漢文蒙書的傳統而來。

　　《三字經》因其句子短、有押韻、易背誦的優點，在內容和形式都受到後人認同，仿傚者眾，內容大多淺顯易懂，以幼童或學生為預設讀者；如《時勢三字編》在鹿港一帶私塾使用，《臺灣三字經》亦有當作學生教本的紀錄。戰後有許多三字經體的作品，則看中其適合作為宣傳口號的特徵，編寫為《反共三字經》、《三民主義三字經》等，以改造思想之用。

　　嚴格的千字文體蒙書，必須符合句法整齊、語末押韻、用字不重複、遣詞典雅等特徵。因此千字文體蒙書的編撰難度極高，在這種種限制之下，仍有《常用字歌訣》等佳作在臺產生，尤其《千家姓》、《成文新百家姓》把用字更限定在姓氏之中，難度更高一籌。由於漢文成語多為四字，千字文體書寫時，常援用成語，成為內文的一部分，亦添增些許典故，相得益彰。

　　對仗是漢文最獨特的美學，並牽涉到漢字的聲調和詞性等學問，因此漢人自古便將對仗視為作詩學文的基礎功夫。若對仗能和押韻融合，二種文學技法結為「韻對」，堪稱漢文結構美學的頂點。高明的韻對類蒙書，不僅只是教材，更是值得吟詠低迴的美文錦章。臺人自撰的韻對蒙書有《新撰仄韻聲律啟蒙》、《荻洲墨餘仄韻聲律啟蒙》、《成語集對》，對類教材有《新撰對類》等，與古人的啟蒙教材相比，毫不遜色。

　　漢民族堪稱是詩歌的民族，不只是自我抒發情感，在文藝界中交際應酬一樣要以詩交流。在臺產生的詩歌類蒙書，有以詩歌為載體，以作宣傳政策、指導學科、弘揚教化者，如〈訓蒙集格言〉、《皇民奉公經》、《文化傳承詩集》；《鐵道全線行吟集》、《文化傳承詩集》內文則嚴守絕句格式，以作詩文初學者教本。

尺牘為文人之間溝通的橋樑，是應用文類的代表。內容謙卑委婉，書信結構井然，《羅華改造統一書翰文》、《新編士農工商手抄利便來往書信不求人》、《和漢寫信不求人》、《新體白話商業書信前編》的文言尺牘部份，亦皆繼承了傳統尺牘的書寫方式。

雜字類蒙書雖然文字較為白話，語多俚俗，然而也有不滿於只是名詞堆疊的佳作。如《千金譜》以閩南語口語音押韻，句子長短不一，念來則韻律自由、節奏活潑，自成天籟；加上約略有故事成份貫串全文，敘述某農村的大戶人家子弟出外經商，最後回鄉過年的情境，讓讀者背誦時較有條理順序，並且引起學習興趣，堪稱雜字中最富文學性質者。

2.汲取民間文學的養分

對於民間文學的定義，胡萬川定義為：「民間文學又稱『口傳文學』或『口語文學』等，指的是民眾口口相傳的神話、傳說、民間故事、歌謠、諺語一類。」[1] 臺灣文人在編輯蒙書之時，偶將這些原本口傳的故事、俗語、歌謠寫入教材，民間文學遂成為蒙書編輯的養分來源。這種情況，在雜字類蒙書尤為明顯。黃哲永曾舉出數例，其在進行民間文學田野調查時，耆老輒信口念出《千金譜》之文句，當作俗語或歌謠[2]；顯示《千金譜》通俗普遍，已經與民間文學密不可分，正如曾永義所說：「在中國語言命義的前提之下，所謂『民間文學』、『俗文學』、『通俗文學』，事實上是『三位一體』，不過在不同的角度說同一件事而已，它們之間根本沒有什麼不同。」[3] 這些在民間常說的俗語如「竹篙鬥菜刀」、「大厝九包五，三落百二門」、「掠賊通庄著拍鑼」……，皆載於《千金譜》中，已然分不清究竟先有這些俗語，或是先有《千金譜》了。

更甚者，筆者還觀察到蒙書與民間文學完全合一的例子。《正月是新年五言雜字》所載「正月是新年，燒香奉祖先」之歌謠，論者皆以「年謠」、

---

[1] 胡萬川：《民間文學的理論與實際》（新竹：國立清華大學，2004年），頁1。
[2] 黃哲永：〈臺灣鄉土文化的寶典——千金譜〉，頁71-72。
[3] 曾永義：〈民間文學、俗文學、通俗文學命義之商榷〉，《國文天地》第13卷第4期（1997年9月），頁26。

「節景歌」稱之，然而筆者藏本在這首歌謠最末頁署「五言雜字終」，證明這首歌謠作為雜字的證據。然而是先有歌謠，民眾再傳抄作為雜字；或是先有雜字，流傳通俗後被當作歌謠，這兩種可能性究竟何者為是，尚待考察。

除了雜字之外，其他類型蒙書亦多將諺語、口語寫入書中，如《四言雜錄》、〈訓蒙集格言〉。在《三六九小報》連載的〈新聲律啟蒙〉，雖然並非啟蒙教材，卻是模仿著名蒙書《聲律啟蒙》句型的作品，亦常以俗語入文。《臺灣三字經》、《光復新編臺灣三字經》則收錄了民間讖語。引用耳熟能詳的歷史故事、人物傳說成為蒙書養分者，更是不勝枚舉。

此外，多種蒙書對於百工職業、歲時、禮俗、風土的敘述，亦與民間文學展現民俗風格與文化的特質相同。臺灣傳統啟蒙教材的作者皆生長於民間，教材也用於民間，因此教材中或多或少有民間文學的成份，也不足為奇了。

不只是教材內容引用自民間文學，連蒙書的傳播過程，也和民間文學有相似之處。古時印書、購書不易，多以手抄製本，在輾轉傳抄過程中，有意或無意間與原版本產生分歧，這與民間文學在口頭相傳過程中會有「變異性」的特徵如出一轍。這種現象，仍是以雜字類教材最明顯。雜字教材大多不知作者，用字與內文相異處極多，這與民間文學的「匿名性」、「變異性」相仿。尤其相似的，民間文學常有同一開頭而不同版本的歌謠，如胡萬川所說：「臺灣歌謠有一首開頭一句叫『月光光秀才郎』的童謠。這首歌僅僅在臺中縣的現在采集到的就不只十首。這十首是大體一樣，卻又各不相同。如果再蒐集恐怕會找出數十種不同的歌詞，如果全省普查的話可能會更多。[4]」雜字亦有類似的情況，如筆者收集三種以「讀書子，寫字通」開頭的三言雜字，內文卻不盡相同。又如筆者所收集《七言雜字》的結句，就有五種版本之多。這些版本相異的雜字，開頭起句皆相同，與民間歌謠以同樣句子起興，後半段卻不一樣的特性相似。若能掌握研究民間文學的方法，「把各種異文收集起來，然後大家以後如果照研究，就可以用圖標誌出各地的說法、內容如何的不同。一個故事，一首歌謠，如果充分

---

[4]　見http://cls.hs.yzu.edu.tw/TFL2010/cht/cht_About2_4.aspx（臺灣民間文學館：何謂民間文學？），2011年4月1日查詢。

調查完成，是可以藉以看出臺灣移民歷史、文化分佈特性等等的。[5]」若能廣羅民間雜字，比對各種雜字相似與相異之處，當是解開雜字教材來歷、源流之鑰。

 ## 臺灣傳統啟蒙教材的文獻價值

1.揭示不同時期的教育方針

臺灣在近百餘年來，新舊交替，政權更迭，局勢、思想變化甚大，無論是文人思想觀念的改變，或是教育政策的變換，盡皆反映在啟蒙教材中。如第三章介紹的六種三字經體蒙書，疑為清代編輯的《新改良三字經》對於政權、新學、新事物隻字未題，只談做人處事之道，以及日常禮儀、知識等，反映的是舊時代的教育方針。《時勢三字編》則介紹中國歷史與世界地理，是舊文人對於新政權的衝擊所作的反動。《臺灣三字經》把眼光放在臺灣地理上，將各種日人在臺的調查資料放入書中。《精神教育三字經》所載內容部份與當時臺灣總督府發行的課本相同，可說是學校教育的補充教材。《光復新編臺灣三字經》則以歡欣的口吻敘述日治到戰後初期的臺灣歷史，讓讀者感受到新時代的來臨。《新三字經》書寫現代題材，為舊文學如何承載新知識作了良好示範。

尺牘作為應用文，最能反映當代的社會現象，從其編輯的方向便可一窺當時的時代脈動。《羅華改造統一書翰文》將尺牘內容分為三十四類之多，堪稱臺灣尺牘蒙書的集大成，見證近代社會交際關係的繁複多元。《新編士農工商手抄利便來往書信不求人》內容反映三〇年代臺灣工商業的繁盛，以及自由戀愛的具體表現。《和漢寫信不求人》表現出人民的行跡、居所、職務不斷變更之繁忙景象。到終戰初期的《新體白話商業書信前編》則突顯出中國白話文的全面流行，以及各種現代金融交易的來臨。這些蒙書按時序排列觀察，可以發現尺牘的編輯方針隨著時間逐漸轉變。

---

[5]　同前註。

又如詩歌類、韻對類蒙書，並不因為科舉的廢止而迅速被大眾遺忘。從日治到戰後，仍有不少韻對、詩歌類教材被創作，證明了臺灣文人不斷鍛鍊詩歌韻對的技巧，並非只是為了應付科考、求取功名，而是基於文藝創作、生活趣味和與同儕交誼之目的而學習。可見詩歌、韻對類教材的教育方針並不全然是為了日後功名而設計，因此才能縱貫不同的時代，歷久不衰。

臺灣傳統啟蒙教材主要為書房教育所採用，而由於日人對書房頗多限制和干涉，因此民間多私下開設未立案書房、屢次更改授課地點、改以夜間授課[6]，或者平時讀漢文教材，警察來臨檢時改上日文[7]，也就是書房教育在日治時期部份轉為地下化。雖然日人不斷打壓漢文，然而漢文教材並未因此而完全絕跡，民間漢文教材仍不斷印行，例如公學校的漢文授課時數逐漸縮減，幾乎廢除的同時，斐成堂版《四言雜字》從1925年到1932年間，印行達六版之多，可見當時社會對漢文教材的需求。[8]在地下化書房進行教學的傳統啟蒙教材，自然多少有「地下」的性格，因此這些蒙書所反映的教育方針，部份反映作者的個人意志或臺人的集體意識，並不盡然完全遵守臺灣總督府的教育規範。

當然，也有配合官方或作者所屬團體制定之教育方針而編寫者，例如推動皇民化政策的《皇民奉公經》。六、七〇年代配合中華文化復興運動而作的蒙書：《國民生活四字經》乃改編自《國民生活須知》，交由國立編譯館出版；《常用字歌訣》除了作為識字教材，也是中華文化復興運動推行委員會推動「標準行書」的前鋒。《新三字經》亦成於此時，與當時政府推行中華文化復興運動不無關係。

2.見證不同時期的國族觀念

臺灣史的斷代，多劃分作史前、荷西、明鄭、清代、日治、戰後，政權更迭，掌權者大多並非來自臺灣本土。因此生長在這塊土地上的人民，常有

---

[6]　吳蕙芳：〈日治時期臺灣的雜字書〉，《海洋文化學刊》第1號（2005年12月），頁108。

[7]　單文經：〈日據時代鹿港地區的教育活動〉，頁44。

[8]　吳蕙芳：〈日治時期臺灣的雜字書〉，頁109。

國族認同混淆的問題，這種國族意識流動的現象，造成在同一個斷代中，不同的蒙書表達不同國族觀念的結果。這種狀況在日治時期最為明顯，延續到戰後仍有不同立場的書寫。筆者選出幾本曾提及臺灣或中國史地，抑是曾表達國族觀念，較有代表性者並列比較，製表如下：

表七　六種蒙書之書寫立場與主體比較表

年代	立場與書寫主體	代表蒙書	代表文字
1895-1897	以清人立場寫中國	《時事三字編》	「至穆宗，號中興。苗捻回，並伏膺」 「自秦漢，終明祧。入正統，十八朝」 「此中國，盡五服」
1900	以臺人立場寫臺灣	《臺灣三字經》	「迨乙未之際，白馬盟成，又遭紅羊劫換」 「爾小子，生於斯；地理誌，宜先知」
1929	以臺人立場寫臺灣（偏日人立場）	《精神教育三字經》	「昔滿清，御臺灣，教育事，付等閒。歸我轄，百事興，設學校，日蒸蒸」 「改隸初，匪患生，親王至，討而平」 「大和魂，多忠勇，臨大敵，無所恐」
1943	以日人立場寫臺灣	《皇民奉公經》	「為圖皇民福，臣民各盡衷，萬姓此敬服，國威定興隆」
1945	以臺人立場寫臺灣（偏中國立場）	《光復新編臺灣三字經》	「我臺灣，祖中國，號東瀛，稱鯤島」 「祖國興，乃天意」 「戰雖勝，禍雖平，建國業，尚未成」
1972	以中國人立場寫中國	《新三字經》	「今區域，沿革彰，卅五省，兩地方。建首都，在南京，例六朝，為都城」 「東西晉，南北朝，隋唐嗣，五代祧。經宋元，至明清，朝代替，系統承」

以上蒙書，最早問世的《時勢三字編》作於1895年，最晚的《新三字經》重刊於1972年，在這幾十年間，居住在臺灣這塊土地上的人，不斷在辯

證思考：「自己究竟是哪裡人？需要傳遞哪裡的史地知識或民族精神給後世子孫？」國族的意識不斷流動，敘述指涉的對象也一再轉變，這一切都紀錄在每個時代所產生的蒙書之中，無法抹滅。

3.反映不同時期的事物演變

　　近百餘年來，全球人類生活方式日新月異，新材料、新發明、新技術不斷在突破紀錄，往昔沿用了幾千年的事物有不少在現代終於被淘汰。而這些古老的事物──包括物產、習俗、活動等，卻紀錄在舊教材中，如同化石一般隨著蒙書流傳至今。

　　以物產而言，雜字類蒙書是紀錄最多名物的教材，《千金譜》紀錄的物品，數量較多也較有系統性者有布料、衣飾、乾貨、水產、金紙、糕餅、廚具、農具、建材等，不僅讓後人知曉清代的貿易項目，也是閩南語語料的珍貴資訊。《四言雜字》亦有蔬果、肉類、衣飾、農具、飛禽、走獸、蟲豸等紀錄，並且保存客語語料。

　　王石鵬的《臺灣三字經》中亦曾經紀錄臺灣礦業、植物、動物、農林畜牧業等，與在清代成書的雜字相比，《臺灣三字經》紀錄的名物更加現代化，也更強調臺灣的特產。部份名物則引用日本傳來的說法，如「燐寸」、「寒天」等。其他亦花篇幅介紹臺灣物產的蒙書尚有《精神教育三字經》、《光復新編臺灣三字經》、〈新聲律啟蒙〉；《鐵道全線行吟集》以及尺牘教材內文也偶爾提及物產，但並非重點。《常用字歌訣》則兼及介紹中國物產。 民俗學家郭立誠曾評論《千金譜》：「研究訓詁名物的人不能不注意它們的價值[9]」，這句話放在其他紀錄臺灣物產的蒙書也一樣適用。不同時代的蒙書，其紀錄的名物隨著時間有何消長，以何種語言書寫，都是觀察事物演變的材料。

　　傳統的年節習俗、民間活動等，也會紀錄在蒙書中。如《臺灣三字經》中佔了許多篇幅的原住民風俗描述，是臺灣傳統啟蒙教材中僅見者。《精神教育三字經》紀錄了臺灣教育史的沿革。《羅華改造統一書翰文》的尺牘內

---

[9]　郭立誠：〈保存本省民俗史料的千金譜〉，頁71。

容常紀錄教會活動，其他尺牘教材也紀錄當時人民的交際、商業、金融往來。《千金譜》紀錄的活動則有農事、漁獵、保防、博弈、經商、祭祀、嫁娶，甚至還有外出經商時獵豔「包二奶」的過程。《四言雜字》則見證客家人在臺生活的艱難困苦，以及紀錄臺灣各地土匪惡霸的惡行。《最便淺學》有一段興建屋舍的過程，從堪輿、看日、請工匠、選建材等過程逐步敘述，詳細備至。《正月是新年五言雜字》則詳細敘述十二個月中各月之祭典、活動。由以上例子可知，過去的各種教材，確實是保存民俗史料的最佳載體。

▍4.保存臺灣語言的發音和語料

在臺流傳的諸多傳統啟蒙教材，自古以來便是以各族群自己的話教學、誦讀，例如閩南人用閩南語、客家人用客家話。直到戰後，初期以通曉國語的師資嚴重不足，因此1946年仍允許以「本省方言」在各級學校進行教學。至1956年，教育部規定嚴禁以日語和方言教學，學校教育才完全進入國語教學時期。[10]民間私塾在戰後也曾經持續以閩南語或客家話教學傳統蒙書，但在強勢的國語政策下，現今的民間團體讀經活動，也以國語誦讀居多；今日部份講求以閩南語、客家話注音的傳統蒙書，以及仍然持續使用閩南語、客家話教學的機構，可說是延續了臺灣傳統的讀書方式。

臺灣傳統啟蒙教材中，曾逐字標注閩南語字音者，僅有《羅華改造統一書翰文》與《圖解日臺千金譜》。《羅華改造統一書翰文》以教會羅馬字逐字標注尺牘的文讀音，並以閩南語白話解釋，最大的貢獻在於為後人留下了大量閩南語文、白音的讀法。《圖解日臺千金譜》則以日本假名逐字標注《千金譜》內文，並以日文解釋，對瞭解各種日用品的閩南語讀音和早期器物的功用有很大的參考價值。[11]

其他的蒙書雖然沒有標注閩南、客家語拼音，然而這些教材在日治時期書房使用的過程中，皆是以自己的語言教學；因此在現代語言學的觀點來評

---

[10] 王順隆：〈從近百年的臺灣閩南語教育探討臺灣的語言社會〉，頁140-141。

[11] 王順隆認為教會羅馬字書寫法定形後，就沒有再隨著語音的變化而修改；相反地，日本人的假名式注音更能紀錄正確的音值，忠實紀錄了當時的語音。同前註，頁138-139。

論，等於是延續了臺灣語言的生命，延遲了日語對臺灣語言的侵蝕。[12]以閩南語而言，除了雜字類教材主要以白話音誦讀外，其他文體大多皆由文讀音念誦[13]，因此傳統啟蒙教材具有保存文、白音的功能，並且其中夾雜的方言詞彙也保存了語料。現今仍有不少學者以閩、客語標音或傳授這些傳統啟蒙教材，除宣揚書中的知識或精神，同時也為了實踐傳承本土語言的使命感。

 ## 臺灣傳統啟蒙教材的未來展望

本書已對臺人自撰的傳統啟蒙教材作了整理與介紹，並歸納出蒙書除了本身的道德教化、知識傳遞之外，尚有了解文學美感、教育方針、社會思潮的功能，並為保存文化、語言的史料。

由於蒙書有其無可取代的價值，筆者試提出四點未來研究的展望，希望對學界日後進行相關研究有所裨益。

1.文本的發掘蒐集

過去討論臺人自撰之傳統蒙書者較為鮮少，最根本的原因便是文獻取得的困難。過往一般人往往將啟蒙教材誦讀完畢便予以丟棄，能進入圖書館或舊書店留存至今者，數量不多；因此今人往往不知臺灣先賢曾經編著哪些傳統啟蒙教材，自然無從研究論述。若然偶得一二部舊文獻，便據僅有的文本加以論述，無法在時間軸上縱向追溯其書來龍去脈，可能造成將劣作視為珍本、將改寫本當作初版本的危險；再說廣集文本之後，方可橫向比較不同蒙書的異同，才能視野開闊、評析深入。因此有志研究者應勤加拜訪各大圖書館、文教基金會、文獻收藏家，與之合作研究；或是化被動為主動，親訪受過傳統啟蒙教育的耆老，常到舊書店尋找舊文獻，方能找出新出土的文本，相關之研究才能更周詳。

12　同前註，頁126。
13　但刻意在詩文中參雜白話者，白話部份視情況而容許以白話音念誦。如黃錫祉的〈訓蒙集格言〉、《三六九小報》連載的〈新聲律啟蒙〉等。

2.文本的重刊整理

積極挖掘臺灣傳統啟蒙教材的文獻之後，尚應重新整理，刊印發行，才能廣佈四方、永續流傳。近一、二十年間，臺灣傳統文學的研究逐漸發展，相關文獻的重刊編印方興未艾，如《全臺詩》、《全臺賦》、《全臺文》的整理工作，龍文出版社重印《詩報》、編輯《臺灣先賢詩文集彙刊》等。然而至今為止，臺灣在古典文學的整理重刊工作上，幾乎皆未將臺灣傳統童蒙教材列入出版項目；僅有《臺灣宗教資料彙編》收錄了《圖解日臺千金譜》、《四言雜字》、《皇民奉公經》等教材，以及《臺灣先賢詩文集彙刊》第九輯刊印幾部尺牘抄本。若傳統啟蒙教材也能重新刊印，以供學者、圖書館、研究單位、各大機構典藏，對於臺灣傳統啟蒙教材的研究必定有極大助益。或將這些啟蒙教材編入傳統文學書目中，並鍵入電子資料庫，提供研究者搜尋使用，文本的取得更加便利迅速。

3.拓展新的研究方法

目前臺灣傳統文學的研究，關注的文類仍以古典詩為主，然而在竹枝詞、詩鐘、詩話、小說、散文乃至過去少被注意的詞、賦等文類上，也已經有不少學者作了整理、研究的起步工作。臺灣傳統啟蒙教材乃是早期臺灣文人在文學素養上的入門書，況且撰作這些教材的文人也往往具有傳統文人的身分，然而同樣是以傳統文體書寫的這些教材，或許是被古典文學研究者認為應該交給兒童文學研究者處理；兒童文學研究者則因其文體古典，認為應由古典文學研究者論述。如此一來，難怪對於臺人自撰的傳統蒙書，只有少數幾篇論文討論了。筆者認為臺灣傳統啟蒙教材乃是古典文學、兒童文學、教育史研究上共同的一塊拼圖；研究者應將這塊拼圖盡速收入自己的研究中，以拓展新的研究文類，與其他文類或學科領域互相聯結，並思考各種新的問題意識，尋找不同研究方法的可能性，積極援引中西方理論作為剖析工具，切入的面向才能有全幅多方的開展。

4.傳統啟蒙教材在現代的傳播

臺灣傳統啟蒙教材除了作為研究之文本以外，在現代如何延續下去，也是現實面臨的問題。筆者檢視這些蒙書，不少蒙書內容固然已經淪為舊時代的陳腐思想，僅能存作資料以供後人研究參考；然而也有不少蒙書內容仍有傳誦的價值，精神仍足以留存後世，文采不因歲月的淘洗而褪色。部份佳作甚至可以不必改寫而重返今日的「讀經教育」中，或略將不符現況者改寫後重新問世。這些蒙書以傳統文學形式編寫，能夠讓學生加強語文能力；復以因其內容常融入本土史地風物，讀者可藉此認識家鄉，感受先賢的苦心。在臺灣當代社會中，這邊高喊「搶救國語文」、那邊呼籲「關懷本土」，重拾臺灣傳統啟蒙教材應是一舉兩得、溝通滿足這兩種需求的作法。若這些蒙書能以閩、客語考訂標音，重現過往數百年來在私塾誦讀這些教材的琅琅書韻，則聲韻美感和本土語言結合，推廣的功效更大。

除了研究、注釋、考訂、標音這些臺灣傳統啟蒙教材之外，若能夠進入讀經教育體系中，或與現代媒體、素材包裝組合，發行繪本、有聲書、卡通、電腦互動軟體等，先賢珍貴的文化資產，在新時代中才能改頭換面，繼續流傳。

筆者在本文提出四十餘種啟蒙教材，其中大約有一半以上是至今尚未被學者在期刊、論文中討論過的。我期盼這只是一個開端，畢竟筆者提出的這些文本，無法代表臺灣傳統啟蒙教材的全貌；筆者常流連於舊書店中，見聞過許多令人驚奇的文獻，因此相信還有更多的文本尚在民間，靜待被發掘的一日。過往的蒙書或文學作品，在前人的研究成果下，常能作單本蒙書以及同類型蒙書之細部論述，或是作家專論；筆者在本文提出數十種臺人自撰的蒙書，希冀能為臺灣傳統啟蒙教材研究開啟一扇門窗，讓學界諸家注意到還有如此多樣的文本，也許能與中國的蒙書、當時臺灣印行的舊有蒙書、日人出版的學校課本等互相比較，觀察各類蒙書之間有何關聯，藉此考察當時出版業的發展和教育哲學的脈絡等。吾人唯有不斷發掘文本，嘗試新的切入角度，充實自身的語文能力，深化其詮釋觀點，始得發揚先賢之潛德幽光。

本書的寫作過程，也是筆者盤點家中藏書，玩賞文獻故紙的時光，四

十餘種蒙書，大多都是家中自藏，因此說是「家藏珍稀文獻大公開」也不為過。希望本書除了在學界有些微貢獻之外，一般的讀者也能藉由本書，多認識臺灣歷史的不同面向，並且深植文獻保存的意識。

參考文獻

｜一、出土文獻

佚名：《新撰對類》，油印本，未署年代。
簡永田：《練習對帖》，手抄本，1926年抄。
劉鉅篆：《雜漢和文集》，手抄本，1969年抄。
佚名：《鶯雛學囀集》，手抄本，未署年代。附七張漢文三復學堂信箋。
佚名：《嘉義佚名信札》，手抄本，未署年代。
佚名：《往來批信》，手抄本，未署年代。
曾文新：《柬札手抄》，手抄本，未署年代。
寬懷：《僧俗寫信通用摘要》，手抄本，未署年代。
林啟烈：《寫信集文》，手抄本，未署年代。
蔡培火：《書信抄本》，手抄本，未署年代。
佚名：《四言雜字》殘本甲種，手抄本，1913年抄。
佚名：《四言雜字》殘本乙種，手抄本，未署年代。
佚名：《四言雜字》，手抄本，未署年代。
紀金坴：《鹿港大街市》，手抄本，1971年抄。
佚名：《臺灣明治分類雜字》，手抄本，1906年抄。
佚名：《為人最要敬爺娘雜字》，手抄本，未署年代。
林寬柔：《最便淺學》，手抄本，1950年抄。
佚名：《分類七言雜字》，手抄本，未署年代。
佚名：《鹽油米穀四言雜字》，手抄本，未署年代。
佚名：《七言雜字》甲版，手抄本，未署年代。
佚名：《七言雜字》乙版，手抄本，未署年代。
佚名：《讀書子三言雜字》甲版，手抄本，未署年代。
佚名：《讀書子三言雜字》乙版，手抄本，未署年代。
佚名：《讀書子三言雜字》丙版，手抄本，未署年代。
佚名：《士子何用先五言雜字》，手抄本，未署年代。
佚名：《天地日月星五言雜字》，手抄本，未署年代。
佚名：《正月是新年五言雜字》，手抄本，未署年代。
佚名：《選抄分類雜字》，手抄本，未署年代。
佚名：《切要雜字》，手抄本，未署年代。

｜二、專著

大東道永：《迷津寶筏》，員林：蕭敦仁，1941年。
仇德哉：《雲林縣志稿卷二人民志宗教篇》，雲林：雲林縣文獻委員會，1978年。
仇德哉：《雲林縣志稿卷七人物志》，雲林：雲林縣文獻委員會，1978年。

方炳林：《教學原理》，臺北：教育文物出版社，1992年。

王乃信等譯：《臺灣社會運動史》第三冊，臺北：海峽學術出版社，2006年。

王石鵬：《臺灣三字經》，臺北：臺灣日日新報社印刷，1904年。

王石鵬：《臺灣三字經：史蹟、地誌、風土、人情》，臺南：經緯出版社，1964年。

[明]王守仁：《王文成公全書》，臺北：臺灣商務印書館，1979年。

王行恭：《臺灣傳統版印》，臺北：漢光文化出版社，1999年。

王虞輔：《三民主義通俗四字經》，自印，1953年。

甘為霖原著，許雅琦、陳珮馨譯：《福爾摩莎素描：甘為霖牧師臺灣筆記》，臺北：前衛出版社，2005年。

朱恪超：《再話古今巧聯妙對》，臺北：知書房出版社，1993年。

朱漢民：《智育志》，上海：上海人民，1998年。

吳九河：《四字雜錄》，虎尾：自印，1927年。

吳延環：《國民生活四字經》，臺北：國立編譯館，1972年。

吳延環：《四字經》，臺北：國立編譯館，1986年。

吳祖銘：《1930-1990年代的臺灣活版印刷發展之研究》，高雄：國立科學工藝博物館，1999年。

吳紉秋：《鐵道全線行吟集》，高雄：自印，1946年。

吳美雲總編輯：《中國童玩》，臺北：漢聲雜誌社，1982年。

吳瀛濤：《臺灣民俗》，臺北：眾文出版社，1992年。

李世偉：《日據時代臺灣儒教結社與活動》，臺北：文津出版社，1999年。

李開章：《天上聖母經》，苗栗：斐成堂，1921年。

李開章校正：《四言雜字》，苗栗：斐成堂，1934年六版。

李園會：《日據時期臺灣教育史》，臺北：國立編譯館，2005年。

李筱峰、劉峰松：《臺灣歷史閱覽》，臺北：自立晚報，1999年。

李筱峰：《臺灣史100件大事（上）》，臺北：玉山社，2006年。

李懷、桂華：《文學臺灣人》，臺北：遠流出版社，2001年。

汪德軒編輯，黃習之集註：《中華國民必讀三字經》，臺北：聯發興業公司，1945年。

周璽：《彰化縣志》卷十一，彰化：彰化文獻委員會印行，1969年。

林文寶：《歷代啟蒙教材初探》，臺北：萬卷樓出版社，1997年。

林本元：《臺灣白話三字文》，臺北：慈善社圖書部，1952年。

林玉体：《臺灣教育史》，臺北：文景書局，2003年。

林茂生著，林詠梅譯：《日本統治下的學校教育：其發展及有關文化之歷史分析與探討》，臺北：新自然主義，2000年。

林珠浦：《新撰仄韻聲律啟蒙》，嘉義：蘭記書局，1930年。

林緝熙：《荻洲墨餘仄韻聲律啟蒙》，收錄於賴柏舟編《詩詞合鈔》，嘉義：自印本，1955。

林獻堂：《灌園先生日記》第九卷，臺北：中研院近史所、中研院臺史所籌備處，2000年。

邱奕松：《朴子市志》，嘉義：朴子市公所，1998年。

邱春美：《客家童蒙視野中的雜字謠探討》，臺北：行政院客委會，2006年。

南進社：《和註譯釋指南尺牘》，嘉義：玉珍書店，1942年。

姜宏效：《成語集對》，高雄：慶芳書局，1967年。

洪炎秋：《淺人淺言》，臺北：三民書局，1972年。

洪炎秋：《閑話閑話》，臺北：三民書局，1973年。

胡萬川：《民間文學的理論與實際》，新竹：國立清華大學出版社，2004年。

范勝雄：《選輯「新聲律啟蒙」一六〇則》，臺南：臺南市文獻委員會，1985年。

凌淨熔、高雪芬：《勸世詩選》，臺中：笠雲居；南投：玉風詩樂社，2002年。

徐南號：《臺灣教育史》，臺北：師大書苑，1996年。

秦修好：《兵役法三字歌圖》，秦仲璋發行，1965年。

國立臺灣大學圖書館編：《淡新檔案》第二十九卷，臺北：國立臺灣大學出版中心，2008年。

張志公：《傳統語文教育初探》，香港：三聯書店，1999年。

張倩儀：《另一種童年的告別》，臺北：臺灣商務印書館，1997年。

張淑子：《精神教育三字經》，嘉義：蘭記書局，1935年。

張淑子：《和漢寫信不求人》，臺中：瑞成書局，1937年。

張鐸嚴：《臺灣教育發展史》，蘆洲：空中大學，2005年。

梁羽生：《名聯觀止（上）》，臺北：臺灣書房，1996年。

許天奎：《鐵峰山房唱和集》，臺北：龍文出版社，2009年。

許金波：《呂蒙正勸世文小學千家詩選合刊》，臺中：瑞成書局，1934年。

許俊雅：《日據時期臺灣小說研究》，臺北：文史哲，1995年。

許俊雅：《臺灣寫實詩作之抗日精神研究》，臺北：國立編譯館，1997年。

許嘉樂：《書翰初步》上下冊，嘉義：捷發漢書部，1934年。

郭立誠：《小四書》，臺北：號角出版社，1983年。

郭立誠：《小兒語》，臺北：號角出版社，1985年。

郭克仁：《新體白話商業書信前編》，臺南：崇文書局，1945年。

陳正茂：《臺灣經濟發展史》，中和：新文京開發，2003年。

陳百忍：《新編士農工商手抄利便來往書信不求人》，臺中：顏福堂，1935年。

陳炎正：《大雅鄉志》，臺中：大雅鄉公所，1995年。

陳俊儒：《文化傳承詩集》，竹南：自印，1997年。

陳添壽、蔡泰山：《揭開致富面紗：臺灣經濟發展史略》，臺北：立得出版社，2006年。

陳紹馨：《臺灣的人口變遷與社會變遷》，臺北：聯經出版社，1979年。

陳勤士：《小道觀》，臺北：中國生命線雜誌社，1959年。

陳懷澄：《媼解集》，嘉義：蘭記書局，1934年。

莊萬生：《皇民奉公經》，臺中：瑞成書局，1943年。

曾永義校閱，馮作民音註：《國語注音白話語譯：四言雜字、七言雜字、訓蒙教兒經》，臺北：永安出版社，1978年。

曾逸昌：《客家概論：蛻變中的客家人》，臺北：曾逸昌，2002年。

費德廉、羅孝德：《看見十九世紀臺灣——十四位西方旅行者的福爾摩沙故事》，臺北：如果出版社，2006年。

辜尚賢：《嘉義文獻：新百家姓與詩譯進德錄》，嘉義：嘉義縣文獻委員會，1969年。

黃來成：《救苦真經》，臺南：昌仁堂，1921年。

黃和平：《新三字經及其他》，臺北：自印，1999年。

黃哲永（醉月樓主）：《醉月樓雜鈔》，嘉義：自印，1972年。

黃哲永：《臺灣三字經》，嘉義：自印，1997年。

黃富三、陳俐甫編輯：《近現代臺灣口述歷史》，臺北：林本源中華文化教育基金會、國立臺灣大學歷史系，1991年。

黃錫祉：《新編二十四孝歌》，臺北：黃塗活版所，1927。

黃錫祉：《千家姓》，嘉義：蘭記書局，1936年。

楊永智：《版畫臺灣》，臺中：晨星出版社，2004年。

楊永智：《明清時期臺南出版史》，臺北：臺灣學生書局，2007年。

楊仲佐：《網溪詩集》，臺北：自印，1937年。

楊仲佐：《網溪詩文集》，臺北：自印，1955年。

楊仲佐：《網溪詩文集》，板橋：龍文出版社，2009年。

楊向時：《新三字經》，朝陽，未署年代。

經典雜誌：《臺灣教育四百年》，臺北：經典雜誌，2006年。

葉石濤：《臺灣文學史綱》，高雄：春暉出版社，2000年再版。

廖啟章：《光復新編臺灣三字經》，臺南：白玉光發行，1945年。

臺北市文獻委員會：《臺北市志稿》卷十〈文徵篇‧雜錄〉，臺北：臺北市文獻委員會，1979年。

臺南市文化中心編印：《中華民國八十六年全國文藝季臺南市全臺首學系列活動成果專輯》，臺南：臺南市立文化中心。

臺灣總督府官房文書課：《臺灣寫真帖》，臺北：臺灣總督府文書課，1908年。

魯迅：《魯迅全集》第5卷，北京：人民文學出版社，1973年。

劉秉南：《國音七字歌》，南投：臺灣省政府教育廳，1971年。

劉青雲：《羅華改造統一書翰文》，臺南：新樓書房，1925年。

劉還月：《臺灣歲時小百科》上冊，臺北：臺原出版社，1995年。

蔣廷黻英文口述，謝鍾璉譯：《蔣廷黻回憶錄》，臺北：傳記文學，1984年。

鄭天挺：《清史探微》，臺北：知書房出版社，2002年。

[漢]鄭玄注，[唐]孔穎達正義，[清]阮元校勘：《禮記正義》，《重刊宋本十三經注疏附校勘記》，臺北：藝文印書館，1981年影印文選樓刊[清]嘉慶二十年[1815]江西南昌府學本。

鄭政誠：《日治時期臺灣客家族群人口動態之研究》，臺北：行政院客家委員會，2007年。

興直公學校：《鄉土教授資料》，新莊：興直公學校，1921年。

鮑雨林：《常用字歌訣》，臺北：三民書局，1976年。

賴彰能：《嘉義市志卷七人物志》，嘉義：嘉義市政府，2004年。

韓嘉玲：《播種集──日據時期臺灣農民運動人物誌》，臺北：簡吉陳何文教基金會，1997年。

羅剛：《三民主義三字經》，青年軍出版社，1946年。

佚名：《千金譜》，臺南：臺郡松雲軒，1852年。

佚名作，張春音翻譯：《圖解日臺千金譜》，員林：寶文堂書店，1942年。

佚名：《新版監本千金譜》，上海：沈鶴記圖書局，未署年代。

佚名：《新版監本千金譜》，嘉義：蘭記書局，1945年。

佚名作，邱文錫、陳憲國編註：《千金譜》，臺北：樟樹出版社，1997年。

佚名作，世峰出版社編輯：《千金譜》，臺南：世峰出版社，1998年。

佚名作，吳坤明校註，呂理組注音：《正字千金譜》，桃園：呂理組出版，2005年。

佚名：《四言雜字》，新竹：竹林書局，1997年。

佚名：《列聖寶經合冊》，斗六：善修堂，未署年代。

三、報刊

王石鵬：〈送蔡君汝修赴大阪序〉，《臺灣日日新報》第1489號（1903年4月21日），第4版。

張良澤：〈臺灣光復初期的小學國語教本——兼談當時臺胞的「國語熱」〉，《中國時報‧人間副刊》（1977年10月26日），第12版。

黃錫祉：〈訓蒙集格言〉，《臺灣日日新報》第7708號（1921年11月16日），第6版；第7717號（1921年11月25日），第6版；第7720號（1921年11月28日），第3版。

楊元胡：〈新聲律啟蒙〉，《三六九小報》第413號（1935年1月23日），第4版。

臺灣日日新報：〈千家姓註解〉，《臺灣日日新報》第13160號（1936年11月20日），第12版。

佚名：〈新聲律啟蒙〉，《臺灣民報》第2卷第4號（1924年3月11日），第14版。

┃四、期刊、研討會、專書論文

中外雜誌編輯：〈中外名人傳〉，《中外雜誌》第70卷第1期，2001年7月。

王順隆，野間晃：〈《識丁歌》與《千金譜》——兩本閩南語識字蒙書的比較〉，《臺灣風物》第45卷第2期，1995年6月。

王順隆：〈從近百年的臺灣閩南語教育探討臺灣的語言社會〉，《臺灣文獻》第46卷第3期，1995年9月。

江林信：〈漢文知識的散播者：記蘭記經營者黃茂盛〉，《文訊》第255期，2007年1月。

何義麟：〈祝融光顧之後：蘭記書局經營的危機與轉機〉，《文訊》第255期，2007年1月。

吳延環治喪委員會：〈吳延環先生行述〉，《國史館館刊》復刊第24期，1998年6月。

吳登神：〈千金譜考釋〉，《南瀛文獻》第29卷，1984年6月。

吳福助：〈臺灣傳統童蒙教育中的「對偶」教材〉，《中國文化月刊》第273期，2003年9月。

吳福助：〈《唐詩對》點校〉，《東海大學圖書館館訊》新90期，2009年3月。

吳福助：〈《羅狀元對彙》點校〉，《東海大學圖書館館訊》新111期，2010年12月。

吳蕙芳：〈清代民間生活知識的掌握——從《萬寶元龍雜字》到《萬寶全書》〉，《國立政治大學歷史學報》第20期，2003年5月。

吳蕙芳：〈日治時期臺灣的雜字書〉，《海洋文化學刊》第1號，2005年12月。

李西勳：〈臺灣光復初期推行國語運動情形〉，《臺灣文獻》第46卷第3期，1995年9月。

李雄揮：〈臺灣歷史各時期語言政策之分析比較〉，《語言人權語言復振學術研討會論文集》，臺東：臺東大學語文教育學系，2004年。

林隆盛：〈敦煌所藏的童蒙讀物〉，《國文天地》第6卷第4期，1990年9月。

周兆良：〈日治時期臺灣廣播產業之研究〉，《2003年度財團法人交流協會日臺交流センター歷史筆者交流事業報告書》，臺北：財團法人日臺交流協會，2004年。

河原功著，張文薰譯：〈臺灣出版業與蘭記書局〉，《記憶裡的幽香：嘉義蘭記書局史料論文集》，臺北：文訊雜誌，2007年。

施玲玲：〈鹿港普度歌〉，《社教資料雜誌》第278期，2001年9月。

柯喬文：〈漢文知識的建置：臺南州內的書局發展〉，《人文研究學報》第42卷第1期，2008年4月。

洪炎秋：〈臺灣教育演進史略〉，《中原文化與臺灣》，臺北：臺北市文獻委員會，1972年。

胡巨川：〈詩酒奇人吳永遠〉，《高市文獻》第15卷第3期，2002年9月。

郭立誠：〈保存本省民俗的千金譜〉，《藝術家》第10卷第6期，1980年5月。

郭立誠：〈傳統童蒙教材敘錄一〉，《國文天地》第2卷第11期，1987年4月。

陳維慶口述，陳長城紀錄：〈日據時期佃農與私塾生活追憶〉，《臺北文獻》直字106期，1993年12月。

單文經：〈日據時代鹿港地區的教育活動〉，《教育研究集刊》第42集，1999年1月。

曾永義：〈民間文學、俗文學、通俗文學命義之商榷〉，《國文天地》第13卷第4期，1997年9月。

游子安：〈敷化宇內：清代以來關帝善書及其信仰的傳播〉，《中國文化研究所學報》第50期，2010年1月。

黃美娥：〈童蒙教育的新頁－王石鵬及其《臺灣三字經》〉，《臺灣教育史研討會論文集》，新竹：新竹市教師會，2001年。

黃美娥：〈帝國魅影－櫟社詩人王石鵬的國家認同〉，《重層現代性鏡像》，臺北：麥田出版社，2004年。

黃美娥：〈從蘭記圖書目錄想像一個時代的閱讀／知識故事〉，《記憶裡的幽香：嘉義蘭記書局史料論文集》臺北：文訊雜誌，2007年。

黃哲永：〈清代臺灣傳統文學作家「童蒙教育」的養成教材〉，《中華文化與文學學術研討系列第六次會議－明清時期臺灣傳統文學》，臺中：東海大學，2000年。

黃哲永：〈臺灣鄉土文化的寶典——千金譜〉，《中國文化月刊》第252期，2001年3月。

葉石濤：〈臺灣鄉土文學史導論〉，收入尉天驄主編：《鄉土文學討論集》，臺北：編者出版，1978年。

鄒宗德：〈車萬育與《聲律啟蒙》〉，《歷史》第139期，1999年8月。

劉潔：〈一代勇士吳延環〉，《歷史》第133期，1999年2月。

蔡依伶：〈臺灣日治時期階級意識的形塑——以〈三字集〉為例〉，《2004青年文學會議論文集》，臺南：國家臺灣文學館，2004。

蔡盛琦：〈戰後初期臺灣的圖書出版——1945至1949年〉，《國史館學術集刊》第5期，2005年3月。

蔣為文：〈臺灣日治時期階級意識的形塑——以〈三字集〉為例：講評〉，《文訊》第232期，2005年2月。

盧嘉興：〈任教南縣撰「改良三字經」的林人文〉，《臺灣研究彙集》第14期，1974年6月。

盧嘉興：〈著「仄韻聲律啟蒙」的林珠浦〉，《臺灣研究彙集》第14期，1974年6月。

瞿海源：〈追求高等教育成就——清代及日據時期臺灣教育制度與價值的分析〉，《臺灣教育社會學研究》第3卷第2期，2003年12月。

佚名：〈法律用語新聲律啟蒙〉，《民眾法律》第2卷第1號，1938年1月。

五、學位論文

王玉輝：《日據時期高雄市詩社和詩人之研究——以旗津吟社為例》，高雄：國立中山大學中文所碩士論文，2003年。

王昭文：《日治時期臺灣基督徒知識份子與社會運動（1920-1930年代）》，臺南：國立成功大學歷史系博士論文，2009年。

江昆峰：《三六九小報之研究》，臺北：銘傳大學應用中國文學研究所碩士論文，2004年。

江淑美：《清代臺灣客家子弟教育研究（1684-1895）》，臺北：國立臺灣師範大學教育研究所碩士論文，2002年。

吳青霞：《臺灣三大民變書寫研究──以古典詩文為主》，臺南：國立成功大學臺灣文學系碩士論文，2006年。

吳淑娟：《臺西、麥寮地區文學發展之研究》，嘉義：華南大學文學研究所碩士論文，2010年。

宋健行：《我國傳統啟蒙教材研究──以臺灣地區為觀察重心》，花蓮：國立花蓮師範學院民間文學研究所碩士論文，2001年。

李尚穎：《臺灣總督府博物館之研究（1908-1935）》，桃園：國立中央大學歷史研究所碩士論文，2005年。

林明興：《臺灣地區《三字經》及「三字經體」發展之研究》，嘉義：國立嘉義大學中國文學研究所碩士論文，2008年。

洪瑋君：《王石鵬《臺灣三字經》研究》，臺北：臺北市立教育大學中國語文學系碩士論文，2008年。

涂禎和：《我國民法子女稱姓之研究》，嘉義：國立中正大學法律所碩士論文，2006年。

徐碧霞：《臺灣戰後客語詩研究》，臺南：國立成功大學臺灣文學研究所碩士論文，2005年。

張惠芳：《張淑子研究》，臺南：國立臺南大學臺灣文化研究所碩士論文，2010年。

陳思宇：《《三六九小報‧新聲律啟蒙》人文現象之研究》，臺北：國立臺灣師範大學臺灣文化及語言文學研究所碩士論文，2011年。

陳進德：《明清啟蒙教材研究》，臺北：國立臺北市立師範學院應用語言文學研究所碩士論文，2005年。

陳鴻麒：《晚明尺牘文學與尺牘小品》，南投：暨南國際大學中國語文學系碩士論文，2004年。

曾蕙雯：《清代臺灣啟蒙教育研究（1684-1895）》，臺北：國立臺灣師範大學教育研究所碩士論文，2000年。

溫如梅：《近代蒙學的蛻變與傳播》，花蓮：國立花蓮師範學院民間文學研究所碩士學位論文，2004年。

詹玉娟：《清末民初著名學人童蒙語文教育之研究》，臺中：國立臺中師範學院語文教育系碩士論文，2005年。

六、網路資料

http://www.chinese-classics.com.tw/handbook/Default.aspx?actionV=&PageNow=0&mode=dbView&sysid=091012032（華山書院：讀經手冊），2010年4月14日查詢。

http://content.edu.tw/local/changhwa/dachu/lanhouse/book/index/home4.htm（彰南風情畫：書院授課表），2010年9月15日查詢。

http://www.geocities.jp/nakanolib/rei/rt08-1.htm（1919年臺灣總督府臺灣教育令），2010年9月27日查詢。

http://blog.kaishao.idv.tw/?p=1152（陳凱劭的BLOG：サヨンの鐘（Sayon no kane），1943），2010年9月29日查詢。

http://www.ntm.gov.tw/tw/public/public.aspx?no=399（國立臺灣博物館官方網站），
　　2010年9月30日查詢。

http://hakka.ncu.edu.tw/Hakka_historyTeach/abstract_detail.php?sn=192（中央大學臺灣
　　歷史教學資料網），2010年9月30日查詢。

http://taiwanpedia.culture.tw/web/content?ID=3793（臺灣大百科全書：臺灣總督府社
　　會教育制度），2010年9月30日查詢。

http://taiwanpedia.culture.tw/en/content?ID=20403（臺灣大百科：林人文），2011年1月
　　4日查詢。

http://www2.ylccb.gov.tw/from/index-1.asp?m=2&m1=10&m2=32&keyword=&id=688
　　（雲林縣政府文化處），2011年1月24日查詢。

http://blog.roodo.com/hotown/archives/4127865.html（中和庄文史研究協會：中正橋），
　　2011年1月24日查詢。

http://www.community.tpc.gov.tw/html/cabtc/03detail.jsp?pagenum=1&exid=9（臺北縣
　　政府文化局：永和網溪別墅），2011年1月24日查詢。

http://www.laijohn.com/works/aleaf/12.htm（青葉通訊：劉青雲先生略歷），2011年2月
　　26日查詢。

http://140.133.9.112/twp/TWPAPP/ShowAuthorInfo.aspx?AID=947（智慧型全臺詩知識
　　庫：陳宗賦），2011年2月26日查詢。

http://huangzheng1958.blog.163.com/blog/static/48651678200810239151420/（江浙散人
　　黃征教授日志），2011年3月12日查詢。

http://www.hokkienese.com/?p=96（鷺水薌南閩南語部落格：《千金譜》），2011年3月
　　13日查詢。

http://www.hakkaonline.com/forum/thread-54298-1-1.html（客家風情：民間珍藏客家四
　　言雜字），2011年3月17日查詢。

http://library.taiwanschoolnet.org/cyberfair2003/C0317360091/b-5.htm（東勢鎮開發史），
　　2011年3月20日查詢。

http://www.hakkaonline.com/forum/article-877-1.html（客家風情：客家民謠─齊昌節
　　景歌），2011年3月25日查詢。

http://www.jzxn.com/read.php?tid=36663（家在興寧：齊昌節景歌），2011年3月25日
　　查詢。

http://cls.hs.yzu.edu.tw/TFL2010/cht/cht_About2_4.aspx（臺灣民間文學館：何謂民間
　　文學？），2011年4月1日查詢。

http://www.taiwanus.net/history/4/84.htm（臺灣人的臺灣史──郭弘斌編著），2011年
　　5月24日查詢。

Do歷史17　PC0416

取書包，上學校
——臺灣傳統啟蒙教材

作　　者／黃震南
責任編輯／鄭伊庭
圖文排版／楊家齊
封面設計／陳佩蓉

出版策劃／獨立作家
發 行 人／宋政坤
法律顧問／毛國樑　律師
製作發行／秀威資訊科技股份有限公司
　　　　　　地址：114 台北市內湖區瑞光路76巷65號1樓
　　　　　　電話：+886-2-2796-3638　傳真：+886-2-2796-1377
　　　　　　服務信箱：service@showwe.com.tw
展售門市／國家書店【松江門市】
　　　　　　地址：104 台北市中山區松江路209號1樓
　　　　　　電話：+886-2-2518-0207　傳真：+886-2-2518-0778
網路訂購／秀威網路書店：https://store.showwe.tw
　　　　　　國家網路書店：https://www.govbooks.com.tw

出版日期／2014年9月　BOD一版　**定價**／390元

|獨立|作家|
Independent Author

寫自己的故事，唱自己的歌

取書包，上學校：臺灣傳統啟蒙教材 / 黃震南著. -- 一版.
-- 臺北市：獨立作家, 2014.09
　面；　公分. -- (Do歷史；PC0416)
BOD版
ISBN 978-986-5729-27-1 (平裝)

1. 蒙求書　2. 教材

802.81　　　　　　　　　　　　　　　103013847

國家圖書館出版品預行編目

讀者回函卡

感謝您購買本書，為提升服務品質，請填妥以下資料，將讀者回函卡直接寄回或傳真本公司，收到您的寶貴意見後，我們會收藏記錄及檢討，謝謝！如您需要了解本公司最新出版書目、購書優惠或企劃活動，歡迎您上網查詢或下載相關資料：http:// www.showwe.com.tw

您購買的書名：_____

出生日期：_____年_____月_____日

學歷：□高中 (含) 以下　　□大專　　□研究所 (含) 以上

職業：□製造業　□金融業　□資訊業　□軍警　□傳播業　□自由業
　　　□服務業　□公務員　□教職　　□學生　□家管　　□其它_____

購書地點：□網路書店　□實體書店　□書展　□郵購　□贈閱　□其他

您從何得知本書的消息？

　□網路書店　□實體書店　□網路搜尋　□電子報　□書訊　□雜誌

　□傳播媒體　□親友推薦　□網站推薦　□部落格　□其他_____

您對本書的評價：（請填代號　1.非常滿意　2.滿意　3.尚可　4.再改進）

　封面設計____　版面編排____　內容____　文／譯筆____　價格____

讀完書後您覺得：

　□很有收穫　□有收穫　□收穫不多　□沒收穫

對我們的建議：_____

_____

_____

_____

11466
台北市內湖區瑞光路 76 巷 65 號 1 樓
獨立作家讀者服務部　　　收

....

（請沿線對折寄回，謝謝！）

姓　　名：_____　年齡：_____　性別：□女　□男

郵遞區號：□□□□□

地　　址：_____

聯絡電話：(日) _____ (夜) _____

E-mail：_____